서정시학 비평선 041

타오르는 기호들

조해옥

서정시학

조해옥趙海玉

1963년에 부평에서 출생하여 부여에서 성장하였다. 한남대 국어국문학과를 졸업하고 고려대 국어국문학과 대학원에서 석사학위와 박사학위를 받았다. 1997년도『서울신문』신춘문예 문학평론에 당선되어 문학평론가로 활동하고 있다. 학술서로『이상 시의 근대성 연구』(2001)와『이상 산문 연구』(개정증보판, 2016)를 출간하였으며, 시 비평집인『도로를 횡단하는 문학』(2004)과『생과 죽음의 시적 기록』(2006),『전환의 문학』(2006)을 발간하였다.『이상리뷰』편집위원이며, 한남대 초빙교수로 재직하고 있다.

서정시학 비평선 041

타오르는 기호들

2022년 2월 10일 초판 1쇄 발행

지 은 이 · 조해옥
펴 낸 이 · 최단아
편집교정 · 정우진
펴 낸 곳 · 도서출판 서정시학
주 소 · 서울시 서초구 서초중앙로 18, 504호 (서초쌍용플래티넘)
전 화 · 02-928-7016
팩 스 · 02-922-7017
이 메 일 · lyricpoetics@gmail.com
출판등록 · 209-91-66271

ISBN 979-11-88903-91-7 93810

계좌번호 · 국민은행 070101-04-072847 최단아(서정시학)
값 25,000원

타오르는 기호들

머리말

2000년대의 시는 미시적 시선으로 일상 속에서 삶의 본의를 찾아낸다. 지나치게 미시적인 범주 속에 안주하는 태도는 경계의 대상이 되어야 할 것이지만, 개인의 내면세계를 치열하게 추구하는 시 경향은 이제 한국 현대시의 뚜렷한 중심축으로 자리를 잡고 있다. 새로움의 시 정신은 기존의 것뿐만 아니라 자기 자신까지 거부하는 태도라고 말할 수 있다. 질서와 체제를 거부하는 시인들은 내면화라는 현대시 전통 계승자이다.

시인들은 죽음과 삶을 관통하며, 일상에 촘촘히 스며들어 있는 물화物化를 첨예하게 인식하고 그로부터 온 힘을 다해 벗어나고자 한다. 그들은 희미해지는 존재감을 확인하려는 절박함을 노래한다. 또 그들은 상처 입고 소외된 존재들, 어둠에 감춰진 존재들을 밝은 빛 속으로 끌고 나오기도 한다.

1부는 이상적인 세계를 꿈꾸는 시작품들에 대한 평론들이다. 2부는 일상의 균열된 삶을 날카롭게 파헤치는 시작품들에 대한 평론들이다. 3부는 서정적인 작품들이 확보해 낸 성찰의 높이를 가늠한 평론들이다.

시 비평집을 오랜만에 정리하면서 철저히 차안此岸에서 존재하는 우리 자신을 깨우고, 자유로움의 형상을 보여주려 한 시인들과 깊이 교감하는 경험을 하였다. 언제나 마음의 중심을 잡아주시는 어머니와 식구들, 학자와 비평가의 삶을 이끌어주신 최동호 선생님께 깊이 감사드린다. 책이 나올 수 있도록 애써주신 서정시학사 편집부 여러분에게도 감사의 인사를 올린다.

2022년 새해에

차례

3부 서정성과 성찰의 높이

1부 이상 세계의 은유

내면의 가난과 가난이 주는 풍요

1. 시에 나타나는 가난의 의미

가난을 제재로 하는 시작품들을 살펴보기 위해서는 우선 물질적 가난과 시대·역사적 상관성에 대한 논의와 내면의 가난에 대한 정확한 의미 규정이 전제되어야 할 것이다. 물질적 가난과 시대적 상관성은 20년대의 프로문학 이후로 시작품에서 지속적으로 표출되는 특성이다. 이러한 물질적 가난의 극복방안도 정치와 시대의 모순 구조로부터의 해방과 긴밀하게 관련되어 전개된다. 반면에 내면의 가난은 가난과 시대의 연관으로부터 벗어나 있다. 여기에서 가난은 오로지 개인적 차원에 속하는 것이며, 시인 자신의 내면세계에 속한다. 시인의 시적 자아가 외부로부터 강요된 물리적 빈곤을 의식하고 그것에서 벗어나기 위해 외적 상황과 조건을 거부하거나 타개하려는 목적이 내재한다면, 그때의 가난은 주어진 가난, 혹은 외재적 가난이라고 부를 수 있다. 또한 시에서 그것은 추구의 대상이 아니라, 그것의 구속으로부터 벗어나야 하는 대상이 된다.

그러나 내면의 가난은 외재적·물질적 가난이 아니라는 점에서, 또한 시인의 내면에서 추구되는 가난이라는 점에서 외부에서 주어진 물질적 가난이 아니다. 이때의 가난은 욕망에서 벗어나기, 겸허함, 소외, 주변부 등의 주제어들로 표현된다. 가난은 삶의 조건을 결정짓는 요인이 아니라, 시인의 시적 자아의 인식 영역에 위치하며, 시인의 시 의식의 지향점이 된다.

시문학사에서 빈곤이 의식적으로 부각되던 시기인 1920년대부터 80년대까지 '가난의 시'는 정치적·시대적 의미망 안에서 이해할 수 있다. 정치적·역사적으로 빈곤한 시대에 시인들이 거부한 것은 물질적 빈곤을 초래하는 사회 구조와 그로 인한 불평등이었다. 그러나 90년대 이후에 이르러 시대와 관련된 물질적 가난은 시에서 별로 눈에 띄지 않는다. 90년대에 이르러 가난을 소재로 한 시작품들을 보면, 시대의 가난, 혹은 물질적 빈곤 대신에 '내면의 가난'을 추구하는 작품들이 대부분을 차지하고 있다. 90년대 이후에 부각되는 가난의 시는 표층적으로 자연을 제재로 한 전통적 서정시의 계승으로 볼 수도 있다. 그러나 자연 속에서 자족하는 서정시와는 시 의식을 이루는 바탕이 전혀 다르다고 볼 수 있다. 90년대 이후에 빈곤이 제재가 된 시작품들은 80년대까지 평등의식이 보편화되고 가난이 정치적 측면과 분리된 시점에서 창작된 작품들이다. 시적 대상을 대하는 시인의 자세 역시 종전과는 큰 차이가 난다고 볼 수 있다.

90년대 이후의 시인들은 시적 대상을 선택하는 데 있어서나 그것들을 형상화시키는 데 있어서 미시적 접근 태도를 보여준다. 그러나 거대 담론이 사라진 시점에서 시의 미시성이 지니는 긍정적인 면과 부정적인 면들을 함께 살펴보아야 할 것이다. 시의 소재와 제재의 미시성과 시인의 시선의 미시성이 가져온 긍정적인 측면은 남루한 대상들에서 발견해 내는 풍요로움과 겸허한 자세로 나타나는 시인 자신의 남루한 자의식의 표출에 있을 것이다. 반면에 부정적인 측면으로는 시인의 '빈곤한 자아', 즉 시정신의 미시성을 들 수 있을 것이다. 물질적 풍요와 그에 따르는 위축된 시 의식은 시인의 빈곤한 내면을 노출시킨다. 거대 담론과 이데올로기의 해체에 뒤따르는 허무감이 90년대 이후의 시를 위축시키고 있다는 점은 분명하다.

2. 빈곤한 시대의 시

90년대 이전의 시에 나타나는 가난의 문제는 물질적 빈곤을 의미한다. 또 그러한 경제적 빈곤은 언제나 정치적 빈곤과 그 맥을 같이 해 왔다고 볼 수 있다. 해방 이후『前衛詩人集』[1]에 실린 김광현의 작품「飢餓線에서」는 비참했던 일제 치하보다도 더 지독한 빈궁을 겪도록 하는 신지배 통치 권력인 미군정을 비판한다. 박산운의「匍匐의 詩」역시 미국이 남한에 베푼 원조는 한마디로 식민지 시장 개척을 위한 전략이었음을 보여준다. 미국이 원조를 끝낸 후, 남한은 미국 농산물의 시장 역할밖에 할 수 없게 된 한반도의 신식민지화에 대한 분노가 이 작품에 서려 있다.

1960년대는 분단이 고착화되는 과정에서 신식민지화와 도시산업화가 활발히 진행되던 시기였다. 도시의 성장과 더불어 그 기반으로 삼아진 농촌의 피폐화와 분열된 계층 간의 갈등이 뚜렷하게 자리를 잡아 가는 노정에 놓여 있었다. 신동엽은 60년대를 살아가는 빈곤한 시대를 사는 민중들의 곤궁한 모습을 형상화시킨다. 그의「주린 땅의 指導原理」는 도시산업화에 따른 농촌의 황폐를 이야기한다. 신동엽은 도시의 행복이 농촌을 소외시키고 존립하는 행복임을 보여준다. 그는 미국의 신식민지 정책 아래 그 비극성이 가중되었음을 인식한다. 여기에서 농촌의 궁핍은 민중들의 곤궁함과 이어지고 계층 간의 괴리를 더욱 심화시키는 원인이라는 것에 초점이 맞춰져 있다.

도시산업화로 고향을 박탈당하고 도시로 이주한 농민들이 최하층을 형성할 수밖에 없었던 상황과 달러화 지배체제로 편입되어 가는 한국의 종속적 경제화와 분단 문제 등이 신동엽의「종로 5가」에서 쓰러진 한 노동자의 모습을 통하여 드러난다. 이 시에서는 분단, 외세의 신식민지화, 이농 현상 등 60년대의 온갖 부정적인 사회 정황들이 각각의 민중들의 모습으로 詩化되어 나타난다. 그러나 반면에 60년대의 가난한 현실 속에서도 생명력 있게 살아 있는 민중의 모습이 그의 시에서 그려지고 있다.

1970년대는 60년대에 이르기까지 순수문학이 지배적이던 우리 문단의 병폐를 반성하고 극복 과정에 들어선 시기이다. 70년대의 순수와 참여의 대립은 시의 본질에 좀 더 가까워지려는 모색으로 볼 수 있다. 이러한 대립은 80년대 시의 바탕을 이루게 된다. 70년대의 시단은 민중의 삶을 다룬 작품들과 개인의 삶 속에서 보편성을 찾고자 하는 작품들로 양분된다.

---

1 김상훈·유진오·이병철·박산운·김광현 합동시집,『前衛詩人集』, 노동사, 1946.

70년대 시단의 폭넓은 현실반영은 다양한 측면으로 발전한 80년대 시의 초석이 되었다. 70년대 빈곤의 시대를 대변하는 신경림의 시 「罷場」과 「農舞」는 도시산업화와 그에 따른 농촌의 황폐함을 노래한다. 이들 작품에서 현실은 절망적이지만, 물질적·역사적 빈곤의 시대를 노래하는 작품들에는 밝고 힘찬 내적인 움직임이 담겨 있음을 볼 수 있다.

1980년대 역시 70년대의 체제 모순은 그대로 내재된 상태였으며 군부 독재의 계승은 부당한 권력을 장악한 것에 정당성을 부여하기 위해 은폐와 폭압적 장치의 강화를 꾀하는 등 소수의 특권 계층 형성으로 인한 대다수의 고통은 어느 시기보다도 그 힘이 가중된 때였다. 이러한 시대적 정황이 문학에, 특히 시에 큰 영향을 끼쳤음이 여러 양상으로 나타난다. 시 형식의 새로운 모색과 파괴, 내용상의 강조, 부정기 간행물과 동인지의 활발해진 간행작업 등등의 다양한 문학적 행위는 기존의 문학 형식으로는 담아낼 수 없게 된 체험의 다양성을 반영한다.

이른바 민중시라는, 내용의 강조에 뜻을 두고 전개된 양상 역시 80년대 한국시의 특징으로 인간다움을 회복하고자 하는 움직임이 시 형식을 통하여 나타난 것이다. 민중시란 60·70년대에 참여시로 다루어졌던 시를 승계하며, 지배체제에의 저항과 비판 등 피지배계층의 목소리를 담은 시를 가리킨다. 70년대에는 사회적 관심의 시들이 진보적인 지식인인 전문 시인들에 의해서 민중의 목소리를 대변되었다. 반면에 80년대에 들어와서는 간접 체험자 역할에 머물렀던 시인들의 반성이 시에서 솔직하게 표현된다. 이 시기에는 독자와의 거리를 좁히려는 의도를 가지고 쉽게 읽히는 시를 지향하였으며, 좀 더 내밀하고 밀착된 민중의 체험을 담아낸다. 이는 문학을 향유하는 범위가 수평적으로 확대되었음을 의미한다. 박노해 시인의 「시다의 꿈」을 비롯한 일련의 노동자의 절망적 빈곤과 그러한 생의 조건을 벗어나려는 의식을 표출하는 노동 현장의 시는 민중시에 있어 획기적이었다.

1980년대의 현실은 전에 없이 시의 사회적 기능을 크게 요구한 때였다. 따라서 이전의 시 양식이나 시인들의 자세로서는 그 요구에 대응할 수 없게 된 것은 당연하였다. 70년대에 순수·참여문학 논쟁의 열기가 역사적으로 축적된 민주 역량에 의해 용해되면서 80년대의 고조된 사회적 불만의 표출방식으로 시적 민주화로 나타나게 된 것이다.

개인의 빈곤은 사회적 빈곤과 밀접한 연관을 맺고 있다. 그러나 이러한 물질적 가난은 내면의 빈곤으로 이어지지 않는다. 오히려 그것은 시에서 생 욕망이 약동하는 원천적 에너지로 작용하고 있음을 90년대 이전의 시 작품들에서 찾아볼 수 있다.

3. 물질적 풍요와 내면의 가난

문학의 예술성과 참여성의 갈등이 첨예하게 노출되었던 시기를 살펴보면 현실의 문제가 문학의 존립을 위태롭게 할 정도로 급박했던 때였다는 사실이 확인된다. 시인의 내면은 현실에서 순수하게 자유로울 수는 없는 것이다. 그러나 1990년대에 접어들면서 시인들은 시의 사회적 역할에 관한 심적 책무로부터 풀려난다. 문학은 정치의 직접적인 영향력에서 자유로워졌다. 후기 자본주의 시대이며 사회주의 핵심이 붕괴된 시대, 서구적 합리성에 대한 근본적인 반성이 제기된 때가 바로 90년대이다. 그러나 90년대는 전반적으로 물질에 잠식되는 정신 영역의 위축을 보여준다. 물질이 인간을 다른 인간으로부터 구별하는 절대적인 기준이 되었다. 현대의 타자는 물질 소유의 경쟁자에 불과하다. 여기에서 타자와의 소통 관계는 회복이 불가능한 상태에 놓인다. 현대 사회는 이처럼 전혀 융합할 수 없는 개별자들이 모인 거대한 집합체에 지나지 않는다.

1990년대는 도시시, 신서정시, 해체시, 정신주의시, 생태시 등 다양한 시 창작의 경향을 보여주는데, 이들 경향을 통합하는 구심력은 물질화에 대한 시 정신의 대결이라고 볼 수 있다. 90년대의 시 정신은 두드러지게 서정적인 경향을 띠고 나타나는데, 그것은 물질화에 의해 고갈된 인간의 따뜻한 감성을 되살려내려는 시인들의 의지적 표출이다.

여기에서 우리는 시인들이 추구하는 서정성의 기저에는 내면의 가난을 추구하려는 정신이 내재하고 있음을 볼 수 있다. 시대의 구심력이 사리지고 그 대신 물질이 의식의 자리를 차지하게 된 시대에 시인들은 빈곤해진 자아에 대한 성찰을 보여준다. 시인들은 위축된 자아를 벗어나기 위한 노력으로 내면의 가난을 추구한다. 이러한 시 정신은 90년대 이전의 시에서 보여주는 물질적 가난과 가난을 낳은 사회 구조에 대한 비판 정신을 표출하는 시와는 변별된다.

1990년대 후반부터 가속화된 물질화된 문명은 지금 우리가 살고 있고 앞으로 살아야 할 2000년대의 문화와 문학적 성격을 규정지을 것이다. 디지털화는 모든 영역으로 급속도로 확산되어 가고 고유한 영역들의 경계가 붕괴되는 현상이 현저해졌다. 문자로 내면적 가치를 드러내는 형식인 시의 입장에서 바라볼 때, 이 같은 문화 현상은 우울한 현재를 경험하게 하고, 어두운 미래를 내다보게 만든다. 90년대와 2000년대에 두드러지게 서정성과 생의 본원적 문제에 대한 천착이 나타나는 것도 비인간적인 문명이 극대화되는 현실에 대한 반동으로 볼 수 있다.

시인들이 추구하는 내면적인 가난의 양상은 크게 미시성으로 정리되는데, 시적 대상의 미시성과 그 대상들을 드러내는 미시적 묘사로 나타난다. 시인들이 다루는 시적 대상들은 작고 미소한 것들이다. 시인들의 작품에 등장하는 대상들은 대부분 작고 노쇠하고 무언가 결핍된 모습을 가지고 있다. 이를 가리켜 남루함이라고 부를 수 있겠는데, 남루함에서 시인들은 세상을 이끄는 원동력이 내재하고 있음을 발견한다. 결핍과 상처와 아픔을 내보이는 존재들에서 우리는 우리 생이 지니는 본질적인 단면을 보기 때문에 우리는 그것들에 연민과 동질감을 갖는다. 그런 점에서 시인들의 미시적 시선은 삶에 대한 성찰로 이어지는 것이다. 따라서 남루함을 다루는 시 작품들은 어떠한 물질적 욕망이 침투하지 못하는 '무욕의 시'라고도 말할 수 있다. 시인들은 우리 일상의 소재를 다루면서 그것들에 숨겨져 있는 주체적인 힘을 이끌어 내고 있다. 작은 것들을 섬세한 시각으로 세밀하게 묘사함으로써 시인들은 생의 본원적 측면을 가시화시킨다.

> 내가 세상에 와 입은 옷은 몇 벌이었나 옷은 제 옷을
> 셀 수 없네 몇 십 년 입은 옷 그게 바로 내 그림자 내 남루지

(중략)

옷이 처음 본 것은 누구였나 지나간 건 다시 오지 않듯이 처음은
언제나 끝이 되고 말지 그래도 끝나지 않는 것은 한 몸에
빛과 어둠을 입고 벗는 옷 그러는 동안 여기까지 왔네 옷의
일생은 늘 그렇지 그대여 옷이란 그런 것이네 옷과 함께
잘 낡아가는 것이네

— 천양희, 「옷 입다 생각하니」 부분

위 시에서 '옷'은 '삶'으로 바꿔 의미화시킬 수 있다. 시간이 흐르면 모든 것이 변하고 소멸한다. 화자의 삶은 그의 육체가 새 옷을 입었다가 낡아진 옷을 다시 새 옷으로 바꿔 입는 일이었다. 하지만 그러한 가변성 속에서 묵묵히 화자의 삶을 지속시키는 것은 그의 생 자체이다. 생 자체에 대한 비유는 가변적인 나의 모습에 드리워진 "내 그림자"이다. 화자의 그림자는 화자가 새 옷을 갈아입거나 낡은 옷을 입고 있을 때에도 여전히 몇십 년 동안 화자가 자신의 삶을 이끌어온 모습을 고스란히 담고 있다.

화자의 그림자는 화자가 살아온 시간이 담겨 있기 때문에 남루한 모습으로 나타난다. 화자의 그림자는 "처음은/언제나 끝이 되고" 마는 시간의 흐름과 소멸 속에서, "빛과 어둠"이 교차하는 시간을 지나오면서 남루해진 화자의 삶을 위장하지 않고 그대로 드러낸다. 화자가 "옷 입다 생각하"는 깨달음이란 바로 남루한 자기 모습이다. 화자가 그것이 빛에 속하든지 아니면 어둠에 속하든지 자신의 본모습을 '남루함'에서 찾는다는 것은 자신의 생을 기꺼이 '받아들이는' 것을 의미한다.

기껏해야
나뭇가지 몇 개와
마른 풀 몇 올이 전부인데,

그래도 좋아라고
구김살 하나 없이
환하게들 피어 있다.

(중략)

집 한 채 소유하는 일이나
무슨 一家를 이뤄보겠다는 욕심에서
끝내 자유롭지 못한
나 같은 짐승이
삶을 좀먹는 동안에도

— 이진수, 「까치네 집」 부분

불빛 나가는 창가에 줄을 쳐 놓았다

새소리와 꽃향기를 가로막고

내 집을 기둥 하나로 삼아

농부가 논두렁에 쪼그려 앉아 있다

— 함민복, 「거미」 전문

이진수의 「까치네 집」과 함민복의 「거미」에서 시의 화자들은 자신들이 배우고 싶은 이상적인 삶의 모습을 자연의 소박함에서 찾아낸다. 위의 시에서 까치에 비하면 화자는 욕심 사나운 '짐승'이다. 화자의 마음과 생활을 물질적인 욕심이 자리를 차지하고 있는 반면에, 욕심이 끼어들지 않은 까치의 생은 꽃처럼 환하게 피어 있다. 함민복의 「거미」를 보면, 인간인 농부도 자연의 한 부분을 당당히 차지하고 있음을 잘 보여준다. 농부는 마치 자연물들을 팽팽하게 응집시키고 있는 한 마리 거미처럼 논두렁에 쪼그리고 앉아서 일을 하고 있다.

놀랍지 않은가
내내 생의 둘레에서 살던 쑥부쟁이가 오늘은
자갈밭 같은 마음에 걸어 들어와 꽃을 피우다니

그것도 노래로 허기를 채우던 시절처럼
한여름 빈혈 앓던 몸으로 바라보던 노을처럼
외갓집 가면서 구화란 불당재 이라울 양진터 용머리 나발터 지아말
여기저기 꾹꾹 찔러주던 할머니 야윈 손가락처럼
그때 구불구불 출렁이던 산길처럼
가쁜 숨결처럼

얼마만인가
어린 쑥부쟁이에 서식하는 세상이 너무 환하다고
강물도 폭을 좁혀 울먹이다 가는
여기는 세상의 바깥인가 안인가

— 이관묵,「가을볕 속삭임」 부분

이관묵 시인은 그의 시에 분꽃, 쑥부쟁이, 가랑잎처럼 작고 여린 자연물을 소재로 하여 깊은 성찰을 담아낸다. 위 시에서 쑥부쟁이는 분꽃과 마찬가지로 생의 둘레 혹은 둘레의 생, 생의 주변부 또는 주변부에서의 생이라는 조건을 딛고서 피어난다. 쑥부쟁이는 세상의 무거움을 감당하기 힘들다. 그러나 그것을 견뎌냄으로써 쑥부쟁이는 세상에 대응할 힘을 얻는다. 오히려 세상이 가볍고도 여린 쑥부쟁이 둘레에 모여든다. "어린 쑥부쟁이에 서식하는 세상"에서처럼 쑥부쟁이는 세상을 응집시키는 구심력이 된다. 스스로 생을 견뎌내는 공간에서 세상의 바깥과 안, 중심과 주변의 구별이 지워진다. 견딤의 지점에서 쑥부쟁이는 드디어 꽃을 피우고 스스로 중심이 된다. 시적 자아의 분신인 "가을볕"은 또 다른 분신인 "쑥부쟁이"에게 네가 세상의 중심이라고 따뜻하게 속삭인다.

자신의 삶에서 궁기窮氣를 들여다보고 있는 시인이 문인수 시인이다. 문인수 시인이 직시하고 있는 자신은 남루하고 늙었다. 그는 진심으로 피하고 싶었을 낡아가는 자신의 모습을 인정하고 받아들인다. 그가 시에서 시적 대상으로 삼은 낡은 것들은 그의 시적 자아의 분신들이다. 시인의 겸허하고 연민에 찬 시선은 시인의 내면을 투명하게 비추고 외부에 있는 사물로 향한다. 대상에 대한 연민의 시선이 시인 자신의 모습을 바로 보게

하는 힘이다. 문인수 시인은 자신이 남루한 존재임을 인정하고 있는 그대로를 사랑한다. 그는 삶이 우리에게 던지는 그늘인 슬픔을 진심으로 이해하고 있는 시인이다. 문인수 시인의 시적 자아가 대상들에게 애련한 마음을 갖는 이유는 그들에게서 시적 자아가 자신의 삶의 궁기를 보기 때문이다. 그는 낡은 사물들과 미소한 인간, 즉 자신이기도 한 그들에게 생의 의미를 찾아낸다.

> 저 긴 수평선, 당신도 입 꽉 다물고
> 오래 독대한 흔적이 있다.
> 바람 아래 모래 위 우묵한 엉덩이 자국이여
> 온몸을 실어 힘껏 눌러앉았던
> 이 뚜렷한 부재야말로 날개 아니냐
> 저 일몰 속 어디 어둑, 어둑,
> 훨훨훨 깔리는 활주로가 있다.
>
> — 문인수, 「나비」 전문

존재감이란 과연 무엇일까? 문인수 시인은 위 시에서 '부재'가 가장 '뚜렷한' 실존이라고 말하는 듯하다. 하늘과 바다가 맞붙은 수평선은 마치 우주가 "입을 꽉 다물고" 있는 듯한 형상을 보여준다. 이것을 생의 문제로 끌고 온다면, 수평선은 우리에게 어떤 방향성도 제시하지 않은 채 망망대해로 우리 앞에 펼쳐져 있는 삶의 비유가 될 수 있다. 삶은 우리에게 어떠한 해답도 제시하지 않는다. 생은 우리와의 소통을 거부하는 다문 입이다. 위의 시 「나비」는 소통이 차단된 생을 피하지 않고 그것과 대면하고 직시하는 시간이 바로 우리의 존재를 선명하게 드러낸다고 노래한다. 바닷가에 앉아서 "온몸을 실어 힘껏 눌러앉았던" 모래의 엉덩이 자국에서 시인은 나비의 비상을 본다.

문인수 시인은 우리가 기대하는 생의 모습과 그 결과가 우리 생을 이끄는 힘이 아니라고 보고 있다. 생에 대면하는 시간이 흘렀던 자리, 이미 주체는 사라지고 흔적만이 남아 있는 자리가 비상의 의미를 갖는다. 나비 날개 같은 엉덩이 자국이 비상 혹은 자유로움으로 전환될 수 있는 것은 그 흔적을 남겼던 누군가가 자신의 생에 기대했던 욕망을 벗어던지고 일어났기 때문이다. 이때 부재가 '뚜렷한'이라는 수식을 얻을 수 있는 것이다. 부재는 욕망의 소멸이며, 그 대신에 뚜렷해지는 것은 실존에 대한 자유로움이다.

어물전 개조개 한 마리가 움막 같은 몸 바깥으로 맨발을 내밀어 보이고 있다
죽은 부처가 슬피 우는 제자를 위해 관 밖으로 잠깐 발을 내밀어 보이듯이 맨발을 내밀어 보이고 있다
펄과 물속에 오래 담겨 있어 부르튼 맨발
내가 조문하듯 그 맨발을 건드리자 개조개는
최초의 궁리인 듯 가장 오래하는 궁리인 듯 천천히 발을 거두어갔다
저 속도로 시간도 길도 흘러왔을 것이다
누군가를 만나러 가고 또 헤어져서는 저렇게 천천히 돌아왔을 것이다
늘 맨발이었을 것이다
사랑을 잃고서는 새가 부리를 가슴에 묻고 밤을 견디듯이 맨발을 가슴에 묻고 슬픔을 견디었으리라
아-하고 집이 울 때
부르튼 맨발로 양식을 탁발하러 거리로 나왔을 것이다
맨발로 하루종일 길거리에 나섰다가
가난의 냄새가 벌벌벌벌 풍기는 움막 같은 집으로 돌아오면
아-하고 울던 것들이 배를 채워
저렇게 캄캄하게 울음도 멎었으리라

— 문태준, 「맨발」 전문

위 시에서 아픔으로 움츠러드는, 작아지는 인간의 본래 모습이 조개의 맨발로 잘 형상화되어 있다. 시의 화자는 어물전에 진열된 개조개가 빨판을 내밀고 있는 모습을 보고 있다. 그는 그것을 보면서 가난했던 과거와 그 가난을 힘들게 다스렸을 부친에 대한 기억을 떠올린다. 화자는 이전에는 몰랐던 아버지의 슬픔과 고단함을 개조개의 맨발을 보면서 문득 깨닫는다. 식구들의 배고픔 때문에 집이 컴컴하게 울 때, 화자의 아버지는 양식을 구하러 발이 부르트게 거리를 헤매고 다녔을 것이다. 그때 아버지가 가졌을 막막함과 고단함을 화자는 지금에서야 깨닫게 된다. 아버지가 가져온 양식을 받아먹고 나서야 울고 있던 집은 캄캄한 울음을 그친다.

개조개의 빨판을 보고 촉발된 아버지의 맨발에 대한 기억은 우리에게 물질적 빈곤, 혹은 가난이 곧 결핍이 아니라는 것을 잘 보여준다. 문태준 시인은 이러한 사실을 환하게 '터득한다'. 화자가 아버지의 맨발이 지닌 의미를 깨닫는 순간이 바로 화자가 자신의 맨발의 뜻을 알게 되는 시간이다. 아버지의 맨발은 아무것도 걸치지 않은 존재의 맨몸이기도 할 것이다. 화자는 아버지의 맨발을 떠올리면서 지금 자신의 생이 지닌 맨발의 뜻을 가늠해 보리라. 맨발의 뜻을 터득하는 순간 화자의 마음은 "죽은 부처가 슬피 우는 제자를 위해 관 밖으로 잠깐 발을 내밀어 보"였던 것처럼 타자와 자신을 향한 진정한 사랑으로 가득 채워질 것이다.

위에서 살펴본 시인들은 강한 존재들에 가려진 작은 존재들을 노래한다. 그들은 강함이 아니라 연약함에서 삶의 아름다움과 기쁨을 발견하는 시인들이다. 그들의 시선은 권력의 중심으로부터 한없이 멀고 먼 대상들이야말로 반짝이는 생의 진수를 담고 있는 것으로 인식한다.

4. 시 정신의 미시성을 벗어나기 위하여

내면의 가난이 시 창작의 에너지라고 볼 때, 내면의 가난은 시인의 의식적인 지향점이 된다. 내면의 가난은 특정한 시대와 역사와는 무관하게 시에 나타나는 보편적인 특성이라고 볼 수 있다. 위에서 살펴본 90년대 이후의 가난을 노래한 시작품들은 작품들은 대체로 가난과 겸허함 속에서 생이란 무엇인가에 대한 깨달음을 감각적으로 노래하고 있다.

1990년대 이전의 시가 물질적 빈곤과 그로 인한 불평등을 비판하고 그러한 불평등의 조건을 벗어나려고 한 것이 가난을 노래한 시들에 나타나는 주된 시 정신이었다. 반면에 가난과 시대의 연관성에서 벗어나 있는 90년대 이후의 시에서 가난의 문제는 시인의 관심에서 멀어지게 된다. 시에 나타나는 시적 자아들의 겸허한 자기성찰과 소외되고 주변적인 대상들에 내재하는 생의 에너지 등은 '내면의 가난'이라고 지칭할 수 있을 것이다. 여기에서 가난은 오로지 시인 혹은 시적 자아 개인에 속하는 것이기 때문이다.

90년대 이후의 시인들은 누추함과 남루함을 지닌 작은 대상들-여기에는 물론 시인의 시적 자아가 많은 부분을 차지하고 있다-에서 생의 환희를 발견한다. 시인들은 그들의 내면을 스스로 가난의 처지에 머물고자 한다. 어쩌면 그들에게 가난한 삶이 가장 이상적인 시 정신이 구현된 것으로 여길는지도 모른다. 그들의 내면이 가난과 염결성을 추구하고자 할 때, 시인 자신을 포함하여 모든 남루한 시적 대상들은 남루의 조건을 벗어나 자유로움과 아름다움을 획득할 것이기 때문이다.

그런데 거대 담론이 사라지고 미시적 담론이 지배적인 시대에 정작 문학의 위기가 거론되는 이유는 어디에 있는가? 비판과 거부의 정신은 거대 담론의 시대에 시대적 담론과 문학이 서로 소통하게 만든다. 그 소통의 힘으로 문학은 창작의 에너지가 축적될 수 있었다. 90년대 이전의 빈곤한 시대는 시인들로 하여금 끊임없이 새로움과 긴장의 시 정신을 환기시킨다. 그러나 90년대 이후부터 최근에 이르는 시단의 창작 경향을 볼 때, 시인들이 지나치게 개인 내면의 가난을 표출하는 데 집중하고 있음이 나타난다. 시인들의 시선과 내면은 작은 일상들 속에서 발견하는 생의 문제에만 천착하고 있는 듯하다. 이미 세워지고 굳어진 의식과 가치를 부정하는 데 시 정신의 본의가 놓인다면, 지나치게 미시적인 범주 속에 안주하는 태도는 경계의 대상이 되어야 할 것이다. 시의 미시성이 곧 시 정신의 풍요로움으로 이어지는 것이 아님을 우리는 잘 알고 있기 때문이다.

김현의 시 비평에 대한 통찰

1. 이데올로기의 억압과 개인의 삶

김현은 그의 비평문에서 비평가로서 지켜야 할 덕목인 사유 대상들과 현상들에 객관적 거리를 항상 유지하려는 태도를 보여준다. 그는 한국 문학사에서 객관적인 비평의 거리를 지닌 비평가로서의 인식에서 선구적이라고 평가할 수 있다. 비평가로서의 전문적인 인식을 갖기에는 역부족인 1950년대와 60년대에 비평하는 사람의 개인적인 정치적 입장과 문학관은 분리되지 않았다고 볼 수 있다. 반면에 70·80년대의 비평을 이끌던 김현에 이르러 이전 세대가 보여주었던 특징과는 달리 비평가로서의 확고한 인식 아래 비평가로서의 대상에 대한 객관적 거리를 확보한다.

김현은 당대의 문학과 시대에 대한 자신의 견해를 직접적으로 이야기하지 않는다. 그렇기 때문에 김현의 비평문들에서는 문학에 대한 그의 지적인 사유와 시대의식이 뚜렷하게 드러나지 않는다. 그는 자신의 속내를 문장 속에 숨기고 있거나 순간적으로 드러낼 뿐이어서 독자들은 김현의 사유의 흔적들을 따라가면서 그의 의식을 포착해야만 한다. 김현 비평문의 이러한 특질이 김현 비평에 대한 메타비평을 어렵게 하는 요인이라고 말할 수 있다. 그러나 간접적으로 우리는 푸코에 대한 김현의 비평에서 그의 철학적·문학적·시대적 인식의 흔적을 발견할 수 있다.

김현의 푸코 비평서 『시칠리아의 암소』는 미셸 푸코의 저서들에 대한 김현의 세밀한 독해를 보여준다. "그(푸코: 필자 주)의 문학적 취향은 초현실주의 이후의 전위주의에 기울어지고 있다. 그 전위주의는 체제 보수적 전위주의가 아니라 체제 전복적 전위주의이며, 그가 위반에 깊은 관심을 내보이는 것은 그것 때문이다. 횔더를린, 아르토, 블랑쇼, 바타이유, 클로소프스키, 루셀, 니체 등에 대한 그의 경사는 그의 전위주의의 양상을 선명하게 보여주는 경사이다. ……그의 세대를 억누르고 있던 것은 마르크시즘·실존주의·현상학의 복합적 지평이다. 그것을 깨뜨린 것이 그에게 있어서는, 베케트의 『고도를 기다리며』이다."[1] 여기에서 김현은 푸코의 시대를 억누르고 있던 것들에 대해 언급하고 있는데, 우리는 김현이 속했던 세대를 억누르고 있던 것과 비교해 볼 수 있을 것이다.

"68 전에, 적어도 프랑스에서는, 철학자 행세를 하려면 마르크시스트이거나, 현상학자이거나, 구조주의자이어야 했다고 믿는다. 그런데 나는 그 어느 것에도 속하지 않았다. 또 하나, 그때에는 프랑스에서 정신병학이나 의학의 역사를 공부하는 것은 정치 분야에서 진정한 지위를 갖지 못했다는 것을 뜻한다. 그때 그것에 흥미를 갖는 사람은 없었다. 68 이후에 생긴 첫 번째 것은 이론적 틀로서의 마르크시즘이 고개를 숙이고 개인적 삶과 관련된 새로운 정치적·문화적 관심이 나타났다는 것이다. 그래서 나는 68 이전에는 아주 적은 사람들을 제외하고는 내 책이 거의 반응을 얻지 못했다고 본다."[2] 푸코의 이 같은 진술은 집단 이데올로기가 개인의 자유로운 의식을 억압하는 김현의 비평 태도의 출발을 짐작하게 한다. 푸코는 자신이 속한 세대를 억압하였던 것으로, 마르크시즘·실존주의·현상학 등 어느 한 가지 입장에 소속이 되어야만 지성의 공간에서의 입지가 허용되던 분위기에 압박감을 갖는다. 그는 개인의 자유로운 의식을 억누르는 시대적 억압으로부터 벗어나 체제 전복적이고 전위적인 인식을 갈망한다. 푸코의 이러한 집단 이데올로기를 거부하는 의식에 대해 김현은 동질감을 갖고 있었다.

푸코는 프랑스의 68세대의 등장과 그들의 성향에 부합하는 철학가라고 말할 수 있다. 프랑스의 68세대는 경제적 풍요 속에서 기성세대의 가치관과 권위주의를 거부하며 60년대 말부터 70년대 초의 청년운동을 주도했

1 김현, 「푸코의 문학비평」, 『폭력의 구조/시칠리아의 암소』, 문학과지성사, 1992, 143-145면.
2 위의 책, 126-127면.

다. 1968년 5월 사태 "파리 근교 낭테르 대학의 학내 시위로 시작된 이 사건은, 파리를 바리케이드로 겹겹이 둘러싸 버렸으며 결국 노동자들의 전국적인 대규모 봉기가 일어나는 사태로 발전하였다. 이 사태는 매우 힘겹게 해결되었다. 5월 사태는 기존의 정당 정치의 부적절함을 폭로하는, 새로운 문화적 형식들을 배태하였다. 권력을 잡고 있던 무리들은 경제적 근대화가 낳은 새로운 사회적 에네르기에 대답할 수도 또 그것을 흡수할 능력도 없었다.……1968년 5월 운동 내부에는 다양한 요소들이 존재하였다. 그 축제적 성격은 소수 좌익 학생들과 노동자들(트로츠키주의자, 마오주의자, 무정부주의자)의 정치, 사회 혁명 요구와 결합되었다.……여성 운동, '녹색' 운동, 게이 정치 등 모든 운동들이 1968년을 기점으로 새로운 힘과 지향을 갖고 발전해 나갔다. 5월 사태는, 기존의 정당들이 적응할 수 있는 속도보다 빨리 프랑스 사회가 변화하고 있고, 사회적인 기대도 더욱더 근본적인 변동을 겪고 있음을 보여주는 신호였다. 시작되자마자 끝나 버린 1968년의 5월 사태는, 그러나 더 장기적인 의미에서 중요한 메시지를 구현하는 것이었다."[3]

마르크스주의자, 현상학자 구조주의자 등 집단을 이루어서 견해를 펼쳤던 68 이전과 68세대가 확연하게 달라진 것은 집단 이데올로기로부터 개인적 삶에 대해 시선을 돌리게 되었다는 점이다. 푸코의 입지가 바로 이 지점에서 확보된다. 프랑스의 68세대와 푸코의 비평가로서의 입지 확보의 이유는 한국문학사에서 비평가로서 김현의 위상을 확인할 수 있는 지점이 된다. 푸코는 기존의 가치관과 권위주의를 거부하고, 집단이 표방하는 이데올로기에서 벗어나고자 하였다. 푸코가 집단의 이데올로기로부터 개인적인 삶에 시선을 돌리게 된 프랑스 68세대의 요구에 부합하는 철학가였던 것처럼, 김현은 분단의 역사적 조건 속에서 정치적 이데올로기에서 결코 자유롭지 못했던 문학의 위상에 대해 비판적 시각을 가지고 있었다.

해방 이후에 본격적인 비평 논쟁인 순수·참여문학 논쟁이 전개되었는데, 이들의 논쟁은 정치와 문학이 직접적으로 결합된 양태를 띠고 진행되었다고 볼 수 있다. 김현은 당대 문학이 외부에 의해 평면적, 단면적 견해

3 콜린 존스, 『케임브리지 프랑스사』, 방문숙·이호영 역, 시공사, 2001, 345-354면.

로 강요되고 있다고 보았으며, 그러한 시대적 분위기는 개인의 의식을 억압하는 것으로 보았다. 김현은 시작품을 비평 텍스트로 선택하고 해석하면서 집단의 이념을 표방하는 작품보다는 개인적 삶의 문제를 다룬 작품들과 개인의 내면세계를 표출한 작품들에 관심을 기울였다. 60년대의 김수영과 70·80년대의 이성복과 80년대 중·후반의 기형도의 시작품들에 대한 김현의 비평문들은 그의 비평가적 인식과 태도를 응축시켜 보여주는 글들이다. 그는 시대의 변화를 함축하고 있는 대표적인 시인들에 대한 탁월한 비평문으로 한국비평사에 뚜렷한 족적을 남기고 있다.

2. 비평의 기준, 시 의식의 철저성

1950년대 말부터 1960년대 전반에 걸쳐서 『현대문학』과 『사상계』를 중심으로 문학의 현실참여에 대한 찬·반 논쟁이 진행되었다. 이 같은 사실은 문학의 사회적 기능에 대한 당시의 새로운 인식을 반영하는 것이다. 그러나 이러한 당대의 문단 분위기는 동시에 당대의 문인들을 심리적으로 압박하던 것이기도 하였다. 1960년대의 난해시 경향에 대한 시인과 비평가들의 반성과 순수·참여 논쟁은 시인들이 시에 현실을 반영하는 문제에 관심을 갖게 하였다. 이는 현실에 자각의 눈을 뜨게 되는 역사적 상황과 문학이 긴밀하게 관련을 맺는 현상이었다.

해방 후 문학의 참여론과 순수론은 김동리와 김동석 간에, 김동리와 김병규 간에 논리의 대결 구도로 나타난다. 이들의 대립은 잠시 좌익의 월북으로 일단락되었다가 60년대에는 실존문학의 도입으로 새로운 순수문학과 참여문학 논쟁으로 이어지게 된다. 참여론을 주장한 임중빈과 김수영, 순수론을 주장한 김붕구와 이어령의 논쟁이 전개된다. 50·60년대의 순수문학과 참여문학 논쟁은 문학과 현실, 문학과 정치와의 연관성에 초점을 맞춘 주장과 현실과는 별개의 것으로 보는 문학의 순수성을 주장하거나 혹은 민족성에 초점을 맞춘 견해의 대립으로 이루어진다.

그러나 순수·참여 논쟁에 거리를 둘 수 있었던 70년대의 김현은 역사와 시대의 문제와 문학이 직접적으로 연결된다는 시각에 대해 회의를 갖는다. 그는 시대적 문제는 개인의 외부로부터 개인에게 당도하는 것이 아니라, '개인'에게서 시작되는 어떤 것으로 이해한다. 그의 문학적 인식의 출발점도 여기에 있으며, 그의 인식의 결과도 '개인'에게로 귀결된다. 이 같은 인식이 60년대의 김수영의 시 「풀」에 관한 그의 해석[4]에서 잘 드러나 있다. 민중시로서의 위상을 확보하고 있었지만, 그 위상이 「풀」의 의미를 한정시켰던 것은 주지의 사실이다. 그러나 김현은 시대적 의미 해석으로부터 벗어나서 「풀」이 전혀 새로운 의미를 획득할 수 있도록 독특하게 접근하였다. 「풀」에 대한 새로운 작품 해석은 작품에 대한 외재적 접근이 작품에 선행하던 당대의 분위기에 대한 김현의 비판 의식에서 나왔던 것이다. 김수영 시에 대한 김현의 비평은 다음 절에서 구체적으로 살펴보려고 한다.

"자기가 속한 사회가 폐쇄된 사회임을 자각한다는 것은 개인의식의 투철한 확인을 전제로 한다. 자기 자신이 속한 계층을 확인하고, 그 계층이 한국 문학의 주류를 형성할 만한 내적인 충실성을 보유하고 있는가 없는가를 판단하여, 세계 앞에 개방되어 있는 한국 사회의 기이성을 극복하기 위해서는 날카로운 자기 각성이 필요하다. 그 각성은 그러나 초월적인 것이 되어서는 안 된다. 자기 이성의 밖의 어떤 것에 완전히 기댐으로써, 자신의 논리를 포기하려는 태도는 도피 이외의 아무것도 아니다. 민족주의 사관의 맹신에 기댄다거나, '민중의 힘'이라는 매혹적인 어휘로서 가정되고 있는 진보적인 힘에 도움을 청하는 것은, 외국의 이론에 무턱대고 찬사를 보내는 식민주의 사관의 음험한 발로나 외국의 이론만이 옳다는 율법주의도 마찬가지로 배격하지 않으면 안 된다."[5]

위에 인용한 김현의 진술에 나타나 있는 것처럼, 그는 양극단 중 어느 한쪽으로 치우치는 것에 대한 조심스러움을 견지하고 있다. 김현의 이 같은 태도는 대립하는 양쪽의 입장 그 어느 쪽으로도 치우치지 않으려는 그의 비평가 의식에서 비롯된다.

---

4 김현, 「웃음의 체험」, 『전체에 대한 통찰』, 나남출판, 1990, 138-144면.

5 김현, 「70년대의 한국 문학의 전망」, 『책읽기의 괴로움/살아 있는 시들』, 문학과지성사, 1992, 277면.

"한국 현대 시단의 가장 큰 고질은 참여시와 순수시의 팽팽한 대결이다. 참여시와 순수시의 구별은 최근에는 정직함과 애매함이라는 그야말로 애매한 명제로서 정립되어 있는데, 이 대립을 해소시키는 길이 한국 현대시를 위해서는 가장 시급한 일에 속한다. 그러나 그것은 참여시와 순수시의 대립을 한국 문학에 필요불가결한 것이라고 보는 많은 평론가들 때문에 더욱 어려운 일이 되고 있다. 참여시의 이론적 배경은 문학의 공리적 가치다. 문학은 그 문학을 탄생시킨 사회를 위하여 봉사하지 않으면 안 된다는 것이다. 이 공리론은 언어의 동적 성격 때문에 미술과 회화와는 다르게 역사에의 헌신이라는 직접적인 의무를 문학에 부여한다. 문학은 진보적 역사관의 소산이어야 한다는 것이다. 이 주장은 문학의 예술적 측면에 대한 정당한 이해를 통해서야만 그 진실한 가치를 획득할 수 있다. 언어가 사회의 산물이라는 점에서 문학은 사회 현실과 밀접한 관계를 맺고 있지만, 그것은 정적인 함수 관계로서 맺어진 것이 아니라 동적인 함수 관계로 맺어진 것이기 때문에 고정된 이데올로기의 도구가 될 수는 없는 것에 속한다. 말을 바꾸면 문학이 사회와 관련을 맺고 있는 것은 개인과 현실이 만나는 현장을 통해서이며, 그 현장은 구호와 선전문에 의해 고정화될 수 없는 것에 속하는 것이다. 순수시의 이론적 배경은 언어의 습관성·애매성이다. 예술로서 문학이 존재하는 것은 언어가 시간의 때를 고정된 틀 속에 잡아넣음으로써 언어가 지시하는 대상을 애매모호하게 만들기 때문이라는 것이다."[6]

김현 비평의 특징을 들자면, 하나는 시인의 철저한 시 의식이 작품에 나타나는가를 살피는 접근 방법이 이루어지고 있다는 점이다. 다른 하나는 시작품을 해석하는 데 그의 미학적인 시선이 드러난다는 것이다. 후자의 경우는 바슐라르의 미학과 푸코의 영향 아래 있다고 말할 수 있다.

김현은 각 시인이 갖는 시대에 대한 인식과 개인의 정치적 입장에 대해서는 언급하지 않는다. 대신에 그는 시인들이 표출하는 시적 인식에 얼마나 그 자신의 철저함이 내재해 있는가에 대해 질문을 던진다. "역설적인 것은 현실주의를 부르짖고 이상주의적인 모든 경향을 투항주의라고 부르

---

6 위의 책, 279-280면.

는 자들이 일상적인 현실에 오히려 투항하고 있다는 놀라운 사실이다. 진정한 정신은 현실주의나 이상주의의 어느 한 편에 있는 것이 아니라 그 어느 것이 굳어서 획일화되는가 안 되는가를 따지는 자기 성찰과 반성 속에 깃들인다."[7] 김현이 비평의 초점을 맞추고 있는 시 의식의 철저성의 한 예로 그는 다음과 같은 시인들을 거론하고 있다.

"김광림의 『갈등』과 문병란의 『정당성』을 읽었다. 김광림은 한 가난한 시인의 일상적인 무기력한 삶을, 문병란은 말할 것을 말하지 못하는 자의 아픔을 각각 노래하고 있다. 한마디 덧붙이는 것이 허용된다면 그러나 시인이 노려야 하는 것은 무기력함이 아니라 무기력한 삶을 반성시키는 일이며 시인이 저항해야 하는 것은 옳다고 흔히 생각하는 것이 과연 옳은 것인가를 회의케 해야 한다는 것이다."[8] 김현은 그가 현실주의 시인으로 파악한 문병란과 현실주의에 속하지 않는 김광림을 각각 '회의 없는 저항'과 '반성의 결여'라고 지적하고 있다. 김현은 문병란이 그의 시에서 시대에 대한 저항을 드러내고 있지만, 그 저항은 철저한 회의에서 비롯된 것이 아니라고 본다. 마찬가지로 김현은 일상을 소재로 한 김광림의 시 역시 반성이 철저하지 못하다는 점을 비판하고 있는데, 여기에서 김현은 시가 현실 문제를 반영하는가 그렇지 않은 가가 비판의 대상이 아니라는 것을 이야기하고 있다. 그는 시인이 추구하는 시적 경향에 우선하여 엄정한 시 의식이 필수적임을 강조하고 있다.

김현의 시 비평의 특징으로 바슐라르와 푸코의 영향 아래 펼친 그의 미학적 분석을 들 수 있다. 물질인 물, 불, 공기, 흙에서 무한한 상상의 힘을 찾아낸 바슐라르의 미학적 시선은 전봉건의 시와 유치환의 시를 바라보는 김현의 시각적 기저를 이룬다. 그는 전봉건의 시를 분석하면서 불에 대한 바슐라르의 시적 몽상[9]을 차용하고 있다. "그(전봉건: 필자 주)의 불은 그러나 밖으로 드러나 있어 쉽게 만져지는 불이 아니다. 그것은 어둠을 밝히는 불이나 추위를 녹여주는 불이 아니라, 꽃피고 잘 익어 즐거운 불

7 위의 책, 302면.

8 위의 책, 355면.

9 가스통 바슐라르, 『촛불의 미학』, 이가림 역, 문예출판사, 1975, 가스통 바슐라르, 『불의 정신분석/초의 불꽃 외』, 민희식 역, 삼성출판사, 1990.

이다. 그 불은 동그란 것의 내부에 있는 불이며, 조심스럽게 잘 만지거나 헤집고 들어가야 만나게 되는 불이다. ……인간과 사물의 내부에 있는 불은 유용성의 불이 아니라, 즐거움·유희의 불이다. 그 불이 형체를 얻을 때에 그것은 대체로 춤이 된다. 그 불이 말을 얻을 때에 그것은 당연히 시가 될 것이다."[10]

김현의 비평적 시선이 바슐라르의 영향 아래 있었음은 그가 유치환의 시를 해석한 글에서도 발견할 수 있다. 김현은 유치환의 시「깃발」에 나타나는 시적 정신의 팽팽한 긴장감의 형성을 "그의 상상력이 상승하는 힘과 하강하는 힘 사이의 긴장에 얽매여 있지, 상승의 극점이나, 하강의 극점에 매달려 있지 않음을 뜻한다."[11]라고 분석하는데, 이 역시 바슐라르가 말하는 정신의 이미지화인 '상승'과 '하강'에 의지하고 있는 것이다. 김현은 푸코의 영향을 깊게 받았을 뿐 아니라, 바슐라르의 미학을 수용하고 있다. 김현의 대부분의 비평문과 비평문의 기저를 이루는 그의 시각은 이들 철학가들의 인식에 바탕을 두고 있다. 미셸 푸코는 현재의 흔적들을 고고학적으로, 계보학적으로 접근함으로써, 과거를 재구성해 내려 하였으며, 바슐라르는 '단절의 역사인식'을 주장한다. 이는 역사 인식의 불필요함을 주장하는 것이 아니다. 마찬가지로 김현의 문학적 인식은 내면화된 개인의 상상력이 시대와 서로 맞닿아 있다고 여기고 있음을 잘 보여준다.

3. 내면화된 세계

김현은 김수영과 이성복과 기형도의 시를 비평하면서, 개인의 내면이 현실적 문제를 어떻게 수용하고 대응하는가에 대해 초점을 맞추고 있다. 김수영과 이성복과 기형도가 만나는 외부는 시대의 문제이며, 시대의 문제와 분리되지 않는 경제적 궁핍이다.

김수영은 누구의 것도 아니며 어떤 것에도 속하지 않는 꽃의 이미지를

10 김현,「전봉건에 대한 두 개의 글」,『책읽기의 괴로움/살아 있는 시들』, 문학과지성사, 1992, 32면.

11 위의 책, 98면.

보여주는데, 그 꽃은 극도의 자유로움을 지니고 있다. 그러나 그 꽃은 "現代의 가시철망 옆에 피어 있는 꽃"(「九羅重花」)이다. 자유롭지만 현실과 분리되지 않은 존재인 글라디올러스는 김수영이 당대를 어떻게 인식하고 있는가를 뚜렷하게 보여준다. 글라디올러스처럼 자유로운 개인의 내면은 그가 중심을 잃지 않고 시대와 만날 수 있는 밑바탕이 된다. 김수영이 현실과 거리를 둔 모더니스트로서 50년대를 건너와 60년대에 참여문학을 시를 통해 실천했던 것은 시인 김수영이 꿈꾸는 자유로움이 시대와 조우하면서 피어난 인식의 꽃이다. 김수영이 당대의 시대적 정황을 해석하고 자신의 시에 수용하는 태도는 외부로부터 오는 것이 아니라, 개인의 인식이 외부를 향해 발현된 것이라 볼 수 있다.

김현은 김수영의 시 「풀」에 대한 그의 해석에서 시대적 의미, 혹은 정치적 의미에 한정되는 비평의 방향에 대해 비판적인 문제를 제기하였는데, 이는 시 해석에 외부적 요인을 선제시키려는 기존의 시 해석의 방향에 대한 문제 제기였다. "김수영의 「풀」은 피상적으로 관찰하자면 가장 비김수영적인 작품인데도, 가장 널리 알려진 김수영의 작품이다. 피상적으로 관찰하자면, 그 시의 단순성은 김수영적인 특성들, 자기성찰, 풍자, 야유, 탄식, 자학 등의 지적인 요소들과 어울리지 않는다. ……그 목적론적인 관찰 때문에 「풀」은 김수영의 어느 시보다도 더욱 김수영적인 시로 이해되고 선전된다. 「풀」은 가장 김수영적인 작품이라고 이해시키는 데 크게 공헌한 것은 민중주의자들이다."[12]라고 김현은 「풀」에 대한 시 해석의 협소함 혹은 경직성을 지적한다.

김현은 김수영 시에 대한 그동안의 연구가 「풀」의 어느 한 면만을 과장한 해석에 그치고 있다고 비판하면서 기존의 해석과는 전혀 다른 해석을 제시한다. "「풀」은 바람/풀의 명사적 대립보다는 넓은 의미의 동사의 움직임에 더 강조가 주어진 시이다. ……풀이 눕는 것을 풀 속에 서서 느끼는 사람이 시 속에 있다는 사실이다. ……그 시의 핵심은 바람/풀의 명사적 대립이나, 눕는다/일어선다, 운다/웃는다의 동사적 대립에 있는 것이 아니라, 풀의 눕고 욺을 풀의 일어남과 웃음으로 인식하고, 날이 흐리고

12 김현, 「웃음의 체험」, 『전체에 대한 통찰』, 나남출판, 1990, 138면.

풀이 누워도 울지 않을 수 있게 된, 풀밭에 서 있는 사람의 체험이다."[13]

김현의 「풀」에 대한 해석은 김수영의 시를 이해하는데 있어서 그 폭을 넓혔다는 데 의미가 깊다. 김현은 「풀」이 민중시로서만 다루어지는 것에 비판적 거리를 두고자 했다. 그는 기존의 「풀」 해석은 시대적 의미만을 중시하였다는 것을 지적하고, 시작품을 하나의 측면에 한정시키려는 태도를 지양하고 '그늘에 숨겨진 의미'를 전면화시키는 것이 가능함을 입증했다. 그는 정치·시대적 대립에 의해 문학의 의미 해석이 위축되는 현상에 대해 끊임없이 문제를 제기한 비평가라고 평가할 수 있다. '풀'과 '바람'의 대립 구조로만 해석되어 오던 것에서 한 걸음 더 나아가 풀의 움직임을 바라보는 사람을 발견해 냈다.

그러나 김현은 풀밭에 서서 "웃음의 체험"을 한 사람의 웃음을 "뿌리가 뽑히지 않기 위해서 우는 풀은 사실은 뿌리가 뽑히지 않았음을 즐거워하며 웃는 풀이다.[14]"라고 해석하면서 웃음의 체험에 대해서만 이야기할 뿐, 웃음이 갖는 의미 해석은 생략하고 있다. 과연 이 웃음의 의미가 무엇인지에 대한 해석이 뒤따라야 할 것이다. 풀의 운동성과 능동성을 보고, 인식의 전환을 체험한 자가 무엇 때문에 웃게 되었는지에 대한 해명이 있어야 한다. 비평 또한 의미화하는 작업이기 때문이다.

김현은 1986년에 발간된 이성복의 시집 『남해금산』의 해설에서 "이성복의 구축-해체의 시적 움직임은 "빗물 고인 길바닥의 그림자"와 같은 나의 넋의 도정을 파헤치는 움직임이면서, 또 한편으로는 서정적 자아의 회상의 작용으로 세계의 총체성을 인지하고 자각하려는 시적 움직임이다. 이성복은 그의 기억의 지하 묘소, 그 얽히고설킨 미로에 끈질기게 붙어 있는 악몽의 이미지들을 구축-해체하며, 그렇게 해서 얻어진 시들을 해체-구축하여 삶의 보편적 범주들을 만들어내려 한다."[15]

김현이 보기에 이성복은 80년대가 가지는 시대적 긴장 속에서 휩쓸리지 않는 시인이다. "대부분의 시인들은 서정적 자아를 서사적 자아로 대치함으로써 그것을 이룩하려 하며, 그런 의미에서 그 시들은 대개 행갈이

---

13 위의 글, 141-143면.

14 위의 글, 143면.

15 김현, 「치욕의 시적 변용」, 이성복 시집 『남해 금산』, 문학과지성사, 1986, 92-93면.

한 산문에 가깝다. 그러나 이성복에게 특이한 것은 대개 서정적 자아를 포기하지 않고 서사적 자아를 그 속에 수용하려는 시도이다. 세계는 그때 갈등을 일으키는 근원적 욕망에 대한 본원적 반성의 자리로 나타난다. 이성복에게 있어서는, 그 자신이 그 세계이며, 그 세계를 치욕스럽게 만드는 욕망의 자리이다."[16] 여기에서 '서정적인 자아'는 개인을 가리키며, '서사적 자아'는 시대를 의미한다.

김현은 "대부분의 시인들"이 보여주는 시대와 역사를 개인에 앞세우는 시인들의 시의 본연성을 상실한 모습을 비판적으로 평가한다. 반면에 김현은 이성복의 시가 "대부분의 시인들"과는 다른 모습의 시로 평가한다. 김현은 시 본래의 내면성이 유지되지 않는 상태에서 역사와 시대를 표방하는 시인들과는 다른 시인으로 이성복의 탁월함을 부각시키는데, 그것은 이성복의 시가 시대를 개인화시키고 내면화시켜서 인식하고 반성하고 있다는 점에서 그러하다고 본다.

기형도는 당대의 현실을 내면화시켜서 노래한다. 그는 자본주의가 극대화된 공간으로 현실을 인식하는데, 이 같은 그의 인식은 가난 체험이 바탕을 이룬다. 집단으로부터 소외된 개인에 대한 기형도의 시적 성찰은 그의 시적 자아로 하여금 '갇힌 개별자의 비극적 모습'[17]으로 인식하게 만든다.

"시인으로서의 기형도의 힘은 그가 가난과 이별의 체험을 했다는 데 있는 것이 아니라, 그 체험에서 의미 있는 하나의 미학을 이끌어냈다는 데 있다. 그 의미 있는 미학에 나는 그로테스크 리얼리즘이라는 이름을 붙여 주고 싶다. ……그의 시가 그로테스크한 것은, 그런 괴이한 이미지들 속에, 뒤에, 아니 밑에, 타인들과의 소통이 불가능해져, 자신 속에서 암종처럼 자라나는 죽음을 바라다보는 개별자, 갇힌 개별자의 비극적 모습이, 마치 무덤 속의 시체처럼 뚜렷하게 드러나 있다는 데에 있다."[18] 여기에서 김현은 기형도 시인의 내면이 외부로 열려 있다고 진술한다. 특히 "자신 속에서 암종처럼 자라나는 죽음을 바라다보는 개별자, 갇힌 개별자의 비

16 위의 글, 100면.
17 김현, 「영원히 닫힌 빈방의 체험」, 기형도 시집 『입속의 검은 잎』, 문학과지성사, 1989, 136면.
18 위의 글, 135-136면.

극적 모습이, 마치 무덤 속의 시체처럼 뚜렷하게 드러나 있다는 데에 있다."에는 김현이 생전에 마지막 일기를 쓰던 그 자신의 심정이 투사되어 있다. "새벽에 형광등 밑에서 거울을 본다 수척하다 나는 놀란다/얼른 침대로 되돌아와 다시 눕는다/거울 속의 얼굴이 점점 더 커진다/두 배, 세 배, 방이 얼굴로 가득하다/나갈 길이 없다/일어날 수도 없고, 누워있을 수도 없다/결사적으로 소리지른다 겨우 깨난다/아, 살아 있다."[19] 김현이 죽기 직전에 쓴 그의 일기에는 죽음에 대한 그의 관념과 현실 사이에서 어찌할 도리가 없는 한 인간의 아픔이 고스란히 드러난다.

"기형도의 시학에 대한 비판은 여러 가지일 수 있다. 그중에서 가장 피상적인 것은, 그의 현실에 역사가 없으며, 더 정확히 말해 역사적 전망이 없으며, 그런 의미에서 그의 시는 퇴폐적이라는 비판일 것이다. 그 비판에 일리가 없는 것은 아니나, 그 비판은 비판을 위한 비판에 가깝다. 그 비판은 기형도 시가 연 시의 새 지평을 완전히 무시하고 있으며, 그의 시와는 다른 차원에서 그의 시를 비판하고 있는 비판이다. ……나는 기형도의 시가 아주 극단적인 비극적 세계관의 표현이라고 보고 있다. 그것은 도저한 부정적 세계관이다. 그의 시가 보여주는 부정성을 그 이전에 보여준 시인은 그리 많지 않다."[20]

기형도 시인의 시 「안개」를 보면, 공장과 여공과 폐수 등의 시어가 만들어내는 산업화의 문제가 다루어진다. 그런데 산업화가 초래한 문제들은 '안개'의 상징성에 의해 사회적 의미망을 넘어서서 그 의미가 확장된다. 시에 등장하는 공간인 '읍'에 속한 모든 것들을 뒤덮고 침입하여 은폐시키는 안개의 위력에 시의 초점이 맞춰져 있다. 안개는 소통이 차단된 인간관계와 집단의 정서가 전혀 남아 있지 않은 개별자들의 억압된 심리 상태를 상징한다.

기형도의 시 「입속의 검은 잎」에서 시의 화자는 "침묵은 하인에게 어울린다고" 썼던 '그'의 불의의 죽음과 장례식을 대하면서 불안과 공포감을 갖는다. 불신의 시대에 예측할 수 없는 상황들에서 화자는 자신의 태도를

19 김현, 『행복한 책읽기/문학단평모음』, 문학과지성사, 1993, 249-250면.

20 김현, 「영원히 닫힌 빈방의 체험」, 기형도 시집 『입속의 검은 잎』, 문학과지성사, 1989, 141-142면.

결정해야만 하는 데 심한 압박감을 느낀다. 오히려 현실에 대해 침묵하느냐 침묵하지 않느냐를 강요하는 시대의 분위기가 화자에게 폭력적으로 다가온다. 시인의 시적 자아가 벗어나고 싶은 것은 시대의 문제를 넘어서는 것이다. 그것은 개별자로서 침해받고 싶지 않은 자유이다. 여기에서 시대적 문제는 개인의 문제로 전환된다. 시적 화자에게 중요한 것은 "내 입속에 악착같이 매달린 검은 잎"에 대해 가지는 자신의 불안이다. 그의 개인적인 자유를 억압하려 드는 것, 그의 내면까지 침입하여 어떤 선택을 강요하는 것에 대한 화자의 두려움과 공포가 「입속의 검은 잎」을 뒤덮고 있다.

「입속의 검은 잎」은 「안개」에서처럼 사회문제를 시의 소재로 삼고 있다. 그러나 시상은 개인이 가지는 내면의 불안과 공포로 깊숙이 파고든다. 자유롭게 발화할 수 없는 시대는 침묵하도록 강요받는 혀에 대한 이야기가 시의 표층을 이루고 있지만, 현실로부터 자유롭지 못한 화자의 내면의 문제에 시의 방향이 있다. 화자의 현재적 조건에 대한 성찰이 시의 심층에 숨겨져 있는 것이다.

4. 맺음말

김현 비평의 의의는 70년대 한국 문학의 독자적 확립과 형성 과정을 확인하고 정리했다는 점에 있다. 외국 문학의 주도적 흐름은 60년대를 거치면서 한국 문학의 독자성에 대해 자각하던 과정 중에 70년대 문학이 독자적으로 전개될 것이라는 전망을 제시한 김현의 시각은 적절하였다고 평가할 수 있다. 시 창작의 이론적 근거를 서구 시인들을 모방하는 것에서 벗어나려는 70년대 시인들의 시도를 김현은 적확하게 간파하고 있다. 김현은 한국 문학의 독자적인 위상을 정립하던 70년대를 이끈 평론가이다. 김현의 평론들은 70년대 문학의 특질들을 고스란히 반영하고 있다.

김현의 시 비평의 특징은 첫째, 김현은 시인의 시 의식이 얼마나 철저하였는가를 좋은 시작품의 준거로 삼고 있다는 점이다. 둘째, 작품에 대한 그의 미학적 태도가 드러난다는 점이다. 셋째, 한국문학의 독자성을 확인하고 강조한다는 점 등이다.

김현은 매력적인 인간의 면모를 보여주는 비평가이다. 그는 비평가의 기본자세로서 인식의 엄정성과 객관성을 들고 있다. 그는 이러한 비평가로서의 자세를 유지하는데, 비평문의 말미에 이르러서 주관적인 자신의 세계로 빠져들어 가고 있음을 발견할 수 있다. 그는 자신의 대부분의 글에서 비평의 균형 잡힌 시각을 제시하고 있다. 그러나 글의 말미는 결과적으로 상쇄의 방향으로 귀결된다. 이 같은 그의 태도를 어떻게 이해할 것인가가 김현 비평에 대한 비평의 문제인 것이다. 논리의 타당성과 객관성을 유지하고 있는 그의 비평적 자세가 순간적으로 무너지는 것은 김현의 인간적인 면모이기도 하고 그 자신의 논리의 한계이기도 하다. 객관성의 이면에 김현처럼 이러한 다면성을 숨기고 있는 비평가는 거의 눈에 띄지 않는다. 비평가로서의 시선은 수평으로 전개되다가 어느 지점에서 참여적인 문학과 갈라진다. 그 갈라지는 지점이 김현의 비평가로서의 삶의 인식적 표현이며, 그 자신의 문학적 가치관의 표출이다.

유토피아의 시적 상상과 의지

1. 유토피아와 문학의 출발점

유토피아라는 말을 처음 사용하였고, 유토피아가 어떤 체제를 가지고 있는지를 제시한 사람은 토머스 모어이다. 그의 저서 『유토피아』(1516)는 라파엘이 경험한 유토피아 섬 이야기를 서술적 화자인 모어에게 전해주는 내용으로 이루어져 있다. 유토피아 섬에는 노동하지 않는 자가 없기 때문에 사람들은 하루 여섯 시간 동안 노동하고 그 외의 시간을 자유롭게 쓸 수 있으며, 검소한 생활 덕에 시민들은 모두 부족하지 않은 생활을 누린다. 그들은 재산을 공동으로 소유하고 고르게 분배를 받으며, 남녀의 차별이 없는 이상적인 제도 아래 살고 있다. 물론 노예와 식민지 건설이라는 한계를 갖고 있기는 하지만, 모어는 당시의 영국 사회를 비판하고, 그가 꿈꾸는 가장 이상적인 사회를 유토피아 섬에 건설하였던 것이다.[1] 모어가 이러한 이상적인 사회를 꿈꾸게 된 배경은 모어 당대의 현실에 대한 모어의 비판의식에서 출발하고 있다.

정지창은 열악하고 모순된 현실을 부정하되 현실보다 나은 질서를 가진 대안 세계를 제시하는 것이 유토피아적 사유의 본질이라고 말한다.[2] 이 같은 현실 비판에서 출발하는 이상향의 추구는 시간과 공간을 초월하는 인간의 보편적 욕구이다. 서인석은 설화에 나타나는 유토피아적 사유에

1 원창엽은 "인간의 상상력에 의한 현실 비판이야말로 유토피아의 진실성을 의미하는 것이다. 『유토피아』는 영국의 산업혁명 초기를 시대적 배경으로 했다. 당시 영국 사회는 실업자가 속출하는 등 사회적 혼란이 일고 있었다. 『유토피아』 제1부에서는 이러한 사회의 현실을 예리하게 비판하고 있다"고 진술한 바 있다.(S. T. 모어, 『유토피아』, 원창엽 역, 홍신문화사, 2006, 6-7면)

2 정지창, 「유토피아·유토피스틱스·리얼리즘」, 『문예미학』 제7집, 문예미학회, 2000.11, 4-5면.

대해서 민중 설화에서 우리가 좀 더 주목할 것은 구체적인 유토피아 형상보다는 유토피아적 열망일 것이라고 파악한다. 여기에서 서인석이 유토피아의 형상과 열망을 구분한 이유는 현실 비판과 그 대안으로서의 이상사회를 제시한 '유토피아 형상'이 우리 설화에는 구체화되어 나타나지 않고, 더 나은 세상을 염원하는 민중들의 '유토피아적 열망'으로 나타나기 때문이다.[3] 유토피아 열망을 보여주는 설화로는 도연명의 『桃花源記』에 나오는 '무릉도원'과 유사한 '청학동' 이야기가 있으며, '남조선설', '정감록', '삼봉도' 설화처럼 단순한 무릉도원형 유토피아의 범주를 벗어나, 현실의 질서를 파괴하려는 의미가 강하게 드러나"[4]는 설화가 있다. 유토피아가 형상화된 대표적인 고전은 허균의 『홍길동전』이다. 『홍길동전』의 율도국은 허균이 꿈꾸는 이상 사회이다."[5] 동학의 지상천국도 "개인의 열망이나 개인적인 기원에 의한 것이라기보다는 당시 19세기 중엽의 시대적 혼란과 어려움을 극복하고 이룩하고자 했던, 이상적인 사회에 대한 민중의 총체적인 열망과 그러한 의식이 깃든 유토피아라고 할 수 있다."[6]

이상에서 살펴본 것을 정리하자면, 유토피아 사상이 출현하는 배경은 시대적 혼란이며, 그러한 부정적 현실을 벗어나 더 나은 세상을 꿈꾸는 인간의 욕구라고 말할 수 있다. 정지창은 "문학이란, 그것이 우리에게 자연과 사회로서 맞서고 있는 현실과 동일하지 않다는, 매우 넓은 의미에서 유토피아적 기획이다."[7]라고 문학과 유토피아의 근원적 동질성에 대해 진술한다.

본고에서는 문학과 유토피아의 함의 관계를 범박하게 다루기보다는 시에 유토피아의 구체적 형상이 어떻게 제시되어 있는지에 한정시켜서 살펴보고자 한다. 유토피아로 나아가는 도정의 길을 현실 속에서 발견하는 작품들은 현실과 유토피아의 교량이 될 것이다.

---

3 필자는 서인석의 용어인 '유토피아 형상'과 '유토피아 열망'에 전적으로 동의하고, 이를 본고의 주제어로 사용하고자 한다.

4 서인석, 「민중 설화에 나타난 유토피아 의식」, 『문예미학』 제7집, 문예미학회, 2000, 116-126면.

5 강동엽, 『조선 지식인의 문학과 현실인식』, 도서출판 박이정, 2008, 68면.

6 이종은·윤석산·정민·정재서·박영호·김응환, 「한국문학에 나타난 유토피아 의식 연구」, 『한국학 논집』 제28집, 한양대 한국학연구소, 1996, 204면.

7 정지창, 「유토피아·유토피스틱스·리얼리즘」, 『문예미학』 제7집, 문예미학회, 2000, 17면.

2. 유토피아 형상의 구체성

더 나은 사회에 대한 이상을 꿈꾼다는 점에서 문학에는 '유토피아의 열망'이 내재하고 있다고 말할 수 있다. 이처럼 문학과 유토피아의 본질적 동질성 때문에 '유토피아의 형상'이 어떻게 나타나고 있는가에 대한 것으로 시작품을 다루는 작업이 필요하다. 본래 유토피아가 현실 비판에서 출발하였음을 앞에서 살펴보았듯이, 유토피아의 사유를 보여주는 시작품 역시 현 상황에서 벗어나서 이상적인 사회를 제시하고 있음을 볼 수 있다.

파시즘적 국제 정세를 반영하는 1920년대 김해강의 시, 일제강점기의 신석정의 시, 해방기의 김기림의 시, 전후의 박두진의 시, 산업화 시기의 신동엽의 시에는 각 시인이 직면하였던 당대 현실과 시인들이 꿈꿨던 유토피아적 열망이 강렬하게 표출된다. 다음의 시편들은 시인들이 꿈꾸었던 유토피아의 구체적인 모습을 보여준다.

> 世上사람들아
> 나는宣言하노라
>
> 살인광선독와사를
> 發明하여내는
> 惡魔의頭腦를 깨치자
>
> 대포 폭탄의터지는소리
> 푸로페라의도라가는소리
> 총창을만드는機械소리
> 이러한모든흉녕한
> 惡魔의소리를무더버리자
>
> 들엇든총검을버리고
> 흙파는광이와호미를들라

(중략)

모든生靈이고고루幸福을갈러가질것이다.
다가티발벗고
붉은몸동이가되여
흙으로도라가자
손목잡고땀방울로탑을싸차

햇빛으로살빗을빗내고
흙덩이로臟腑들굿세게하고
풀꽃香氣로靈魂을길두자

오즉한아인즐거운노래를부르고살자

— 김해강, 「나의宣言」 부분[8]

위의 시에서 화자인 나는 '깨치자', '무더버리자', '맛트라', '들라', '싸차', '살자' 등의 청유형 어미를 사용함으로써 전쟁에서 벗어나 도래해야 하는 세상 모습이 어떠해야 하는지를 선언한다. 새로운 세상은 전쟁이 소멸한 평화로운 땅에서 함께 농사를 짓고, 모든 사람이 "고고루幸福을갈러가지"는 곳이다. 전쟁이 문명화 폐해의 정점이라면, 새로운 세상은 인간과 자연이 조화를 이루는 곳이다. 그곳에 사는 사람들은 다 같이 일하고 생산물을 공평하게 누린다. 화자인 나는 그곳에서 '참人間을볼수있'고, '참眞理의光이빗날것'이라고 말한다. 행복의 고른 분배와 모든 사람의 노동 참여는 토머스 모어가 상상한 '유토피아 섬' 시민들이 누리는 삶과 다르지 않다.

어머니
당신은 그 먼 나라를 알으십니까?

깊은 삼림지대를 끼고 돌면

8 김해강, 「나의宣言」, 『조선일보』, 1926.4.7.

고요한 호수에 흰 물새 날고
좁은 들길에 야장미野薔薇 열매 붉어
멀리 노루새끼 마음놓고 뛰어다니는
아무도 살지 않는 그 먼 나라를 알으십니까?

그 나라에 가실 때에는 부디 잊지 마셔요
나와 같이 그 나라에 가서 비둘기를 키웁시다

(중략)

오월 하늘에 비둘기 멀리 날고
오늘처럼 촐촐히 비가 나리면
꿩소리도 유난히 한가롭게 들리리다
서리가마귀 높이 날아 산국화 더욱 곱고
노란 은행잎이 한들한들 푸른 하늘에 날리는
가을이면 어머니! 그 나라에서

양지밭 과수원에 꿀벌이 잉잉거릴 때
나와 함께 고 새빨간 능금을 또옥 똑 따지 않으렵니까?

— 신석정, 「그 먼 나라를 알으십니까」 부분[9]

신석정이 꿈꾸는 나라는 문명이 침투하지 않은 곳이다. 그의 시적 상상 속에 등장하는 '먼 나라'는 유토피아를 지칭하는 전형적인 표현이다. 이곳에는 없는 곳이며 이곳의 부정적 면모들과는 전혀 다른 행복이 근간을 이루는 곳이 '먼 나라'로 나타난다. 오택근은 신석정 시에 이상향이 설정된 배경을 설명하면서 "'먼 나라'는 완전한 아름다움과 정적의 공간이다. 이것은 현실을 인식의 배경으로 하지 않을 수 없는 시인의식에서 비롯된다고 할 때, 1930년대 한국의 현실적 상황과 결부시켜 생각해 볼 수 있다"[10] 고 말한다. 그런데, 그 먼 나라"에는 자연물들이 화목하게 어울려 살고 있지만, 사람은 없다. 신석정은 無人境의 이상향을 노래함으로써 사람들의

9 신석정, 「그 먼 나라를 알으십니까」, 『촛불』, 인문평론사, 1939.
10 오택근, 『신석정 문학 연구』, 국학자료원, 2003, 69면.

빚어내는 온갖 모순과 불화를 비판하고 있다고 볼 수 있다.

거리로 마을로 山으로 골짜구니로
이어가는電線은 새나라의 神經.
이름없는나루 외따룬 洞里일망정
빠진곳 하나없이 기름과 피
고고루 도라 다사론 땅이되라.

어린技師들 어서 자라나
굴뚝마다 우리들의검은 꽃묶음 연기를올리자.
김빠진工場마다 動力을 보내서
그대와나 온백성의 새나라 키어가자.

山神과 살기와 염병이 함께사는 碑石이선 마을마을에
모-터-와 電氣를 보내서
山神을 쫓고 마마를 몰아내자.
기름친 機械로 運命과農場을 휘몰아갈
希望과 自信과 힘을 보내자.

熔鑛爐에 불을켜라. 새나라의心腸에-.
鐵線을뽑고 鐵筋을느리고 鐵板을 피자.
세멘과 鐵과 希望우에
아무도 흔들수없는 새나라 세워가리.

(중략)

어린 새나라 하나 시달린 꿈을깨서 눈을 부빈다.
東海 푸른물 허리에 떨며 이러나는「아프디테」-
모두가 마지하자 굳이잠긴 마음의門을열어
피흐르는 가슴과 가슴을 섞어 새나라껴안자.

— 김기림, 「새나라頌」 부분[11]

11 김기림, 「새나라頌」, 조선문학가동맹 편, 『조선시집』, 아문각, 1946.

위의 시는 해방 직후에 다시 세워질 이상적인 '새나라'를 위한 찬가이다. 해방 이전과 다른 새 나라는 어떻게 건설되어야 하는가? 새 나라는 전 국토에 전선과 기차선로가 놓이고, 산업화가 활발하게 이루어지는 곳이어야 한다. 이곳은 사람들을 미혹시키는 미신이 사라지고, 마마 같은 질병이 퇴치된 나라이다. 산업화가 가난과 질병으로부터 사람들을 구원해 줄 것이며, 식민지가 되었던 과거의 무력함에서 완전히 벗어날 수 있게 할 것이다. 김기림이 꿈꾸는 해방 이후에 건설될 유토피아, 시멘트와 철과 희망으로 단단하게 세워질 새 나라는 산업화가 이루어진 나라이다.

눈부시게 찬란한 詩人의 나라
우리들의 領土는 어디에라도 좋다.
샛푸르고 싱싱한 그 바다 -
지줄대는 波濤소리 파도로써 돌리운
먼 또는 가까운
알맞은 어디쯤의 詩人들의 나라
共和國의 市民들은 詩人들이다.
아 詩人들의 마음은 詩人들이 안다.
진실로
오늘도 또 내일도 어제도
詩人들의 마음은 詩人들만이 안다.
가난하고 수집은
水晶처럼 孤獨한
갈대처럼 無力한
어쩌면
아무래도 이 세상엔 잘못 온 것 같은
외따로인 鶴처럼 외따로인 사슴처럼
詩人은
스스로를 慰勞하고 스스로를 운다.
아 詩人들의 마음은 詩人만이 안다.

(중략)

詩人이자 農夫가 農事를 한다.
詩人이자 建築家가 建築을 한다.
詩人이자 織造工이 織造를 한다.
詩人이자 工業家가 工業을 맡고,
詩人이자 園丁, 詩人이자 牧畜家, 詩人이자 漁夫들이,
고기 잡고 마소 치고 꽃도 심고, 길도 닦고,
詩人이자 音樂家, 詩人이자 畵家들이,
彫刻家들이,
詩人들이 모여 사는 詩의 나라 살림을,
무엇이고 서로 맡고 서로 도와 한다.

詩人들과 같이 사는,
詩人들의 아가씨는 눈이 맑은 아가씨,
詩人들의 아가들도 詩人이 된다.
詩人들의 孫子들도 詩人이 된다.
아, 아름답고 부지런한
代代로의 子孫들은
共和國의 시민,
詩人들의 共和國은 滅亡하지 않는다.

눈물과 孤獨, 쓰라림과 아픔의
詩人들의 마음은 詩人들만이 아는,
아, 詩人들의 나라에는 억눌음이 없다.
詩人들의 나라에는 搾取가 없다.
詩人들의 나라에는 도둑질이 없다.
詩人들의 나라에는 橫領이 없다.
詩人들의 나라에는 贈收賄가 없다.
詩人들의 나라에는 미워함이 없다.
詩人들의 나라에는 猜忌가 없다.
詩人들의 나라에는 僞善이 없다.
詩人들의 나라에는 背信이 없다.
詩人들의 나라에는 阿諂이 없다.
詩人들의 나라에는 陰謀가 없다.

詩人들의 나라에는 피흘림과 殺人,
詩人들의 나라에는 虐殺이 없다.
詩人들의 나라에는 强制收容所가 없다.
詩人들의 나라에는 恐怖가 없다.
詩人들의 나라에는 집없는 아이가 없다.
詩人들의 나라에는 굶주림이 없다.
詩人들의 나라에는 헐벗음이 없다.
詩人들의 나라에는 거짓말이 없다.
詩人들의 나라에는 淫亂이 없다.
그리하여 아, 절대의 平和, 절대의 平等,
절대의 自由와 절대의 사랑.
사랑으로 스스로가 스스로를 다스리고,
사랑으로 이웃을 이웃들을 받드는,
詩人들의 나라는 詩人들의 悲願
오랜 오랜 기다림이 이루어져야 할 것이다.

그러나 詩人, 어쩌면,
이 세상엘 詩人들은 잘 못내려 온 것일가?
어디나 이 세상은 詩의 나라가 아니다.
아무데도 이땅 위엔 詩人들의 나라일 곳은 없다.
눈물과 孤獨과 쓰라림과 아픔,
사랑과 煩悶과 기다림과 祈禱의,
詩人들의 마음은 詩人들만이 아는,
詩人들의 이룩하는 詩人共和國,
이땅 위는 어디나 詩人들의 나라이어야 한다.

— 박두진, 「詩人共和國」 부분[12]

박두진의 「詩人共和國」은 전후에 새롭게 세워질 이상 국가를 제시한 작품이다. 플라톤은 그의 「國家論」에서 시인은 추방되어야 할 존재라고 주장한 바 있다. 그의 주장에 따르면, 시인은 원본을 모방하는 그림자밖에

12 박두진, 「詩人共和國」, 『현대문학』, 1957.11.

못 되는 사람들이다. "우리는 마땅히 질서가 잘 잡힌 국가에다 그를 받아들여서는 안 되네. 그는 감정들을 일깨우고 기르고 강화하여 이성을 손상케 할 것이니까, 국가에 있어서와 같이 악한 자가 권력을 갖도록 허용하고 선한 자를 밀어내듯이 인간의 정신에 있어서도 우리는 주장하겠는데, 그 모방적 시인은 악한 제도를 심어 놓네. 그도 그럴 것이 그는 대소를 분간 못 하고 같은 것을 가지고 한때에는 크게 또 어떤 때에는 작게 생각하는 불합리한 성질에 젖어있으니까. 그는 影像의 제작자이고 진리와는 동떨어져 있네."[13] 플라톤은 실체가 아닌 影像 혹은 그림자를 그리면서 마치 그것을 진짜처럼 꾸미는 시인들은 이상 국가에 들어오지 않아야 한다고 소크라테스의 입을 빌려 말한다.

박두진의 「詩人共和國」의 시인은 플라톤이 의미하는 시인과는 전혀 다른 존재이다. 「詩人共和國」에 사는 시인은 실체를 모방하면서도 진짜처럼 위장하는 사람이 아니라, '가난하고 수줍고 수정처럼 고독하고 갈대처럼 무력한 사람들'이다. 다시 말하여 시인은 가난과 부끄러움과 고독을 아는 사람들을 가리키며, 단단한 권력과는 전혀 무관하게 갈대 같은 사람들을 의미한다. 그런 점에서 시인공화국의 시인은 플라톤의 이상 국가의 시민 같은 존재이다. 박두진은 전쟁으로 초토화된 전후 상황에서 새로운 나라를 건설할 임무를 마음이 시인인, 다양한 직업을 갖고 자신의 직업에 성실하게 몰두하는 사람들에게 맡기고자 한다.

1960년대 신동엽은 남과 북이 분단 상황에서 벗어난 유토피아와 평등이 실현된 유토피아를 시를 통해 꿈꾸었던 시인이다. 이러한 유토피아가 구현된 공간이 바로 '중립지대'이다. 「껍데기는 가라」와 「술을 많이 마시고 잔 어젯밤은」에서 중립지대는 전쟁의 상처인 분단 문제가 극복된 공간이다. 다음의 시에서 중립이라는 극복의 공간은 유토피아적 상상으로 확장된다.

> 스칸디나비아라든가 뭐라구 하는 고장에서는 아름다운 석양 대통령이라고 하는 직업을 가진 아저씨가 꽃리본 단 딸아이의 손 이끌고 백화점 거리 칫솔 사러 나오신단다. 탄광 퇴근하는 鑛夫들의 작업복 뒷주머니마다엔 기

13 플라톤, 『國家論』, 이병길 역, 박영사, 2007, 421면.

름묻은 책 하이덱거 럿셀 헤밍웨이 莊子 휴가여행 떠나는 국무총리 서울역 삼등대합실 매표구 앞을 뙤약볕 흡쓰며 줄지어 서 있을 때 그걸 본 서울역장 기쁘시겠오라는 인사 한마디 남길 뿐 평화스러이 자기 사무실문 열고 들어가더란다.

(중략)

반도의 달밤 무너진 성터가의 입맞춤이며 푸짐한 타작소리 춤 思索뿐 하늘로 가는 길가엔 황토빛 노을 물든 석양 大統領이라고 하는 직함을 가진 신사가 자전거 꽁무니에 막걸리 병을 싣고 삼십리 시골길 시인의 집을 놀러 가더란다.

— 신동엽,「散文詩 」부분[14]

「散文詩 1」에서 신동엽이 이야기하려는 것은 실제적인 분단의 극복뿐만이 아니라 계층 간의 불평등이 해소된 완전한 평등사회에 대한 것이다. 여기에 나타난 이상적인 사회는 분단의 소멸과 아울러 계층 간의 구별과 차별이 없는 곳이다. '대통령이라고 하는 직업', 혹은 '대통령이라고 하는 직함'에서 대통령이라는 존재는 광부, 농민, 서울역장과 같은 하나의 직업에 지나지 않는다. 이들 모두 각기 다른 직업에 종사하는 차이만 있을 뿐 직업에 따른 차별은 전혀 없다. "스칸디나비아라든가 뭐라구 하는 고장"은 대통령과 시인이 친구인 곳, 국무총리라서 특혜를 받지도 않는 곳이다. 역장과 국무총리는 다만 다른 직업에 지나지 않는 곳이다. 이곳에서는 지적 습득의 기회와 경제적 분배가 광부나 농민 모두에게 균등하게 이루어진다. 이처럼 광부도 동·서양의 고전을 읽을 여유가 있는 사회의 실현이 1960년대의 현실에서 신동엽이 꿈꾸었던 유토피아이다. 그러나 그의 유토피아는 당대의 현실 속에서는 찾을 수 없는 곳이므로 그곳의 이야기는 '~한단다' 혹은 '~하더란다'라는 간접 화법으로 전할 수밖에 없다.

위에서 살펴본 시작품들은 시인들의 시적 자아가 꿈꾸는 유토피아가 어떠한 형상을 갖추고 있는가에 대해 잘 보여준다. 이들 작품에는 우리의 근·현대사의 격변기와 그로 인하여 발생하는 정치·사회 문제들이 고스란

14 신동엽,「散文詩 1」,『월간문학』, 1968.11.

히 반영되어 있다. 시인들이 경험한 시대와 현실은 그들의 작품에서 더 나은 세상의 설정과 제시와 직접적으로 연관을 맺고 있다.

3. 지금, 여기에서 꾸는 꿈

시간적으로나 공간적으로 현실과 다른 유토피아가 설정된 작품들을 앞에서 살펴보았다. 칼리니스쿠가 유토피아의 개념을 '현 상태 세계의 불완전함에 대한 극심한 혐오로부터 싹터 아주 먼 섬 또는 찾을 수 없는 땅을 동경하고, 현재를 근본적으로 부패시키고 견딜 수 없게 만드는 것으로 여겨지는 역사의 악몽으로부터 벗어나는 유일한 길인 미래'를 지향하는 것으로 파악하였던 것처럼[15], 유토피아는 시·공간적으로 현실과 거리를 두어 설정되지만, 현실에서 꿈꾸는 상상이며 관념인 것이다.

김구용은 "관세음보살, 이제 당신은 蓮座에 없다./나는 배고픔에 외치는 音光에서 당신을 본다."(「관음찬 II」) 라고 모래하고 있는데, 그가 부단히 찾아 헤매던 백의관음은 현실 바깥에 존재하는 이상이 아니다. 그는 궁핍한 전후의 현실 속에서 백의관음을 발견한다.

유토피아를 현재의 시·공간에서 발견하고자 하는 시인들의 작품은 '멀리 있는 곳', 혹은 '앞으로 도래할 미래의 유토피아'가 아니라, '지금 여기에서' 더 나은 세상이 실현되고 있음을 보여준다. "아빠가 사랑하는 나라가 보여?/등불이 있으니까./그래도 멀어서 안 보이는데?/등불이 있으니까.//-아빠, 갔다가 꼭 돌아와요. 아빠가 찾던 것은 아마 없을지도 몰라. 그렇지만 꼭 찾아 보세요. 그래서 아빠, 더이상 헤매지 마세요.//-밤새 내리던 눈이 드디어 그쳤다. 나는 다시 길을 떠난다. 오래전 고국을 떠난 이후 쌓이고 쌓인 눈으로 내 발자국 하나도 식별할 수 없는 천지지만 맹물이 되어 쓰러지기 전에 일어나 길을 떠난다."(마종기, 「안 보이는 사랑의 나라」)[16] 지금은 보이지 않지만, 사랑의 나라를 향해 나아가려는 존재가 현재

15 M. 칼리니스쿠, 『모더니티의 다섯 얼굴』, 이영욱·백한울·오무석·백지숙 역, 시각과 언어, 1993, 75-79면.

16 마종기, 「안 보이는 사랑의 나라」, 『안 보이는 사랑의 나라』, 문학과지성사, 1980.

의 시간과 공간에서 펼치는 의지가 유토피아라는 상상의 세계에 내재하는 관념성을 초월하게 해준다.

내가 길들여진 노동자였을 때
저임금의 웅달 속을 장시간 노동에 지쳐
캄캄한 장벽을 운명으로 알고 살아왔었다

내가 눈을 떴을 때
높고 두터운 장벽 사이로
한 줄기 빛이 내렸다

(중략)

우리들은 또다시 전열을 추스르며
수없이 불어난 동지들과
탄탄한 연대 위에서
마땅히 누려야 할
우리들의 평등한 푸르른 대지를 향해
너는 함마
나는 다이나마이트
살덩이로 불꽃으로 불도쟈로
갈수록 무겁고 힘찬, 치밀하고 확실한
노동자의 전진을 내어딛는다

우리들의 숙명인
저임금과 장시간 노동이 사라질 때까지
억압과 착취와 분단의 장벽이
사라질 때까지

— 박노해, 「장벽」 부분[17]

저임금과 장시간 노동, 억압과 착취와 분단이 사라진 세상은 도래할 새로운 세상을 선언하는 말에 있지 않다. 노동자에게 강요되는 과도한 노동

17 박노해, 「장벽」, 『노동의 새벽』, 풀빛, 1984.

착취와 경제적 불평등의 장벽을 무너뜨리고 "평등한 푸르른 대지"로 바꿀 힘은 누군가의 선언이나 상상이 가져다주지 않는다. 그 힘은 자신들을 억압하는 현실을 인식하고, 그러한 현실에서 벗어나기 위해 "무겁고 힘찬, 치밀하고 확실한/노동자" 자신의 발걸음에서 나온다.

송경동은 그의 시 「겨울, 안양유원지의 오후」에서 "손이 부족한 중늙은이 둘이 쩔쩔매며/철제 울을 짓고 있다. 살아온 날들처럼/수직도 수평도 기울었다. 배운 거라곤/손이 하나 필요할 때 손 하나를 보태는 일/쭈뼛쭈뼛 다가가 도와주니 싫지 않은 내색이다//(중략)//어딘가 손 하나가 필요한 곳에/내 손 하나가 있었다면/그것으로 그만, 무엇을 기억할 일도/남길 일도 없다. 아침만이 있을 거라고/나는 이제 믿지 않는다"(송경동, 「겨울, 안양유원지의 오후」)라고 노래한다. 작은 힘일지라도 그 힘이 필요한 사람의 어려움을 덜어주는 손은 어떠한 이상적인 이념도 뛰어넘는 실천적 힘이다. 자신의 손길이 필요한 사람에게 손을 보태주는 실행이 편견과 차별과 불평등의 사회를 더 나은 세상으로 이끄는 교량인 것이다.

생의 높이를 인식하는 시간

1. 노동자로서의 인식

1970년대까지 민중의 생활과 감정은 전문 시인들에 의해 간접적으로 표현된다. 80년대에 들어와서 그러한 간접 체험자인 전문 시인들의 반성과 함께 '현장성'이 부각되기 시작한다. 그런 만큼 박노해와 백무산의 노동시는 민중시의 역사에 있어 획기적이라고 볼 수 있다. 1988년도에 등단한 김신용 시인 역시 노동자적 자의식을 표현한 시인으로서 박노해 시인과 백무산 시인을 잇는 노동자 시인으로 분류될 수도 있겠지만, 김신용 시인은 그들과는 다른 위치를 차지한다. 공장의 노동자가 단체와 조직을 갖는 노동자라면, 지게꾼 혹은 막노동꾼은 응집의 힘을 전혀 가질 수 없는 모래알 같은 노동자이다. 조직과 연대성을 가진 노동자들은 자본주의 권력에 대항하는 또 다른 힘을 생성해낼 수 있지만, 개별자적 노동자는 어떠한 권력으로부터도 완벽하게 배제된 존재이다. 김신용 시인의 시가 80년대 노동자 시인들의 시와 변별되는 점은 그가 노동자의 계층의식을 표방하지 않는다는 것이다. 대신에 그는 그의 시에서 개별자적 노동자의 자의식을 보여주고 있다.

지게꾼이 자기의 생각과 감정을 시로 표현할 수 있는 것을 시 창작에서의 평등이 구현된 것으로 볼 수 있다면, 김신용 시인은 이 같은 문학적 평등의 구체적 실례를 보여준다. 『버려진 사람들』(2003년)에서 소외된 기층 민중의 존재를 시의 중심부로 끌어올린 시인은 『환상통』(2005년)에서 그의 노동자적 정체성과 시적 형상화를 획득한다. 그는 『환상통』 이후에 『도장

골 시편』(2007년)과 『바자울에 기대다』(2011년)에서 자연과 인간의 조화로움을 노래하는데, 이들 시집에서 시인의 시 의식은 확연히 달라진다. 다시 말하여 『환상통』은 80년대의 민중시를 계승하면서도 노동자계층의식을 표방하는 여타의 민중시와는 변별되며, 기층민중의 존재론적 긍정과 인식을 절제의 아름다움으로 표현한 시집이라고 평가할 수 있다.

김신용 시인은 『버려진 사람들』에 실린 「지렁이의 詩」에서 "그저 온몸으로 꿈틀거릴 뿐, 나의 노동은/머리가 없어 그대 위한 기교는 알지 못한다/(중략) /그리하여 고난과 설움에 지친 그대 문득 어둠을 볼 때/징그러운 몸짓으로나마 꿈틀거림의 노래를 들려주겠다"라고 하면서 노동자가 시인의 정체성을 인식하는 순간을 간명하게 드러낸 바 있다. 『환상통』에 실린 「그 불빛」에도 시를 쓰는 것이 과연 자기 주제에 어울리는 것인지 심각하게 고민하는 지게꾼이 있다. 김신용 시인의 시적 자아가 시 쓰는 일이 자신에게 합당한지 아니면 주제넘은지를 심각하게 고민하는 장면은 연민을 자아낸다.

> 하루 벌어 하루 먹고 사는 주제에 글을 써야 하느냐고-, 술주정 같은 푸념을 했을 때
> 그 서점의 여자는 묵은 책의 먼지들 털 듯 말했었다. 쓰고 싶은 사람에게 글을 쓰게 하세요-. 라고
> 그 말을 듣는 순간, 내 머리속은 하얗게 비어 왔었고
> 눈앞이 아득히 흐려졌었다
> 그 불빛,
> 아무리 배가 고파도 쓰고 싶은 사람에게 글을 쓰게 하라는-, 그 傳言.
>
> —「그 불빛」 부분

위 시의 화자가 시를 쓰고 싶어 하는 것은 그가 언어로 자신을 표현하고 싶은 욕구를 갖고 있음을 보여준다. 자기표현의 욕구는 "하루 벌어 하루 먹고 사는 주제"의 사람이라고 해서 망설일 수 없는 자연스러운 것이다. 자신은 글을 쓸 형편이 안 되는 사람이라고 여기는 화자는 과연 글을 쓰는 것이 옳은 것이냐를 두고 고민한다. 이런 화자에게 단골 서점의 주인 여자는 "쓰고 싶은 사람에게 글을 쓰게 하세요-." 라고 말한다. 구원자

의 전언傳言 같은 그녀의 말을 듣는 순간 화자는 자신의 생을 밝히는 불빛을 경험한다. 화자를 비추는 "그 불빛"은 그가 생의 높이를 새롭게 인식하는 계기가 된다. 쓰고 싶은 사람에게 글을 쓰게 하라는 말을 듣는 순간 화자는 시로써 자기를 표현하는 것에는 계층의 높낮이와 형편이 어떠한 장벽도 되지 못함을 깨닫는다.

2. 노동의 기억과 추방된 자들의 노래

김신용 시인은 「환상통幻想痛」, 「幻?」, 「고사목」, 「鳴沙」, 「시멘트 침대」, 「잠식」, 「그 두 발」, 「그 꽃에 물은 누가 주나」, 「검은 마리아」에서 노숙자, 인력시장의 노동자, 빈민굴 여자, 홍등가의 여성 등 도시의 최하층민들의 삶을 그려낸다. 벌레나 죄수에 비유되는 이들은 자본주의의 디스토피아에 갇힌 자들이다.

김신용 시인의 「환상통幻想痛」은 시적 형상화가 뛰어난 작품이다. 이 시에서 김신용 시인은 수직적인 자본주의 사회 구조에서 최하층민에 속하는 지게꾼 노동자가 감당해야 하는 부당함과 속박에서 벗어나려는 시적 화자의 자의식을 보여준다.

> 새가 앉았다 떠난 자리, 가지가 가늘게 흔들리고 있다
>
> 나무도 환상통을 앓는 것일까?
> 몸의 수족들 중 어느 한 부분이 떨어져 나간 듯한, 그 상처에서
> 끊임없이 통증이 배어 나오는 그 환상통,
> 살을 꼬집으면 멍이 들 듯 아픈데도, 갑자기 없어져 버린 듯한 날
>
> 한때,
> 지게는, 내 등에 접골된
> 뼈였다
> 木質의 단단한 이질감으로, 내 몸의 일부가 된 등뼈.

언젠가
그 지게를 부수어버렸을 때, 다시는 지지 않겠다고 돌로 내리치고 뒤돌아 섰을 때
내 등은,
텅 빈 공터처럼 변해 있었다

그 공터에서는 쉬임없이 바람이 불어왔다

그런 상실감일까? 새가 떠난 자리, 가지가 가늘게 떨리는 것은?

허리 굽은 할머니가 재활용 폐품을 담은 리어카를 끌고
골목길 끝으로 사라진다
발자국은 없고, 바퀴 자국만 선명한 골목길이 흔들린다

사는 일이, 저렇게 새가 앉았다 떠난 자리라면 얼마나 가벼울까?

물끄러미 쳐다보고 있는 창 밖,

몸에 붙어 있는 것은 분명 팔과 다리이고, 또 그것은 분명 몸에 붙어 있는데
사라져 버린 듯한 그 상처에서, 끝없이 통증이 스며 나오는 것 같은 바람이 지나가고

새가 앉았다 떠난 자리, 가지가 가늘게 흔들리고 있다

—「환상통幻想痛」 전문

지게꾼 노동자인 화자는 지게꾼으로서의 삶을 벗어나고 싶어 자신의 지게를 부순다. 그러나 지게를 부셨을 때, 그는 지게꾼의 삶에서 여전히 자유롭지 못한 자신을 인식한다. 지게꾼의 삶에서 탈출하고자 한순간에 그는 지게꾼의 삶이 그의 전 존재를 속박하는 것임을 알게 된 것이다.

등뼈는 육체를 바로 잡아주는 중심축으로, 삶의 중심을 이루는 것의 상징으로 자주 쓰인다. 나무지게가 마치 화자 자신의 등뼈에 접골된 木質의

뼈처럼 인지될 만큼 화자는 오랜 시간을 지게꾼 노동자로 살아왔다. 지게가 등뼈의 일부가 되었다는 것에서 지게꾼 노동자의 삶이 화자의 삶 중심에 자리 잡고 있음을 알 수 있다. 화자의 삶은 역설적이게도 지게에 철저히 종속된 삶처럼 보인다. 화자가 지게꾼의 삶에서 아무리 벗어나려고 애써도 그는 주어진 삶의 조건을 쉽게 벗어나지 못한다. 지게꾼으로 살아온 오랜 노동의 기억은 부정할 수 없는 삶이기 때문이다. 실체가 없지만 또렷하게 느끼는 '환상통'은 지게꾼 노동자의 삶을 상징적으로 드러낸다.

노숙자는 사회구성원으로 살 수 없다. 그는 가족과 사회로부터 완벽하게 추방된 사람이기 때문이다. 시인은 노숙자가 지하도 시멘트 바닥에서 웅크리고 자는 모습을 "화산재에 묻혀버린 古代 폼페이의/무덤에서 발굴되는, 그 갖가지 형상의 시신을 닮았네/고사목들,/山頂의 절벽 끝에서 말라죽은 것들"(「고사목」)로 묘사한다. 노숙자의 육체는 살아 있지만, 그는 시신과 다를 바 없으며, 枯死된 뿌리로 절벽을 움켜진 고사목에 불과한 존재이다. 그는 사회로부터 추방되었을 뿐만 아니라, 미래에서도 죽은 자이다. 노숙자에게는 "혈관 속으로 젖어 흐르는 그 마비의 잠", "무수한 마취의 주사 바늘이 꽂힌 그 시멘트 침대에서의 달콤한 잠"(「시멘트 침대」) 말고는 인간으로서의 삶은 모두 박탈되어 있다. 노숙자에게는 잠을 자는 시간만이 생의 전부인 것처럼 보인다. 그는 마비와 소모와 탈진의 잠 속에서만 살아가는 존재이다.

> 시멘트 바닥에 누운 잠이, 사각, 나뭇잎을 갉아 먹는다
>
> 누에가 뽕잎을 갉아 먹듯이, 사각, 콘크리트의 나뭇잎을 갉아 먹는다
>
> 그 꿈틀거림이 뽑은 실들로 지하도는 어느새 고치가 되어 있다
>
> 그 어두운 지하에서의 羽化를 위해, 사각
>
> 돌의 나뭇잎을 갉아 먹고 돌의 실을 뽑아 만든 고치에서의 羽化를 위해
>
> 사각, 그 날개가 자신을 갉아먹는 폐허의 이빨인지 알면서도

사각, 그 탈피가 자신의 벌레의 길의 完成인지를 알면서도, 사각

—「잠식」 부분

곤충의 羽化는 애벌레와 고치의 번데기를 거쳐 날개를 달고 날아오르는 과정을 거친다. 벌레의 꿈틀거림과 캄캄한 고치 안에서 웅크린 번데기는 생에서 겪는 고통의 의미를 지니며, 우화는 고통의 속박에서 풀려나는 자유로움을 상징한다. 그러나 위의 시에서 羽化는 자유를 상징하는 말이 아니다. 시인은 노숙자의 삶을 벌레가 탈피를 거쳐 우화로 나아가는 과정에 비유하지만, 노숙자의 우화는 "어두운 지하에서의 羽化"임을 보여준다. 그의 우화는 다만 "벌레의 길의 完成"에 불과하다.

3. 타자의 얼굴과 비애의 힘

자본주의의 수직적 계층 구조 안에서 사람이 삶을 영위하는 공간은 그가 어떤 계층에 속하는지를 지시한다. 김신용 시인의 『환상통』에서 도시의 최하층민들은 집장촌, 인력시장, 쓰레기 하치장, 시멘트 길바닥 등의 장소에서 생을 꾸려나간다. 불모지 사막 같은 장소들은 그곳에 거주하는 사람들의 사회적 위상을 극명하게 드러낸다. 경제적 격차가 심한 자본주의 국가는 결핍을 태생적인 것으로 만드는 위력을 갖고 있다. "벌거벗은 몸이/존재의 집인 죄수들,/끊임없이 결핍으로 가는, 그들만의 실크로드를 걸어간다"(「鳴沙」) 도시의 최하층민들은 "끊임없이 결핍으로" 난 길을 걸어가야 한다. 태생적인 결핍의 장소에서 영위해 나가는 그들은 불모지 사막의 길을 벗어나지 못하고 그곳에서 생을 종결짓는다. 『환상통』은 디스토피아의 현실과 사람들의 고통을 구체적으로 보여준다.

그러나 김신용 시인은 『환상통』에서 결핍의 삶을 사는 이들이 걸어가는 삶의 양태와는 무관한 인간의 사랑과 존엄함을 노래한다. 김신용 시인의 시적 자아로 하여금 끝없는 자괴감으로부터 빠져나오게 만든 힘은 그를 사랑의 마음으로 보살펴준 타자에 대한 기억이다. 최초의 타자인 어머니

의 얼굴(「薄暮에 부침」)과 죽어가던 그를 위해 기도하던 수녀의 얼굴(「飛蚊症 2」)을 기억함으로써 시인의 시적 자아는 자기로부터 나와서 외부와 소통하게 되고, 자신을 사랑하게 된다.

밤하늘의 별들이 천체불멸설처럼 반짝이던 때가 언제였을까?

노을을 쳐다보지 않은 날들도 참 오래되었다

그러나 지금은 옷의 단추 하나가 떨어져도 그 얼굴이 보인다

길을 걷다가 무심코 돌부리에 채여도, 그 얼굴이 떠오른다

그동안 가슴 밑바닥에 버섯의 菌絲처럼 묻혀 있었던 것처럼, 뭉툭 돋아나는

하얀 제복을 입은 수녀의 얼굴이다.

내 의식 속에 존재하는지조차 몰랐던 얼굴이다

지난날, 내 거리를 헤매다 쓰러졌을 때

오랜 헤매임이 만들어낸 불치의 病巢 같은 빈혈에 지쳐 쓰러졌을 때, 그 病狀 곁에서

주여, 이 사람을 도우소서-보살펴 주소서- 기도해 주던, 그 수녀의 얼굴이다

그러나 나는 생애 처음으로 만난, 나를 위한 그 기도를 외면했었다.

내 치부를 들쑤시는 가시 같아, 오랜 방황이 만들어준 공황 속으로 의식을 침몰시키고 말았었다

그런데 그 기억이, 까맣게 지워버린 그 얼굴이, 그렇게 뭉클 떠오르다니!

이제 밤하늘의 별들이 천체불멸설처럼 반짝이고 있다는 뜻일까?

타오르는 노을에 젖어, 나를 흘려보낼 때가 되었다는 의미일까?

마리아 수녀원병원-, 모든 떠도는 행려병자들을 둥지처럼 품어주던

그러나 내겐 콘크리트로 딱딱히 조립된, 내 또 하나의 시멘트 침대였을 뿐이었던

흰 병실이, 그렇게 선연히 눈앞에 떠오른다는 것은-.

그래도 아직은 그 기억을 묻어두고 싶은 날

발 끝에 채인 돌멩이를 또 아무렇게나 걷어차 버리듯, 지워버리고 싶은 날

내 동공이 눈꺼풀을 잠그는 단추이듯 아무리 눈을 감아도

발길에 채이는 그 돌부리이듯, 잠긴 눈꺼풀을 비집고 돋아나는

지금 쓰고 있는 내 시가, 그 기도일 수가 있을까?

아, 그런 기도일 수가 있을까? 후회하는 날의 눈물 한 방울이기라도 한 듯-.

—「飛蚊症 2」 전문

위 시에서 화자가 자신을 처음으로 돌아보게 된 계기는 화자를 위해 기도해 주던 수녀 때문이다. 그는 수녀의 기억을 일부러 망각하고자 한다. 그는 한 번도 자신을 사랑한 경험이 없는 사람이었기 때문이다.

그러나 화자는 망각과 은폐의 시간에서 걸어 나오고 싶은 갈망을 드러낸다. 수녀의 얼굴은 시인의 시적 자아가 희미하게 기억하는 어머니의 얼굴과 겹쳐진다. "빈 시간의 두개골들만 굴러다니는, 내 앙상한 기억의 납골당에서 희미하게 떠오르는/그래, 한때 내게도/그런 어머니가 있었다. 기억의 폐기물 처리장 같은/그 흐릿함 속에서만, 메마른 乳線에 피가 배이듯 떠오르는/얼굴이 있었다"(「薄暮에 부침」). 어린 시절에 헤어진 어머니

의 얼굴은 화자의 기억 속에 흐릿하게 떠오를 뿐이다. 그러나 그는 아픈 자식을 위해 儀式行爲를 하던 어머니를 선명하게 기억하고 있다. 뿌리가 잘린 채 떠돌아다니던 화자는 자신도 어머니의 애틋한 사랑을 받은 사람이었음을 깨달으며 자신을 증오했던 세월에서 비로소 벗어나게 된다.

자신에게 남은 쓸쓸함, 그 절망을 견뎌내지 못하고
끊어야지 하면서도 끝내 끊지 못한 삶의 끈을 다시 붙잡기 위해
풀더미 바깥으로 악착같이 내밀고 있는 것 같은 두 발
청계천 고가도로 밑, 쓰레기 하치장에서 죽어
가마니를 수의처럼 덮고 있던 두 발과 너무도 닮은
그 쓰레기 하치장에 고인 어둠처럼, 알코올 중독의 간경화로 퉁퉁 부어오른
그 지게꾼의 두 발과 너무도 닮은, 풀더미에 덮인 그 두 발
여기 있으면 죽는다고, 병원을 찾아가라고 그렇게 말을 해도
병원에는 가기 싫다고-비록 이 쓰레기 하치장 한 구석에서 개처럼 죽어도
시체 해부대에는 팔려가기 싫다고-오랜 行旅가 가져다준 공황의식처럼
가마니 바깥으로 완강히 내밀고 있던, 그 두 발과 너무나도 닮은
두만강 강둑의 풀더미에 덮여 있는 두 발

—「그 두 발」 부분

위 시의 화자는 두만강 강둑에 누운 여자의 시신을 본다. 화자는 그녀가 아마도 식량을 구하기 위해 강을 건너다 죽었을 것이라고 추측한다. 화자가 본 북한 여자의 시신은 그녀의 두 발 때문에 인상적으로 기억된다. 화자가 쓰레기 하치장에서 본 또 하나의 주검은 간경화로 죽은 지게꾼의 주검이다. 두 사람의 주검은 화자의 의식 속에서 중첩되는데, 북한 여자의 두 발은 일말의 동정도 거절하는 듯하다. 그러면서도 삶의 끈을 다시 붙잡으려는 듯, 세상 속으로 두 발을 악착같이 내밀고 있는 것처럼 보인다. 청계천 고가도로 아래의 쓰레기장에서 본 지게꾼의 두 발도 세상 속으로 완강하게 내밀고 있다. 화자는 두 주검의 맨발에서 그들의 인간으로서의 자존감과 생의 의지를 본다. 그들의 삶이 세상 바깥으로 밀려가다가 마침내 삶의 문밖으로 쫓겨났을지라도 그들 역시 자존감을 지닌 존재였음을 화자는 그들의 인상적인 맨발에서 발견한다.

시인은 눈이 한쪽만 있는 比目魚를 통해 결핍의 조건에서 살아가야 하는 것이 결코 결핍의 삶이 아님을 역설한다. “그 하나 밖에 없는 눈의, 또 다른 물고기를 만나/둘이 한 몸이 되었을 때, 세상의 있는 모습 그대로를 볼 수 있다는//비목어여.”(「比目魚」) 시인은 외양의 결핍은 생을 긍정하는 데 어떤 장애도 되지 않음을 잘 보여준다.

그 노래가
흘러나온 것은, 어두운 골목에서였다
그 골목에 흩어져 있는 박스며 빈병들을 주우며
얕은 홍얼거림의 노래를 흘려보내는 얼굴은
깊은 마스크와 두터운 벙거지 모자에 싸여 있었다
얼굴을 드러내고 싶지 않은 듯
아무에게도 얼굴을 보이고 싶지 않은 듯, 그렇게 자신을 가리고
여자는 폐품을 줍고 있었다
그러나 어둡게 가려진 마스크 속에서는 〈어떤 개인 날〉이었든가?
〈내게 강 같은 평화〉였든가? 맑은 비음의 노래 한줄기가 흘러나오고 있었다
그 노래를 듣는 순간,
나는 등줄기에 못이라도 박힌 듯 그 자리에 서 버렸다.
어쩌면 자신의 불구를 가리고 있었을지도 모를
자신의 불치의 비명을 그렇게 숨기고 있었을지도 모를, 남루한 여자의 얼굴에서
흘러나오는 그 노래를 듣는 순간,

나비를 보았기 때문이었다. 불면, 찢어질 듯 가냘픈 날개를 가진 나비가 그 드넓은 바다의, 죽음의 혀 같을 물결 위를 마치 곡예를 하듯 아슬아슬하게 날아가는 것을 보았기 때문이었다. 그 어떤 질긴 목숨도 들어 올릴 수 있다는 듯이, 그렇게 나래를 치는! 나래를 치는……. 그 비애의 힘을 보았기 때문이었다.

—「비애의 힘」 부분

시의 화자는 벙거지 모자로 얼굴을 가리고 폐품을 줍는 여자의 노래를 듣는다. 그녀의 입에서 흘러나오는 노래를 듣는 순간 화자는 나비를 떠올

린다. 가냘픈 날개로 죽음의 혀 같은 바다 위를 아슬아슬하게 날아가는 나비처럼 그는 여자에게서 어떤 질긴 목숨도 들어 올릴 수 있는 비애의 힘을 본다. 여기에서 '비애'는 도시의 최하층민인 여자의 삶을 의미하기도 하고, 그녀를 바라보는 화자의 연민이기도 하다. '비애'가 그녀의 삶을 응축시킨 단어라면, '힘'은 어떤 불행도 침해할 수 없는 그녀의 존엄함이다. 비애의 힘은 비애의 생, 즉 결핍의 생을 사는 존재들이 자신의 생을 묵묵히 이끌어가는 그들의 존귀함에서 나온다. 김신용 시인은 그의 시집 『환상통』에서 남루한 삶도 훼손시키지 못하는 사람의 위대함을 노래하고 있다.

2부 균열된 일상의 기호들

궤 안에서의 질주

1. 부정否定의 발화가 의미를 낳는다

한국 현대시의 중심축으로 개체적 존재의식의 내면화와 타자와의 연대의식을 들 수 있다. 2000년대 시인들은 개체적 존재의 내면화 라는 시적 특징을 계승하고 있다. 한동안 문학 담론 속에서 부상했던 시의 환상성과 산문성은 개체적 존재의 내면을 표현하는 한 방법이었다. 2000년도 후반기에 들어서서 질서와 체계를 거부하는 시 정신을 보여주는 작품들이 이전에 비해 양적으로 줄어들기는 했지만, 개인의 내면세계를 치열하게 추구하는 시 경향은 한국 현대시의 뚜렷한 중심축으로 자리를 잡고 있다.

새로움을 추구하는 시인들이 다루는 내용은 개인사를 소재로 삼으며 타자와의 관계성에 대해 회의와 절망의 의식을 지닌다는 점에서 내면을 다루는 기존의 시적 전통과 크게 다르지 않다. 다만 기존의 시가 현실 속의 억압을 드러냄으로써 시인의 시적 자아의 동경을 암시하는 것에 비해, 새로움을 표방하는 시의 경우에는 현실의 억압은 이면화되고 환상이 시의 전면에 부각된다. 그러나 시에서의 새로움의 정신은 기존의 것뿐만 아니라 시인이 자기 자신까지 거부하는 태도에 있다고 말할 수 있다. 새로움을 추구하는 시인들의 작품에서 발견할 수 있는 독창성은 어떤 담론 속에서 만들어지는 것이 아니다. 시인이 추구하는 아름다움에 대한 그 자신의 믿음까지도 부정하는 태도가 진정한 새로움을 창조해낼 것이다.

김록金綠 시인은 1998년 『작가세계』로 등단하였고, 그동안 시집 『광기의 다이아몬드』(2003)와 『총체성』(2007)을 발간하였다. 김록 시인의 첫 시집 『광기의 다이아몬드』(2003)에 실린 「귀찮다!」를 보면, "아무것도 우리를 귀찮게 하는 것이 없다,/귀찮다/있어 왔던 생각/있어 왔던 말/있어 왔던 믿음/있어 왔던 우리는 다시 하고, 느끼고, 믿고,/귀찮다/본래의 것을/우리가 본래 손에 쥐고 있어서/아무것도 우리는 귀찮게 하는 것이 없다/아무것도 우리를"이라고, 시의 화자는 진술한다. 그는 아무것도 귀찮게 하는 것이 없는 세상이 귀찮다고 말한다. 시의 화자가 경험하는 바깥 세상은 '있던' 생각과 말과 믿음이 똑같이 반복되는 모습을 갖고 있다. 반복되는 일상과 사유와 관습과 믿음은 '우리를' 귀찮게 하지 않는다. 그러나 시의 화자는 이처럼 귀찮지 않은 세상이 '귀찮다'고 말한다. 귀찮게 하지 않는 세상이 귀찮다고 느끼는 화자는 동어반복적인 세상에 싫증과 무력감을 동시에 갖는 자이다. 그렇다면 그에게 중요한 일은 무엇일까. 그것은 변함없는 세상으로부터 벗어나는 일이다. 김록 시인은 그의 작품들에서 변함없고 고정된 것들에 대한 부정의 정신을 지속시킨다.

시인은 그의 두 번째 시집 『총체성』(2007)에서도 일상이 얼마나 진부한 것들로 가득차 있는가에 대해 노래한다. 시인의 시적 자아가 "육신의 미래라는 말은 얼마나 매혹적인가. 없는 곳이 없는 자신이 된다." 라고 미래 시간의 매혹을 노래하자마자 미래 역시 지루한 현재들이 될 뿐이다. "또 현재가 된다. 새로운 시간은, 지금 더없이 충족되고 있는 시간만큼 갈망을 불러일으키지도 않는다. 이 어쩔 수 없는 현재성에는 '망할' 놈의 시간들이 이미 있다."(「억지스러운 시간들」) 끝없이 전개되는 똑같은 현재들의 반복으로부터 벗어나려는 김록 시인의 시적 자아 앞에 과거와 현재와 전혀 다르지 않은 미래시간이 당도해 있는 것이다. 지루한 현재들에 오염된 미래를 사는 것이 김록 시인이 그의 작품들에서 구현하고 있는 삶의 조건이다. 이러한 상황을 예민하게 자각하는 존재의 불안이 시인의 창작을 이끌어나간다.

「그 속」, 「못된 짓」, 「사람 모양」, 「回」, 「양다리」에서 시인은 부정으로의 질주를 보여주지만, 그 질주는 갇힌 공간 안에서 한계적 존재가 벌이는 행위에 불과하다는 것을 여실하게 드러낸다.

2. 유한하므로 순수하다

김록 시인의 시집들과 「그 속」과 「못된 짓」과 「사람 모양」, 발표된 작품들인 「回」와 「양다리」 등에 나타나는 김록 시의 특징은 내면화 방식의 새로움이다. 그의 작품들은 의미를 지향하지 않는다. 다만 부정의 언어들이 발화되는 과정에서 식물성이라 부를 만한 정체停滯와 고정을 끝없이 이탈하려는 꿈틀대는 운동성이 자연스럽게 발생한다. 시인은 지속적으로 부정의 정신을 노래하고 있는데, 그것은 새로운 것이라기보다는 시의 본질적 측면이기도 하고, 시인의 일이기도 하다. 따라서 김록 시인의 시에서 새로운 측면은 편견과 관습, 경직된 관념 등에 대한 그의 부정 정신이라기보다는 기존의 것들을 모조리 던져버리려는 시인의 언어 행위에서 발생한다.

> 달음박질하는 갈기에는 그 기세에도 쇠파리가 붙어 떨어지지 않고 그때 굽 소리 한번 기똥차다.[1]
>
> 오늘은 열고 내일은 닫을
> 궤는 안에서 열리는 게 아니기에
> 희생마가 없다면
> 한 치 앞의 궤처럼 닫힐 모양이다.
> 한순간의 굽 소리에 끌려다니며
> 한바탕 피 터지는 말굽질
> 희생마는 언제나 궤 속에 있다.
>
> —「그 속」 전문

존재의 운명적인 유한성을 비유하는 공간으로 상자-궤-는 자주 쓰이는 소재이지만, 김록 시인의 시에서처럼 궤 속에서 질주하는 말의 설정은 특

1 달음박질하는 갈기에는 그 기세에도 똥파리가 붙어 떨어지지 않고 그때 굽 소리 한번 기똥차다.(필자 주: 이 각주는 시의 일부이다.)

별하다. '그 속'은 한정된 공간이며 외부에서만 개폐가 가능한 공간이므로 궤 자체로는 폐쇄된 공간이라고 말할 수 있다. "오늘은 열고 내일은 닫을 궤", 즉 바깥의 힘으로 열리고 닫히는 궤는 자율성 대신에 외부 힘으로 개폐가 가능한 곳이다. 그러나 이처럼 닫힌 공간은 그 안에서 벌어지는 말의 질주로 인하여 맹목과 집중, 몽매와 순수가 공존하는 공간이 된다. 희생마는 무엇을 위해 달리는가? 우스꽝스러운 형세로 말이 질주하는 이유는 무엇인가? 이러한 질문들에 답할 만한 의미가 시에 드러나지는 않는다. 그러나 이미 한계성이 전제되어 있는 궤라는 공간은 질주하는 데 몰입해 있는 말이 있음으로 하여 몰입의 순수성을 획득한다.

글에서 사용되는 각주는 글 본문에서 보완할 내용이나 인용한 글의 출처를 밝히는 기능을 한다. 김록 시인이 시에서 각주는 본문의 의미를 전복시키고, 본문에서 생성되는 의미를 지우는 기능을 한다. 위의 시에서 "달음박질하는 갈기에는 그 기세에도 쇠파리가 붙어 떨어지지 않고 그때 굽 소리 한번 기똥차다."에 "달음박질하는 갈기에는 그 기세에도 똥파리가 붙어 떨어지지 않고 그때 굽 소리 한번 기똥차다."는 각주가 달려 있다. 본문과 각주의 차이는 '쇠파리'가 '똥파리'로 바뀐 것에 지나지 않지만, 각각 문장이 만드는 의미의 차이는 상당하다. 본문에서도 희생마의 질주에서 발생하는 엄숙함과 숭고함은 그것의 갈기에 붙은 '쇠파리' 때문에 완성되지 않고 유보되지만, 희생마의 피 터지는 질주의 의미는 각주에 의해 완전히 삭제된다.

그러나 시에서 어떤 의미가 생성되든 그것은 중요하지 않다. 김록 시인의 시는 의미 형성의 방향성이 주어지지 않기 때문이다. 다만 「그 속」에서는 궤라는 한정된 공간과 갇힌 말의 질주가 있다. 말이 일으키는 먼지는 시의 의미를 감추고 대신 폐쇄된 상자 속에서 벌이는 말의 질주만을 보이게 한다. 그 형상은 몰입의 순수성과 한계적 존재의 맹목성을 동시에 지니고 있다.

납 화살을 생각한다.
7과 10의 사이

바람에 딸랑거리는 소리가 들리고
명을 지키고 있는 아득한 생이 온다.
가 줘야겠다며.
바람은 점점 사라지고 있다.
이 막막함을 이대로 좀 더 지켜보자며.
활시위를 벗어날 수 있어.
하지만 바람이 없구나.
아니 이제 바람이 불 필요가 없는 것이다.

—「못된 짓」 전문

위 시의 제목인 '못된 짓'과 연결 지을 수 있는 것은 시의 화자가 "납 화살을 생각한다"이다. '납 화살'은 살해 충동과 죽음 이미지를 지니고 있으며 '7과 10의 사이'는 과녁판의 높은 명중을 지시하는 숫자로 짐작된다. 시의 화자는 궁사이거나 화살로 보이는데, 화자가 어느 쪽이든 살의를 담은 '못된 짓'에 주체의 정체는 지워져 있다. 못된 짓을 사유하는 그를 시의 화자로 부를 수 있을 것이다. 화자가 갖는 살의의 대상도 역시 증오의 결과인지 애정의 결과인지 시의 표층에는 나타나 있지 않다. 시에서 다른 것들은 다 지워지고 그 자리에 자리 잡으면서 존재를 빛내는 것은 못된 짓과 깊이 연관되어 있는, "납 화살"에 몰두하는 화자의 의식행위이다.

'못된 짓'과 '못된 생각' 사이에는 의미의 틈이 있는데, 못된 짓은 못된 생각이 행동으로 바뀐 것을 지시한다. "납 화살을 생각"하는 순간에 화자가 머물 때, 그는 살의에 차 있을지라도 그 살의는 아직 못된 짓이 아닌 것이다. 그의 못된 생각이 못된 짓으로 과연 실행되는가의 문제는 납 화살을 생각하는 순간에 이어지는 짧은 시간 동안의 문제이다. 그 순간과 짧은 시간 사이에 "바람에 딸랑거리는 소리가 들리고/명을 지키고 있는 아득한 생이 온다./가 줘야겠다며./바람은 점점 사라지고 있다." 등의 화자의 의식이 끼어든다. 흩어져 있던 화자의 적의는 납 화살을 생각하는 순간 살의로 응집된다. 그의 못된 짓에 바람도 불 이유가 없다. 화살은 못된 짓의 방향성만을 지닌 채 막 활시위를 벗어나고 있기 때문이다.

아 어느새 두 손바닥이 부리처럼 모아지는구나
무엇을 무엇이라 부를까
무엇이 있기에 무엇이
나를 쫓아오는 사람
그 사람이 바로 내가 찾던 사람일까
나는 그 사람을 가정해 두었다
그가 봤다고 하는 것 역시 그가 눈이 멀었을 때였다
사람은 왜 마음의 상처를 치유하지 못하는 것일까*
순수함이 유일한 폭력이 되었던 때

*죽은-이의 말.

—「사람 모양」 전문

위 시의 화자가 무엇을 이름 짓고, 찾고자 하는 욕망은 "아 어느새 두 손바닥이 부리처럼 모아지는구나"에서처럼 그의 두 손바닥을 부리처럼 모으게 한다. 손바닥으로 만들어 낸 부리 모양은 화자가 입으로 낼 수 있는 소리보다 훨씬 크게 호명하고자 하는 그의 바람의 모양이다. 그러나 화자는 자신이 불러내고 찾고자 하는 모든 것들에 강한 의문을 갖는다. 또한 화자를 쫓아오던 '그'가 가졌던 확신 역시 객관적 확신이 불가능한 조건에서의 확신에 불과하다. 화자는 자신과 그와 관련된 모든 탐색과 확신에 대해 강한 의문을 갖는데, 이는 확신과 실재 사이에 커다란 틈이 존재한다는 사실에 대한 그의 자각을 보여준다. '찾다'와 '보다'는 동사는 모두 대상을 알고자 하는 욕망의 표현이다, 그러나 위 시의 화자는 대상에 대해 알고자 하는 자신의 욕망에 대해 의문을 표출하며, "그가 봤다고 하는 것 역시" 그가 눈이 멀었을 때의 일임을 말한다. 여기에서 화자는 그의 관계에서 확실하게 드러나는 것은 역설적으로 모든 것이 지니는 모호함이며, 마음의 상처와 폭력이 된 순수함 등이다.

그것을 찾으러 간 것이
그것을 잊으러 간 것 같다
들어가면 방이 원래 없었던 것처럼

또 방문을 열어야 한다
열었는데 조금 전 방 안에 무엇이 있었는가,
거기에서부터 또 열고 있었다
그렇게 나가면 창문이 원래 없었던 것처럼
또 창문을 열어야 한다
그렇게 들어간다

—「回」 전문

김록 시인은 위 시의 제목을 통상적으로 시 본문 위에 배치하는 것과는 달리 시 본문 아래에 의도하여 배치하였다. 본문 하단에 자리 잡은 제목은 본문 위에 있었을 제목의 빈 공간과 마주한다. 이 같은 제목의 배치는 '回'의 운동성처럼, 출발점과 귀착점이 서로 맞물리면서 회전하는 모양을 갖는다. 화자가 무언가를 찾고자 하는 의지, 즉 그가 욕망하는 대상에 대한 탐구는 '回'의 운동성과 그 궤도 안에 있다. 따라서 화자가 처음에 가졌던 행동의 목적은 반복되는 '回'의 궤도 안에서 지워지게 된다. 시의 표층에 떠오르는 것은 화자가 열고 들어가는 행위이다. 그가 반복하는 똑같은 행동만이 그의 의지와 목적을 지워버리고, 그의 존재로서의 위상을 대신하는 것이다.

김록 시인의 작품은 인간의 개체성을 내면화 과정에서 의식과 표현의 신선한 파격을 보여준다.

내(네) 몸은 네(내) 마음대로이고
네(내) 마음은 내(네) 몸대로이다
내(네) 몸은 내(네) 마음대로이고
내(네) 마음은 내(네) 몸대로이다
안과 밖이 서로 잡아먹어 잡아먹힌 게 아니고
껴안아 하나가 된 게 아니고
그는 두 사람과 사귀고 있다*

*내(네) 몸은 네(내) 마음대로고
네(내) 마음은 내(네) 몸대로라면

내 몸은 네 마음대로이고
네 마음은 내 몸대로이며
네 몸은 내 마음대로이고
내 마음은 네 몸대로이다

내 몸은 내 마음대로이고
내 마음은 내 몸대로이며
네 몸은 네 마음대로이고
네 마음은 네 몸대로이다

내 몸은 네 마음대로이고
내 마음은 네 몸대로이며
네 몸은 내 마음대로이고
네 마음은 내 몸대로이다

내 몸은 내 마음대로이고
네 마음은 네 몸대로이며
네 몸은 네 마음대로이고
내 마음은 내 몸대로이다

내 마음도 네 몸대로
네 마음도 내 몸대로
내 몸도 네 마음대로
네 몸도 내 마음대로

내 마음도 내 몸대로
네 마음도 네 몸대로
내 몸도 내 마음대로
네 몸도 네 마음대로

내 마음도 네 마음대로
내 몸도 네 몸대로

네 마음도 내 마음대로
네 몸도 내 몸대로

—「양다리」 전문

위의 시는 '나와 너'의 관계성에 대한 시적 인식을 보여준다. 나와 너의 관계에 대한 반복적인 진술은 나와 너라는 존재의 개체성과 서로에 대한 종속성과 상대를 선취하려는 강제성과 억압에 관한 것이다. 나와 너의 관계성에 관한 시적 화자의 지루하고 복잡한 진술 뒤에 남겨진 것은 나와 너의 관계성이란 성립되지 않는다는 진실이다. 시인은 '내(네)', '네(내)'에서처럼 괄호를 사용함으로써 나와 너의 소통과 결합을 효과적으로 드러내는 것처럼 보이기도 하지만, 실제로는 소통과 결합이라는 의미를 철저하게 파괴하는 결과를 가져온다. 다시 말하면 나와 너의 소통과 결합의 의미와는 정반대의 의미를 형성한다. '내(네)', '네(내)'에서의 나와 너의 뒤바뀜은 괄호 밖의 '내'와 '네'와 관련하여 만들어지는 의미들을 모두 소진시켜버린다. 시 「양다리」는 본문과 각주로 나뉘어 있는데, 각주 부분의 1연은 '나와 네가' 서로에게 속해 있다고 가정하는 내용이다. 2연부터는 1연의 가정에 대한 예상된 결과이다. 2연에서처럼 두 사람의 완벽한 결합이 예상되고, 3연은 두 사람이 각자의 고유성과 독자성을 지닌 존재들인 것이 예상되고, 4연은 나와 네가 서로 상대에게 종속된 존재임이 예상되고, 이후의 연들에서는 나와 너의 관계가 종속성을 넘어 상대를 선점하고 착취하고 억압하는 존재들이 되기도 한다는 결과로 이어진다. 나와 너의 개체성과 종속성과 강제성은 끝을 알 수 없도록 이어진다.

"내(네) 몸"과 "네(내) 마음", "네(내) 마음"과 "내(네) 몸"은 계속 반복되면서 수많은 관계의 기포들을 만들어낸다. 그러나 들끓던 기포들이 다 가라앉았을 때, '나와 너는' 서로에게 완벽하게 차단된 존재들이라는 사실만이 결정체처럼 남게 된다. '나와 너'는 각각 자신들이 고립무원의 개체적 존재들이라는 사실을 발견하게 될 것이다.

김록 시의 특징은 반복과 전복으로 의미의 형성을 지우고, 발화 행위만을 시의 표층에 남겨둔다는 점이다. 이같은 창작 방식은 부정 정신의 첨예한 표현이라고 말할 수 있다. 김록 시인의 시에는 어떠한 것과도 타협하지 않으려는 시인의 결기가 보인다. 그의 시가 보여주는 형식의 실험성은 그의 부정의 시 정신처럼, 일정한 경향의 바깥에 있기 때문이다. 시인은 언어 행위와 인식 행위 안에서 자신의 창작 범주가 만들어지는 것에서도 탈주하게 될 것이다.

생과 죽음, 마주 보는 하나의 얼굴

1. 사물의 활기와 관념의 육체들

박서영 시인은 그의 첫 시집『붉은 태양이 거미를 문다』에서 관념들을 육체로 감각하고 인식하고 표현한다. 그는 무기체와 유기체 사이에, 죽은 사물들과 살아 있는 사물들 사이에 경계를 지운다. 무기체들은 시인의 활유법적 표현을 통해 마치 생명이 있는 것처럼 활기를 띠고 움직인다.「해변은 어떻게 태어나는가」에서 푸른 칼 같은 해변은 "바다의 새순"을 먹는 유기체로 형상화된다. "엎드려 잠든 슬리퍼 한 짝/질식하지 않으려고 벌린 저 아가리/끊임없이 벌레의 말을 먹고/벌레의 말을 낳는 슬리퍼 한 짝/(중략) /노란 환각이 진동하는 빈집 마당에/젖가슴 한 짝이 납작 엎드려/끝없이 호박꽃을 밀어올리고 있다"(「슬리퍼 한 짝」)를 보면, 버려진 슬리퍼는 애벌레와 호박꽃과 마찬가지로 생명체처럼 그려진다. 이처럼 시인이 자주 쓰는 활유법은 그의 시에 생기와 리듬을 부여한다.

시인의 시에 나타나는 또 하나의 특징은 시인의 시적 자아와 별개로 존재하는 독자성을 지닌 육체에 대한 의식이다. "이것은 정말 얼마나 고집센 구멍인지요 제대로 태양을 본 적 없어도 태양을 향해 조준된 총에 대해 생각하고 있어요"(「귀」)에서처럼, 육체는 시적 주체로부터 벗어나 별개의 감정과 의식을 가진 독립체로 나타난다.

박서영 시인의 다음 작품들에도 그의 첫 시집에서 보여주었던 독특한 시 의식과 표현이 잘 드러난다. 그는「진흙 바닥이 일어난다」,「흑백 사람」,「희귀한 곤충」에서 죽음과 생의 본질에 대해 깊이 천착하고, 죽은 사물들과 생명체 모두 활기를 지닌 존재들로 표현함으로써 이들 사이에 경계가 없음을 보여주는데, 여기에서 죽음을 친밀한 대상으로 인식하는 시인의 시적 태도를 볼 수 있다. 그는「영혼이 진흙처럼 빼근해지고」와「다세포 감정」에서 영혼과 감정을 대상화시켜 시적 주체를 해체시킨다. 특히 두 작품의 마지막 연에 이 같은 특징이 잘 나타나 있다.

체중계에 올라가 본다
0에서 시작된 바늘의 작은 실랑이가
결판을 내지 못한 채 오래 망설이고 있다
혼자 울고 있는 사람의 어깨처럼 흐느끼는 바늘
울음이 흐르는 곳에 나도 있다
사랑과 고통이 서로 밀고 당기며 밀봉된 곳
영혼이 피부를 찢고 나온다
수북한 털, 주름살, 검은 반점, 파란 핏줄
몸을 뒤죽박죽 색칠해 놓고 있다
이 반죽덩어리에서
눈물이 빠져나가도 가벼워지지 않을 것이다
내 영혼은 진흙처럼 무거워졌으니까

그것은 살결이 터진 채로 계속 자란다
넓고 넓은 곳으로 번지고 뻗어 나간다
그것의 세포는 계속 변하고 커진다
체중계는 여전히 0에서 흔들리고,

—「영혼이 진흙처럼 빼근해지고」 부분

반죽덩어리인 육체처럼 화자의 감정과 생각들도 뒤죽박죽 섞여버린다. 화자의 영혼도 반죽덩어리인 육체 속에 함께 뭉쳐져 밖으로 빠져나가지 못한다. 영혼은 몸에 갇혔으며, 이질적인 종양처럼 스스로 세포를 증식시킨다. 화자는 자신의 모든 것이 반죽덩어리 같은 육체에 갇혀 있음을 확인하게 된다.

「영혼이 진흙처럼 빼근해지고」는 영혼이라는 추상이 유기체를 통해 구체적으로 전환되었음을 보여준다. 이 작품의 마지막 연에서 영혼은 시인의 시적 자아의 의식에 속하지 않는다. 여기에서 화자의 영혼과 육체는 그와는 별개로 존재하며, 마치 그의 관찰 대상처럼 그려진다. 대상화된 그의 육체와 영혼은 "진흙처럼 무거워"진 영혼의 폐쇄성과 부자유함이 여실히 드러난다.

2. 죽음의 독특한 형상

박서영 시인은 그의 첫 시집 『붉은 태양이 거미를 문다』의 「자서自序」에서 "죽음은 가장 오래 기억해야 할 불멸이다./김해고분박물관을 어슬렁거리며 내가 찾고자 했던 것은 무엇인가./그곳에서 줄곧 아름다운 시간의 복원에 대해 생각했다./사라지지 않은 죽음."이라고 적은 바 있다. 죽음은 영원한 사유의 대상이다. 그런 만큼 시인들에 의해 시의 주제로 다양하게 시화詩化되어 왔다. 보편적인 사유의 대상인 죽음을 시로 형상화하는 것은 어렵다. 박서영 시인은 정지된 시간, 생명의 완전한 소멸, 비활성 등 죽음에서 연상되는 보편적인 의미들을 벗어남으로써 형상화의 어려움을 벗어난다.

그는 죽음이라는 관념을 '너'로 부를 만큼 친밀하게 다룬다. "너에게 가는 모든 길은 화살표와 연결되어 있다/전봇대에 납작 붙어 있는/흰 종이 위의 화살표를 따라/너를 만나러 간 적도 있고/병원 영안실의 화살표를 따라/너를 찾아간 적도 있다/너를 만나러 가는 길은/어렵지 않아 좋다//어떨 땐 그렇게/단순 명료한 대답에 도달해서/입구와 출구를 번갈아 보며/나는 퇴화된 인간처럼 순진해진다"(「너에게 가는 길—무덤 박물관에서」, 『붉은 태양이 거미를 문다』) 여기에서 죽음으로 가는 길은 전혀 어렵지 않다. 그곳으로 가는 표지를 '나'에게 보여주는, 다정한 친구 같은 죽음은 그것의 방향과 존재가 너무나 선명하여 내게 가감 없이 인식된다. 시인은 선입견이나 과잉의 감정으로 죽음의 관념에 접근하시 않는데, 그의 이 같은 태도에서 그의 독특한 죽음의식이 형성된다.

허공에 펼쳐진 진흙 손가락
붙잡으려는 것은 무엇일까
팔월 태양 아래서 진흙이 꿈꾸는
작명作名은 무엇인가
장미나 해바라기일까 모란일까
아무리 찾아도 꽃대가 보이지 않는다
바닥이 슬그머니 들어 올린 주검,
아스팔트에서 눈과 입이 벌어진 채 납작 눌려진 쥐
두 팔은 허공에서 어리둥절하고 있었지
입은 벌어진 채 환하고

바닥을 놓아버려서 날아오르는 몸
그러나 넘어질 땐
가장 먼저 손으로 바닥을 짚게 된다
그때 땅속에서 누가 내 손을 붙잡아준다
바닥을 붙잡고 있는 미래를 느낀다

—「진흙 바닥이 일어난다」 전문

위의 시에서 인상적인 것은 식물, 꽃이 핀 것을 "진흙 바닥이 일어난다"고 표현한 부분이다. 피어난 꽃들은 장미나 해바라기나 모란의 이름으로 불리며 아름다운 사물의 상징으로 존재한다. 그런데 박서영 시인은 꽃의 본질을 진흙으로 파악한 것이다. 시의 1연에서 "두 팔은 허공에서 어리둥절하고 있었지/입은 벌어진 채 환"한 쥐는 마치 꽃이 피어 있는 것으로 보인다. 꽃들을 진흙 바닥이 슬그머니 들어 올린 주검으로 보이기도 하고, 죽은 쥐로 보이기도 한다. 꽃과 죽은 쥐의 등치는 바닥 위에 있는 사물들의 본질을 보는 자에게만 가능한 상상이다.

인상적이고 파격적인 시인의 상상은 시의 화자 자신의 현재와 미래, 즉 생의 시간과 미래의 죽음에 대해서도 진행된다. 시의 화자인 나의 미래는 진흙과 하나가 되는 일, 즉 죽음의 시간으로 들어가는 일이다. 진흙은 죽은 것들을 반죽처럼 저장하였다가 바닥 위로 들어 올리는 생명의 바탕이다. 진흙 바닥은 쥐의 주검도 받아주고, 꽃들도 피워내고, 미래의 주검일 '나'의 손도 잡아준다. 넘어질 때 나는 손으로 바닥을 짚는데, 이러한 본능적인 나의 행동은 나의 생명력에서 나오는 것이지만, 그 생명 보존적인 나의 손을 잡아주는 것은 모순되게도 나의 미래적 죽음인 것이다. 여기에서 시인은 죽음과 생명 사이에 경계를 지우고 그것들의 본질을 보고자 한다. 그 둘은 서로에게 모순된 존재이고 서로 충돌한다. 그러나 함께 반죽된 그것들은 갖가지 생명체들로 다시 피어날 진흙의 몸을 공유한다.

3. 저편으로 몰입하는 생

박서영 시인이 그의 시에서 보여주는 죽음은 생과 경계가 없다. 죽음은 오히려 친밀감을 가질 수 있는 대상이다. 이러한 그의 죽음의식이 큰 관념인 죽음이 시인의 작품에서 구체적 형상을 얻게 만든다. 죽음은 존재하던 곳에서 흔적도 없이 완전히 사라지는 것이기도 한다. 그런데 이러한 죽음의 형상들이 비추는 거울은 역설적이게도 생의 형상이다. 생의 유리창에는 죽음의 얼굴이 비치고, 죽음의 시간에는 생의 얼굴이 비친다. 생의 형상과 죽음의 형상은 서로를 비추며 마주 보는 하나의 얼굴이다.

> 바람 속의 행려병자와 고아는 외발로 서는 비법을 안다 건기의 몸이 부서져도 진흙 속으로 더 깊이 발을 뻗는 것, 그것만이 유일한 살길이다 호흡은 마음의 파동, 결국 뼈에 닿는다 갈라진 혀가 완성하고 싶었던 건 침묵
> 웃었다, 울었다
> 언제부턴가 외계어가 혀끝에 살기 시작했으므로,
>
> 하얀 해골과 검은 침묵을 담은 꽃병이 다가온다 어떤 세계에서 태어난 식물이 썩고 있다 구求를 돌리면 두 장의 유리가 위험하게 마주보고 있다 어떤 풍경이 진짜인지, 문 밖 행려병자와 고아는 유리에 붙어 안을 들여다본다 자신의 그림자가 길게 흘러내리는 것을 모르는 채,

한 방울 눈물이 평생의 고백일 것, 시간이 그것을 빨아먹고 있다 검은 시신을 호명하는 저 햇빛, 청소부가 흰 걸레로 유리문에 묻은 얼룩을 빡빡 닦아내고 있다

—「흑백 사람」 전문

보들레르가 그의 시「가난뱅이들의 눈」에서 인간을 나누는 사물로 카페의 유리창을 등장시킨 바 있다. 여기에서 유리창은 유리창 안의 부자와 유리창 바깥의 가난한 자를 분리한다. 그렇다면 박서영 시인의「흑백 사람」에서 유리문이 나누고 있는 것은 무엇인가? 유리문은 건물의 안과 밖을 구분하는 것이지만, 여기에서 유리문은 그 안을 들여다보는 행려병자와 고아와 구분되는 어떤 사람과의 대립을 이야기하지 않는다. 유리문은 존재론적 성질을 갖는 사물이다. 자신들이 서 있는 곳을 바라보기보다는 그곳과는 다른 저편을 보느라 생을 탕진하는 존재들을 드러내 주는 사물이 유리문인 것이다. 행려병자와 고아는 "자신의 그림자가 길게 흘러내리는 것을 모르는 채" 유리 안쪽을 들여다본다. 자신들이 서 있는 공간이 아닌 유리문 너머의 공간에 몰입하는 행려병자와 고아의 시선은 압도적이다. 생의 시간은 유리창 너머 저편의 세계에 정신없이 몰두하는 사이에 그들에게서 술술 빠져나간다. 그들이 몰입하는 유리창 안의 세계와 그들이 서 있는 세계는 어떤 공간이 가짜 풍경인지도 모른 채 그들은 자신들이 발을 딛고 선 곳이 아닌 곳을 응시하다가 유리에 얼룩을 묻히고 사라져버린다. 청소부가 그 얼룩마저 닦아냈을 때, 그들은 어디에도 그들이 존재했음을 남길 수 없다. 그들 자신의 세상이 아닌 너머의 세상에 몰입하다가 사라지는 과정이 그들의 죽음이 비추는 거울 속의 얼굴, 즉 생의 형상이다.

박서영 시인은 죽음과 생명과 영혼과 육체 등 큰 주제들을 감각적으로 형상화시킨다. 반면에 그의「희귀한 곤충」은 이들 큰 주제들과는 다르게, 점점 경화되어 가고, 협소해지는 삶을 동화적 상상으로 그려낸다.

어릴 땐 애벌레 속에 맨발을 넣고 다녔었는데

애벌레의 부드러움이 나를 키워주었는데

이젠 태풍에 쓰러진 나무나, 뿌리 잃은 나무를 타고 오른다
이상한 나무가 내 몸을 끌어당긴다
검은 세계가 내 집인 것 같아서, 좌절의 구멍을 힐끗거리는 게
내 심장의 마지막 직업인 것 같아서

그렇게 구두는 점점 희귀한 곤충이 되어간다
사슴벌레와 장수풍뎅이를 신고 외출하는 저녁이 늘어난다
숨겨놓은 맨발의 뿔들을 꼼지락거리며
흔한 풍경 속에서 사랑하기 위하여 보호색을 가졌다

희귀한 곤충은 눈에 띄기 쉬운 법
그러나 갑각류의 눈부신 광채는 드러나지 않는다
당신이 가질 수 없는 심장, 나만의 시간이 있다

갑각을 두른 곤충을 보면 구두 저 혼자 어딘가 가는 것 같다
이 저녁 출몰하는 곤충들
담배를 피우고 술을 마시고
고독과 패배로 서로에게 뿔을 들이대며 싸우다가
갑자기 두 팔을 붕붕거리더니 날아가 버린다
구두 한 켤레를 남겨놓고,

—「희귀한 곤충」 부분

위 시의 화자인 나는 어릴 때는 애벌레 속에 맨발을 넣고 다닌 말랑말랑한 존재였다. 그러나 현재의 나는 다른 사람들처럼 갑각을 두른 존재가 되어버렸다. 시의 1연과 2연이 말랑말랑한 존재이며 자유로운 자족의 존재였던 나를 보여준다면, 3연부터는 애벌레가 갑각을 두른 곤충으로 변해가는 과정을 보여준다. 이 같은 곤충의 변태는 어린아이가 성인이 되어가는 성장 과정과 유사하다. 맨발처럼 자유롭고 유연한 영혼이 살아 있던 사람들이 고독과 열패감에 빠진 생활인이 되어가는 과정은 애벌레가 갑각의 곤충이 되어가는 과정과 닮았다. 고집 센 곤충들이 되어버린 사람들

은 저마다의 가장 작은 자기의 안식처인 구두에 숨어서 돌아다닌다. 그러나 사람들은 가끔 "고독과 패배로 서로에게 뿔을 들이대며 싸우다가/갑자기 두 팔을 붕붕거리며 날아가 버린"다. 시인은 위의 시에서 갑각류가 되어버린 사람들의 고독감과 열패감이 고스란히 드러나는 순간을 포착하는데, 그것은 그들이 갑각의 구두를 벗어 놓는 때다. 이처럼 박서영 시인은 지극히 추상적이고 관념적인 시적 대상들을 감각적으로 접근함으로써 그것들에 육체성을 부여하고, 그것에 새 생명을 불어넣는다.

환상과 현실, 이중의 감금

1. 어디로도 갈 수 없다

문혜진 시인은 그의 초기 시작품들에서부터 신작시에 이르기까지 감금된 자의 자의식을 보여준다. 감금의 인식은 현재적 시간과 공간을 부정하는 정신에서 비롯하는데, 문혜진 시인의 부정 정신은 문명화로 인해 정신의 영역까지 물화된 현상을 첨예하게 인식하는 데서 온다. 도시에 감금된 존재인 시인의 시적 자아는 환상을 통해 벗어나고자 한다. 그는 환상을 통해 우주와 야생의 방대함과 자유로움을 현실 안으로 끌고 들어온다. 그러나 그러한 그의 시도는 문명화된 도시와 영혼들 안에 모두 갇히고 마는 결과를 맞는다. 문혜진 시인은 도시와 물질에 갇힌 존재로서의 인간, 더 나아가 자기 자신에게조차도 감금된 자의 자의식을 그의 시를 통해 지속적으로 보여주고 있다.

그의 첫 시집 『질 나쁜 연애』(2004)에서 그의 시적 자아는 아직 자신에게 갇히지 않았다. 시인의 시적 자아는 "오토바이를 태워줘/바다가 펄럭이는/바람 부는 길로/태풍이 이곳을 버리기 전에/검은 구름을 몰고/나와 함께 이곳을 떠나지 않겠어?"(「질 나쁜 연애」)라고 가볍고 경쾌하게 노래한다. 그가 "목소리 없는 한 생애가/복화술처럼/스스/생의 마지막 소리를 내며/쏟아져 나오는"(「벙어리 가수」) 퇴물 여가수를 통해 생의 막바지를 발견하였을 때도, "도시사막에서의 야생? 뭘 바라겠어!/나는 미래의 비료, 미래의 쓰레기 당신도 예외는 아니겠지!"(「나이브 비전」)에서처럼 미래까지 허무감에 잠식되었을 때도, 그는 아직 '이곳'에서의 탈출이 불가능하다는 것을 모른다. 따라서 그의 마음속에 자리 잡은 허무와 불안이 그의 입 밖으로 쏟아져 나올 때, 그는 경쾌한 어조를 잃지 않으며 이곳에서 탈출하겠다는 의지를 보인다. "제발 나를 멀리 데려가 줘/한밤의 인기척 없는 고속도로로/컹컹컹/달을 삼키며/불을 토하는 내 개여!"(「혼혈 개」) "나는 이제/저 달빛 속의/거북이를 타고/천년 후의 생으로/떠날 겁니다"(「염소와 달」) 라고 말하는 그는 설화적 힘을 지닌 개와 거북이에 올라타고 이곳을 떠날 수 있다고 믿는다.

그러나 문혜진 시인의 두 번째 시집 『검은 표범 여인』(2007)에서는 '이곳'에서 탈출할 수 없음을 자각하는 시적 자아가 등장한다. 시적 자아의 분신이 표범이다. 「검은 표범 여인」에서 표범의 파괴적 힘의 분출은 시적 자아의 몽상 속에서만 이루어진다. "허물을 벗고 스모키 화장을 지우고 발톱을 세워 가터벨트를 푼다 세상에서 가장 높은 하이힐을 벗어 던지고 사로잡힌 자의 눈빛으로 검은 표범의 거처에 스며들 거야 단단한 근육을 덮은 윤기 흐르는 검은 벨벳, 흑단의 전율이 폭발할 때까지 이제 동굴보다 깊은 잠을 자야지 도마뱀자리 운명, 진짜 내 목소리를 들려줄까?". 이 같은 백일몽에 불과한 표범의 포효는 자학적인 시적 자아를 드러낸다.

> 누구나 자기만의 기념비적인 마취제가 필요해! 약국 문은 닫혀 있고 의사들은 들고양이 파업 중, 어이없이 죽지마! 견딜수 없다면 셔터 뒤에서 거품을 물고 누워 마음껏 울부짖어! 가슴에 투명한 진통파스를 붙이고 가쁘게 숨쉬며 달리다 보면 어느새 건조한 대지와 도시의 직사각형 정원, 자살한 병자들의 서랍이 있는 냉동실에서 양귀비꽃이 필거야!
>
> —「표범약사의 비밀 약장」 부분

표범의 야생성이 도시 공간에서 완전히 무위한 것임을 알게 된 시적 자아는 자신과 도시와의 불화를 물어뜯는다. 여기에서 시인의 카메라 렌즈는 그의 분신인 표범이 갇힌 곳이 도시에서 약국으로 축소되었음을 확대해서 보여준다. 두 번째 시집에서 문혜진 시인은 도시사막에서 생존하는 표범의 야생성을 과장되게 표현함으로써 그의 시적 자아가 지닌 야생성의 소멸을 역설적으로 보여주려는 것일지도 모른다. 도시라는 거대한 동물원에 갇혀 어슬렁거리는 표범은 울타리를 자신의 단단한 다리 근육으로 뛰어넘지 못한다는 것을 본능적으로 감지한다. 표범은 협소한 약국 안에서 약에 취해 포효한다.

2. 이곳이 그곳이다

문혜진의 신작 시편에서는 『질 나쁜 연애』에서처럼 이곳-문명 혹은 도시-에서 탈출할 희망을 가진 자도 없고, 『검은 표범 여인』에서처럼 이곳에 갇힌 채 포효하는 표범도 없다. 다음에 살펴볼 시에는 현재의 시·공간뿐 아니라, 자기에게조차 갇힌 시적 자아가 등장한다. 이를 두고 그의 시적 인식의 성숙이라고 부를 수 있을 것이다. 그 이유는 시인의 시적 인식이 첫 시집에서의 막연하고 추상적인 인식의 대상들과 거리를 둔 지점에서 벗어나 있으며, 두 번째 시집에서처럼 도시에 갇힌 야생성으로 자신의 위상을 파악하는 시적 자아의 인식에서도 한 발 더 앞으로 나아가 있기 때문이다. 현재 공간에서 한 발자국도 나갈 수 없는 시인은 환상을 통해 바다와 우주 등 거대한 다른 공간들을 현실 속으로 끌고 들어온다.

> *지금 나는 바다에서 왔어요 젖은 머리에서 물이 뚝뚝 떨어져요 이반처럼 잘라주세요 등고선이나 해저평원의 능선, 메두사불가사리 모양도 좋아요* 자정너머 베네치아 산타마리아 역에 내렸을 때, 머리카락을 자르고 싶어 중얼거렸지 테이블보를 날리는 바닷바람에 허기가 밀려와 봉골레를 시켜놓고,
>
> 파업 중의 수상버스 선착장을 돌아 트렁크를 끌고, 물의 궁전에는 돌바닥 균열을 쪼는 비둘기 떼, 분수를 도는 아이들, 겨울이면 광장까지 바다가 들어와 장벽을 허무는 물의 습, 그들은 모두 기억의 물에서 깨어난 얼굴 없는 괴한, 해변 없는 바다*, 물이 집을 받치고 장례를 치르지
>
> 노파들은 수의를 지어 입고 바다로 돌아갈 날을 손꼽으며 레이스 뜨개를

하고, 면도날의 회전치아를 가진 심해의 검은아귀 입속으로 들어가는 꿈을 꾸는 날이면 바다에 나가 빵을 뿌리고 돌아오지 유령게의 눈으로도 볼 수 없는, 가장 어두운 곳에서 몸을 지키는 것은 투명

지금 전 바다에서 왔어요 바다눈, 죽은 동물의 배설물이 눈으로 날리는 심해의 폭설을 맞고 오는 길이에요 젖은 머리에서 물이 뚝뚝 떨어지잖아요 어서 머리를 잘라 주세요 이반처럼 가장 깊은 바다 속 대륙사면, 해저산맥의 수직 절벽, 입도 항문도 없는 관벌레의 이글거리는 붉은 아가미…… 지금 나는 바다에서 왔어요 바다에서 왔어요.

—「베네치아 미용실」 전문

문혜진의 시에서 현실과 병치되어 있는 몽상 혹은 환상 속의 또 다른 공간의 크기를 비교해볼 때, 몽상 속에 펼쳐진 공간이 시의 대부분을 차지한다. 시에는 두 개의 공간이 있으나 시간은 동일하다. 두 개의 공간에 하나의 시간이 흐른다. 베네치아 미용실과 이탈리아의 베네치아는 화자의 현실과 몽상의 다른 이름이다. 실재하는 공간에 대한 정보는 시의 표층에 나타나지 않는다. 악몽 같은 환상은 현실을 비추는 거울이다. 거울이 실재의 반사인 것처럼, 미용실과 베네치아는 동질성을 갖는다. 이와 마찬가지로 베네치아와 연관된 환상 속에서 전개되는 바다와 베네치아 역시 두 개의 공간으로 나타나지만, 그 둘은 실재와 그것을 비추는 거울처럼 같은 공간의 양면인 것이다.

"지금 전 바다에서 왔어요"라고 말하는 화자의 중얼거리는 목소리는 복화술처럼 소리 없는 소리의 주인 같다. 그는 "복화술처럼/스스/생의 마지막 소리를 내"(「벙어리 가수」)는 벙어리 가수처럼 생기가 다 빠져나간 쉿소리로 죽음의 나라에 대해 중얼거린다. 입을 다문 채로. 물이 뚝뚝 떨어지는 머리카락의 그가 전하는 해저 나라의 이야기는 악몽처럼 펼쳐진다. 그가 몽유병자처럼 중얼거리며 돌아다니는 뭍에서 노파들은 "수의를 지어 입고 바다로 돌아갈 날을 손꼽으며 레이스 뜨개를" 한다. 뭍은 평온한 곳처럼 보이며, 악몽의 바다는 베네치아의 낭만적인 이미지와 대조되는 것처럼 여겨진다.

그러나 죽음과 결핍의 바다와 베네치아의 경계는 「베네치아 미용실」에서 나타나지 않는다. 뭍사람들의 기억을 악몽의 바닷물이 밀려와 깨운다. 존재하는 것에 일말의 의심을 갖지 않았던 뭍사람들이 망각의 시간에서 깨어났을 때, 그들은 자신들이 존재하지 않는 존재자들임을 알게 된다. 그들이 살고 있는 '이곳-뭍'이 유령 같은 화자가 전해주는 '그곳-해저나라'와 다르지 않다는 사실을 깨닫게 되는 것이다. 이러한 자각의 순간에 뭍과 바다, 두 개의 공간은 뒤섞인다. 이곳이 그곳이고 그곳이 이곳이다. 물의 나라에서 온 자나 뭍의 나라 사람들은 돌아갈 곳이 없다. 바다에서 온 자와 베네치아에서 사는 사람들은 모두 실재하지 않는 유령 같은 존재들이다. 그들은 안주할 곳을 잃어버린 채 영원히 부유한다.

세 평짜리 서로의 영역에서
불-안 한 채
독을 뿜어 다른 개체를 밀어내는 알렐로파시
먹이사슬과
원한에서
인터넷과 게임에 투신했던
화면 중독에서 벗어나
그들만의 사원으로

물 밖으로 튀어나온 물고기가
뭍의 변신술을 이해하고
빛의 반대쪽에서
느슨한 바람이 불어오고
해초 뒤에서
물로 위장하는
유령실고기를 따라
겨울 폭풍을 피해 깊은 바다로 이동하는
가시바다가재의 가시에 대해

중독이라면

중독에 대해서라면
너는 코웃음을 치겠지
자해사전을 덮고
자기비난을 거두고
얼굴에 철판을 깐
이중부정 요양원
철가면 속의 명상

—「철가면 속의 명상」 부분

인터넷 중독을 치료하기 위해 사람들은 명상의 철가면을 쓴다. 명상에 몰입하는 시간에 그들은 "그들만의 사원으로" 뇌의 발을 들여놓는다. 사원寺院은 종교적 의미의 숭배 대상이 있는 장소이다. 그러나 물고기와 바람과 유령실고기와 가시바다가재의 명상 속에서 펼쳐지는 "그들만의 사원"도 역시 영상으로 재현된 가상의 세계이다. 그들이 먹이사슬과 원한과 화면 중독에서 벗어나 명상의 시간으로 들어가는 것은 또 다른 영상들에 중독되는 것에 불과하다. 그들에게 명상은 그들의 뇌가 자연의 평온을 위장한 영상들과 만나 화학작용을 일으키는 것에 지나지 않는다. 그들의 뇌는 물질과 화학작용과 호르몬에 갇혀서 이곳에서 저곳으로 이동한다. 시뮬라크르인 이곳에서 다른 시뮬라크르인 저곳으로 이동하는 그들이 이곳의 번잡과 중독을 벗어나서 명상의 평온을 얻는 것은 시뮬라크르 안에서의 안식일 뿐이다. 그들은 가상 세계에 익숙해진 자신의 뇌 속에 갇힌 존재들이다.

위 시에서 '자해사전'은 시인의 기발하고 탁월한 언어 조합력을 보여준다. '자해사전'이나 '자기비난'은 스스로 사유하는 자의 것이다. 그것들은 사유의 주인인 자의 자의식 속에서 성립이 가능한 의식들이다. 그러나 명상의 시간도 역시 조작되고 위장된 것이라고 한다면, 명상의 시간도 가짜 명상에 불과하다. 명상 속에 펼쳐지는 가상 세계는 인터넷이나 게임 등 중독자의 뇌를 채우고 있던 것들을 밀어내고 다시 주입되는 가짜 경험들이다. 그것은 모순에 다른 모순을 덧씌우는 '이중부정'이다. 가짜 영상들, 거짓 경험들은 중독자의 뇌 속으로 들어오고 나가고 다시 들어온다. 그의 경험, 그의 기억, 그의 과거가 그의 것이라는 것을 입증할 수 있는 것이 남아 있기는 한 것일까? 그의 것이 아닌 것들이 주입되고 다시 주입된다. 그는 가짜 이미지들의 숙주가 되어 불멸의 생을 살 것이다.

3. 아무것도 기록되지 않는다

문혜진 시인의 외부세계는 '노트' 혹은 기록의 대상이며, 시인의 시적 자아는 그것을 '노트'에 기록하는 자이다. 그는 그의 「사슴뿔노트」와 「코스모노트 호텔」에서 글쓰기에 대한 자의식을 강하게 표출하고 있다. 그런데 그의 글쓰기는 기록의 욕망을 나타내지 않는다. 그는 자신의 글쓰기를 통해 글쓰기 혹은 기록하기의 무위를 확인하기 때문이다. 문혜진 시인은 글쓰기를 통해 글쓰기의 허무함을 역설적으로 드러낸다고 말할 수 있다. 시인의 외부는 파괴되어 있어서 글로 재현하는 일은 불가능하다. 그는 역설적으로 아무것도 기록되지 않는다는 것을 기록하는 행위로 드러낸다.

> 얼어붙었던 내 몸은 숨 막히는 그대 손길에 녹아내려 진피까지 다시 물이 돌지 욕조에 누워 눈을 감자 수만 마리 황금가오리 떼, 내 영혼은 사해에 몸을 풀고 돌아와 젖은 머리카락을 말리지 눈을 피하지 마! 처음으로 내가 나의 행성을 떠난 날, 반쪽눈썹으로 구두를 고쳐 신고 방을 나서면, 마려운 것들이 퍽 터질 것 같은 모란, 모란시장 횟집 수족관, 퉁퉁 불은 팔리지 않는 개불처럼 다시는 바다로 돌아갈 수 없는 대기자로, 우주고아로 또 어디론가 떠밀려가야 하는 것일까
>
> —「코스모노트 호텔」 부분

「코스모노트 호텔」에서도 현실과 몽상의 이중 공간이 전개된다. 시의 화자는 호텔에 가고 시장에서 고양이를 고르는 일상 공간에서 있는데, 화자의 의식은 우주 속으로 들어간다. 호텔과 코스모라는 두 공간의 병치, 욕조와 빙하의 병치는 빙하와 행성을 비롯한 코스모의 파괴를 부각시킨다. 코스모의 파괴는 그의 파괴적인 경험의 폭발력을 드러내 준다. 일상

과 환상 사이의 엄청난 거리는 "다시는 돌아갈 수 없는 대기자로 어디론가 또 떠밀려가야 하는" 화자의 일상적 경험에 의해 갑자기 협착되어 버린다. 둘 사이의 간격은 소멸한다. 화자는 호텔과 코스모에 동시에 서 있으며, 욕조와 빙하에 발을 디디고 있다.

자신이 다시는 이전의 시간으로 돌아갈 수 없음을 아는 때가 있다. 그 사실을 알게 된 이후로는 대기자로서 떠밀려 다니는 존재가 된다. 여기에서 '안다'는 것, '알게 된다'는 것이 그로 하여금 자신을 떠돌이로 인식하게 한다. 위 시의 화자인 내가 "처음으로 내가 나의 행성을 떠난 날"을 인식하는 순간은 현재의 나는 과거의 내가 아님을 깨닫게 된 순간이다. 시인은 이질적이고 대조적인 두 개의 공간을 동시에 제시하면서도 단절시킴으로써 떠돌이로서의 자신의 위상을 드러낸다. 그는 "가장 어두운 곳에서 몸을 지키는 것은 투명"(「베네치아 미용실」)처럼, 완벽한 사라짐의 색깔인 투명한 지점에서 떠도는 자신을 바라본다.

광장에서 미사가 있던 날
사슴뿔노트에 시를 썼지
증류수로
타액으로
그대와 뜨겁게 혀를 달구던
묘지에서의 키스
사향을 도려낸 사향노루의 배꼽
꽃사슴 박제가 놓여 있던
내 오래된 피아노를 치면
꽃사슴 우는 소리가 들렸지
사슴뿔노트에 시를 쓴다는 것은
좀먹은 눈물샘이
방부처리 된 눈물을 끌어 올리는 것

— 「사슴뿔노트」 부분

「사슴뿔노트」에 등장하는 자연물들은 모두 온전하지 않다. 사향이 도려내진 사향노루, 박제된 꽃사슴, 방부 처리된 눈물은 파괴되거나 일그러져 있다. 화자가 이미 파괴되어서 재현이 불가능한 질료들로 사슴뿔노트에 시를 쓰는 것은 파괴된 것들의 기록이며 동시에 아무것도 기록하지 않는 행위라고 볼 수 있다.

광장은 본래 넓은 의미로서의 장소이지만, 「사슴뿔노트」에서의 광장은 다른 소재들의 이질성과 파편성으로 인해 그 의미가 달라진다. 광장은 열려 있는 공간이다. 어디로든 갈 수 있으며, 어디에서든 접근이 가능한 공간이기 때문이다. 그러나 위의 시에서 광장은 시적 자아의 의식을 억압하고 감금하려 드는 힘의 무한함을 지니고 있는 것으로 나타난다. 억압과 감금의 광장에서 미사가 행해지는 시간에 시를 쓰는 화자의 행위는 자신의 현재에 대한 거부의식이라 볼 수 있다. 그러나 이 같은 그의 저항의 시 쓰기는 허무하다. 그의 시적 질료들은 그의 손아귀에 잡히지 않으면서도 그의 의식을 끈질기게 뒤쫓기만 하는 것들이다. 문혜진의 다른 시 「삶」에서 "바닥까지 긁어내려도 시원찮을/삭은 분노와/나를 노리는/사냥개자리 눈빛"처럼, 도로 위에서 엉겨붙었다가 바람에 말라서 불려갈지언정 이미 외부에서 파괴되어버린 시적 대상들은 시인의 노트에 기록되지 않는다. 저자의 소멸을 이야기하는 이는 행복하다. 문혜진 시인의 경우에는 그가 시로 쓰기 전에 재현 대상들이 이미 절단된 상태거나 지워져 버리는 것들이기 때문이다. 물론 그가 선택하는 시적 질료들의 문제와 시 쓰기에 대한 그의 인식의 정도를 묻는 일은 오로지 문혜진 시인에게 부과된 몫이며, 그가 싸워나가야 할 방향이다.

몇 겹으로 갇힌 자들이 꾸는 꿈

1. 디지털 시대에 서 있는 자의 시적 감성

최규승 시인은 2000년도에 「분꽃」을 비롯한 5편의 작품으로 『서정시학』 신인상에 당선하여 등단하였다. 그의 첫 시집 『무중력 스웨터』에 실린 작품들을 보면 각각의 작품들이 시인의 의식 세계를 구축하는 데 방향성을 획득하고 있음을 볼 수 있다. 그의 시는 가상 현실이 일상이 된 시대에 발을 딛고 서 있다. 그의 시는 디지털 시대와 분리되지 않는다. 그러나 그는 자신이 서 있는 시대와 충돌한다. 그는 디지털 시대의 문물들이 인간을 억압하며, 존재까지도 박탈하려 드는 대상임을 간파하고 있기 때문이다.

최규승의 시에는 대립하는 두 개의 공간이 있다. 그 하나는 인간의 세계이고, 다른 하나는 기계가 만들어 낸 가상의 세계이다. 서로 차단된 두 개의 공간은 대립하고 있기는 하나 어쩌면 대립이라는 표현은 적합하지 않을 것이다. 그 이유는 첨단 기계들이 가진 힘은 압도적인 반면에 인간 세계는 너무나 미약하기 때문이다.

『무중력 스웨터』에 나타나는 시인의 시 의식을 가장 정확하게 표현해주는 말은 "아무것도 아니면서 무엇이든 될 수 있는 무심한 공간"(「동물원」)일 것이다. 시인은 이것의 무상성에 집중한다. 그는 가상 세계의 무상성을 비판하면서, 무엇이든 될 수 있는 '가능성으로 존재하는 공간'이란 실제로 아무것도 아니라는 것을 보여준다. 『무중력 스웨터』에는 기계 문명에 대한 시인의 비판적 시선들로 가득하다. 시인은 서정적 감흥을 시의 표층에 드러내지 않는다. 그 자신이 냉정하게 다루고 있는 사물들만큼이나 무미건조한 어조로 시인은 기계에 갇힌 자, 자기 자신에게 갇힌 자들의 잃어버린 존재감에 대해 노래한다.

2. 밀폐된 내부와 활기찬 바깥

최규승의 시적 화자들은 자신이 집에 갇혀 있거나 모순적이게도 그들 자신에게 갇힌 존재들이다. 그들은 타자와 소통하지 않는다. 그들은 같은 공간에 타자가 있을 때조차도 오로지 자기에게 몰두한다. 시의 공간적 배경 역시 닫힌 공간으로 나타난다.

> 월요일 오후 4시의 풍경은 늘 이렇다 창 안쪽의 소리는 밖으로 비어져나가지 않는다 밀폐된 공간 속의 움직임은 소리를 붙들고 다닌다 가끔 사내가 앉은 식탁 위 모바일 폰의 엘시디 창에 불이 들어온다 진동은 여전히 격렬하고 식탁 위의 컵들은 흔들리지만 그는 미동도 없다 노인은 사내의 의자 뒤 소파에 앉아 팬터마임 중이다 시간은 그에게서 잠시 멈춰 있다 아무에게도 노인은 말을 걸지 않는다 사람 아닌 것만 상대하는 노인의 입담은 자유분방, 재기발랄하다 노인 앞에는 오디오가 놓여져 있다 묵직한 스피커에서는 아무 소리도 나지 않는다 오디오 옆 장식장 속에 가지런히 놓여 있는 음반들, 먼지에 쌓인 소리들이 각을 세워 차례를 기다리고 있다 그 옆으로 주방을 건너 다용도실의 세탁기는 지금 탈음 중이다 드럼이 돌고 소리들이 하수구로 쏟아진다 남은 시간 43분 방 안의 소리들이 한 데 휩쓸려다닌다 누군가 현관문을 두드린다 노인이 벌떡 일어나 진동한다 세탁기 유리가 번쩍인다 오디오가 소리를 모두 먹는다 아무리 찾아도 이 리모컨에는 멈춤 버튼이 없다 포즈 버튼을 누르자 사내는 화석이 되어버린다 냉동고 문이 열리고 칸칸이 언 소리들이 와르르 쏟아진다 창 밖은 활기차게 고요하다 월요일 4시는 아직,
>
> —「5.1채널 DVD 플레이어」 전문

위 시의 화자는 '창 안쪽의 공간'에 위치한다. '창 안쪽의 공간'은 '창밖의 공간'이 지닌 활기와 빛 때문에 더욱더 바깥과 차단된 느낌을 준다. 집

안의 모든 것들도 역시 하나의 개별체로서만 존재한다. 집 안에는 사내와 노인이 있다. 그러나 이들 사이에는 소리가 없다. 말소리, 움직일 때 나는 소리 등으로 그들은 의사와 감정을 전달한다. 소리가 소통의 매개이지만, 집 안의 모든 소리는 소거된다. 세탁기가 옷에서 물기를 분리해내듯, 탈음된 소리들은 하수구로 쏟아지고 집 안에는 정적만이 흐른다.

이처럼 소리가 제거된 공간을 가전제품들이 지배한다. 사내는 미동도 없고, 노인은 팬터마임을 하거나 혼자 이야기한다. 집 안에 존재하는 그들은 있지만, 없는 것이나 마찬가지로 조용하다. 그러나 집 안에 가려져 있던 침묵과 차단은 누군가가 현관문을 두드리자 일시에 노출되고 만다. 마치 냉동고 문이 열리고 얼어붙은 소리 덩어리들이 와르르 쏟아지는 것처럼, 가전제품만이 살아서 움직이는 집의 내부가 바깥으로 쏟아진다.

> 아버지가 웃고 있습니다
> 쇠창살에 몸을 끼운 채
>
> 얘야, 내 손을 잡으렴, 아니 잡아다오 이 우리 안에는 너무 많은 사람들이 들어와 있구나 아버지 어제 왜 전화 받지 않으셨어요 이 많은 사람들이 전화를 쓰느라 내 순서까지 아직도 예순 다섯 명이 남았구나 너도 내 전화를 피하지 않았니 너는 몇 명을 기다려야 하니
>
> 얼룩말이 아버지를 태웠습니다
> 아버지 몸에 검은 줄무늬가 생겼습니다
>
> 뭘 드시겠어요 시장하지 않으세요 지금 이 사람들과 먹고 있지 않니 식탁은 너무 좁고 사람들은 많구나 더 큰 탁자를 구해다오 택배배달원은 아직 도착하지 않았나요 가지고 온 물건을 포장도 뜯지 않고 벌써 밥 먹고 떠났단다 오늘 식탁이 참 쓸쓸해 보이는구나 아버지 드시고 싶은 게 있나요 차라리 창살과 창살 사이가 되고 싶구나
>
> 아무것도 아니면서 무엇이든 될 수 있는 무심한 공간

아버지 이제 그만 집으로 돌아오세요 집으로 가는 길을 잊었단다 길을 찾기엔 창살과 창살 사이가 너무 좁구나 뼈와 뼈 사이의 살들이 모두 썩어 문드러지지 않으면 결코 지나갈 수가 없구나 아버지 그곳을 통과할 수 있는 콜택시를 보낼 게요 인내심 많은 기사를 보내다오 내 살이 썩는 사이, 하릴 없이 창살과 창살 사이를 바라볼 수 있는…

택시는 아직도 오지 않습니다
동물원 입구, 목련꽃이 차례로 터집니다
어디선가 나팔소리가 울려퍼집니다

—「동물원」 전문

육체뿐만 아니라 정신도 갇힌 상태에 놓인 화자의 아버지는 점점 동물원의 얼룩말처럼 변해간다. 화자의 아버지가 있는 곳은 동물원 사육장 같은 곳이다. 화자와 아버지는 대화를 나누고 있지만, 그들은 각자 자신의 말만 한다. 대화는 언어로 소통하는 것이지만, 이들은 상대방의 말을 이해할 수 없다. 이해할 수 없으므로 이들의 대화는 차단되며, 대화를 통한 감정의 전달은 지연된다. 시의 전반에 걸쳐 이루어지는 아버지와 화자의 어긋나는 대화는 타자와 차단되는 존재들의 슬픔을 강렬하게 드러낸다.

위 시의 마지막 연에 나타나 있는 것처럼, 화자의 아버지가 갇힌 곳은 환하고 활기찬 바깥과 대조된다. "동물원 입구, 목련꽃이 차례로 터집니다/어디선가 나팔소리가 울려퍼집니다"에서처럼 동물원의 바깥이란 아마도 존재하지 않는 유토피아일지도 모른다.

3. 좌우대칭의 시간에 갇힌 자들

최규승의 시적 화자들은 목련꽃이 피어나거나 나팔 소리가 들리는 바깥으로부터 차단된 채, '창 안쪽의 공간'이나 '쇠창살이 박힌 동물원 같은 곳'에서 살아간다. 이들 공간은 결코 벗어날 수 없는 우리들의 존재론적 한계를 잘 보여준다. 시인이 그의 시에서 다루고 있는 시간도 폐쇄된 공간처럼 닫힌 구조를 갖고 있다. 과거에서 현재, 현재에서 미래로 흐르는 단선 구조의 시간 은 닫힌 구조를 갖는다고 말한다. 최규승 시인은 유한한 인간이 벗어날 수 없는 시간의 폐쇄성을 '데칼코마니' 이미지로 형상화시킨다.

다음의 작품에서 '데칼코마니'는 의미의 축적, 혹은 차이가 있는 연속을 의미하지 않는다. 그것은 의미 없는 반복을 지시한다.

> 샤워기에서 쏟아지는 물줄기들이 배수구를 돌아 빠져나간다 한참 동안 보고 있으면 다시 솟구쳐 오르는 물줄기를 볼 수 있다 한참에 한참을 더해 보게 되면 모든 물줄기들은 내 몸을 발밑에서부터 머리 위로 쓸고 올라와 다시 샤워기 속으로 빠져 들어간다 놀라 소리를 지른다 거실의 오디오 스피커는 소리를 집어삼킨다 눈을 감는다 떠났던 방들이 내 몸의 지퍼를 열고 들어와 자리를 잡는다 방은 방을 낳고 층층이 쌓여간다 무허가 건물이 어찌 튼튼한지 아무리 높이 쌓아도 미동도 없다 나는 소리를 빼앗긴 채 입만 쩍쩍 벌리고 욕조 속에 서 있다 소리 대신 내 입에서는 침 한 덩어리가 튕겨져 나온다 오래된 시인의 입이 열리고 내 침이 그의 입속으로 들어간다 순간 창 밖에 눈이 펄펄, 하늘로 오른다
>
> —「데칼코마니」 전문

위 시에서 창밖의 세상과 욕실 안의 공간은 대립한다. 회화에서 데칼코마니는 모양을 대칭으로 복사하거나 반대로 복사하는 것이다. 시의 화자가 지나온 과거는 현재에 모조리 소환된다. 과거의 시간 속으로 "떠났던 방들이 내 몸의 지퍼를 열고 들어와 자리를 잡는다". 욕실에 서 있는 시적 화자의 과거와 현재는 화자를 중심으로 좌우 대칭의 형상을 갖는다. 현재는 하나도 변하지 않은 채로 과거의 데칼코마니라는 시적 상상은 끔찍하다.

무의미한 시간의 반복 속에서 과거와 현재가 똑같은 모양으로 화자의 좌우에 펼쳐져 있다. 이러한 시간의 데칼코마니는 현재와 미래의 경우에도 마찬가지일 것이다. 현재는 과거의 좌우대칭에 지나지 않으며, 미래는 현재의 반복이다. 위 시의 화자가 현재는 과거의 데칼코마니이고 미래는 현재의 데칼코마니인 것을 인지하게 된 매개체는 욕실 벽의 거울이다. 거울을 중심으로 화자의 벌거벗은 몸은 좌우로 대칭이 되어 서 있다. 화자

의 몸은 폐쇄된 욕실 안의 거울 안에 갇힌 채로 복사된다.

위 시의 화자는 자신이 욕실 안에 갇혀 있으며, 동시에 욕실 안의 거울 속에 갇혀 있다는 것을 알아차린다. 거울을 매개로 하여 그는 자신이 과거에 갇힌 자이며, 현재에 갇힌 자이며, 미래에 갇힌 자임을 알게 되는 것이다. 이처럼 화자가 자신을 구속하는 공간 혹은 시간의 중첩을 깨닫는 과정은 그로 하여금 그 폐쇄된 것들로부터 벗어나고 싶은 욕망을 강렬하게 증폭시킨다.

> 그날 아침
> 베란다 화분에 물을 줄 때 반지가 없어진 것을 알았다
> 기억을 천천히 되돌렸다
>
> 준다, 물을, 물조리에, 화분들이,
> 신는다, 나를, 슬리퍼가,
> 집어넣는다, 마루에, 당겨서, 나를, 베란다 유리문이,
> 끼얹는다, 물을, 내 얼굴에, 세면대가,
> 앉는다, 깔고, 내 엉덩이를, 변기가,
> 읽는다, 나를, 빠짐없이, 신문이,
> 마신다, 나를, 물 잔이,
> 깨운다, 자명종을, 울려서, 내가,
>
> 여기까지 되짚었을 때
> 나는 왜 기억을 되짚는지 잊어버렸다
> 되짚은 기억을 빠르게 다시 돌렸다
>
> 나는자명종소리를듣고잠에서깨어난다물을한잔마신다빠짐없이신문을읽는다변기에앉는다세면대의물을틀어세수를한다베란다문을열고마루를나선다슬리퍼를신는다물조리를기울여화분에물을준다
>
> 나는 반지를 잃어버린 것을 잊어버렸다
> 는 사실을 잊어버리고
> 계속 화분에 물을 주었다

—「반지를 잃다?」 전문

위 시에서 시인이 집중하고 있는 것은 시간의 무의미성과 파편성이다. 우리가 과거를 거쳐 현재를 살고, 미래를 기다리는 것은 우리의 생의 시간을 이룬다. 시간의 흐름이 의미와 차이와 연속성을 가질 때, 우리의 생도 유의미할 것이다. 그러나「반지를 잃다?」에서 과거는 축적되지 않은 채 소멸된다. 과거는 현재에 연속되지 않으며, 현재는 미래와 연계되지 않는다. 시적 자아가 경험하는 일상생활들은 그의 삶의 부분이 되지 못한다. 기억은 산산이 흩어지는 파편들에 지나지 않음을 시의 화자는 자신이 반지를 잃어버린 순간에 알게 된다. 그러나 그것을 자각하는 순간도 곧 망각의 블랙홀 속으로 빠르게 빨려 들어간다. 시인은 여기에서 우리의 일상이 실체는 사라지고 망각의 순간들로만 연속되는 것일지 모른다는 의문을 제기하고 있는 것이다.

화자의 일상은 마치 화면에 영상되는 것처럼 느껴진다. 화자가 반지를 어디에서 어떻게 잃어버리게 되었는지를 기억해 내려는 노력은 영화 필름을 거꾸로 되감는 것처럼 묘사된다. 위의 시에서 기억은 관념의 영역에서 나와서 물리적이고 기계적인 영역으로 들어와 있다. 기억의 재생이라는 목적은 예전이나 똑같지만, 그것을 인지하는 과정은 철저히 물리적인 과정을 보여준다. 기억은 마치 기계의 재생 버튼을 눌러서 영상을 되감는 것처럼 재생된다.

> 여자는 식탁을 풀어 뜨개질을 시작한다
> 짙은 갈색의 스웨터
> 식탁이 풀리자 그릇들이 허공에 둥둥 뜬다
> 가슴둘레는 다른 색이 좋겠어
> 풀리는 야채그릇
> 스웨터의 가슴둘레는 파란색으로 강조된다
> 김치그릇의 끝을 당겨 스웨터의 가슴에
> 붉은 새를 한 마리 짜넣는다
> 두 팔과 목을 짤 실이 부족해

결국, 여자는 몸을 푼다
발끝을 당겨 뜨개질을 계속한다
다리와 엉덩이, 배와 등, 가슴이 풀리자
여자의 남은 몸뚱어리는 손과 머리
아직 스웨터는 완성되지 않는다
머리로는 뜨개질을 할 수 없지
여자는 얼굴을 풀어나간다, 이어 팔을 푼다
손목이 풀릴 때 스웨터는 완성된다
허공에 떠 있던 여자의 두 손이 뜨개바늘을 놓고
스웨터를 내게로 가져온다
허공의 스웨터가 나를 집어넣는다
내 몸이 들어가자 스웨터는 가방을 들고 밖으로 나간다
어느새 여자의 두 손은 떠 있는 그릇들 사이에서
가볍게 흔들리며 스웨터를 배웅한다

이른 아침, 거리에는
형형색색의 스웨터들이 떠다닌다

—「무중력 스웨터」 전문

위의 시에서 스웨터만 남고 사람들의 존재는 없어진다는 상상은 사물화된 인간의 모습을 극대화시킨다. 인간의 몸은 식탁과 그릇과 스웨터와 구별되는 특별한 것이 아니다. 인간과 사물은 전혀 다르지 않다. 그러한 인간의 존재감은 화자에 의해 "무중력"처럼 느껴진다. 인간이라는 실체는 사라지고 스웨터라는 사물만 남는다. 시인은 인간을 사물과 똑같이 만들어버린다. 이 같은 시적 발상은「5.1채널 DVD 플레이어」에서처럼 인간이 소외되는 현상에 대한 그의 비판적 시선에서 출발한다. 인간의 사물화를 다룬 시작품들이 많이 있지만, 그것을 스웨터 짜는 과정으로 표현한 것은 독창적이다. 인간이 사물로부터 소외되는 현상이 '여자'에서 화자인 '나'로 이어지고, 그것이 '거리의 사람들'로 이어지는 시적 구도는 만연된 인간의 소외를 드러내기에 적절하다.

이 도시의 안개는 새벽녘에 배달된다
물먹어 떨어지는 가로등 불빛은 버겁다
발자국 소리조차 물방울이 된다
서치라이트를 피해 순식간에 산을 쌓고 무너뜨리는
베란다에 매복한 공병들
도착음이 길게 울리자
노출된 시간이 엘리베이터 속으로 재빠르게 숨어든다
모든 소식은 반송함 속에 구겨져 있다
흐려진 차선으로 희미해진 도로는 텅 비어 있고
경비의 수첩에 적힌 자동차 번호들만이 이 도시의 기록이다
질주의 흔적은 경비의 졸음에 매달려 있다
잠복만이 미덕인 안개 속
아파트단지 너머
무너진 안개 제방을 다시 쌓는 공사 현장
발굴된 도시의 기록에는 누구도 관심을 두지 않는다
아직 공개되지 않은 안개도시의 기록들

Untitled File
저장하시겠습니까?

| 예 | | 아니오 | | 취소 |

안개 속은 텅 비었다
이 도시에는 안개만이 유일한 풍경이다

—「무제」 전문

도시 공간에 인간은 부재한다. 도시를 세운 인간은 사라지고, 도시 생활을 이루는 기계들과 전산망과 속도가 도시를 새롭게 구축한다. 엘리베이터와 반송함과 도로와 자동차 번호와 도로 위의 속도가 안개 도시의 기록이며 전부이다. 이처럼 인간이 원래의 주인이었으면서도 자신의 욕망으로 인하여 더이상 주인이 아닌 상태는 「무중력 스웨터」에서처럼 부속물인

스웨터만 남고 인간이라는 실체는 사라져버린 현상과 같다. 이는 물질에 대한 인간의 무한한 욕망과 비주체적인 수용의 결과를 여실히 보여준다.

"저장하겠습니까" 하는 기계음에 "아니오"를 클릭만 하면 공 들여 만들었던 모든 자료는 삭제되어 버린다. 최규승 시인은 이 같은 가상 공간과 우리가 살고 있는 실제의 세계가 전혀 차이가 나지 않는다는 사실을 「무제」에서 드러낸다. 그는 가상 공간이 일상이 되어버린 디지털 시대가 초래한 위기에 대해 천착한다.

디지털 문명은 무엇보다도 우리의 인식 체계를 변화시켰다. 우리가 사이버 공간에 발을 들여놓는 순간에 우리는 우리의 의식이 이미 바뀐 상태에 들어가 있다는 사실을 알아차리지 못한다. 우리는 화면 속에서 가상으로 존재하고 그 안에서 느끼고 생각한다. 그러나 이 가상 세계는 마우스를 한 번 클릭함으로써 생성되거나 사라져버린다. 한 번의 클릭으로 존재와 소멸을 경험하는 순간 그 경험은 우리의 인식 자체를 바꿔놓으며 혼란에 빠뜨린다. 이는 시 「동물원」에서처럼 "아무것도 아니면서 무엇이든 될 수 있는 무심한 공간"을 경험하는 일이다.

4. 아름다움이 흔들리는 순간

최규승의 시적 자아는 야성의 힘을 되찾을 수도 없으며, 첨단 기계들에 둘러싸여 병든 아버지와 심리적으로 차단된 상태에 처해 있다. 그의 현재적 위치는 이처럼 극한의 위치에서 진퇴양난에 빠져 있는 상태를 보여준다. 그는 자신이 이러한 것들에 속박되어 있음을 첨예하게 느끼는데, 이러한 자각이 그를 좌절하게 만든다.

"방문을 열고/말들이 한꺼번에 몰려나온다/그래 그랬지 그때는/안장도 없이 말 위에 몸을 착 붙이고/거친 들판을 달리고 싶었지/아무 말 없이 쏟아진다"(「취한 말들을 위한 시간」) 여기에서 "말"은 야성을 지녔던 화자의 전신前身이다. 말이 화자가 야성을 잃지 않았던 때의 육신이라면, 화자의 현재 몸은 그와 극단의 위치에 있다.

그러나 최규승의 시에는 언제나 한계적 존재를 벗어나려는 갇힌 자의 강한 갈망이 내재해 있다. 그는 밀폐된 공간과 폐쇄된 시간을 시에서 다루면서도 동시에 활기차고 밝은 바깥을 명확하게 대조시킨다. 바깥세상은 그에게 닫힌 시간과 공간이라는 현재를 벗어나 도달하게 될 유토피아일 것이다.

바다는 여전히 무너지고 있었다
휜 척추를 닮은 썰물 때 갯벌에 새겨진 물길
형광등 불판에 매달린 엑스레이 사진처럼
초라하게 드러난 곡선
몸에 새길 아름다움은 없었다
시선은 억세게 구부러진다
의사의 설명이 오히려 암호처럼 들리는
오후의 진료시간 동안 나의 시선은
카레이서가 코스를 숙지하듯
한동안 구부러진 척추를 오르내렸다
물길의 물이 빠져나가고 갯벌 구멍에서
게들이 잰걸음으로 비어져 나온다
가까이 다가가자 인기척에 놀란 게들이 구멍 속으로 사라진다
잠시, 바람이 불고 어떤 아름다움이 흔들릴 때
게들이 구멍에서 눈을 내민다
저렇게 순간으로 보는 것은 아마
가벼운 바람에도 까불대는 명랑한 풀들이 춤추는 해안 사구에서나 가능하겠지
게의 눈이 되어 본다
한여름 쏟아지는 햇살 속 몸뚱어리
땀 대신 모래가 땀구멍에서 흐른다면
옷과 몸 사이, 모래가 서걱대는 소리로 가득찬다면……
모래를 밀어 올리는 바람이 내 몸을 파고 들어온다
서걱거리는 시간들이 나를 파묻는다

—「S 라인」 전문

「S 라인」은 최규승 시인의 시적 동경의 한 측면을 잘 보여주는 작품이다. "잠시, 바람이 불고 어떤 아름다움이 흔들릴 때/게들이 구멍에서 눈을 내민다/저렇게 순간으로 보는 것은 아마/가벼운 바람에도 까불대는 명랑한 풀들이 춤추는 해안 사구에서나 가능하겠지"에서 시인은 자신이 추구하는 시 정신의 일면을 드러낸다. 그것은 순간의 발견인데, 시인이 추구하는 아름다움은 쉽게 발견되지 않는 '어떤 것'이다. 그러나 이 아름다움이 자신의 존재를 표층에 드러내는 순간이 있다. 시인은 놓치지 않고 아름다움이 흔들리는 순간을 포착하고자 한다. 「데칼코마니」의 "순간 창밖에 눈이 펄펄, 하늘로 오른다"라는 결구에서도 자유롭고자 하는 시인의 갈망이 확연히 나타난다. 이는 그의 시를 압도하는 폐쇄성으로 말미암아 더욱 뚜렷해진다.

최규승 시인의 시적 자아의 의식 속에는 자유에 대한 갈망이 강하게 각인되어 있다. 그러나 그가 동경하는 세상은 추상적이고 관념적인 형태로 제시된다. 강렬하지만 구체적이지 않은 갈망은 그가 지상에서 한 번도 경험해 보지 못했기 때문일 것이다.

경쾌함으로 위장한 악몽

1. 연극적인 시

이현승 시인은 1996년 전남일보 신춘문예를 통해 등단했지만, 본격적으로 시인으로 활동한 시기는 그가 『문예중앙』의 신인문학상에 당선된 2002년도가 될 것이다. 시인이 등단하는 일은 시인으로서 출생의 의미를 가지며 시작詩作 과정은 시인으로서 자신의 시 세계를 구축해나가는 것이다. 우리는 과거와 현재만을 인식할 수 있을 뿐, 미래가 어떠한 모습으로 다가올 것인지는 알지 못한다. 현재시간이 미리 인지할 수 없는 삶을 형성해 나가며, 그 삶에 대한 해석도 현재의 시간을 어떻게 의미화시키느냐에 따라 달라질 것이다. 시인으로서의 생애도 이와 같을 것이다. 우리는 생에 무지한 채로 오로지 경험의 연속으로 살아가는 것을 '운명'이라고 일컫는다. 시인은 정체를 드러내지 않으면서 자신에게서 미끄러지며 달아나는 시를 뒤쫓는다. 이것이 아마도 시인의 운명일 것이다. 시인은 상처와 흠집투성이인 자신을 끌어안아서 한 편의 시로 토해낼 뿐이다. 이렇게 지어진 작품들이 한목소리로 그 시인의 생을 노래할 때, 비로소 시인의 시적 세계가 형성될 것이다.

이현승은 평온하고 경쾌한 일상들을 시에서 다룬다. 이를 다루는 시인의 시각이 날카로운 지점은 그러한 일상이 아슬아슬하게 감추고 있는 불길함을 간파하고 있다는 점이다.

다음에 살펴볼 이현승의 시는 관객 앞에서 행동과 대사로 인물의 성격과 심정을 보여주는 연극처럼 극적 요소가 두드러진다. 시적 화자들은 무대처럼 연출된 공간 속에서 독백과 대사를 통해 자신이 감지하는 불길함에 대해 이야기한다.

이현승의 시에서 시의 소재들과 공간들은 우리 주변에서 일어나고 있는 지극히 평범하고 평온한 일상들이다. 바나나 먹기(「문제는 바나나」), 결혼(「결혼한 여자들」), 게으름(「게으름에 대한 찬양」), 잠자기(「한여름밤의 꿈」), 배드민턴 게임(「배드민턴 다이얼로그」) 등 사소한 일상들은 시라는 무대 위에서 그 일상들이 교묘하게 감추고 있는 것을 보여준다. 그러나 이현승 시인이 일상을 드러내는 극적 방식은 직접적이지 않다. 이는 어떤 현상과 사건에 대해 시인의 가치 판단이 개입되지 않는다는 뜻이다. 그의 시에는 시인의 가치 판단이 드러나지 않는다. 시인은 어떠한 상황을 제시할 뿐, 그에 대한 평가를 지연시키고 있으며, 또한 감정의 표출도 지연시킨다. 시인은 다만 연출가처럼 특별한 사건도 없는 평범한 일상을 무대 위에 올려놓는다.

나의 구애는 잇몸으로도 가능할 것 같아
아무튼 바나나는 오늘날 가장 쉬운 과일이지!

당신이 가진 가장 사소한 복수심으로
당신은 단지 바나나를 까먹으면 되지
귓구멍으로 음악을 쑤셔 넣거나

당신과 당신의 목표물과 바나나의 껍질
그를 넘어뜨린 것은 그의 몸무게, 그의 방심
어느 모로 보나 우발적인 사건으로 기억될
전대미문의 활강이 이제 곧 발뒤축에서 시작될 것이다

당신은 이 퍼포먼스의 연출가이자 감상자로서
신께서 인간에게 공평하게 베푸신 은혜에 놀라는 자
어쩌면 그의 부모 이후로는 처음으로
가장 완성도 높은 직립보행을 감탄하면서 지켜보는 자

잘 익은 바나나의 단맛과 향 그리고
평범함 속에 감춰진 놀랍도록 완벽한 균형과 일치

—「문제는 바나나」 전문

이현승의 시는 예감을 바탕으로 하고 있다. 예감은 무슨 일이 일어날 것 같은 느낌인데, 시인은 예감만을 제시할 뿐이지, 그것이 구체적으로 무엇인가를 발화하지 않는다. 그의 시적 자아는 자신의 현재와 미래에 구름이 드리워져 있음을 내다보고 있다. 그의 의식을 압도하는 정서는 불안이다.

시적 화자는 자신이 지닌 평범함의 무게에 의해 언젠가는 자멸할 것이라는 예감에 휩싸인다. 일상에서 느끼는 자신에 대한 예감은 침묵 속에서 점점 선명해진다. 불길한 예감이 그의 시에 나타나는 시상의 처음이며 끝이다. 평범함과 사소함으로 위장하고 있는 것은 바로 '나'와 '당신'과 '그'의 관계를 잇고 있는 적대감이다. 우리가 일상에서 경험하는 일들의 사소함은 먹기 편하고 싼값에 구입하는 바나나 같은 것이다. 잇몸으로도 쉽게 잘리는 바나나의 육질처럼, 평온한 일상은 언제든지 "전대미문의 활강이 이제 곧 발뒤축에서 시작될" 파국의 순간을 예비한다.

"뻔뻔스럽군요 부끄럽지 않은가요/당신은 2박 3일 동안 내리 잠만 잤어요/그리고 배가 고프겠죠/사막은 이제 지겨워요/새마을 운동을 하든지 뭐든 좀 해 봐요/하다못해 싸움이라도 좀 하든가!//밥보다 잠!/여보 당신도 잘 알겠지만/난 이 쑤실 시간조차 없이 바빴어/하루가 24시간이라는 것은 어처구니없군"(「게으름에 대한 찬양」) 여기에서 부부의 일상은 평범하지만, 그들 사이에는 "뻔뻔스럽군요"라는 지적과 "어처구니없군"이라는 대답이 잇고 있는 극단의 거리가 존재한다. "어처구니없군"은 잠이라는 자신의 세계에 숨어든 화자가 외부 세계를 바라볼 때 가지는 인상이다. 화자의 생활을 구축하는 핵심은 이 '어처구니없음'에 있다.

2. 자의식의 방패

이현승 시의 시적 화자들은 부부 관계 혹은 가족 관계에 있든지 항상 다른 사람과의 관계 속에서 자신의 의식을 펼친다. 이들 관계의 중심축은 적대감이다. 그러나 궁극적으로 타자를 향한 적대감은 바로 자기 자신을 향해 있다고 볼 수 있다. 그의 시에서 시적 화자들은 자기라는 독방에 감금된 자의 자의식을 드러낸다. 시적 자아는 자신을 타자화시켜서 자기 자신에 대해 반추한다. 연극이 무대와 관객 사이에 일정한 거리를 두고 행해지듯이 한 편의 작품 속에서 시적 자아는 자기를 객관적으로 바라보고 있다. 그의 시는 자기라는 독방에 감금된 자기를 구경하는 자의식의 연극이라고 볼 수 있다.

> 맨 처음 보았던 것
> 라시오타역으로 열차가 돌진해올 때*
> 사람들은 극장 밖으로 뛰쳐나왔다
>
> 맨 나중에 보았던 것
> 비명마저도 굳어 돌덩이가 되어갈 때
> 메두사는 방패 속에서 무엇을 보았는가
>
> *뤼미에르 형제가 발명한 인류 최초의 영화 에피소드 중의 하나. 이 영화는 초당 16프레임으로 움직임을 구현했다.
>
> —「최초의 관객」 부분

위의 시에서 시의 화자는 "메두사는 방패 속에서 무엇을 보았는가"라는 질문을 스스로 관객이 된 자기 자신에게 던진다. 그 질문에 대한 답은 신화 속의 메두사 이야기에 담겨 있다. 영웅 페르세우스는 돌로 변하는 것을 피하기 위해 아테나의 방패에 비친 메두사를 보고 메두사의 목을 베었다. 아테나의 방패에서 마녀 고르고가 본 것은 아테나 여신의 저주를 받아서 괴물로 변한 자신의 얼굴이다. 그 순간에 메두사는 자기를 들여다본 '최초의 관객'이었으며, 동시에 죽음을 맞는 '최후의 관객'이 되었다. 방패에 비친 자기를 본 순간, 메두사는 저주받은 괴물인 자기를, 자신으로부터 아주 낯선 자기를 확인하는 존재가 된다.

그러나 끝없이 자기의 내부를 들여다보는 자, 자기를 깊이 의식하는 자는 병적인 고독감으로 스스로 걸어 들어간다. 그것은 마치 이현승의 시 「결혼한 여자들」에서 '결혼' 혹은 '자기'라는 독방에 감금된 여자들이 자기를 돌아볼 때마다 경계심으로 깜짝깜짝 놀라는 것과 같은 형국이다.

그녀와 함께 배드민턴을 배워요
그녀는 이제 손목을 쓸 줄 알아요
힘을 집중하는 거죠
같은 동작 속에 다른 포인트
동작의 응용

빠른 속력으로 날아왔다가 뚝 떨어져 내리는
셔틀콕의 움직임이 이 경기의 묘미죠
슬로우 슬로우 퀵, 슬로우 슬로우 퀵
여유작작 땅에 처박히기 직전
셔틀콕을 끌어올리는 동작은
그녀의 전매특허입니다
손목, 발목, 동작들은 경쾌해요

바람을 안고 혹은 바람을 등지고
바람을 헤집어 셔틀콕을 날려 보냅니다
셔틀콕이 그리는 것은 바람의 그래프
출렁거리는 파도의 잔등 같습니다
중요한 것은 이것, 지속이죠
하고 싶은 말이 뭐죠?
가장 멀리 에돌아가는 나의 질문에 대한 그녀의 물음
바람이 게임을 중단시킬 때까지
슬로우 퀵, 슬로우 슬로우 퀵

—「배드민턴 다이얼로그」 전문

위의 시에서 화자는 "빠른 속력으로 날아왔다가 뚝 떨어져 내리는" 그녀의 동작이 감추고 있는 진실을 간파하고 있다. 상대방이 받아넘기지 못하도록 경쾌함으로 위장하는 "그녀"와 화자는 "가장 멀리 에돌아가는" 관계이다. 화자와 "그녀", 두 사람이 치는 배드민턴은 상대방에 대한 위장과 그것을 알아차리는 게임이다. 오가는 셔틀콕처럼 그들의 위장의 게임은 멈추지 않는다. 「배드민턴 다이얼로그」에 나타나는 그녀와 화자의 팽팽하고 아슬아슬한 긴장은 화자가 그녀의 속임을 알고 있기 때문에 발생하며, 그것은 그녀에 대한 적의를 유발한다.

나뭇잎에 베인 바람의 비명
몸이 벌어지면서 나오는 신음들
수도꼭지의 누수처럼 집요하게 잠을 파고드는
불편한 소리들,
아, 들끓는 소리와 소리 사이
폭발과 폭발 사이 화산의 잠

어둠 속에서 숨죽여 우는 사람이 있다
누가 밤하늘에 유리조각을 계속 뿌려대고 있다

—「한여름밤의 꿈」 전문

「한여름밤의 꿈」은 연인들의 관계가 뒤엉켰다가 유쾌하게 정리되는 셰익스피어의 희극이다. 그러나 이현승 시인의 「한여름밤의 꿈」에는 적대감이 시의 기저를 만들고, 비명과 신음, 불편한 소리들이 서로 얽혀 있는 악몽극이라고 볼 수 있다. 화자가 맞서 있는 외부 세계는 「한여름밤의 꿈」의 원전처럼 소란스럽고 기괴하게 얽혀 있다. 화자는 그러한 상태에서 결코 깨어날 것 같지 않다. 화자에게 외부 세계는 악몽이나 다름없다. 평범하게 보이지만, 그는 세상이 메두사 얼굴 같다는 사실을 확인해야만 한다. 세상은 곧 타자화된 자기이다. 이 같은 사실이 그를 자의식의 독방 속으로 밀어 넣는다.

이현승의 연극 같은 시의 무대에는 '나', '당신', '그', '그녀'가 배우들로 등장한다. 그들이 거짓으로 연출하는 평온한 일상 속에서 그의 시적 자아가 한 가지 배역을 맡고 있는 한, 그는 악몽극에서 결코 깨어날 수 없을 것이다. 왜냐하면 악몽극의 무대가 바로 그의 자의식 속에서 벌어지는 깊은 꿈이기 때문이다. 이 같은 시인의 자의식은 그의 시적 자아가 존재하며 관계를 맺는 외부 세계의 폐쇄성에서 비롯된다.

스러지지 않는 것을 찾아서

1. 불연속과 지속의 동시성

소멸하는 것들을 대하는 시인들은 무감각하고 무미건조한 어조로 흐르는 시간을 노래한다. 이들 시에는 타자가 등장하기도 하지만, 시적 자아와 타자 사이에 창조적인 시간이 흐르지는 않는다. 그렇다면 기계적으로 반복되는 시간, 의미가 생성되지 않는 시간을 시인들은 즐기고 있는가, 아니면 거부하고 있는가. 그들은 즐김과 거부 어느 것도 선택하지 않는다. 의미가 탈색되어 가는 시간의 흐름에서 그들은 벗어나 있지 않다. 세상에서 지워져 가는 자신을 바라보는 것이 그가 할 일의 전부인 것처럼 보이지만 그들의 내면에는 지속적인 것을 발견하려는 의지가 내재한다.

「말해볼까, 말해도 될까?」에서 최정례 시인은 지나가 버린 과거와 변해 가는 것들의 허망함을 노래한다. 그러나 그 노래에는 세상에서 희미해지는 자신의 존재감을 확인하려는 시인의 욕망이 숨겨져 있다. 이장욱 시인의 「피의 종류」는 상투성과 파편적인 일상 공간에 함몰된 우리의 감각을 일깨워준다. 진은영 시인의 「노란 뚜껑의 작은 유리병 속에」는 앞선 시간 속에서 사라져 버린 존재들이 얼마나 의미 없는 것인가를 시의 표층에 드러내고 있지만, 그것들의 흔적에 대해 사유하는 화자를 통해 존재의 지속성을 추구한다. 「사라지는 사람들을 생각하며」에서 김종해 시인은 죽음도 빼앗을 수 없을 만큼 단단한 결정체는 우리가 살아서 느끼는 감정이라고 노래한다. 조정 시인은 「수선화」에서 병듦과 죽음을 봄과 대립시키면서,

시적 자아의 생에 대한 강렬한 욕구를 표출한다. 이들 시인의 작품들에는 불연속이 압도하는 삶 속에서도 연속적이고 영원한 것을 찾아내려는 시인들의 힘겨운 투쟁이 담겨 있다.

2. 내가 다 지워지기 전에

최정례 시인의 「말해볼까, 말해도 될까?」는 과거 시간에 말걸기이다. 화자는 과거에 속한 그에게 "말해볼까, 말해도 될까?"하고 중얼거린다. 그러나 화자가 머뭇거리는 동안 과거의 그는 나무 그림자를 밟고 지나가는 시간처럼, 컵에 담긴 주스를 빨아 먹는 시간처럼 빠르게 사라져버린다.

망설이는 사이
그는 에스컬레이터에 실려 올라가고
나는 내려가고 있었다
층계를 바꿔 타고 뛰어 올라갈까
분명 그 얼굴인데

어깨는 가라앉고 몸통은 굵어졌고
무엇보다도 다른 표정의 인간이 된 그
그가 쥔 비닐봉투 속에
우루사 약상자가 흔들리며 따라가고 있었다

그러나 이런 생각
봄볕 받아 길에 누운 나무 그림자
그림자 밟고 지나가면
잠시 내 몸에 얼룩덜룩 올라섰다가
에라 모르겠다
다시 눕는 나무 그림자처럼

이런 생각은 길 위에서나 잠깐,

잠깐 하고
우리는 계속해서
가던 길이나 가는 거겠지

종이컵에 빨대 꽂아 커피나 주스를 빨면서
빈 컵 바닥을 빨대로 더듬다가
마지막 공기 빠지는 소리 들리면
컵 구겨 내던져버리면서

— 최정례, 「말해볼까, 말해도 될까?」 전문

과거에 만났던 '그'와 다시 부딪치게 되면서 화자인 '나'는 과거의 시간을 떠올린다. 그렇지만 나의 망설임도 생각에 불과한 것이다. 지나온 시간에 두 번 발을 담글 수 없다는 것, 과거 속의 그, 혹은 과거의 나와의 겹침은 이루어질 수 없다는 것을 나는 알기 때문이다. 시간은 내가 변하지 않았을 것이라고 기대했던 것까지 변하게 하는 강력한 힘을 가졌다는 것을 나는 "무엇보다도 다른 표정의 인간이 된 그"의 얼굴에서 확인한다. 과거가 이미 내게서 사라져버린 시간이라는 것은 주스를 다 먹으면 그것이 담겼던 컵을 구겨서 버려야 하는 것처럼 자명한 사실이다.

"어깨는 가라앉고 몸통은 굵어졌고/무엇보다도 다른 표정의 인간이 된 그/그가 쥔 비닐봉투 속에/우루사 약상자가 흔들리며 따라가고 있"는 그의 모습은 변해버린 나 자신의 모습과 다르지 않다. 그는 이미 변해버렸으나 평소에 내가 확인해보지 않았던, 나의 자화상이다.

나는 망설이면서 왔던 길을 계속 걸어가는 것이 내가 취할 수 있는 것의 전부임을 안다. 나는 내 앞에 당도한 과거의 시간 앞에서 주저하다가 결국 포기해 버리고 만다. 그렇지만 짧은 시간 동안이라도 "이런 생각"에 내가 잠시 멈춰 섰던 것은 퇴색해버리는 자화상에서, 변해가는 것들에서 영원함과 지속성을 지닌 것이 무엇인가를 찾아내려는 의식에서 나온 것이다. 내가 세상에서 점점 가늘어지다가 다 지워지기 전에 나는 나의 과거에 "말해볼까, 말해도 될까?" 말을 걸고 싶은 것이다. 이러한 나의 욕망이 무지막지하게 흘러가는 시간의 길 위에서 잠깐 나를 멈춰 서게 한다.

오늘의 햇빛에는 감정이 지워져 있다.
공공장소에는 비둘기들이 어울려.
새들에게도 혈액형이 있고
그들만의 경험이 있을 것이다.
하지만 사람들은 꾸준히
거짓말을 하며 걸어 다녀.
누군가는 매일 혈액형이 바뀌고
누군가는 피의 종류를 모르지만
아이들은 언제부터인가 열심히
사람들을 닮아가네.
오늘의 날씨는 너무 쉽게 솔직해져.
갑자기 쏟아지는 비가
구름의 책임인 것은 아니다.
길가에 납작해진 비둘기가 조금씩
길이 되어가듯이.
약국 셔터 아래로
환한 비늘처럼 저녁이 쌓이듯이.
하지만 피를 뽑은 후에 사람들은
가벼워진 몸으로 다시
익숙한 거짓말을 시작했다.
공공장소에서는 누구나
경험이 풍부한 사람이 되고
피의 종류에 대해
해박해졌다.

— 이장욱, 「피의 종류」 전문

혈액형으로 사람들의 성격을 분류하는 것만큼 황당한 일도 없다. 그렇지만 혈액형에 따르는 성격유형의 분류는 하나의 상식으로 받아들여진다. 이처럼 근거 없는 상식들이 세상을 구축한다. 위의 시에서 '광장'은 상투적 관념으로 건축된 세상을 가리킨다. 광장은 사람들이 상식적 경험으로 편견을 만들고, 그것을 단단하게 구축하는 곳이다. 차에 치인 비둘기가 거짓말처럼 길이 되어가는 그곳에서 사람들은 거짓말을 하면서 살아간다. 아이들도 사람들을 닮아 거짓된 삶을 살 것이다. 이장욱 시인은 위의 시에서 알 수 없는 정보들이 만들어낸 세상을 무비판적으로 받아들이며 사는 우리 자신의 모습을 세밀하게 묘사한다. 그는 거짓말로 지어진 세상 속에서 살아가는 '사람들'과 그들이 재생산해 내는 허구로 지어지는 일상의 속성을 명료하게 제시한다.

> 진흙으로 만든 사람
> 그 위에 내리는 눈송이를
> 넣을 수 있다면
>
> 얼굴 없는 여자의 긴 목
> 한 번도 쓰지 않은 하얀 굴뚝
>
> 달리는 말들의 잘생긴 갈색 넓적다리
> 녹색 못釘의 초원
> 넣을 수 있다면
>
> 쓸개처럼
> 긴 맛의 커다란 기차를 탔을 때
>
> 노란 뚜껑 작은 유리병
> 이것은 나의 앞 사람이 버린 것
>
> 그는 어디서 내렸을까
> 노래들, 엄지발가락 부러지는 소리 가득한
> 이 칸을 지나서
>
> —진은영, 「노란 뚜껑의 작은 유리병 속에」 전문

누군가 화자보다 앞서서 기차를 탔고, 그 사람은 병을 버렸다. 그가 버린 노란 뚜껑의 작은 유리병은 그가 어디에서 내렸는지 그가 어떤 사람인지 아무것도 지시해주지 않는다. 위 시의 1연에서 3연까지에 "노란 뚜껑 작은 유리병"에 화자가 담고자 하는 사물들의 기이한 모양들이 열거되어 있다. 진흙으로 만든 사람, 얼굴 없는 여자의 긴 목, 한 번도 쓰지 않은 하얀 굴뚝, 달리는 말의 넓적다리, 못釘의 초원 등, 수식과 수식 대상 사이는 어긋나 있다. 그들 사이는 완전하게 절연되어 있다.

조각나거나 기형의 사물들을 병 속에 담기를 바라는 화자의 진술은 자신에 앞서서 사라져 버린 것들의 의미 없음을 역설적으로 드러내고 있다. 시간이 흘러가 버리는 것이라면, 병 속에 넣듯 그것을 잡아둘 수는 없을 것이다. 과거의 것들은 기차 칸을 지나 어딘가에서 내리고 과거가 남긴 것은 기차에 버린 빈 병뿐이다. 빈 병을 보면서 사라지는 것에 대해 사유하고 있는 현재의 화자도 뒤에 타는 누군가에게 앞서서 사라져버린 존재가 될 것이다.

위 시에서 사라짐의 허무함이 나타나지만, 동시에 병을 잠시 가졌던 누군가의 흔적은 선명하게 화자에게 각인되고 있음이 나타난다. "노란 뚜껑 작은 유리병"만큼, 어떤 것도 누군가의 존재감을 화자에게 전달해주지는 못할 것이다. 누군가의 흔적을 들여다보는 것은 불연속적 존재들인 우리가 존재의 연속성을 인식하는 순간이 아닐까?

3. 빼앗아갈 수 없는 것

우리의 육체는 지극히 나약하지만, 죽음도 우리에게서 빼앗아갈 수 없는 것이 있다.

> 누구에게나 바람이 불고 비 오는 날이 있다
> 젖을 대로 젖어서
> 슬픔을 슬픔이라 말할 수 없는 날이 있다
> 아픔을 아픔이라 말할 수 없는 날이 있다
> 세상에 보이는 것 모두,
> 움직이는 것 모두가 그대의 것이 아닌 날

오오, 그대여 기억하라
몸을 태우고 한 줄기 연기만 남긴 사람들을 생각하라
오늘 그대 뺨에 흐르는 눈물만이
재가 되지 않는 사리,
그대가 쥐고 있는 한줌 보석이다

— 김종해, 「사라지는 사람들을 생각하며」 전문

죽은 육신이 남기는 것은 무엇인가? 육신에 속하던 모든 것은 한 줌 연기로 사라진다. 몸을 태우는 연기는 육신이 세상에 남기는 것은 아무것도 없다는 사실을 명료하게 각인시켜 줄 뿐이다. 그렇지만 김종해 시인은 죽음도 인간에게서 빼앗아갈 수 없는 것이 있다고 노래한다. 그것은 살아서 느끼는 감정이다. 감정은 순간적으로 생성되고 소멸하는 것이지만, 죽어서 재가 되지 않는 유일한 것이다. 역설적이게도 우리가 슬픔과 아픔의 감정에 몰입해 있을 때, 우리는 삶을 생생하게 감각한다. 격렬한 슬픔의 감정이란 생의 정점에서 발생하는 것이기 때문이다. 김종해 시인은 감정에서 한 줌 보석 같은, 생의 정점으로서의 의미를 발견하고 있다.

저고리 얇은 봄이
제 발등만 내려다보는 사이

외곽순환도로 밑 그늘진 자리에서
흙이 내미는 편지 몇 통
병석에서 겨우 일어나 앉았다는 소식

노란 불빛 아래 언 손을 비추어 읽었다

내 손바닥 안에 여덟이나 아홉
효수된 얼굴들이
차디찬 스텐 밥그릇같이
어른거리고
해가 떴고 혼자였고 어두웠기 때문인데

나는 그새 죽었으니
띄워 보낼 안부가 없다는 말
목을 밀고 올라와
묵은 기침이 가슴을 찢으며 쏟아졌다

— 조정, 「수선화」 전문

봄날에 생명을 지닌 것들은 도처에서 반짝이면서 솟아오른다. 찬연한 봄빛 아래 만물은 봉오리를 맺고 자신의 생을 터뜨린다. 그러나 찬연하게 피어나는 생명은 죽음이 압도하는 어두운 곳으로부터 파열하듯 태어나고 있는 것을「수선화」는 극적으로 드러낸다.

화자의 손바닥 안에 어른거리는 죽은 얼굴들, 죽음들은 "밥그릇"처럼 차갑고 비리다. 목을 밀고 올라오는 묵은 기침이 쏟아지는 나의 병든 몸은 흙에서 병든 몸을 일으켜 세운 누군가와 대립된 이미지를 가지면서도 파열된 죽음의 이미지를 갖는다는 점에서 유사하다. 봄에 새롭게 태어나는 것들은 병듦과 죽음의 떨기도 미처 떨어지지도 않은 상태로 흙을 밀고 올라온다. 「수선화」에서 화자인 나는 누군가가 "병석에서 겨우 일어나 앉았다는 소식"을 받는다. 나 역시 병석에 있었던 누군가처럼 죽음에 가까이 있는 자이다. 밝은 봄 햇빛은 그런 내가 고립된 존재임을, 또한 어두운 공간 속의 존재임을 확연히 비추어준다.

그러나 그 누군가가 병든 몸으로 봄을 뚫고 일어나 앉은 것처럼, 나 역시도 죽음 같은 날들을 뚫고 일어나 앉기를 강렬하게 희망하고 있다. "나는 그새 죽었으니/띄워 보낼 안부가 없다는 말/목을 밀고 올라와/묵은 기침이 가슴을 찢으며 쏟아졌다"는 나의 진술은 생에 대한 나의 강렬한 욕망이 병들고 의미 없는 나를 찢으며 파열하고 있음을 잘 보여준다. 죽음도 나 혹은 네게서 빼앗아갈 수 없는 것, 그것은 결코 스러지지 않는 우리의 생에 대한 욕구일 것이다.

자기 발견과 관계성의 시

1. 나에 대한 의문이 투명해지는 시간

나에 대한 의문이 투명해지는 시간이 있다. 평상시에는 위장되어 있거나 가려져 있던 나의 본래 모습을 목격하게 되는 때는 자의식이 무한히 펼쳐지는 시간이다. 내가 나에게 끊임없이 질문을 던지는 시간은 자의식이 빛을 발하며 활동하는 순간이라고 말할 수 있다. 자존감이 바닥에 던져져서 자신의 무가치함 속으로 끝없이 빠져드는 때는 표면적으로는 자기를 염오하는 것처럼 보이기도 한다. 그러나 이처럼 염오의 구덩이에서 자기의 다면적인 모습을 들여다봄으로써 내가 나를 인정할 수 있는 기회를 갖게 되는 것이다. 이때 비로소 나는 다른 사람에게 보이기 위한 위장과 은폐를 벗어나서 자유로워질 수 있으며, 절반의 육체를 가진 자가 아니라 의식과 이성에 의해 가려져 있는 나머지 절반도 회복한 존재가 된다.

황병승 시인의 「Cul de Sac」은 고립된 개체의 절망적 자문自問을 보여주고 있으며, 김언 시인의 「총과 탄환」과 이근화 시인의 「네가 사라지고」는 타자와의 관계를 통해 개별자의 고립과 개체들이 서로에게 얼마나 폭력적인가를 드러낸다.

구재기 시인의 「반신욕半身浴을 하다」와 채선 시인의 「서른아홉」은 스스로에 의해 혹은 타자에 의해 위장된 존재로서 살아가는 존재들을 보여준다. 홍일표 시인의 「거울의 식성」과 김지녀 시인의 「물체주머니의 잠」은 각각 의식의 매개인 거울과 무의식의 영역에 속하는 잠을 통해서 자기를 발견하고 있다. 「거울의 식성」에는 욕망의 결핍에 빠진 자기를 발견하고 그로부터 벗어나려는 의지를 보여주는 시적 자아가 있고, 반면에 「물체주머니의 잠」에서는 과잉의 욕망에 함몰된 자신을 발견하는 자의 섬뜩함이 잠이라는 무의식의 시간을 통해 드러난다. 홍일표와 김지녀는 그들의 시적 자아로 하여금 각각 욕망의 결핍 상태에 빠져 있는 자기를 거울에 비춰보게 하고, 멈출 수 없는 욕망의 턱뼈에 먹혀버린 자기를 잠 속에서 들여다보게 한다.

2. 개체들의 막다른 골목

황병승 시인의 「Cul de Sac」과 김언 시인의 「총과 탄환」과 이근화 시인의 「네가 사라지고」에는 본질적으로 완전하게 고립되어 있는 개별자들이 있다. 황병승 시인은 절명의 공간에서 타자와 다를 바 없는 자신에게 과연 자신의 생은 어떠한 내용으로 기술될 수 있는가에 대해 묻는다. 김언 시인과 이근화 시인은 타자와의 적대적인 관계성 속에서 타자와 원천적으로 분리된 존재들을 형상화시킨다.

오로지—불과하다는 결론에 도달하기 위해
오로지—불과하다는 처음에 도달하기 위해

당신은 당신과 음식을 나눈 적이 있습니까
당신은 당신의 침대에 떨어진 빵 조각을 누구에게 주었습니까

오랜 세월 저는 낮 동안에 떠오른 모든 생각들을 메모지에 옮겨 적었습니다 술에 취하기 전에 제가 떠올렸던 잡생각들은 무엇이었습니까 술에 취하기 전에 제가 떠올렸던 잡생각들은 무엇이었습니까 취한 뒤에는 그것들이 한 미치광이에 의해 창밖으로 마구 던져지는 것을 보았습니다

선생은 재능이 없어요 선생은 선생보다 느린 노새에 올라탔고 날이 새도록 고집을 부리는 쪽은 누구입니까 만일 선생이 남다른 재능을 가지고 있다

면 이렇게 이십 년 넘게 쓰는 일을 반복할 리가 있겠습니까

(중략)

……사과를 받고 싶습니다 당신은 당신 자신을 매우 뻔뻔한 사람이라고 여기고 있어요 돌아섰습니다 당신은 더이상 당신의 친구가 아니에요 외로워서 울게 될 겁니다 울어보세요 당신은 당신에게 버림받았잖아요

'……구덩이 속의 남자는 모든 것이 끝났다고 믿었다 자신을 집어 삼킨 진흙 구덩이도 부러진 척추도 갈증도 이 세계에 존재하지 않는 것들이라고 믿었다
지금, 여기, 진흙 구덩이가 있고 진흙을 두 손으로 움켜쥔 남자가 쓰러져 있다면, 그것은 쥐들이 꾸며낸 이야기, 밤새도록 갉아대는 소리, 다락방의 거짓일 뿐이다, 라고 그는 믿었다……'

— 황병승,「Cul de Sac」부분

위의 시에서 '그'는 자신의 무덤이 될 수도 있는 진흙 구덩이에서 그가 할 수 있는 유일한 의식행위를 펼친다. '그'가 자신을 부르는 호칭은 '당신'이거나 '선생'이다. 이처럼 대상화된 그는 지금까지의 생을 영위해 온 자신이며, 평소에 품고 있었던 의문들을 자신에게 질문하는 그는 어느 때보다도 솔직하고 객관적으로 바라보는 내면적인 자아이다. 여기에서 그와 또 하나의 그는 서로에게 타자나 마찬가지이다.

'그'는 "오로지—불과하다는 결론에 도달하기 위해/오로지—불과하다는 처음에 도달하기 위해" 생의 길을 걸어오다가 생의 끝이 될 구덩이에 빠졌다. 그렇다면 처음이자 결론인 "오로지—불과하다"에 들어갈 내용은 무엇인가? 그것은 아마도 그가 걸어온 생의 모습일 것이다. 그 자신에게 냉정한 그, 자신을 사랑하지 않아서 자존감이 낮은 그, 재능이 없을 뿐더러 자기에게 민폐를 끼치고도 사과도 하지 않는 뻔뻔한 그, 자기에게 버림받은 외로운 그 등이 지금까지의 그의 생을 형용할 수 있는 내용들이다. "마른 진흙이 얼룩 강아지처럼 묻어 있던 남자는 발바닥에서부터 척추를 타고 올라오는 통증도 부릅뜬 눈에서 번갯불이 일지도 않았으며/거친 숨소리

로 가득했던 진흙 구덩이도 잠자는 우물처럼 고요하기만 했다"는 「Cul de Sac」의 마지막 부분인데, 자기에게조차 버림받은 자의 외로움이 섬뜩하게 드러나 있다. 막다른 골목이라는 뜻을 지닌 퀼드삭은 시의 화자가 막다른 지점에서 자신에게 던진 생에 대한 물음이다. 황병승 시인은 위의 시에서 자기로부터도 소외된 존재인 인간의 실체를 적나라하게 파헤친다.

분명히
그들은 근처에 산다
또다른 이웃집에서 탄환이 발사될 때도
총은 얌전히 자기 집에 있었고
자기 일만 했다

지붕 위에서
어떻게 변해갈지 알 수 없는 날씨와 더불어
나는 잠시 눈을 감았다 뜬다
지평선 너머 해가 사라지고 있다
두개골 근처에서
고요한 정적 대신 단 한 발의 총성이
터지는 순간에도 나는 멀리 있었다
누군가 따로 있었다

분명 내 두개골 주변의 일이었는데
한 사람이 실려가서 돌아오지 않았다
탄환 하나가 사라져서 돌아오지 않는
날이기도 했다 나는 아무것도 듣지 못했다
창고 같은 그 집에서
이제 무슨 소문이 들리겠는가

총은 얌전히 자기 집에 있었고
사라진 탄환의 행방을 하나씩 감추었다

— 김언, 「총과 탄환」 부분

시의 화자는 사람들을 총과 탄환으로 환치시켜 관찰하고 있다. 총과 탄환은 폭력적인 인간관계와 무관심과 고립의 관계를 함축적으로 보여준다. 총과 탄환들이 사는 동네는 완벽하게 고립된 폭력의 알갱이들이 집적된 공간이라고 볼 수 있다. 그곳에 사는, 비명도 고함도 손가락처럼 따로 있는 사람들은 총과 탄환으로 환치된다. "이웃집에 온순한 총이 이사왔다/얌전한 탄환도 같이 온 것 같다"에서처럼, 총과 탄환은 이들 사물에는 어울리지 않는 '온순한', '얌전한', '얌전히' 등의 말로 수식되어 있다. 수식어와 수식 대상의 불일치는 수식 대상인 총과 탄환이 지닌 상징성을 더욱 증폭시킨다.

화자와 이사 온 총과 탄환, 또 다른 이웃의 총과 탄환은 서로 무관심한 영역에 있으며, 그들 각자의 총과 탄환과 그들이 발포하는 누군가는 각자 형성된 극대화된 폭력 속에 있다. 총과 탄환의 폭력성은 이미 전제된 것이지만, "총성이 터지는"과 "한 사람이 실려가서 돌아오지 않았다"에서 그 폭력성이 바깥으로 표출된다. 총은 얌전히 자기 집에서 자기 일에만 몰두한다. 마찬가지로 화자 역시 자신의 두개골 옆에서 터지는 총성과 탄환들의 사라짐에 대해 모른 척하기로 일관하고 있다. 이웃집에서 탄환이 발사될 때도 "총은 얌전히 자기 집에 있었고/자기 일"에만 몰두한다. 이 같은 '총'의 폭력적인 무관심은 이웃에서 벌어지는 일들에 대해 모른 척하는 화자에게도 해당된다. 화자 역시 그가 관찰하는 '총'과 전혀 다르지 않은 존재이다.

> 나에게 영원히 속해 있는 나의 손가락을 헤아려본다
> 날마다 씻는데도 줄어들지 않는군
>
> 아이들과 노인들은 쉽게 버려지고 버려진 기분으로 스스로를 버리고 버린 후에 버린 것들을 천천히 밟는다
> 작은 발로 쭈글쭈글한 발로 짓이긴다
>
> 네가 사라진 자리에 너는 남아 활시위를 당긴다

사과알처럼 붉고
사과씨처럼 분명하고

아침인데 무엇이든 삼키고 보니
너의 복수는 달콤한 데가 있다

네가 사라지고도 너는 남아 있을 거야

— 이근화, 「네가 사라지고」 부분

이근화 시인은 위의 시에서 '나'와 '너'의 관계성에 초점을 맞춰 일상을 세밀하게 내면화시키고 있다. 시의 화자인 내가 너를 통해 알게 된 불변의 진실은 너의 어떠한 부분도 내게 속할 수 없다는 것이다. 내게서 떠나지 않는 것, 영원히 속한 것은 씻어도 닳지 않는 나의 손가락이다. 다만 너를 통해 확인할 수 있는 것은 버려지기 쉬운 아이들과 노인들처럼, 버려지기 쉬운 나의 자존감이며 관계의 폭력성이다.

활시위처럼 팽팽한 너의 나를 향한 적대감이 분명하게 드러나는 순간이 있다. 나와 너의 관계가 얼마나 폭력적이고 완벽하게 다른 개체인지 알 수 있게 되는 시간이 있다. 나와 소통할 수 없는 너의 존재는 "사과알처럼 붉고/사과씨처럼 분명"한 형상으로 나와 맞서 있다.

3. 감춰진 나를 확인하는 시적 방식

홍일표 시인의 「거울의 식성」과 구재기 시인의 「반신욕半身浴을 하다」와 채선 시인의 「서른아홉」, 그리고 김지녀 시인의 「물체주머니의 잠」은 각각 거울과 반신욕과 서른아홉으로 추상화된 시간과 잠을 통해 감춰져 있던 우리의 본래 모습에 접근한다.

거울은 이빨이 없다
연신 몸을 들락거리는 사람들, 우연히 방문하는

길가의 가로수나 구름 한 점도 소화시킬 수 없다
우물거리다가 다 토해내는
거식증 환자다
뼈만 남은
발목 하나 담글 수 없는
겨울하늘,
새들이 일찌감치 발을 뺀 공지다
나, 누구도 담지 못한
꽝꽝 얼어붙은 거울을 깬다
고해하듯
와르르 뒤뜰 담장이 무너져 내리고
조각조각 혓바닥 베인 햇살들
오랜 번민의 발자국을 안고 녹아내리는
눈 속을 뒤적이면
무청 같은 새파란 눈썹 하나 꿈틀댄다
내 안의 퀭한 거울이 배가 고프다

— 홍일표, 「거울의 식성」

사물을 비추는 거울은 시에서 자의식을 비춰보는 도구로 쓰인다. 홍일표 시인은 「거울의 식성」에서 그동안 시인들이 거울에 문학적 상징을 부여해온 것에 또 하나의 독특한 의미를 더한다. 실재하는 사물들이 주체가 되거나 능동적인 성질을 갖는 데 반해 사물들을 반영하는 거울은 다른 것들을 비추는 기능만을 지니거나 수동적인 사물로 인지되어 왔다. 그러나 홍일표 시인은 거울에 시적 자아의 고립 감정을 객관화시키면서 동시에 음식물을 우물거리다가 뱉는 동물의 활력을 부여하고 있다. 거울은 화자의 외부에 대한 거식증세를 마치 화자처럼 주체적으로 행동한다. 거울에 이 같은 동물성의 특성을 부여한 것은 시인이 획득한 독특한 인식이라고 말할 수 있다.

시의 화자인 내가 나를 객관화시켜서 보는 것은 거울과 겨울 하늘이다. 내가 올려다보는 겨울 하늘은 얼어붙어 있고 그 모습은 땅의 거울인 얼음에 비친다. 얼어붙은 하늘은 나의 자화상이라고 볼 수 있는데, 거식증 환자 같은 하늘처럼 나의 편협함과 세상을 대하는 거식증의 태도는 얼음 거울에 비쳐진다. 거울은 이빨이 없어서 아무것도 소화시킬 수 없다. 거울처럼 자신에게 아무것도 받아들이지 않으려는 화자 역시 거식증 환자이다. 거식증은 먹는 것을 거부함으로써 외부와의 관계를 전면적으로 거부하는 것을 의미한다. 이 같은 상태는 나를 자괴감에 빠지게 만든다. 그것은 결국 나의 존재를 부정하는 것이기 때문이다. 화자는 "꽝꽝 얼어붙은 거울을" 깨뜨리는 행위와 "내 안의 퀭한 거울이 배가 고프다"에서처럼 외부와의 관계를 거부하는 자신에게서 탈피하려는 의지를 표출한다.

나는 언제 어디서나 이렇게
반신욕으로 살아간다는 느낌이 든다
내 몸의 형체인 그림자에서
내 모습을 찾아볼 수 없는 것도
하찮은 일에 얼굴을 붉히며
아귀다툼을 할 때도 보면
분명히 나의 모든 것을 드러낸 적이 없다
그래, 항상 반신욕을 하며 살아가면서도
반신욕을 하고 있다는 것을 잊고 살아간다

— 구재기, 「반신욕半身浴을 하다」 부분

구재기 시인은 위의 시에서 반신욕이라는 지극히 일상적인 소재를 다룬다. 여기에서 그는 절반의 몸을 은폐시키고 절반의 몸을 온전한 자신으로 위장한 채 살아가는 우리의 자화상을 잘 드러내고 있다. 시의 화자는 몸의 절반을 물속에 담그는 반신욕을 하는 자신의 모습에서 몸의 절반만을 소심하게 내보이며 살아가는 자기를 발견한다. 화자인 나는 절반의 나를 나의 전부로 다른 사람들에게 보여줄 뿐만 아니라, 이 같은 반신의 모습에 나 자신까지도 반신인 사실을 망각하고 있다. 구재기 시인이 허구에 함몰된 일상을 살아가는 우리 자신을 반신욕에 비유한 것은 절묘한 시적 발견이며 인식이다.

왜 항상 서른아홉일까 묻지는 않았죠
처음부터 그녀는
서른아홉이었다는 걸 알 수 있었으니까요.

나는 서른아홉 살짜리 아이를 위한 선물을 준비하죠.
바다에 들러 선인장을 사요. 또
지느러미 달린 서른아홉 개의 풍선을 사죠. 정말
그녀는 내가 바다에 다녀온 줄 알아요.

나는 두렵지요, 어느 날 문득
그녀가 제 몸의 날개를 뽑아버리면 어떡하나
바다에는 선인장이 없다고
터져버린 풍선은 가짜였다고

오늘은 다시
그녀의 서른아홉 번째 생일
그녀는 알까요? 서른아홉 번이나
서른아홉 개의 풍선이 터지는 동안
구름모자를 쓴 나 혼자 여기서 다 늙어버렸다는 걸.

— 채선, 「서른아홉」 부분

위의 시에서 서른아홉은 '그녀'의 생물학적인 나이를 지시하지 않는다. 서른아홉은 관념 속에서 추상화된 숫자이며 시간이다. 서른아홉은 그녀가 지나온 혹은 맞게 된 생의 한 지점이겠지만, 그녀에게 지극히 주관화된 시간이라는 점에서 다른 사람들과 공유할 수 있는 의미를 벗어나 있기 때문이다. 그녀는 자신에게 폭발적인 의미들로 가득한 서른아홉에서 정지되어 있으며, 동일한 내용을 갖는 그 시간은 그녀에게서 계속 반복되고 그녀는 그녀만의 정지된 시간에 영원히 머물러 있다.

그러나 과연 그녀와 나의 다른 존재인가? 서른아홉의 그녀는 자신을 서른아홉에 가두었지만, 그녀의 서른아홉에 갇힌 자는 나이다. 나는 나의 거짓된 위장으로 서른아홉에 그녀를 머물게 한다. 나는 그녀의 정지된 시간이며 자족의 시간인 서른아홉에 그녀를 더욱 완벽하게 머물게 하는데 나의 시간을 다 소진해버린다. 서른아홉에 함축된 허구와 위장의 감옥에 스스로 갇힌 자는 그녀뿐만이 아니다. 그녀의 감옥을 더욱 견고하고 이상적으로 만들어 온 화자 역시 서른아홉의 감옥에 갇혀서 늙어버린다. 역설적으로 서른아홉에 갇힌 자는 그녀가 아니라 허구의 관념 속에서 다 늙어버린 화자 자신인 것이다.

> 보이는 것을 집어삼키기 위해
> 내 몸의 절반은 위가 되었다 가끔
> 헛배를 앓거나
> 묽어진 울음을 토해냈지만
> 송곳도 뚫고 들어올 수 없는 내벽의 주름들은
> 쉴 새 없이 움직이며
> 굶주린 항아리처럼 언제까지나 입을 벌리고 있다
>
> 안쪽으로 쑥 손을 넣어 악수하고
> 손끝에 닿는 것들을 위무하고 싶은 밤
> 나는 만질 때에만 잎이 돋는 나무 조각이거나
> 따뜻해지는 금속에 가깝다
>
> (중략)
>
> 나는 되새김질을 반복했다, 반복해도
> 소화되지 않는 나의 두 입술
> 밧줄처럼 허공에 매달린 나는 공복중이다
> 사물들의 턱뼈가 더욱 강해진다
>
> — 김지녀, 「물체주머니의 잠」 부분

위의 시에서 화자는 물체주머니로 사물화되어 있다. 화자인 나는 보이는 것을 집어삼키기 위해 내 몸의 절반을 위로 변신하고 있지만, 보이는 사물들이 나를 삼키는 중이다. 내 몸은 거의 소화기관으로 이루어져 있다. 나는 보이는 모든 것을 삼키고 있지만, 배고픔을 즉 굶주린 항아리의 상태를 벗어날 수 없다.

지금 내가 인지하는 나의 모습은 혐오스럽다. 보이는 모든 것을 삼키려고, 굶주린 항아리처럼 입을 벌리고 있는 나, 몸의 절반이 위가 된 나의 모습은 탐욕스럽다. 나는 입과 위와 굶주림만으로 이루어져 있는 존재이다. 나는 나 자신까지 삼켜버린다. 최후로 남은 나의 입술은 여전히 무언가를 삼키기 위해 우물거린다. 걷잡을 수 없는 탐식에 갇힌 나는 나의 바깥을 보지 못한다. 알고 보면 바깥의 사물들, 즉 나의 외부가 나를 삼키기 위해서 기다리고 있다. 나를 삼키고 있는 것은 내가 아니라 바깥의 사물들의 턱뼈이다. 나를 삼키기 위한 사물들의 턱뼈는 더욱 강해지고 있음을 나는 돌아보지 못한 채, 멈출 수 없는 욕망에 나는 사로잡혀 있는 것이다. 욕망의 과잉 역시 희미해지는 자신의 존재감을 절박하게 확인하려는 의식에서 비롯된다. 존재감의 결여라는 점에서 욕망의 과잉은 욕망의 결핍과 다르지 않다. 김지녀 시인은 밝은 의식 속에서는 은폐되어 있던 욕망의 허기를 잠 속에서 끝없이 펼쳐보여 주고 있다.

환상과 망각의 시적 비유

1. 검은 현실을 견디게 하는 장소

황상순 시인의 「마차리」와 이창수 시인의 「에덴의 저쪽」은 현실인 '이편'과 반대되는 '저편'의 세계를 노래한다. 「마차리」에서의 '저편'은 '마차리'라는 곳이다. '마차리'는 시의 화자가 꿈꾸는 환상의 장소이며, 그가 처한 현실을 견뎌낼 힘을 주는 장소이다. 반면에 「에덴의 저쪽」에서 '저쪽'은 물신物神이 지배하는 곳이다.

진은영 시인의 「아름답게 시작되는 시」는 현재적 조건에 근본적인 의문을 갖는 화자를 통해 현재에 대한 의문이야말로 새로운 시작을 위한 전제조건임을 잘 보여준다. 김명원 시인의 「어머니」와 조혜은 시인의 「모자-은폐에 대하여」는 각각 화자의 분신이기도 한 어머니와 할머니를 망각과 은폐의 시간 속으로 떠나보냈던 회한을 드러낸다.

> 밤송이에 찔려 한쪽 눈을 잃은 당숙이
> 마차에 살러간다 했다
> 꽃마차를 타고 설렁설렁 마실을 다니는 곳
> 우리는 퍽이나 부러워했다
> 방울소리 은은 울리는 것이 석탄마차인 줄은
> 그곳이 영월군 북면 마차리인 줄은
> 머리가 크고서야 알았다
> 검은 땅을 파는 외눈박이 오소리

천길 지하에서 나와 바라본 세상은
검은 땅 흰 눈의 반쪽 천지였을까
피란(필현)이 형도 봉구도 마차에 갔다
탄가루가 폐에 찬 당숙은 강릉에서 택시를 몰고
(자꾸 마차를 타고 있는 모습이 떠오른다)
피란이 형은 소식을 모르겠고
봉구는 새파란 나이에 탄 더미에 깔려 죽었다
연탄 한 장이면
산 자도 죽은 이도 구들장처럼 뜨거워지는 곳
하얀 뭉칫눈
얼굴 위에 밤송이로 떨어지는 날이면
마차리-아직도 그곳에 가고 싶다

— 황상순, 「마차리」 부분

황상순 시인의 「마차리」는 아름다운 시이다. 어린아이는 꿈과 현실이 아직 분리되지 않은 시간을 산다. 화자가 어린아이였을 때, '마차리'는 "꽃마차를 타고 설렁설렁 마실을 다니는 곳"이었다. 유년의 화자와 아이들은 마차를 연상하게 만드는 마차리에 마음껏 아름다운 환상을 부여한다. 아이들은 그곳에 가는 마을 사람들을 부러워한다. "방울소리 은은 울리는" 마차리를 꿈꾸는 아이들이 사는 이곳이 결핍된 것이 많을수록 이곳과는 다른 곳, 어딘가에 있을 따뜻하고 풍요로운 곳에 대한 꿈은 커지고 풍성해진다. 그러나 어린 화자가 꿈꾸었던 행복한 마차리는 없다는 사실을 어른이 된 화자는 알게 된다. 마차리는 막장에서 채탄으로 생계를 이어가야 하는 검은 현실이었던 것이다.

화자는 어린 시절 동경하던 곳이 세상에 없다는 것을 알게 되지만, 그는 마차리에 대한 따뜻한 느낌과 인상을 포기하지 않는다. 따뜻하고 풍요로운 곳에 대한 꿈꾸기를 포기하지 않는 것은 그곳은 그가 세상을 견디게 하는 힘이기 때문이다. 어린 시절의 화자에게 마차리가 궁핍한 현실 바깥으로 나갈 수 있었던 환상의 문이었던 것처럼, 방울 소리 은은하게 울리는 마차를 타고 다니는 마차리는 그의 가슴속에 자리 잡은 저편의 세상이다. 마차리의 검은 땅을 흰 눈이 덮어주는 것처럼, 화자의 마음속에 있는 환상의 장소는 화자의 궁핍함과 아픈 세상을 바라보는 그의 연민을 포근하게 감싸준다.

7
에덴의 뒤뜰에 오동나무가 있다
오동나무 잎은 성서에 나오는 무화과 잎사귀보다 크다
무화과 잎은 이브의 치부를 가렸으나
오동나무 잎은 에덴주민들의 가난을 가려준다
오동나무 그늘에 가려진
가난한 사람들 사이에는 차이와 분별이 없다
사람 아래 사람은 없다지만
신들 사이에는 위계질서가 있다
공자도 차이와 분별을 禮라고 하지 않았던가!
차이와 분별이 없는 사람들을 신은 용서하지 않는다
차이와 분별이 없는 사람들은 예의가 없기 때문이다
예의가 없는 사람은 사람이 아니다

8
신과 같은 권세를 지닌 사람들은
예의 없는 사람들을 경멸한다
신들이 서로에 대해 예의를 차리듯
남산 아래 사는 재벌들은
재산의 양중에 따라 서로를 존중한다
재산의 양중은 서열을 낳고
서열은 차별을 낳고
차별이 명품을 낳고
명품이 명문을 낳고
명문이 족보를 만드는데
명문가에도 가끔은 족보에 없는 처자식이
티브이 드라마에 나온다
에덴주민들은 주로 이런 막장드라마에 정신을 놓곤 한다

(중략)

12
에덴은 이태원에 있다
에덴은 남산 건너 배수임산背水臨山의 흉지에 있다
에덴은 용산구에 있지만
머나 먼 캘리포니아에 있고
이슬람 사원 근처에 있지만
미 8군이 관할하는 영내에 있다
그러나
에덴은 국경 너머에 있다
에덴은 국적 너머에 있다
에덴주민들 중 몇몇은
철거민이 되었지만
여전히 에덴주민들은
에덴의 저쪽에 사는
신과 같은 분들이 날려 보내는 비둘기가
새파란 하늘을 양분하는 지상에서 산다

— 이창수, 「에덴의 저쪽」 부분

위의 시에서 완전무결함의 상징인 성서적 장소 '에덴'은 도시의 빈민계층이 거주하는 고시원의 이름이다. 에덴은 고시원에는 어울리지 않는 이름인데, 그 이름 때문에 쪽방과 다름없는 고시원의 열악함이 역설적으로 드러난다. 에덴고시원이 있는 성광빌딩은 2층과 1층과 지하층으로 이루어져 있다. 여기에서 고시원이 있는 2층과 트렌스젠더가 출연하는 클럽이 있는 지하의 주민들에게서 월세를 받는 빌딩주인은 하느님처럼 막강한 권력을 갖고 있다. 2층의 고시원 사람들과 지하의 트렌스젠더들은 소음 문제로 팽팽히 대립한다. 이들의 싸움은 차라리 북한의 미사일이 자신들이 사는 곳에 떨어지는 거라는 망상을 가질 정도로 극렬하다.

에덴고시원 건물은 고시원 주민들이 사는 2층과 트렌스젠더들이 있는 지하와 그들을 관할하는 주인이 사는 1층으로 뚜렷하게 나뉘어지고, 그들 사이에는 대립만 있을 뿐 소통은 부재한다. 또한 고시원 건물이 있는 이태원은 명당인 지역과 뚜렷하게 나뉜 곳에 흉지에 있다. 인류의 조상인 아담과 이브가 있고, 그들의 후손이 태어나는 성서 속의 시간은 「에덴의 저쪽」에서는 차별과 명품과 족보와 명문가와 서열을 만들어내고 낳는 시간이며 과정이다. 끝없는 차별과 구획의 무한한 번식의 시간이 세상을 지배한다. 그렇다면 세상을 끝없이 구획 하는 힘은 무엇인가? 그것은 사람들이 창조해 낸 신인 자본이 지닌 권세이다. 자본의 신이 사는 에덴의 저쪽과 그 신의 손으로 철저히 구획되는 에덴에는 허공인 하늘조차 차별과 경계의 흰 띠가 갈라놓는다.

「마차리」에서 저편에 있는 '마차리'가 검은 현실을 덮는 흰 눈 같은 환상의 장소라면, 「에덴의 저쪽」에서 '저쪽'은 에덴을 분할하고 관할하려 드는 화폐의 힘이 지배하는 곳이다. 물론 저쪽은 이쪽에 있는 에덴보다 훨씬 막강한 자본의 힘을 가졌으므로, 이편을 마음대로 차별화시키고 나눌 수 있는 권세를 갖고 있다. 「마차리」의 저편이 무언가를 간절히 원하는 우리 마음속에 있는 곳이라면, '에덴의 저쪽'은 물질 욕망이 차별과 경계로 우리를 지배하는 곳이다.

2. 현재에 갖는 의문, 새로운 시작

진은영 시인의 「아름답게 시작되는 시」에는 현재에 대한 의문에 휩싸인 시간을 거치고 난 뒤에 그들이 서 있는 조건이 새로운 것을 창조하는 출발점이라는 것을 깨닫는 화자가 있다.

> 우연히 나를 만나면 선배님의 시를 정말 좋아했어요, 라고 대접해주는 예절 바른 작가들에게,
> 빈말이지만, 빈말로 하늘에 무지개가 뜬다는 것은 성경에도 나와 있는 일이니까,
> 빈말이 아니더라도 '좋아해요'와 '좋아했어요'의 시제가 의미하는 바를 엄밀히 구분할 줄 아는
> 나는 고학력의 소유자니까.
> 여전히 고마워하면서, 여전히 서로 고마워들하면서, 그동안 쓴 시들이 소

풍날 깡통넥타와 같다는 거

어릴 적 소풍가서 먹다 잊은 복숭아 깡통넥타를

나는 아마 열매 맺지 못할 복숭아나무 가지 사이에 끼워놓았나 보다. 바람이 불고 깡통 구멍이 녹슬어가고 파리인지 벌인지 모를 것이 한밤에도 붕붕거리고.

그것은 너와 나의 어린 시절이 작고 부드러운 입술을 대어보았던 곳, 그 진실한 가짜 맛

그러다가 나는 문득 시작해놓은 시가 있으며

어떤 이야기가,
어떤 인생이,
어떤 시작이
아름답게 시작된다는 것은 무엇일까
쓰러진 흰 나무들 사이를 거닐며 생각해보기 시작하는 것이다

— 진은영, 「아름답게 시작되는 시」 부분

복숭아 맛 음료는 진짜 복숭아 열매가 아니다. 내가 어렸을 적에 소풍가서 맛보았던 가짜 맛의 기억과 가짜 복숭아 향과 맛을 진짜로 알고 몰려드는 파리나 벌이 붕붕거리듯, 진실한 가짜 맛은 진짜보다 더 진짜 같다. 화자인 나는 나의 시를 읽고 '좋아했어요'라고 말하는 후배 작가들의 말이 실은 나를 대접하는 말이며, 예절이 바른말이라는 것을 잘 알고 있다. 나의 시를 평하는 그들의 말은 나에게 복숭아맛 넥타처럼 진실한 가짜 맛이다. 내가 내 시를 진짜라고 믿고 싶어 한다. 다른 사람들이 내 시가 좋다고 하는 말이 나를 대접해서 하는 말인 줄 알면서도 나는 그 말을 믿고 싶다. 그러나 나는 복숭아맛 깡통 넥타처럼 나의 시가 진실한 가짜 맛의 시가 아닐까 하는 의문에 빠진다.

과연 아름답게 시작되는 이야기란 무엇일까? 아름다운 인생이란 무엇일까? 아름다운 시작이란 무엇일까? 시의 화자는 '아름답게' 라는 말에 근본적인 의문을 갖기 시작한다. 그래도 나는 처음부터 다시 시작하는 것이다. 내 시가 진짜가 아니라는 것을 알면서도 나는 또 새로운 시를 쓰기 시작한다. 진짜 시를 쓰고 싶어서 처음부터 나시 생각하는 것은 중요하다.

이는 모든 것에 대해 근본적으로 다시 생각해보는 것을 의미하며, 근원적인 새로움을 기대하는 나의 진실한 의식이기 때문이다. 나는 진짜가 어떤 것인지 알지 못한다. 그러나 나 자신에게까지 철저히 의문을 갖는 나의 태도는 진실하므로 아름다운 것이다.

3. 망각과 은폐의 시간

김명원 시인의 「어머니」와 조혜은 시인의 「모자-은폐에 대하여」는 세상에서 가장 사랑했던 사람에 관한 기억을 의식적으로 망각하거나 은폐시킴으로써 그 사람이 외로움 속으로 밀려가도록 만든 자신을 자책하는 화자들이 등장한다. 김명원 시인의 「어머니」에서 '오랜 주머니'는 어머니에 관한 기억을 봉인한 망각의 매개이며, 조혜은 시인의 「모자-은폐에 대하여」에서도 모자는 기억하고 싶지 않은 상처를 은폐하는 매개이다. 주머니와 모자는 모두 각 시의 화자에 의해 의도적으로 망각이 이루어지는 사물들인 것이다.

> 새 옷만 챙겨 집 떠나 상경한 잘난 식구들
> 어둠 밖 그림자에 목메어 부르다 잠든 시간은
> 얼마나 뒤지지 못한 부스럭거림이었던가.
>
> 애들이 보고 싶구나, 노인 요양원 어귀 끝에서
> 흐린 안부는 불어오다 골목에 막혔고
> 잔혹한 먹구름은 대문 앞에서 함부로 헝클어졌으며
> 몇 번의 정전과 몇 번의 수해가 지나간 후
> 천주교 공원묘지에 어머니를 맡기고 나자
> 고향이라 불리던 기억에는 식은 노래 깃발이 꽂혀지고
> 우리는 서울시 금호동사무소에서 이전 주소 등록을 하고 있었다
>
> 어머니는 그 후로도 여러 번, 전전하던
> 이삿짐에 묶여 있기도 하였다

시답지 않은 가난한 짐 꾸러미 곁에서
시든 분재로 누워계실 적, 햇살을 부어드리는 사이
창밖 페인트칠 떨어진 낯선 노인 요양원에도 봄은 찾아 와
눅진한 목련이 다투어 피는 것을 주방창으로 내다보며
얘야, 얼굴 맞대고 밥 먹는 힘으로 사는 거란다, 니들과 같이
청국장 끓여서 먹던 밥 때가 그립구나,
밥을 지어 매번 세끼 꼬박 먹으며
꼭꼭 씹어 먹으며 그 힘으로
그 치매 어머니 지겹던 말로부터
멀리 멀리로 달아나곤 하였다.

주머니를 뒤진다
철 지난 코트 구멍에서
쓸모없는 십 원짜리 녹슨 과거들이
어머니, 어머니, 둥근 알을 슬며
쏟아져 나온다.

— 김명원, 「어머니」 부분

위의 시에서 "잘난 식구들"에게 어머니는 '폐품'이나 "시든 분재"처럼, 이삿짐처럼 대상화되어 있다. 식구들에게 대상화된 어머니는 한 인간으로서 어떠한 이력을 가지는가? 치매에 걸린 화자의 어머니는 정신이 잠시 맑아지는 사이에 화자에게 "얘야, 얼굴 맞대고 밥 먹는 힘으로 사는 거란다, 니들과 같이/청국장 끓여서 먹던 밥때가 그립구나"라고 말한다. 어머니의 기억은 식구들과 같이 밥을 지어 먹던 시절로 돌아간다. 그 시절은 어머니에게 가장 행복했던 시간이었을 것이다.

식구들은 어머니의 슬하를 떠나고, 어머니는 홀로 "어둠 밖 그림자에 목메어 부르다 잠"이 든다. 식구들이 떠나간 집을 홀로 지키다가 자신도 치매에 걸려 요양원으로 떠나야 했던 어머니는 공원묘지로 영원히 떠나간다. 어머니의 바람은 식구들이 모여서 같이 밥 먹는 것처럼 소박하였지만, 어머니는 혼자만의 시간 속에서 떠돌다가 남은 가족의 기억 바깥으로 사라져버린다.

시의 화자는 어머니에 대한 기억을 망각의 "오랜 주머니"에 집어넣은 채 잊고 있다가 어느 날 문득 그 주머니를 열게 된다. 화자가 주머니를 뒤지는 행동을 과거의 어머니를 기억 속에서 다시 불러내고 싶은 무의식에 가까운 행동이다. 어머니에 대한 안타까운 기억은 시간이 흐른 만큼 녹슨 동전처럼 오래된 주머니에서 쏟아져 나온다. 외로움 속에서 홀로 녹슬어 갔을 어머니, 폐품처럼 낡아갔을 어머니를 자신의 망각에서 끌어내는 화자의 심정은 아픔으로 생생하다.

> 모자를 덮고 누웠다, 모자 밖으로 '삐쭉' 튀어나온 외로운 두 발을 할머니가 양손으로 감싸안았다. *우리 아가, 발이 차서 어쩌누.* 할머니를 모자 속에 밀어넣고 모자를 뒤집어 몸을 담그면, 모자 속에서 아빠는 비틀비틀 숙련된 술꾼처럼 팔다리를 움직였다. 습기 찬 할머니에게 욕을 했고. 술병을 들고 집으로 가는 길이라고 했다.
>
> 뒤집힌 모자를 덮고 누웠다. 모자 밖으로 '삐쭉' 튀어나온 외로운 두 손을 할머니가 양손으로 감싸안았다. *우리 아가, 손이 차서 어쩌누.* 할머니를 모자 밖으로 밀어내고 모자를 뒤집어 몸을 숨기면, 모자 밖에서 아빠는 까맣게 변한 발등을 신발 속에 끼워넣느라 애를 먹었다. 할머니를 밀쳤고. 노랗게 뒤집힌 눈으로는 오지 않을 것들을 찾아 머무는 길이라고 했다
>
> 어느 날 터진 모자 밖으로 '삐쭉' 튀어나온 내 몸을 발견하고는 할머니, 양손으로 감싸안았다. *우리 아가.* 마비된 기억 하나가 머리를 뚫고 지나갔다. 사랑하는 할머니는 장애 판정을 받은 뒤에도 양말을 꼭 신은 채 나를 찾아왔고 구겨진 손으로 모자 속을 꿰맸다. 나는 더러워진 모자 아래 누워 있었다. 자주 할머니를 먼지 쌓인 모자 속에 숨겨놓았고 할머니를 잊었다고 말했다. 나에게는 할머니를 때리는 아빠가 있었다. 모자 속에서 갑자기 튀어나온 할머니는 멍든 무릎을 내밀었고. 아니야, 그건 모자에 남아 있던 얼룩이야. 나는 모자를 썼다
>
> 자꾸만 모자 밖으로 튀어나와 모자 속으로 나를 끌어당기는 할머니. *저리 가요.* 할머니를 발로 차서 모자 속에 던져넣고 나는 모자를 뒤집었다. 모두 잊었다고 말했다

몰래 모자를 뒤집었다

모자를 뒤집었다

— 조혜은, 「모자-은폐에 대하여」 전문

화자에게는 어머니를 대신하는 할머니와 술을 마시고 할머니에게 폭력을 휘두르는 아버지가 있다. 화자의 할머니가 모자 밖으로 튀어나온 화자의 손과 발을 손으로 감싼다. 할머니와 아버지가 화자의 가족으로 등장하고 어머니는 등장하지 않는다. 여기에서 어머니의 모성은 할머니에 의해 대체되어 있다. 그러나 화자는 자신을 보호해 주고 감싸주는 할머니를 "모자 속에 밀어넣"거나, "모자 밖으로 밀어내" 버린다. 모자가 기억 혹은 의도적인 망각을 상징하는 사물이라고 할 때, 화자가 할머니를 모자에 밀어넣거나 밀어내는 행동은 할머니를 무관심의 대상으로 만든다.

위의 시에서 모자는 화자에게 자신을 보호하거나 기억과 상처를 은폐하는 사물이다. 실제로 망각은 상처의 생생함으로부터 자신을 보호하려는 무의식적인 의식행위이기 때문이다. 화자가 할머니를 무관심의 대상으로 만드는 행동은 할머니에게 폭력적이었던 화자의 아버지를 닮았다. 동시에 자신의 분신 같은 할머니를 보호하지 못하고 오히려 폭력적이기까지 했던 자기를 자책하는 무의식적인 행동이기도 하다. 아버지의 은폐된 폭력, 할머니의 사랑, 이러한 것들을 의도적으로 은폐시키려는 나의 행동은 가려진 모자 속에서 일어난 것이어서 밖으로 전혀 노출되지 않는다. 그러나 은폐된 폭력과 상처는 결코 치유될 수 없다. 화자는 자신의 상처가 드러나려고 하면 모자를 뒤집어서 그것을 다시 가려버린다. 나는 모자 밖으로 나오지 않은 채 은폐의 시간 속에 나를 끝없이 지체시킨다. 그러나 모자를 과감히 던져버리고 세상으로 나오지 않는 나는 나의 아픈 가족과 상처투성이의 나의 감옥에서 벗어날 수 없다.

현실에 협착된 자들의 꿈

1. 좋은 꿈과 나쁜 현실

상처받은 기억과 그로부터 발생하는 분노와 자괴감에 함몰된 상태가 시인의 시적 자아가 처한 현실이라면, 그가 숨 막히는 현실에서 잠시 벗어날 수 있는 길은 꿈, 즉 백일몽을 통해서 가능하다. 꿈이 아름답고 좋은 것은 현실과 먼 거리에 있기 때문이며, 그 사이를 오가면서 현실의 상처와 아픔이 줄어들기 때문이다.

진은영 시인의「그 머나먼」은 '좋은 꿈과 나쁜 현실'의 격차를 다루고 있으며, 박소란 시인의「아현동 블루스」는 나쁜 현실을 감내할 힘을 설정하고 있다. 이영주 시인의「라푼젤」과 황학주 시인의「아버지의 밤색 배낭」은 각각 할머니와 아버지, 즉 선대로부터 인간 존재의 노쇠와 소멸과 삶의 남루함을 확인하고 수용해야 하는 시적 화자들의 뼈아픈 심정을 드러낸다. 이진 시인의「샌드 애니메이션」이 순식간에 사라져버리는 모래 나라 같은 생을 노래했다면, 반면에 이선영 시인은 그의「수박을 들고 가는 사람」에서 찰나적인 생을 응집시켜 견고하게 만드는 구심점을 발견하고 있다.

> 홍대 앞보다 마레지구가 좋았다
> 내 동생 희영이보다 앨리스가 좋았다
> 철수보다 폴이 좋았다

국어사전보다 세계대백과가 좋다
아가씨들의 향수보다 당나라 벼루에 갈린 먹 냄새가 좋다
과학자의 천왕성보다 시인들의 달이 좋다

멀리 있으니까 여기에서

김 뿌린 센베이 과자보다 노란 마카롱이 좋았다
더 멀리 있으니까
가족에게서, 어린 날 저녁 매질에서

엘뤼아르보다 박노해가 좋았다
더 멀리 있으니까
나의 상처들에서

(중략)

나의 책상에서
분노에게서
나에게서

너의 노래가 좋았다
멀리 있으니까

기쁨에서, 침묵에서, 노래에게서

혁명이, 철학이 좋았다
멀리 있으니까

집에서, 깃털구름에게서, 심장 속 검은 돌에게서

— 진은영, 「그 머나먼」 부분

위의 시에서 두 공간은 시의 화자가 '좋다'고 느끼는 감정에 의해서 나뉜다. 화자가 '좋나' 혹은 '좋았다'고 느끼거나 느꼈던 대상들은 화자 자신

과 연관이 없는 것이며, 그가 속한 현실로부터 '머나먼 곳'에 있는 것들이다. 시의 화자가 좋다고 발화할 때, 그것의 이면에는 그가 좋아하지 않는 것들을 강렬하게 환기시킨다. 반복하여 발화하는 화자의 '좋다'는 말은 역설적으로 그가 좋아하지 않는 것들을 드러내는 것이다. 그렇다면 그가 좋다고 여기는 것들과 대립하는 것들은 무엇인가? 그것은 화자가 있는 '여기'에 속하는 것들이다. 그것들은 상처와 폭력의 기억과 분노와 자기 자신 등 화자 자신이거나 그와 밀착된 것들이다. 화자는 '가족에게서', "어린 날 저녁 매질에서", "나의 상처들에서'처럼 자신의 기억과 자신에게 가까이 있는 것들에게서 벗어나고자 한다.

화자가 좋은 느낌을 갖는 대상들 간에는 어떠한 유사성도 발견되지 않는다. 다만 그 대상들에 대해 화자가 좋다고 느끼는 이유는 화자 자신과 관련이 없고, 화자로부터 멀리 있기 때문이다. 화자인 나는 오로지 나에 가까이 있는, 나의 현실 바깥에 있는 것은 모두 '좋다'고 말한다. 나로부터 멀리 있는 것들에 대해 내가 '좋다'는 느낌을 반복적으로 표현함으로써 나는 내게 속한 곳의 불편함을 역설하는 것이다. 그러나 나에게 밀착된 것들은 내가 선택적으로 지우거나 잊을 수 있는 것이 아니다. 그것들은 이미 내가 경험하여 뼈에 새겨진 나의 현실이기 때문이다. 나는 나에게서 멀리 있는 대상들에 대해 내가 명확하게 알 수 있는 것은 없다. 다만 그것들은 내게 상처의 원인이 아니므로 좋은 것이고, 나의 분노와 자괴감을 불러일으키지 않는 것이기 때문에 좋은 것이다. 이처럼 내게서 멀리 있는 것들에 '좋다'는 감정의 확고함은 내가 '여기'에서 벗어나고 싶은 욕구의 강렬함으로 빚어진 감정의 정도를 나타낸다.

> 부랑의 어둠이 비틀대고 있네 텅 빈 아현동
> 넋 나간 꼴로 군데군데 임대 딱지를 내붙인 웨딩타운을 지날 때 불현듯
> 쇼윈도우에 걸린 웨딩드레스 한벌 훔쳐 입고 싶네 나는
> 천장지구 오천련처럼 90년대식 비련의 신부가 되어
> 굴레방다리 저 늙고 어진
> 외팔이 목수에게 시집이라도 간다면 소꿉질 같은 살림이라도 차린다면
> 그럴 수 있다면 행복하겠네, 거짓말처럼

신랑이 어줍은 몸짓으로 밤낮 스으윽사악 스으윽사악
토막난 나무를 다듬어 작은 밥상 하나를 지어내면
나는 그 곁에 앉아 조용히 시를 쓰리 아아 아현동,으로 시작되는
주린 구절을 고치고 또 고치며 잠이 들겠지 그러면
파지처럼 구겨진 판잣집 지붕 아래
진종일 품삯으로 거둔 톱밥이 양식으로 내려 밥상을 채울 것이네
날마다 우리는 하얀 고봉밥에 배부를 것이네
아아 그러나 나는 비련의 신부, 비련의
아현동을 결코 시 쓸 수 없지 외팔의 뒤틀린 손가락이
식은 밥상 하나 온전히 차려낼 수 없는 것처럼
이 동네를 아는 누구도 끝내 행복할 수는 없겠네
영혼결혼식 같은 쓸쓸해서 더욱 찬란한 웨딩드레스 한 벌
쇼윈도우에 우두커니 걸려 있고 그 흘러간 시간의 언저리
도시를 떠나지 못한 혼령처럼 서 있네 나는

— 박소란, 「아현동 블루스」 전문

위의 시는 텅 비어버린 도시인 아현동과 화자의 존재감의 부재가 결합된 작품이다. 황량한 아현동은 화자와 분리되어 인식되지 않는다. 시의 화자는 마음껏 상상 속에서 감상적인 결혼을 꿈꾼다. 늙고 어진 외팔이 목수와 결혼하는 꿈은 무언가 완벽하지 않은 결혼이 가져다주는 슬픔이 내재하는 듯하다. 여기에서 슬픔은 부부의 삶을 파괴하지는 않을 정도로 곁들여지는 요소이기 때문에 불완전한 부부의 결혼을 더욱 낭만적으로 만드는 것이다.

그러나 화자가 늙은 외팔이 목수와 결혼하는 꿈을 실현시키기에 그 꿈은 너무 멀리 있는 것이다. 멀리 있는 대상, 실현이 불가능해 보이는 대상을 향한 꿈이므로 그 꿈에는 낭만성이 발생하며, 비현실적이어서 더욱 멋들어져 보인다. 그러나 화자의 몽상 속에서 펼쳐진 비련의 신부 이야기가 상상의 울타리를 벗어나자마자, 아현동이라는 황량한 현실은 화자의 사실적인 삶의 배경으로 바뀐다. 꿈과 현실이 협착되는 순간 화자의 텅 빈 존재를 환하게 비춰주던 몽상의 낭만적인 불빛은 사라진다. 백일몽에서 깨어난 화자는 황량한 '아현동'에 혼령처럼 서 있는 자신을 발견하는 것이다.

2. 배운다는 것

이영주 시인의 「라푼젤」과 황학주 시인의 「아버지의 밤색 배낭」에는 각각 병든 할머니를 통해 인간의 노쇠와 소멸의 불가항력을 확인하는 시적 자아와 삶의 여정이 남루한 배낭을 내려놓는 것에 지나지 않음을 아버지를 통해 경험하는 시적 자아가 있다.

> 당신은 옛날에 턱뼈였군요. 식탁 앞에 앉은 노파는 말없이 울지도 않는 자. 부쩍 눈이 없어지고 말은 흘러간다. 그것은 단 한 번의 붕괴였어요. 모든 병을 이기고 돌아앉은 얼굴에 자갈이 박힌 때. 잔디기계에서 부동액이 흐를 때. 마지막으로 흘린 핏방울이 짧은 순간 굳어버린다. 이제 이별할 사람이 생겼으면 좋겠네요. 모두가 떠나가지 않고 이 바닥에 누워있다. 백발이 사라지고 흑발이 자라난다. 왜 자꾸 문을 열어두는 건가요? 그녀는 열린 시간에 손을 넣고 사라지는 눈을 찾아 더듬는다. (중략) 늙은 손녀가 책을 읽는 날. 손녀의 머리뼈에서 백발이 흩날리는 저 붕괴의 현장을 어떻게 보존할 수 있을까요. 부동액이 흐른다. 손바닥이 이렇게 물렁물렁한데 활자를 만져본 적이 없다. 얘야, 왜 자꾸 문을 열어두는 거니? 모든 세계가 이별할 시간을 찾아 바닥에서 꿈틀거릴 때. 뼈를 만진다. 유령은 바늘 끝에도 앉을 수 있다. 누군가와 헤어지고 싶은데 흑발을 손에 꼭 쥐고 말없이 울지 않는 자.
>
> — 이영주, 「라푼젤」 부분

위 시에서 노파와 손녀는 머리카락을 매개로 하나의 개체가 된다. 백발이 사라지고 흑발이 자라나는 노파와 백발이 흩날리는 늙은 손녀는 시에서 구분이 되지 않는다. 동화 「라푼젤」에서 머리카락의 이미지를 가져온 시인은 노파의 노쇠와 손녀의 젊음을 서로 바꿔버린다. 노파의 머리에서는 흑발이 자라고 손녀의 백발이 흩날린다.

육체의 "단 한 번의 붕괴"로 운동성을 상실한 노파에게 시간은 정지되어 있다. 노파의 시간은 정지된 채 영원히 흑발이 기괴하게 자라나고 손녀의 시간은 이미 노쇠해 있다. 시적 화자인 손녀는 생기 있는 삶의 시간은 정지되고 대신에 죽음의 시간만이 영원히 지속되는 인간의 육체를 병든 할머니를 통해 경험한다. 아무도 할머니를 "단 한 번의 붕괴" 이전으로 되돌릴 수는 없다. 사물처럼 굳어진 할머니의 병든 육체에 흐르는 시간은 완전한 종말로 귀결될 생물학적인 소멸의 지점을 향해 흐를 뿐이다. 생물학적인 죽음이 인간을 타자와 외부로부터 영원히 단절시키는 것처럼, 병든 할머니의 죽어가는 육체를 보면서 화자는 죽어가는 자의 절대적 고립을 목격한다. 그는 소멸의 시간만이 흐르는 인간의 육체에서 시선을 피하지 못한 채, 인간에게 당도할 죽음이란 오로지 죽어가는 개인의 사건에 불과하다는 사실을 목격하게 되는 것이다.

> 호랑가시나무를 안에 넣고 솔기를 여민 아버지
> 썩은 어금니에 콩나물국물이 감도는
> 저녁이라는 낡은 서까래 밑에
> 세면도구와 팬티를 들어내 홀쭉해진 당신은
> 청승맞은 고옥을 개조한 여인숙 같다
> 다 들어내도
> 다시 채워도
> 한쪽 性만 꾸역꾸역 드나드는 밤색 여인숙
>
> 밤의 지붕 밑으로
> 수세미외처럼 뚝 내려오는 아버지의 팔뚝이
> 나의 客店인양 낡은 배낭끈으로 배낭에 붙어 있다
> 일생을 통틀어 아버지의 유일한 장기였던 것은
> 재사용할 것들만
> 배낭에 넣는 것
>
> (중략)
>
> 밤색 배낭에게 딱 맞는 죽음을 찾아
> 밤색 배낭을 메고 너무 오래 걸었다
>
> — 황학주, 「아버지의 밤색 배낭」 부분

황학주 시인의 「아버지의 밤색 배낭」은 밤색 배낭으로 환치된 인생의 궤적을 잘 보여준다. 아버지가 생의 여정을 마치고 내려놓은 밤색 배낭은 화자로 하여금 자신도 아버지와 동일한 궤도를 돌아서 아버지가 삶을 내려놓은 지점에 다다를 것이라는 예감을 받는다. 떠돌이 아버지가 평생 메고 다니던 밤색 배낭은 아버지 생의 시작이며 끝이다. 떠돌아다녔던 아버지의 삶의 무게는 내용물을 다 꺼내서 홀쭉해진 배낭에 불과하였음을 화자는 깨닫는다. 화자는 아버지의 유품인 배낭을 통해 삶이란 어깨에 메고 다니다가 내려놓은 허름한 짐이라는 사실을 배운다.

3. 찰나의 구심력

이진 시인의 「샌드 애니메이션」은 온전하고 확고한 형상들의 이야기가 전개되는 삶이 얼마나 찰나적인가를 잘 보여준다.

세상이 춤을 춘다 라이트박스 위로
흩뿌리는 모래를 따라 산이 일어서고 강이 흐른다
은빛 바다가 출렁인다
손가락 붓 슬쩍 지날 때마다
꿈틀대는 이야기가 끝없는 길 위로 펼쳐진다
(중략)
거침없이 달려오는 말
둥근 달이 태아를 품고 있다
빛과 어둠 사이로
수묵화처럼 번져나가는 모래이야기
꼭 그러쥐면 쥘수록 흘러내리는 모래나라
순식간에 일어서고 순식간에 스러진다
어느새 모래마당에는
영화 속 자막처럼 THE END,
가로등 불빛 아래 난데없는 고양이 한 마리가 달아나고

허공에는 취한 별들이 찬란하다

— 이진,「샌드 애니메이션」 부분

산과 강, 소녀와 꽃과 새, 말과 달, 달 속의 태아 등은 형상을 지닌 사물들이지만, 모래로 지어졌기 때문에 각자의 고유한 형상은 순식간에 사라져버린다. 이진 시인은 ‘샌드 애니메이션’을 통해 자기의 생이 확고한 것처럼 여기거나 가시적인 사물들의 존재를 신뢰하는 자들의 인식을 전복시킨다. 시인은 사물들의 형상과 이야기는 모래나라의 모래 이야기처럼 순식간에 스러지고 마는 것임을 노래한다.

이선영 시인은「수박을 들고 가는 사람」에서 찰나적인 생을 견고하게 하고 지속시키는 구심력을 형상화시킨다.

그 덩어리가 대체 무엇이기에, 실은 조금 전 과일전에서 제 손이 고른
그 순간 제 생의 무게가 된 덩어리를 들고 가는 사람,
가야 할 시간과 거리와 무게는 가늠해 보셨는지
당겨 오는 팔 때문에 입 언저리는 실룩거리고
이마엔 땀이 맺히고 허리는 저려 오고
벌써 한번 왼손이 오른손의 안부를 물은 적이 있는,
제법 팽팽하던 두 다리의 박자가 헐거워지고 있는 저 사람
(중략)
허드레 호박이나 다름없는 덩어리이련만
저 이의 입꼬리에 담긴 결의와 수고로운 팔다리를 보라,
잘 익은 붉은 태양이라도 담아가는 듯한 기세 아닌가!

— 이선영,「수박을 들고 가는 사람」 부분

위의 시에서 화자가 관찰하고 있는 어떤 사람이 수박을 집어든 순간, 수박의 무게는 확고하고 구체적으로 감각되는 생의 비유로 바뀐다. 그가 힘들게 수박을 들고 가는 모양은 마치 무거운 짐 같은 생의 무게를 간신히 견뎌내는 사람의 모습처럼 비춰진다. 수박덩이를 내려놓는다면, 그 무게는 곧 잊게 되는 것이지만, 그것을 들고 가는 동안에는 그의 육체를 팽팽하게 긴장시킬 만큼 그를 온전히 압도하는 힘을 지니고 있다. “저 이의 입

꼬리에 담긴 결의와 수고로운 팔다리를 보라,/잘 익은 붉은 태양이라도 담아가는 듯한 기세 아닌가!"라고 할 만큼 그는 수박을 들고 가는 행위에 집중한다. 삶의 무게는 가늠하기 어려울 만큼 추상적이다. 이선영 시인은 수박 한 덩이로써 생의 구체적인 형태와 무게를 부여하고 있다.

위의 시에서 이선영 시인은 생이 집중되는 한순간을 회화적으로 묘사하고 있다. 여기에서 수박 한 덩이는 그것을 들고 가는 사람의 삶의 구심점처럼 그려진다. 수박을 중심으로 그것을 들고 가는 사람의 몸은 새롭게 공간화된다. 둥근 수박이 핵이라면 그의 육체는 핵을 둘러싸고 움직이는 주변적인 부분이다. 그렇다면 하찮은 한 덩이 수박을 중심점으로 만드는 것은 무엇인가? 그것은 수박을 든 사람의 몰입과 집중력이 창조해 낸 것이라 볼 수 있다. 추상적이고 막연한 생을 견고하게 만들고, 순식간에 스러져버릴 생을 지속시키는 것은 수박을 든 사람처럼 찰나의 시간이지만, 자기의 행위에 몰입하고 집중하는 힘에 의해서 가능해진다.

금속성의 감정과 언어

1. 차갑게 빛나는 불안

외부와 완전히 절연된 개체가 느끼는 불안은 차갑고 서늘한 감촉을 주는 금속성의 감정이라 표현할 수 있다. 이선욱 시인의 「마술」은 마술 공연을 하는 마술사와 시적 화자를 포함한 관객의 반응을 다룬 작품이다. 마술사는 사자가 사라지는 마술을 부리지만, 마술사의 뜻대로 사자는 사라지지 않는다. 시적 화자와 관객들은 마술로 바뀌지 않는 장면의 견고함 때문에 마술사 이상으로 불안감에 사로잡힌다. 마술이 비현실적인 꿈이라면, 마술로 바뀌지 않는 모습이 점점 견고해지는 장면은 현실이다. 마술사가 바꿀 수 없는 장면이 정지된 채 지속되는 시간은 마술사와 함께 관객들로 하여금 히스테리를 일으키게 만든다. 마술사는 핑거스냅을 반복하지만, 그는 어떠한 것도 바꿀 수 없는 죽은 신호 속에서 빠져나오지 못할 것이며, 그것을 바라보는 시의 화자와 관객들은 바뀌지 않는 장면에서 결코 벗어나지 못할 것이다.

> 그러나 철창 속의 사자는 사라지지 않았고 이따금씩 크고 우울한 이빨로만 울부짖고 있었다 마술사는 더러 의심처럼 몇 번 더 핑거스냅, 스스로 의심 같은 핑거스냅 하고 있었다 굳은살만큼이나 딱딱해진 그 소리는 그러니까 이미 죽은 신호였다
>
> 죽은 신호를 듣는다는 것은 무엇인가

나는 한쪽 눈썹을 문지르며 생각했다 소리를 거듭할수록 환상으로부터 멀어지는 핑거스냅 속에서 탄성처럼 터져야 할 연막은 끝내 터지지 않았고 마술사의 손끝에는 고독한 먼지가 흩날렸다 묵음 같은 먼지의 팽창으로부터 철창을 흔드는 사자의 울음에 이르기까지 눈앞에 모든 연결이 차차 끊어지는 순간이었다

아니 보이지 않는 맥락이란 애초부터 끊어진 연결이었는지도 모르지 명백히 실패로 돌아간 마술 앞에서 객석은 물밑처럼 낮게 술렁거렸고 환한 조명 아래 그늘진 마술사의 얼굴은 처음보다 깊고 어두운 모습이었다 어쩌면 그것이 눈앞에서 사라졌을 사자보다 외려 마술적인 듯했다

(중략)

그렇게 굳어진 손끝을 튕길 때마다 한 무리의 무관한 슬픔이 우리를 찾아오고 있었다 철창의 흔들림처럼 점점 더 거세지는 그 죽은 신호를 들으며 문득 이제 그만두라고 외치고 싶었는지도 모른다 아니 그렇게 계속하라고 외치고 싶었는지도 모른다

— 이선욱, 「마술」 부분

이선욱 시인은 그의 시 「마술」에서 바뀌지 않는 장면이 주는 불안을 노래한다. 위의 시는 마술사가 핑거스냅으로 철창 속의 사자를 사라지게 하는 마술을 하는 장면을 다루고 있다. 그러나 마술사가 손가락으로 신호를 보내 보지만 아무것도 바뀌지 않는다. 마술사는 상황을 바꿀 수 없는 죽은 신호를 반복하고 있고, 그것이 거듭될수록 그의 "얼굴은 처음보다 깊고 어두운 모습이" 된다. 사자를 사라지게 만들지 못하는 핑거스냅의 소리가 반복될 때, 화자를 비롯한 관객들은 마술 혹은 환상이란 원래부터 없었던 것임을 확인할 뿐이다. 시의 화자는 실패한 마술의 광경을 보며 자신의 한쪽 눈썹을 강박적으로 문지르고, 핑거스냅의 "죽은 신호"를 "조금씩 섬뜩해지는" 소리라고 진술한다. 바뀌지 않는 상황은 마술사뿐만 아니라, 화자를 포함한 관객들을 불안과 슬픔으로 몰아넣는다. 화자와 관객의 슬픔은 실패한 마술이라는 절박한 질곡의 상황에 빠진 마술사에게서

자신을 발견하는 데서 비롯된 감정이다. 아무리 '핑거스냅'으로 신호를 줘도 바뀌지 않는 현실의 견고함이 오히려 마술적으로 비치는, 바꿀 수 없는 현실의 정체를 화자와 관객들은 확연하게 보고 있는 것이다. 관객들은 각각 자신의 바뀌지 않는 현재와 절대 바뀌지 않을 미래를 실패로 판명이 난 마술사의 마술과 그의 깊고 어두운 얼굴에서 확인한다. 철창 속에서 사라지지 못한 사자의 울부짖음은 마술사와 화자와 관객들의 히스테리와 불안을 증폭시킨다.

내가 사랑한 만화 속에서
자라지 않는 아기의 이름은 기억나지 않고
기억나지 않는 이름을 기억하지 않는
우리의 입술이 만들어내는 합창 속에서

컨베이어 벨트를 타고 배달되는
유리로 만든 아기들
그것들이 반짝거리며 빛날 때

나의 피와 살은 어디서
비롯되었을까 그것은
왜 비롯되었을까

천사들은
아기들을
내려다보며
가끔 비웃고
가끔 사랑한다

나는
이 세계에서
부드럽게 찢어져 먹기 좋은 형체
기입된 글자들 속에
조용히 포장되면서

오늘
아기 하나가 만들어지고

우리들은
아기들을
내려다보며
가끔 사랑을 하고
가끔 슬퍼한다

— 하재연, 「엄마 기계」 부분

기계적으로 제작되는 것의 차가움을 하재연 시인은 「엄마 기계」에서 노래한다. 하재연 시인의 「엄마 기계」는 모체가 또 다른 개체를 낳는 것의 의미를 새롭게 창조해낸다. 위 시에서 엄마는 아기를 낳는 주체가 아니다. 여기에서 엄마가 아기를 '낳는다'는 엄마 기계가 아기를 '제작한다'로 바뀐다. 하재연 시인은 인간의 탄생이 지니는 함축적인 의미들, 즉 창조의 주체성과 경이로움의 의미를 모두 제거시켜 버리고 그 대신에 공장에 종속된 존재로서의 엄마 기계와 그에 의해 제조되는 물건인 유리아기에 대해서 노래한다. 엄마는 아기를 제작해 내고 아기는 기계에 의해 제조되는 상품이다.

엄마 기계는 제작된 유리 아기들이 컨베이어 벨트 위에서 반짝거리며 빛날 때, 생각에 잠긴다. 유리 아기들은 엄마 기계가 찍어낸 것이므로 그들이 기계에서 비롯되었음은 확실하게 알 수 있다. 그렇다면 엄마 기계인 자신은 어디에서 비롯되었는가? 엄마 기계는 "나의 피와 살은 어디서/비롯되었을까 그것은/왜 비롯되었을까" 하고 의문을 갖지만, 자신을 만든 모체 혹은 정체에 대해서는 모른다. 엄마 기계가 알 수 있는 유일한 것은 자신이 "이 세계에서/부드럽게 찢어져 먹기 좋은 형체"를 가졌다는 것뿐이다. 엄마 기계의 육체는 자신에게 속해 있지 않은 것이다. 엄마 기계인 '나'는 '이 세계'에 종속되어 유리 아기를 제작해 내는 엄마 기계로서만 존재할 뿐이다. 이 세계는 아기들을 찍어내는 공장이며, 아기들을 찍어내는 엄마 기계는 아기 공장의 부속품에 불과하다는 사실을 '나'는 분명히 알고 있다.

엄마 기계는 금속처럼 차갑고 유리로 만들어진 아기들은 컨베이어 벨트를 타고 반짝거린다. 엄마 기계가 유리 아기들을 내려다보며 가끔 느끼는 사랑과 슬픔의 감정은 유리 아기에게 전해지지 않는다. 엄마 기계의 차가운 사랑과 슬픔의 감정은 빛을 반사하면서 반짝거리는 유리 아기의 표면에 닿았다가 흘러버리기 때문이다.

> 두 번째 사람의 머릿속에 첫 번째 사람
> 세 번째 사람의 머릿속에 두 번째 사람과 두 번째 사람의 머릿속 첫 번째 사람
>
> 첫 번째 사람 아담은 두 번째 사람 하와가 창조했고 두 번째 사람이 죽어도 세 번째 사람의 머릿속에 첫 번째 사람이 살아 있다
>
> 네 번째 사람의 머릿속에 세 번째 사람과 세 번째 사람의 머릿속 두 번째 사람과 두 번째 사람의 머릿속 첫 번째 사람
> (중략)
> 열 번째 사람의 머릿속에 아홉 번째 사람과 아홉 번째 사람의 머릿속 여덟 번째 사람과 여덟 번째 사람의 머릿속 일곱 번째 사람과 일곱 번째 사람의 머릿속 여섯 번째 사람과 여섯 번째 사람의 머릿속 다섯 번째 사람과 다섯 번째 사람의 머릿속 네 번째 사람과 네 번째 사람의 머릿속 세 번째 사람과 세 번째 사람의 머릿속 두 번째 사람과 두 번째 사람의 머릿속 첫 번째 사람
>
> 열 번째 사람이 창조한 것은 사실 두 번째 사람이 이미 창조한 것이고 열 번째 사람의 현실은 두 번째 사람의 비현실이다
>
> 당신은 없지도 않고 있지도 않다
>
> — 김록, 「현실」 부분

김록 시인의 시 「현실」을 이해할 수 있는 세 개의 열쇠가 있다. 그것은 '창조'와 '현실과 비현실', '없다와 있다'이다. 첫 번째 열쇠인 '창조'에 관하여 시의 화자는 새로운 창조는 없다고 단언한다. 화자는 이 같은 확언을 위해 창세기 속 인간 탄생의 역사를 반복하는 것을 패러디하여 창조의 시

간을 소급하여서 축적되는 창조의 시간을 전복시켜서 지워버린다. 그는 인간과 인간의 역사도 다 지워버린다. 두 번째 열쇠인 '현실과 비현실'에 관하여 화자는 어떤 이에게는 현실이 다른 사람에게는 비현실이라고 말한다. 누구의 것이냐에 따라서 현실이 되거나 비현실이 되는 것이므로 현실과 비현실을 나누는 구분이나 기준은 없는 것이나 마찬가지다. 세 번째 열쇠인 '없다와 있다'에 관하여 화자는 당신의 부재와 실재를 모두 부정한다. 김록 시인의 「현실」은 창세기에 인간의 시조와 현재와 미래가 기록된 것을 역설적으로 패러디한 작품이다. 시인은 인간의 창조와 시간적 고리를 소급함으로써 창조와 계보의 시간을 전복시킨다. 이때 개체적 인간이 경험하는 현실과 비현실의 경계도 함께 지워지고 부정된다. 이 같은 김록 시인의 부정 정신은 홀로 존재하는 개체적 존재인 인간에 대한 직시의 한 예를 창조해낸다.

2. 축제의 장소와 사막의 뜨거움

문성해 시인은 그의 시 「대구」에서, 범대순 시인은 그의 시 「두암 시장」에서 각각 '대구'라는 도시와 두암시장을 배경으로 축제의 의미를 창조하고 있다. 박현수 시인의 시 「다리미, 저 뜨거운 발바닥」은 시인의 시적 자아의 삶의 방향성에 대한 열정과 의지를 잘 보여준다. 대구와 두암시장과 사막을 뜨겁게 만드는 힘은 어디에서 오는가? 그 힘은 「대구」에서는 도시의 중심과 외곽의 경계를 허무는 사람들의 축제의식에서 비롯되며, 「두암 시장」에서는 시장에 모여든 사람들과 바다에서 온 생물이 뿜어내는 생명성에서 시작되고, 「다리미, 저 뜨거운 발바닥」에서는 험난한 길을 자유의지로 선택한 자의 열정에서 나온다고 말할 수 있다.

축제의식은 본래 일상 속에서 누적된 갈등의 해소이며, 억압으로부터의 해방이며, 금기시된 것들의 파괴를 의미한다. 축제의식을 거침으로써 정체된 일상은 새롭게 태어날 수 있는 것이다. 문성해 시인의 「대구」는 축제의식이 지니는 상징성이 잘 보존된 작품이다. 사람들이 명절을 쇠느라고 각자의 고향으로 떠나 대구의 중심가는 텅 비게 된다. 텅 빈 대구의 중심가를 대신 채우러 오는 사람들은 이주노동자들이다.

명절이면 내가 사는 도시에서는
손톱이 하얀 동남아인들이 무리지어 제 나라 말로 지껄이며
돈도 마음껏 쓰면서 돌아다닌다
이 도시의 외곽에 기계부속품들로 흩어져 살다가
명절이면 텅 빈 도시를 접수한 듯 설치고 돌아다닌다
가족에게 보낼 선물도 고르고
영화관도 가고 식당에도 가고 오락실에도 간다
밤이면 쌍쌍이 여관도 가고 술집도 간다
이 도시의 명절 매상은 그들이 다 올려준다
일 년 내내 조용하던 이 도시가
명절 다음날이면 굵직굵직한 사건으로 유명세를 치르기도 한다
이 도시의 파출소 매상도 그들이 다 올려준다
무엇보다 가장 중요한 건
늙은 도시가 그들로 인해 회춘을 한다는 것
긴 연휴가 끝나고
이 도시로 복귀하는 사람들은 의아해 할 것이다
왜 건물들은 어깨를 으쓱거리며 섰는가
왜 도로와 골목들은 굽이치며 뒤척이는가
왜 가로수가
전봇대가
공터가

— 문성해, 「대구」 전문

대구는 중심부와 외곽지역으로 구분되어 있고, 각각의 공간에는 다른 민족 혹은 다른 계층의 사람들이 살고 있다. 대구의 중심부에는 한국인이 살고, 대구의 외곽지역에는 동남아 이주노동자들이 산다. 대구와 대구 외곽 사이의 경계와 구획은 사람들의 소통을 차단시키는데, 이러한 차단은 대구의 중심부를 정체시키고 낡게 만든다. 도시 외곽을 소외시키는 도시의 중심부는 노쇠의 시간만이 흐른다. 도시를 노쇠하게 만드는 것은 폐

쇄된 사고와 차별이므로 도시가 노쇠의 시간에서 벗어날 수 있는 것 역시 두 개의 공간을 가르는 편견과 차별에서 벗어날 때 가능하다.

대구 중심부에 사는 사람들과 대구 외곽에 사는 동남아에서 이주한 노동자들 사이에 쳐진 경계는 무너지지 않을 것처럼 견고하다. 각각의 공간에 사는 사람들도 서로 섞이지 않는다. 그러나 도시에 사는 한국인들이 고향으로 떠나서 도시가 텅 비는 명절이 되면, 도시의 중심부와 주변부를 나누던 차별과 편견의 벽은 무너진다. 갈등과 억압과 경계를 허무는 날이 축제일이라고 한다면, 대구 도심에 모여들어 즐기는 이주노동자들에 의해 우리의 명절은 그야말로 축제의 뜻을 갖는 본래 의미로 되살아난다고 말할 수 있다. 노쇠한 대구는 이주노동자들에 의해 활기차게 새로 지어진다. 명절이나 휴일이 축제일에서 비롯되었던 것처럼, 문성해 시인은 그의 시 「대구」에서 인종차별과 빈부에 따른 공간의 경계가 무너지는 의식으로서의 축제를 노래한다.

그리고
오늘은 시장거리 어물전 앞에 서서
내가 왜 여기 서 있는가 생각했다.

칠레에서 왔다는 홍어는 가마니같이 쌓여 있고
러시아에서 왔다는 동태는 눈들을 뒤집어썼다
무안에서 온 낙지들도 파김치처럼 엉켜 있다.

거기 죽기 위하여 죽은 자들은 없고
모두 살기 위하여 죽은 자들뿐이다.
그리고 살기 위하여 그들을 찾는 사람과 나는 같이 있다.

어물전 시장 위 도시의 하늘
먼바다에서는 지금 수평선
그리고 여기 아니게 나는 푸른 파도를 보고 있다.

— 범대순, 「두암 시장」 전문

시장은 물품의 거래가 이루어지는 장소이다. 노천에 물건들을 쌓아놓고 거래하는 전통시장이 도시화로 인하여 점점 사라지게 되었고, 그 자리는 대형마트나 백화점이 대신하게 되었다. 그러나 여전히 전통시장은 도시 곳곳에 남아 있는데, 그런 점에서 도시의 전통시장은 독특한 장소가 되었다. 시장은 도시 공간이 제거해버린 자연스러움과 생명성과 원시성이 보존되어 있는 장소인 것이다. 범대순 시인의 「두암 시장」은 바다의 야생성, 즉 넘치는 생동감이 역동하는 어물전과 그곳을 찾는 사람의 원시적 상상력을 형상화한 작품이다. 어물전의 포장되지 않은 생명들은 죽어서 살고자 하는 사람들을 위해 더미로 쌓여 있다. 정제되거나 가공되지 않은 그대로의 생명들이 "가마니같이 쌓여 있고", "파김치처럼 엉켜있"는 모습은 생명력으로 단단하게 결속된 것처럼 보인다. 시의 화자는 시장에서 도시가 배제해버리거나 제거해낸 자연스러움과 야생성이 아직도 새파랗게 살아 있음을 보면서 그 자신도 바다의 수평선과 푸른 파도를 보고 있는 것이다.

가장 혹독한 건
신기루를
믿지 말라는 사막의 계명
발자국마다
더운 바람 고이는
뜨거운 길이 아니면 걷지 않았다
지나온 모래언덕은
차라리 태양의 타오르는 등
삶이 구겨질 때마다
저 젖가슴처럼
주름 없는 모래언덕을 생각했다

삶이 따뜻했느냐
그대, 물었던가
내 뜨거운 발바닥을 만져 보라

— 박현수, 「다리미, 저 뜨거운 발바닥」 전문

위의 시에서 "뜨거운 발바닥"은 삶의 본질을 뜨거움으로 체험한 시적 화자의 깨달음을 보여주기도 하고, 삶을 뜨겁게 걸어가려는 화자의 방향성과 의지를 보여주기도 한다. 니체는 "짐깨나 지는 정신은 이처럼 더없이 무거운 짐 모두를 짊어진다. 그러고는 마치 짐을 가득 지고 사막을 향해 서둘러 달리는 낙타처럼 자신의 사막으로 서둘러 달려간다."고 말한 바 있다.(니체,『짜라투스트라는 이렇게 말했다』, 정동호 역, 책세상, 2007, 39면) 여기에서 자기의 짐을 지고 사막에 들어서는 낙타 이야기는 미래에 만나게 될 이상의 실현을 위해 발길을 내딛는 험난한 여정의 비유이다. 자기 앞에 놓여 있는 고난의 삶을 선택할 것인가 아니면 안일한 삶에 머무를 것인가. 이 두 개의 갈림길에서 뜨거운 사막에 발을 들여놓는 것은 오로지 그 길을 선택한 자의 의지를 보여준다. 위의 시에서 화자는 자신에게 지워진 짐을 지고 사막을 건너가려는 니체의 낙타처럼 "뜨거운 길"을 선택하고 그것을 이행한다. 그렇기 때문에 "내 뜨거운 발바닥을 만져 보라"는 화자의 발화는 뜨거운 모래사막을 건너는 자에게만 허용되는 표현일 것이다. 그가 당당하게 내미는 발바닥의 뜨거움은 뜨거운 길을 선택한 자의 강한 의지를 상징한다. 위의 시에서 박현수 시인은 사막의 조건을 선택한 자의 의지와 뜨거운 길을 건너는 자의 견인 정신을 시화하고 있다.

현재적 인식의 깊이와 다채로움

1. 자신에게서 떠나온 자들의 회한

최문자 시인과 공광규 시인의 시는 과거의 자신에게서 떠나온 자들의 회한을 잘 보여준다. 이경림 시인과 김신용 시인의 시는 죽음의 모호한 불안과 생의 흔적에 대한 인식이 나타나며, 박후기 시인과 이제니 시인의 시에는 자본주의의 속도와 관계성의 부재로 인한 정지된 시간이 형상화되어 있다.

내가 나라는 때가 있었죠
이렇게 무거운 발도
그때는 맨발이었죠
오그린 발톱이 없었죠
그때는
이파리 다 따버리고
맨발로 걸었죠
그때는
죽은 돌을 보고 짖어대는
헐벗은 개 한 마리가 아니었죠
누구 대신 불쑥 죽어보면서
정말 살아 있었죠
그때는
그때는

세우는 곳에 서지 않고
맨발로
내가 나를 세웠죠
그때는
내 이야기가 자라서
정말 내가 되었죠
불온했던 꽃 한철
그때는
맨발에도 별이 떴었죠
그 별을 무쇠처럼 사랑했죠
날이 갈수록
내가 나를 들 수 없는
무거운 발
가슴에서 떨어져나간 별똥별이죠
발도 고향에 가고 싶죠

— 최문자, 「발의 고향」 전문

위의 시에서 현재의 나와 옛날의 나는 대비되어 있다. 나는 나 자신의 과거와 현재를 비교하면서 잃어버린 과거와 그로 인하여 미래시간도 차단된 현재에 대해 천착한다. 지금의 나는 소심하고 비겁하고 비루하며, 주체적이지 못한 모습을 하고 있다. 이러한 현재의 나를 상징적으로 드러내는 것은 무거운 발이다. 반면에 옛날의 나는 불온함이 살아서 꿈틀거렸으며, 다른 사람을 위해 목숨을 내놓기도 했으며, 발에 뜬 별을 우직하게 사랑했다. 옛날의 나를 함축적으로 보여주는 것이 가벼운 맨발이다. 화자인 나는 주체적으로 나를 만들어가던 시절을 가리켜 "발의 고향"이라 부른다.

내게 발은 어떠한 의미를 갖는가? 맨발은 자유로운 나의 존재를 상징한다. 반면에 무거운 발은 무거운 신을 신은 나, 즉 위장과 허구가 만들어 온 나를 가리킨다. 화자인 내가 맨발 대신 무거운 발을 갖게 된 원인은 다른 데서 비롯되지 않는다. 그것은 온전히 나 자신의 욕망에 따른 선택의 결과라고 볼 수 있다. 나 자신으로부터 너무 오래 떠나 있었던 나는 맨발의 시절로 다시 돌아갈 수 없음을 깨닫는데, 이 같은 깨달음이 현재의 나를 회한에 빠지게 하는 것이다. 내가 그리워하는 '발의 고향'은 물리적 공간이라기보다는 자유로움과 순수한 영혼이 살아 있던 나 자신을 상징한다.

> 시골집을 지척에 두고 읍내 모텔에서 울었습니다
> 젊어서 폐암 진단을 받은 아버지처럼
> 첫사랑을 잃은 칠순의 시인처럼
> 이젠 고향이 여행지라는 생각을 하면서
> 얼굴을 베개에 묻지도 않고 울었습니다
>
> 오래 전 보일러가 터지고 수도가 끊긴
> 텅 빈 시골집 같은 몸을 거울에 비춰보다가
> 폭설에 지붕이 내려앉고
> 눅눅하고 벌레가 들끓어 사람이 들어가 살 수 없는
> 쭈그러진 몸을 내려보다가
>
> 아, 내가 이 세상에 온 것도
> 수십 년을 가방에 구겨 넣고 온 여행이라는 생각을 하다가
> 이런 생각을 지우려고
> 자정이 넘도록 텔레비전 화면을 뒤적거리다가
> 체온 없는 침대 위에서 울었습니다
>
> 어지럽게 내리는 창밖의 흰 눈을 생각하다가
> 사랑이 빠져나간 늙은 유곽 같은 몸을 후회하다가
> 불 땐 기억이 오래된
> 컴컴한 아궁이에 걸린 녹슨 옛날 솥의 몸을
> 침대 위에 던져놓고 울었습니다
>
> — 공광규,「모텔에서 울다」 전문

공광규 시인의「모텔에서 울다」에는 빈집으로 낡아가는 고향 집을 늙은 자신의 몸과 겹쳐 보는 화자가 있다. 그는 태어나서 지금까지 자신의 생

이 탕진과 소모에 불과했음을 고향에 돌아와서야 깨닫게 된다. 이미 오래전 과거에 불과한 자신의 것들을 확인하는 존재의 슬픔은 깊고 애절하다. 고향의 모텔에서 진짜 떠돌이가 되었음을 알게 된 화자의 심정에 대한 묘사가 이 작품을 독창적으로 만든다.

'맨발'은 가식이 없는 상태를 뜻하기도 하고, 아무것도 소유하지 않은 자유로움을 나타내기도 한다. 순수와 자유의 시절을 최문자 시인은 「발의 고향」에서 아름다운 맨발로 시화시키고 있다. 공광규 시인은 「모텔에서 울다」에서 물리적 공간인 고향과 생애를 중첩시켜 변질되고, 소모되는 존재를 노래한다.

2. 죽음의 모호한 불안과 생의 뚜렷한 궤적

이경림 시인의 「설마……간다는 것」과 김신용 시인의 「처음처럼……」에는 각각 죽음과 생에 대한 성찰이 담겨 있다. 이경림 시인은 죽음에 대해 우리가 가지는 알 수 없는 막연한 불안감을 강한 의혹을 나타내는 '설마'와 '간다'를 병치시켜서 드러내고 있다. "설마……간다는 것"에는 죽음과 연관된 의미가 전혀 내포되어 있지 않다. 더구나 시인은 "경기도 파주군에 있는 마을 이름"이라고, '설마'가 실재하는 지명임을 밝힘으로써 설마에 실재성을 부여하고 있다. 그럼에도 불구하고 "설마……간다는 것"은 죽음을 강하게 환기하게 만든다. '설마'는 강한 의혹을 드러내는 것으로, "……간다는 것"은 '죽는다'의 뜻으로 빠르게 전환된다. 시의 후반부에 이르게 되면, "설마……간다는 것"은 지명과 무관한 표현이 된다.

입김이 설컹, 차 유리에 얼어붙는 저녁일 거야
스무나문 살 됨 직한 숏커트의 아가씨가 우두커니
차창 밖을 보고 있는 저녁일 거야, 시체처럼
검은 매니큐어의 긴 손톱이

설마*……가요?

물으며 두리번, 앉을 자리를 찾는 저녁일 거야
휑한 차 속, 설마……만
휘 -도는 저녁일 거야

눈보라를 뽀얗게 뒤집어쓴 노파 하나가
바닥에 코가 박힐 듯 올라와

설마……
가유?

간신히, 묻는 저녁일 거야
운전석은 텅 비고 눈보라에 가린 유리가
설마……를
모호하게 가리는 저녁일 거야

붉은 나일론 보자기에 싼 보퉁이를 끌어안은 채
검은 가방을 옆자리에 둔 채
분홍 보자기에 싼, 너덜너덜한 벼슬이 다 보이는 장닭을 가랑이 사이에 숨긴 채
더러운 상자를 친친 묶은 캐리어카를 통로에 세워둔 채
(모두……설마……가는 이들일까?)
갸웃거릴 때

잔뜩 무거운 표정을 들고 또 한 남자가 오르고
짝, 짝, 짝, 짜짝 짜짝……
검은 매니큐어가 신경질적으로 껌을 씹기 시작하고
생각난 듯, 검은 제복의 운전사가 전용문으로 타고
완강하게 문이 닫힐 때

아저씨, 설마……가요?
검은 매니큐어와 붉은 보따리가 확인하듯 다시 묻고
대답 대신 그가 퉁명스레 시동을 걸면

아아 그 낡은 버스
뽀얀 눈보라의 날개를 펼쳐들고
보이지도 않는 길 끝 너머로
뉘엿뉘엿 날아가는 저녁일 거야

*경기도 파주군에 있는 마을 이름

— 이경림, 「설마……간다는 것」 전문

시인은 "설마……가느냐"의 질문의 반복을 통해 불안감을 증폭시켜 나간다. 어둑한 저녁 시간에 눈보라까지 치기 때문에 도착지를 표시한 글씨는 잘 보이지 않는다. 설마행 버스에 타는 사람들은 자신들이 진짜 설마행에 오른 것인지 확인하고 하지만, 누구도 분명하게 답하지 않는다. 시의 후반부에서 무거운 표정의 한 남자가 차에 오르고, 검은 매니큐어를 바른 이십 대 여자가 신경질적으로 껌을 씹기 시작하는 데에 이르면, 버스를 채운 불안의 감정은 점점 고조된다. 이러한 불안감은 검은 제복을 입은 운전사가 타고 문을 완강하게 닫을 때, 절정에 이른다. 버스에 탄 승객들은 설마행을 타지 않았더라도 버스에서 다시 내릴 수 없을 것이다. 신경질적인 여자와 허름한 짐들을 잔뜩 실은 노파와 무거운 표정의 남자는 설마행이 맞는지 묻는 물음에 대답도 하지 않는 버스 기사의 버스를 타고 '설마'라는 강한 의혹을 발생시키는 곳으로 갈 수밖에 없다. 그곳은 불확실함과 알 수 없음에서 비롯되는 불안을 안고 가야만 하는 도착지이다.

처음처럼……
누가 눈 위에 발자국을 남기며 지나갔다
그 궤적이, 月行 같아……
달이 떠서 질 때까지의, 그 하염없는 궤적-.
한 사람의 생도 그러했으리라
제발, 남는 밥과 김치가 있으면 좀 가져다 주세요……
호소인지 비명인지 모를, 쪽지를 지하방의 문에 붙여두고……
(중략)

하늘빛이 비치도록 얇아지고 바스라져서…… 물 위에 뜬 나뭇잎에 닿아도
미동도 않을, 가벼움으로 떠 있는 저 얼룩……
마치 월행처럼…… 달이 떠서 질 때까지의 흔적처럼
누가 눈 위에 발자국을 남기며 지나갔다
처음처럼……

— 김신용, 「처음처럼……」 부분

한 사람의 생이 세상에 태어났다가 죽는 과정을 하나의 궤적을 그린다면, 과연 그는 어떠한 궤적을 그리다가 사라지는가? 생은 흔적 없이 사라질 기러기 발자국-鴻爪-에 지나지 않는 것인가? 김신용 시인은 흔적도 없이 사라져버린 어떤 이의 생을 목도하면서 세상에서 한 인간이 지닌 무게에 대해 천착한다. 위의 시는 한 시나리오 작가의 죽음이 시의 배경이 된 작품이다. 시의 화자는 질병과 배고픔과 외로움 속에서 죽어간 어떤 이의 생을 바라보면서 아무도 돌보지 않은 자가 맞은 죽음의 시간이 얼마나 외로웠을지 짐작해 본다. 너무나 얇아서 바스라진 그의 생은 투명한 얼룩 같은 흔적에 지나지 않는다.

그러나 누군가가 흔적마저도 사라질 발자국만을 남기고 이승을 떠났다 하더라도 이 세상을 걸어간 발자국만으로도 그는 뚜렷한 실체로서 이 세상에 존재했다는 말할 수 있다. 처음 아가의 작은 발로 세상을 가볍게 내디뎠던 것처럼, 흔적도 없이 사라진 한 사람의 생은 그 생의 무게가 아무리 가벼웠다고 할지라도 선명하게 존재하기 때문이다. 여기에서 시인은 어떠한 것으로도 간섭할 수 없는 생의 뚜렷한 궤적을 확인하고자 한다.

3. 자본의 속도와 정지된 시간

자본의 속도에 의해 정지된 시간 속으로 빨려 들어가는 존재들이 있다. 여기에서 정지된 시간은 죽음의 세계를 의미하기도 하고, 외부와 차단된 폐쇄 공간 속에서 정지된 시간을 의미하기도 한다. 박후기 시인의 「복서 4-피자 배달 소년」과 이제니 시인의 「나선의 감각-빛이 이동한다」는 각각 속도

를 강요하는 세상의 희생자와 관계성 부재의 시대에 식물 같은 삶을 사는 존재들을 다루고 있다.

풋 워크가 경쾌해야
멀리 갈 수 있다
오토바이 발소리는 가볍고,
나는 눈에 불을 켜고
같은 길을 돌고 돈다
가장 멀리 가는 자가
가장 늦게 돌아온다
돌아오면 언제나 같은 자리,
좀 더 빨리 움직이라고
링 한복판으로 등을 떠밀며
칩 세컨이 소리친다
이블 크니블*처럼
길을 막는 택시를
뛰어넘을 수는 있어도
가난을 뛰어넘을 수는 없다
착지가 불안한 게
많이 배우지 못한 탓은
아닐 것이다
세상은 둥근 피자 한 판,
나누고 쪼개도 어차피
내 몫은 아니다
그래도 징글벨,
빵을 싣고 달리는 기분은
상쾌도 하다
속도는 내가 가진 최후의 아이템,
뜨거운 피자가 식기 전 나는
어둠과 눈발을 뚫고 쏜살같이 달려가
제야의 초인종을 울려야 한다

*미국의 오토바이 점프 스턴트맨(1938-2007)

— 박후기, 「복서 4-피자 배달 소년」 전문

피자 체인점이 동종의 경쟁 업체를 이기는 방법은 좀 더 빠른 시간에 배달을 끝내는 것이다. 피자 배달 소년은 속도를 요구하는 자들 때문에 생계를 유지할 수도 있지만, 역설적이게도 그 속도 때문에 죽음을 향해 오토바이를 타고 질주하는 모양새를 면하지 못한다. 자본주의는 속도가 곧 자본을 축적할 수 있다는 논리를 실행하기 위해 소년들을 죽음의 질주 속으로 몰아넣는다. 박후기 시인은 더 빠른 속도를 욕망하는 사람들의 삶의 터를 복서의 "링 한복판"에 비유한다. 세상은 배달 소년을 "좀 더 빨리 움직이라고/링 한복판으로 등을 떠"미는 칩 세컨이다. 오토바이를 타고 피자를 배달하는 소년은 죽음이 예비된 차도 위에서 "같은 길을 돌고 돈다".

그때 나는 말 없는 작은 짐승이 되고 싶었다, 나는 나의 두께를 들키고 싶지 않았다. 종이와 연필만이 유일한 위안이었다. 너는 얼굴 주름 사이로 몇 개의 시간을 감추고 있었다. 어두운 한낮. 너는 불을 켜지 않는다. 드러날 때까지 기다립시다. 무엇이, 그 무엇이, 그 자신의 모습을, 그 자신의 그림자를, 그 자신의 침묵의 말을, 드리울 때까지, 거느릴 때까지.

빛이 이동한다. 다시 페이지가 넘어간다. 나의 가방엔 생각보다 더 많은 종이가 있었다. 종이 곁에는 연필이. 연필 곁에는 어둠이. 흑심은 무심히 반짝거리며 내 심장을 겨누고 있었다.

빛이 이동한다. 책장 넘어가는 소리. 다시 한 페이지가 넘어간다. 우리의 두께를 드러내도록 합시다. 상상할 수 있는 모든 것을 상상하도록 합시다. 상상할 수 없는 모든 것을 상상하도록 합시다. 너무 넓은 방은 필요치 않습니다. 여백은 채워져서는 안 될 것으로만 채워져야 합니다.

빛이 이동한다. 고양이의 울음소리. 새들은 요란한 지저귐으로 자신의 재난을 알린다. 누군가는 지속적인 낮잠으로 자신의 재난을 알린다. 빛이 이동한다. 단락과 단락 사이에서 노래가 들려온다. 두꺼워질 대로 두꺼워집시다.

> 날아갑시다. 두께 속의 공기를 느낍시다. 우리는 불행을 요구받고 있습니다. 우리는 어둡고 텅 빈 방에 스스로를 유폐시킨 사람들이지요.
>
> 빛이 이동한다. 너의 이마 위로 어떤 문장들이 흘러간다. 찰랑이다 출렁인다. 넘실거린다. 우리는 한 마디 말도 나누지 않는다. 이제 밥을 먹읍시다. 잠들 시간입니다. 오늘은 내일보다 더 추울 겁니다. 닫아둔 덧문 사이로 매서운 바람이 불어 들고 있었다. 나뭇잎과 나뭇잎이 서로의 몸을 비비고 있었다. 나의 그림자가 너의 그림자 쪽으로 기울어진다. 빛이 이동한다.
>
> — 이제니, 「나선의 감각-빛이 이동한다」 전문

위의 시에서 화자인 나의 소통 대상은 '너'가 아니다. 나와 너 사이에는 소통의 매개가 되는 말이 필요하지 않다. 말이 필요 없는 나와 너 사이에는 어떠한 관계도 성립되지 않는다. 나와 너는 다만 각자 홀로 존재한다. 나와 너는 "어둡고 텅빈 방에 스스로를 유폐시킨 사람들이"다. 시의 화자는 "말 없는 작은 짐승이 되고 싶었다"고 말한다. 화자는 자신에게 유일한 위안이 되는 것은 종이와 연필이라고 말한다.

모든 것이 정지된 폐쇄 공간에서 나와 너는 뿌리를 내린 식물처럼 고착되어 있다. 정지된 이곳에서 움직이고 있는 것은 빛이다. 빛은 정지된 공간과 시간 속에 있는 나에게 나의 의식을 움직이게 하고, 내가 대상들을 인지할 수 있도록 하는 유일한 것이다. 빛이 이동할 때, 나는 "나뭇잎과 나뭇잎이 서로의 몸을 비비고 있"는 모습을 보고, "나의 그림자가 너의 그림자 쪽으로 기울어"지는 것을 본다. 관계와 소통이 아니라, 홀로 책을 읽고, 상상하고, 글을 쓰면서 나와 너의 생의 시간은 나선으로 소용돌이치며 흐를 뿐이다.

일상이 은폐시킨 것들

1. 내밀함이 사라진 시대와 타자화된 생

일상이 은폐한 것들에 대해 세밀하게 접근한 시편들이 있다. 이들 작품에서 사회적 문제들은 직접적으로 드러나기도 하고, 숨겨져 있기도 하다. 김영승 시인은「모를 權利」에서 내밀함이 사라진 시대를 사는 우리 현실을 비판적으로 다룬다. 조동범 시인은「배우들」에서 가상의 삶을 비주체적으로 수용하는 현대인의 모습을 배우를 통해 구현한다. 이문숙 시인의「치매학교」와 이영주 시인의「점심시간」은 각각 사회적 소외계층에 속하는 치매 노인의 기억의 쇠락이 주는 불길한 황홀과 '늙은 예언자'로 표현된 소외된 존재가 점심시간에 홀로 잠속에 빠져드는 형상을 그려내고 있다. 고영민 시인의「구호」는 평온한 일상과 전쟁의 충돌에서 발생하는 부조화 속에서 전쟁이 지닌 폭력성을 역설적으로 드러낸다. 정겸 시인의「히말라야시다」는 산업재해의 희생자가 된 이주노동자의 죽음을 다루고 있다.

블랙박스
그런 것을 다 기록하다니
神의 領域이다
CCTV
神의 領域이다
虛像을 만든 罪

죽으리라
지나간 시간을
복원하는 죄
역시 죽으리라

그 시공을
재생하는 자

죽으리라

모를 權利도 있고
모를 義務도 있다

지운 것은 지운 것이며
숨긴 것은 숨긴 것이다

그리고
사라진 것은 사라진 것이다

학교가
교회가
沙金과 金剛石의 광산인가? 건물이
거리가 골목이

버스 안이
전철 안이

가령.

옛날
어떤 여자는 자기 자녀한테
매일 도시락에 편지를 넣어 도시락을
싸주고는

나중에 도시락 편지라는 책을 내기도 했는데

우리는 그 편지를
모를 권리와
의무가 있다

江 건너 은행나무와
은행나무의
바람이 전해주는 이야기는
은행나무만 알고

연어는 알을 낳으러
母川을 거슬러올라와서는
바다와 江과 계곡의 이야기를
지운다

땅속의 감자를
너구리굴 속의 너구리 새끼를
촬영하고

火星의 표면을
촬영한다

胎兒를 촬영하고
精子의 이동을
촬영한다

그냥 運柩車처럼
보는 게 낫다 책도
레일 近處 그림자도

빨판상어처럼
가마우지처럼

열심히
맛있는 것 잡아다가
바친다 그리고

돈을 벌고
作曲도 한다 그리고

煙氣는 풍요롭게
피어오른다

— 김영승, 「모를 權利」 전문

이상의 수필 「秋燈雜筆-求景」(『매일신보』, 1936. 10. 16.)은 이상이 형무소에서 운영하는 마포 벽돌 공장을 견학하는 이야기이다. 이상은 벽돌 제조과정보다는 공장에 노역을 나온 죄수들을 관찰하고 싶은 강렬한 욕망에 사로잡힌다. 그러나 그는 증오감을 감추지 않고 구경꾼들을 바라보는 죄수들을 발견하고 사생활을 드러내고 싶지 않은 최소한의 권리도 없는 囚人들에게 연민을 갖는다. 현대의 개인들은 벽돌 공장의 囚人들처럼 사적 공간마저도 타자의 시선 앞에 구경거리로 내주기 쉽다. 우리는 사생활을 침해받지 않으려는 자들과 그것을 끊임없이 침입하려는 타자의 시선이 강렬하게 충돌하는 시대에 살고 있다.

김영승 시인은 「모를 權利」에서 우리 생활 곳곳을 들여다보고 관리하는 CCTV를 통해 현대인의 物化된 시선을 비판적으로 드러낸다. CCTV는 시선의 주체가 대상들을 장악하려는 욕망, 즉 대상에 대한 주체의 '권력 욕망이 이 체현된 눈'이라고 말할 수 있다. 21세기의 빅브라더인 CCTV는 쉽게 알아챌 수 없는 시선으로 언제 어디서나 우리를 감시한다. "神의 領域"을 차지한 그것의 전지전능함은 "지나간 시간"을 기록하고 복원하는 데서 나온다. 시간의 不可逆性까지도 바꿔놓을 수 있는 CCTV의 능력은 흐르는 시간과 함께 지워지고 사라진 세상의 많은 것들을 복원해 낸다.

시인은 여자가 자식의 도시락에 넣어주었던 편지 내용을 우리는 모를 권리가 있다고 단호하게 말한다. 은행나무는 은행나무만 아는 비밀스러운 이야기가 있고, 연어는 연어만 아는 이야기가 있다. 그러나 CCTV는 각자 자신만이 품고 있는 내밀함을 낱낱이 들춰내고 기록한다. 그렇다면 CCTV가 촬영하는 목적은 어디에 있는가? 그것은 "돈을 버는 일"과 긴밀하게 연결되어 있다. CCTV는 사적 소유권을 지키고 관리하는 데 유용하게 쓰인다. 또한 타자의 내밀함을 들여다보고 싶어하는 사람들의 욕구를 만족시키는 데 쓰이기도 한다. 이처럼 CCTV가 처음에는 사람들의 필요에 따른 자료 정도의 존재였을 것이나, 결과적으로 사람과 CCTV의 관계는 전복되기에 이르렀다. 모든 사람들과 자연물을 규제할 수 있는 시각을 부여받자마자 CCTV는 可視敎의 신이 되어 모든 사람들에게 절대권력을 행사하게 된 것이다. 우리는 김영승 시인의 말대로 "모를 權利도 있고/모를 義務도 있다" 그러나 우리들은 이러한 권리들을 CCTV라는 신에게 스스로 자신을 봉헌하고 스스로 관찰의 대상이 된 자들이다.

> 당신은 A의 삶을 낭독하기 시작한다
> 당신의 목소리는 세련된 어조로 감동을 선사하고, 당신의 눈빛은
> 예정된 지점을 바라보며 눈물을 흘린다.
> 당신은 배우이므로
> 당신의 목소리는 슬픔의 미세한 영역을 조율하며
> 이내 울음을 터뜨린다. 낭독되는 삶도 충분히 감동적이라고, 당신은 애써 믿음을 갖는다. 당신은
> 훌륭한 배우이므로, 당신은 언제나 완벽한 A가 된다. 명민한 당신은 작가가 의도한 지점을 찾아
> 오른발을 먼저 내딛고, 잠시
> 사색에 잠긴다. 사색의 끝에는
> 사건과 갈등이 필요했으므로, 당신은 이제 삶의 고통에 대해 생각해보기로 한다. 당신은
> 파란만장한 A의 삶을 낭독하기 시작한다. 고난과 고통의 순간을 파악하는 것은 그리 어려운 일이 아니었으므로
> 당신의 역경은 곧 불굴의 의지로 변모한다.
> 파란만장한 A의 삶을 낭독하며 당신은 A의 삶에 감동한다. 당신은 A의 옷을 입고 A의 음식을 먹고 A의 여자 친구와 연애를 시작한다.

불행한 과거와 희망으로 가득한 미래는 A의 대사를 따라 빈틈없이 예정되
어 있고
A가 된 당신의 삶은 A의 불행만큼 조금은 불행 쪽으로 기울어진다. 당신은
배우이므로
A의 삶을 반추하며 드디어 명백한 A가 된다.
어느덧 A가 되어, 자신의 삶을 게으르게 낭독하기 시작한다.

— 조동범, 「배우들」 전문

위의 시에서 '당신'이 A의 삶을 낭독하기 시작했을 때, 당신과 작가의 의도 아래 창조된 인물인 A 사이에는 뚜렷한 경계가 있었다. 그러나 배우인 당신의 의식과 감정까지도 가상의 A를 당신이 그럴듯하게 재현해낼수록 당신과 A의 경계는 지워져 버린다. 당신은 외양은 물론 그의 내면까지도 A의 것으로 바뀌게 된다. '당신'은 작가에 의해 만들어진 삶의 내용과 플롯의 궤도 안에서 A의 삶을 대신한다. 당신이 누구도 부정할 수 없는 명백한 A가 되어버린 것은 온전히 당신의 몰주체성에서 비롯된다.

위의 시에서 배우는 그를 빈틈없이 장악하는 작가와 무대와 관객의 시선 앞에 완전히 노출된 존재로 나타난다. 작가와 가상의 인물 A와 무대와 관객은 한 덩어리가 되어 당신이 완벽하게 A가 되도록 기획한다. 여기에서 문제적인 것은 타자들의 시선보다도 배우인 당신의 가상의 삶에 대한 절대적인 믿음인 것이다. 당신은 "어느덧 A가 되어, 자신의 삶을 게으르게 낭독하기 시작한다." 당신은 가상의 삶에 함몰된 채, 타자화되고 비주체적인 자신을 뒤돌아볼 수 없게 된 것이다.

2. 불길한 황홀과 원형의 감각

이문숙 시인의 「치매학교」에서 치매를 앓는 노인들과 이영주 시인의 「점심시간」의 "늙은 예언자"는 세상으로부터 격리된 시간과 공간에서 살아가는 존재들이다. 세상으로부터의 격리를 달리 표현하자면, 소외라고 말할 수 있을 것이다. 그들을 세상에서 소외시키는 힘은 어디에서 오

는가? 세상에 발을 디디고 서 있을 중력을 소외된 존재들에게서 박탈하여 그들을 투명한 존재들로 만드는 힘은 차별과 경계를 만드는 의식에서 나온다. 소외의 힘은 그들을 격리된 장소(「치매학교」)나 "뜨거운 한낮의 햇빛"(「점심시간」)의 한복판으로 추방시킨다. 그들은 주변의 다른 것들과는 어울리지 못하고, 이질적인 "소용돌이처럼 생성된다."

자다가 죽으면 좋겠어
아프지 않고
아기처럼 작아져서 씨앗으로

어디선가
자신이 평생 연주하던 악기에 세상을 떠난
연주자들의
행복한 이야기를 듣는다
들고 다니던 악기가방의
거죽 냄새를 맡으며 숨을 거둔

아흔 넘어 이가 다시 나기 시작했다는
그녀가 새로 돋은 이빨을 살강살강 부딪으며
과자를 먹는다
나는 저 처자 손가락 하나 건드리지도 않았어
자신의 처가 누군지도 기억 못하는 그가
수줍은 얼굴로 말을 건넨다
자신의 처를 다른 처자로 보는 저 마음도
색다른 연애감정이다

이빨이 새로 돋을 만큼 시간을 살아내고
자신의 처가 누군지 모를 만큼 한 세기가 지나간다
자궁을 들어내고 유방을 잘라내고
몽정을 시작한 소년처럼 기억이 거기 멈춘다

모래무지가 모래톱을 베고 황홀한 꿈을 꾼다

방울뱀이 자신의 울음주머니에 기억을 담아 부풀린다
세계에서 가장 키가 작은
난쟁이가 키다리가 되는 게 불가능한 것은
아니겠지

학교에 다시 입학하는 데 우리는 커다란 고통을 치렀다
두 번 낙방을 하고
오늘은 오색구슬 꿰기에 몰두한다
이름 받아쓰기를 한다
이 이름의 주인은 어떤 타자일까

수업시간에
쭈욱 육신을 늘여보니까
벌써 난쟁이는 자신의 커다란 소망을 이루었다
잇몸에선 새싹 같은 이빨이 나오기 시작하고
우리는 소년이 되었다

— 이문숙, 「치매학교」 전문

치매학교의 '우리'는 "자다가 죽으면 좋겠어/아프지 않고/아기처럼 작아져서 씨앗으로" 죽으면 좋겠다는 소원을 갖고 있다. 결코 겪은 적 없는 죽음에 대한 두려움과 공포를 겪지 않고 잠든 상태에서 세상을 떠난다면 죽음은 받아들일 만할 것이다. 자신이 평생 소중하게 여기던 악기 곁에서 고요하게 세상을 떠나갈 수 있다면 죽음에 기꺼이 생명을 내놓을 수 있을 것이다. 그러나 이러한 죽음의 형태는 우리의 현실과는 너무나 멀리 있는 '행복한 이야기'일 뿐이라는 것을 우리는 잘 알고 있다.

치매학교에 다니는 우리는 과거로 뒷걸음질하는 시간 속을 부유한다. 우리에게 현재는 더는 생성의 의미를 지니지 못하며, 미래시간 역시 우리에게 열려 있지 않다. 우리의 기억은 과거로 퇴행하여 꿈과 상상력으로 잔뜩 부풀어오르는 소년 시절에 정지해 있다. 치매를 앓는 우리는 의식의 문밖으로 나와서 백일몽에 빠진 것처럼, 소년의 시간으로 돌아가서 멈춘다. 거기에서 우리는 소년기의 설렘과 황홀감을 새롭게 경험한다. 몽정을 시작한 소년처럼, 황홀한 꿈을 꾸며 모든 꿈이 이루어지는 시간을 경험하는 것이다. '치매학교'는 새롭게 소년과 소녀가 된 사람들이 있는 시간 속의 장소이다. 우리는 거꾸로 시간을 걸어서 황홀한 소년기에 당도하지만, 우리는 다시 현재로 돌아올 수 없다. 치매학교에 다니는 우리는 과거로만 걸어가서 문을 열고 세상 밖으로 나가야 하는 것이다.

우리는 우리 자신의 이름을 받아쓰면서 "이 이름의 주인은 어떤 타자일까" 하고 궁금해한다. 자기의 이름을 받아쓰면서 이름의 주인이 누구인지에 대해 호기심을 갖는 우리는 자신이 완전한 객관체로 뒤바뀐 시간 속으로 들어와 있는 사람들이다. 그동안 다른 사람들에게 불려왔던 이름과 현재의 자기로 살아왔던 그의 모든 것들은 사라지고 만다. 과거로 나아가는 우리의 행보는 기억의 무화와 함께 한다. 그런 점에서 소년이 된 우리가 느끼는 새로운 소년기의 설렘과 황홀감은 불길한 징조인 것이다.

> 햇빛이 그를 통과할 때 생성되는 물질 그는 얇은 잠 쪽으로 조금 더 기울어진다 뼈와 뼈가 만나는 감각으로 깎이는 감각으로
>
> 그는 시멘트 벽돌 위에 앉아 졸고 있다 윗도리 안에서 심장 근처에서 무엇인가 꿈틀
>
> 새들은 그림자를 흘리며 알 수 없는 조각들을 주워 먹는다 냄새를 맡을 수 있을까 몸 안으로 들어가 깃털 사이로 빠져나오는 가느다란 감각으로
>
> 그는 뜨거운 한낮의 햇빛 안 소용돌이처럼 생성된다 둥그렇게 말려들어가면서
>
> 겨울에는 따뜻해지기 위해 품에 새를 넣어가지고 다녔던
>
> 점점 컴컴해지는 그림자
> 신의 뜻으로 새들이 먹여 살린 사람은 늙은 예언자였다
>
> 왜 목덜미는 자꾸 축축해지는가 햇빛 아래에서 연기가 피어오를 때 그는

불룩한 윗도리를 벗는다 컴컴한 발에 가까이 가기 위해 원형의 감각으로

발등을 쪼고 있다 치밀하고 섬세하게

— 이영주, 「점심시간」 전문

위의 시에서 "늙은 예언자"는 시멘트 벽돌 위에 앉아 졸고 있다. 잠에 빠지면서 그는 점점 자신의 발 등 위로 구부러진다. 몸이 둥그렇게 말리는 그를 가리켜 화자는 '원형의 감각'이라 부른다. 원형의 감각이란 시의 표층에서 늙은 예언자가 점점 잠 속에 빠지면서 몸이 둥그렇게 구부러지는 모습을 나타내고 있지만, 그 표현은 상당히 함축적이어서 감추고 있는 의미를 드러내지 않는다. 허기와 무력감으로 잠 속에 점점 빠지는 늙은 예언자는 한낮의 햇빛과는 대비되면서 축축하고 그늘진 형상으로 새롭게 형성된다. 모두 밥을 먹는 점심시간에 비둘기를 가슴에 넣어 추위를 쫓아야 했던 그는 발등 위로 점점 구부러지는 잠에 빠진다. 시의 화자가 말하는 원형의 감각은 세상 속에 있지만, 세상 바깥으로 추방당한 소외된 존재의 위축된 형상인 것이다.

3. 구호와 폭력이라는 두 얼굴

고영민 시인의 시 「구호」는 필리핀의 이슬람민족해방군에게 지급된 한국의 구호물자에 함축된 의미를 살핀 작품이다. 구호물자에 쓰여진 한글은 필리핀의 무장반군의 현실과는 무관한 평온한 일상을 상징적으로 보여준다. 무장반군이 착용한 의복과 모자에 쓰여진 문구는 전투의 한복판에서 한껏 부자연스럽고 우스꽝스럽게 보인다. 여기에서 시인은 전쟁의 폭력성뿐만 아니라, 구호의 기호가 갖는 불명료한 의미에 대해서도 의문을 제기하고 있다.

정겸 시인의 「히말라야시다」는 고영민 시인의 「구호」에서 평온한 일상으로 보이는 것이 사실은 실체가 없는 가상의 이미지임을 여실히 보여주는 작품이다. 평온한 일상이란 계층이나 인종과 국적에 따라 호의적인 표

정을 짓기도 하고, 폭력적인 정체를 드러내기도 하는 두 겹의 얼굴인 것이다. 두 겹의 얼굴은 진실과는 거리가 멀다.

> 필리핀 정부로부터 독립을 주장하는 이슬람민족해방전선 수니파 무장 반군들에게 우리나라 구호기관이나 선교단체가 보내주는 옷은 큰 인기다 수류탄을 주렁주렁 매달고 있는 한 게릴라 지도자는 '개봉동 조기축구회'라고 쓰인 운동복 차림이다 그 옆에 심각한 표정으로 M16 유탄발사기를 들고 있는 사람은 '안전제일'이라는 한글 구호가 큼직하게 박힌 모자를 쓰고 있고, 또다른 무장 반군은 '서울검찰청 녹색어머니회'라고 인쇄된 여성용 의류를 입고 있다 그들 뒤로 맨몸의 검은 그림자가 길게 함께 서 있다 아무런 글씨도 없는 민소매의 청년이 갑자기 우리를 향해 손가락질을 하며 걸어나왔다 영문을 알 수 없었다 멀리서 다시 총성이 들렸다
>
> — 고영민, 「구호」 전문

위의 시에서 '개봉동 조기축구회'와 '안전제일'과 '녹색어머니회' 글씨가 박힌 옷은 평온한 세상을 함축한다. 구호품으로 필리핀까지 오게 된 옷과 모자는 각각 축구를 좋아하는 사람들이 만든 동네 축구회의 유니폼이며, 공사장의 노동자들에게 안전을 경계하는 모자이며, 어린이 안전 보행을 지도하고 보행자의 교통안전을 계도하는 녹색어머니회가 입었던 옷이다. 한국의 평화로운 일상에 속하던 물건들이 전쟁의 한복판으로 옮겨진 것을 보면서 화자는 전쟁과 일상의 불일치가 빚어내는 희극적인 상황 속으로 잠시 빠진다. 수류탄과 M16유탄발사기로 무장한 반군이 착용한 옷과 모자와는 전쟁과 전혀 어울리지 않기 때문이다. 그러나 그는 곧 영문을 알 수 없는 반군의 위협적인 손가락질과 총성이 들리는 위압적인 현실로 돌아온다. 잠시 반가운 모국어와 우스꽝스러운 부조화에 여유로움의 틈으로 빠지던 화자는 "아무런 글씨도 없는" 소통이 완전히 차단된 상황에 부딪히게 된다. 그는 평온함의 가변성과 불명료함이 그의 눈앞에 적나라하게 드러나는 순간을 경험한다.

> 효원공원 모퉁이
> 한쪽 팔 잘려나간 나무 한 그루 고통스럽게 서 있다

카레전문점 델리에서 향긋한 카레향이 코끝을 자극할 때면
상처 난 팔뚝 어루만지며 푸른 울음 울컥 토해낸다
탯줄처럼 이어진 히말라야 계곡의
수맥 주파수는 점점 멀어지고 이제는 잡을 수 없다

인더스 강 언저리가 너의 고향이라 했지
너의 별명은 개잎갈나무
어쩌다 이곳까지 왔는지
브라만, 크샤트리아, 바이샤, 수드라…
수직으로 된 계단이 너무 싫어 도망쳐 온 꼬레
그런데 여기는 그런 계단이 더 많은 것 같아, 아니 높아
경계와 경계 사이의 간격이 너무 넓어서 건너기 힘들어

잎사귀마다 뾰족하게 날 세우고
밤과 낮 사이를 쉬지 않고 달리고 달려도
새살은 나오질 않고 생장점은 늘 멈춰 있어
남은 한 쪽 팔 휘적거리며 사는 일 너무 힘들어

한줄기 높새바람이
그라인더 돌아가는 소리를 내며 지나간다
순간, 남은 한쪽 가지가 부러지며 땅 바닥에 나뒹군다
나이테 속에 감춰두었던 마누의 전설과
그리운 얼굴들이 햇볕 속으로 증발되고 있다
기름때 얼룩진 청바지에 쇳가루 묻히고 온 사내들
하나 둘 모여들더니 향불 피우고 있다

— 정겸, 「히말라야시다」 전문

효원공원은 수원 팔달구에 있고, 히말라야시다는 히말라야가 원래 고향이다. 정겸 시인은 인도 출신의 이주노동자가 우리나라에서 겪은 고통과 참혹한 죽음을 히말라야시다를 통해 완곡하게 전달하고 있다. 히말라야시다 혹은 개잎갈나무에 비유된 이주노동자는 산업재해로 한쪽 팔이 잘려나갔지만, 고향으로 돌아가지도 못한 채 그라인더 작업을 하다가 죽게

된다. 그는 인도의 계급제도가 싫어서 꼬레로 왔다. 그러나 순혈주의와 계층적 차별이 뿌리 깊은 꼬레의 현실 앞에 그는 좌절한다.

인도 출신 이주노동자인 그에게 꼬레의 평온한 듯 보이는 얼굴은 가면에 지나지 않는다. 서방에서 온 노동자를 대하는 얼굴과 남부아시아 출신의 노동자를 대하는 꼬레의 얼굴은 다르다. 그에게 보여준 꼬레의 얼굴은 언제나 폭력적인 표정을 짓고 있다. 그는 경계와 차별의 끝없는 궤도를 벗어나지 못하고 코리안 드림의 꼬레 땅에서 죽게 된다. 그러나 꼬레가 그의 생명을 함부로 빼앗을지라도, 그가 현 인류의 조상이라 믿는 마누의 전설과 그리운 얼굴들을 향한 그의 마음을 빼앗지는 못할 것이다. 이주노동자라는 사회적 현실과는 무관한 인간의 본질이 그의 마음과 기억에 담겨 있기 때문이다. 정겸 시인은「히말라야시다」에서 외부적 조건들이 간섭할 수 없는 인간의 존엄함을 노래한다.

공간과 소통에 대한 감각

1. 두 개의 탄생지誕生地, 정서적 장소와 물화된 공간

우리가 살아가는 공간이 우리의 의식을 어떻게 형성하는가를 날카롭게 형상화시킨 시편들이 있다. 또한 타자와의 관계성에 대한 성찰과 소통의 차단을 다룬 작품들이 있다. 최금진 시인의 「고향 아주머니」와 오은 시인의 「란드」는 공간과 인식이 결합되는 양상을 다루었고, 손택수 시인의 「디자인 서울」과 심지아 시인의 「이웃들」은 개인과 타자와의 관계를 다루었으며, 최규승 시인의 「6인용 병실-사이보그 리포트 2」과 이민하 시인의 「세상의 모든 비밀」은 먹고 듣는 인간의 기본적인 행위들을 통해 고립된 개체로 존재하는 인간의 본질을 다루었다.

인간에게 공간은 어떠한 의미를 갖는 것인가? 이푸 투안에 따르면, "장소의 이미지는 안정과 영속의 이미지이다. 인간은 신체의 긴밀한 경험을 통하여 그리고 타인과의 긴밀한 경험을 통하여 자신의 생물학적 욕구와 사회적 관계에 적합하고, 또 그것을 충족시킬 수 있도록 공간을 조직한다."(이푸 투안, 「공간과 장소」, 구동회·심승희 역. 도서출판 대윤. 1995, 54-63면) 이푸 투안이 말하는 안정과 영속의 장소는 최금진 시인의 「고향 아주머니」의 배경이 되는 '고향'에 보존되어 있다. 시의 화자에게 고향은 그가 태어나서 가족과 함께 살았던 곳이고, 그가 겪었던 일들과 그의 마음과 감정까지도 알고 있는 타자들이 아직도 살고 있는 곳이다. 화자의 삶의 시간은 고향 사람들과 분리되지 않는 고리처럼 연결되어 있다. 반면에 오은 시인의 「란드」에서 화자의 탄생지인 '란드'는 정서적 장소로서의 의미와는 전혀 무관한 곳이다. '란드'는 화자가 재화나 거래된 존재로 태어났다는 사실을 그에게 확인시켜 주는 공간이다.

> 고향 아주머니는 이제 늙었다 몇 개 안 남은 이빨로
> 어머니와 맛나게 고기를 뜯었다
> 나는 순식간에 겨울이 가고 말았다는 사실을 잊지 않기 위해
> 앉지도 서지도 못하고 어정쩡하게 핀 난초잎만 매만졌다
> 아주머니는 인자한 얼굴로 나를 보고 웃었다
> 평생을 칼국수집을 하시던 분이었다
> 칼국수에 칼이 들어있으면 좋겠다는 내 증상을 알고 계시던 분이었다
> 어머니가 고갯짓을 하셨고 나는 크게 꾸벅 인사를 하였다
> 마흔두 살 먹은 사내가 할 인사는 아니었다
> 고향 아주머니가 자식놈들 주라고 만원짜리를 꺼냈다
> 바닥에 붉은 피 쏟아버리고 싶던 날들이 가고 나니
> 얼마나 좋으냐고 내가 당황해 할까 봐 그렇게 묻지 않으셨다
> 몸은 건강하시냐고, 다들 무탈하시냐고, 나는 그저 속으로만 물었다
> 홀어머니 밑에서 자란 탓에 무슨 끈 하나 풀린 것 같은 나를 아시는 분이
> 나보고 금진아, 금진아, 하시는 게 어딘가 쓸쓸하였다
> 고향은 이제 늙었다, 흰 머리가 털모자 사이로 잔뜩 삐져나와 있었다
> 어디 살든 잘 살고 있으면 되는 거라고 하지만, 지난 겨울에 나는 겨우
> 한글을 이제 막 뗀 아이처럼 남쪽에서 내리는 눈송이 몇 개를 읽게 되었다
> 뜯고 난 닭고기 뼈가 겨우 너덧 개 쌓여 있고
> 고향 아주머니는 내일 가신다, 너무 멀어서 다신 못 올 것이다
> 우리가 살면서 또 언제 보겠냐고 어머니와 손을 마주잡고 있었다
> 어머니도, 고향도, 마치 처음부터 세상에 없었던 것처럼
> 이불 속에 누워 나는 오지 않는 낮잠을 잤다
>
> — 최금진, 「고향 아주머니」 전문

위 시의 화자에게 고향은 정서적 이해가 이루어지는 곳이다. 시에서 '고향 아주머니'는 공동체적 장소로서의 고향을 상징하는 인물이다. 고향 아주머니는 "칼국수에 칼이 들어있으면 좋겠다는" 화자인 나의 독특한 내면

까지도 이해하는 사람이며, "홀어머니 밑에서 자란 탓에 무슨 끈 하나 풀린 것 같은" 나를 아는 사람이며, 내가 겪은 "바닥에 붉은 피 쏟아버리고 싶던 날들"을 낱낱이 알고 있는 사람이다. 고향 아주머니는 지나간 과거사와 편모슬하에서 마음이 헛헛해하던 나의 감정까지도 알고 있는 존재인 것이다. 누가 나를 안다는 것은 무엇인가? 그것은 내가 태어나고 성장한 땅에서 내가 실존했던 시간을 입증해줄 수 있는 누군가가 있다는 뜻이다. 따라서 고향은 내가 알고 있는 고향 사람들과 나를 알고 있는 사람들의 시간이 서로 얽혀 있는 장소인 것이다. 내가 고향을 떠나 그곳에서 지낸 과거의 시간을 잊었다하더라도 고향과 관련된 이야기와 인물들을 통해 나의 소멸되었던 기억들은 재생된다. 따라서 과거의 시간으로부터 멀리 떠나 온 나에게 고향 아주머니는 화자의 과거를 증명해주는 존재이며, 나의 기억들이 형상화된 존재이며, 나의 정서적 이해자다. 그렇기 때문에 나는 지금 헤어지면 두 번 다시 늙은 고향 아주머니를 볼 수 없음을 안타까워하고 있는 것이다.

오은 시인의 「란드」는 재화거래소에서 어머니와 아버지의 중개로 탄생한 자의 탄생지에 관한 이야기다.

> 나는 란드에서 태어났다 부동산에서, 재화에서
> 어머니와 아버지의 중개로, 써비스로
>
> 핀란드에서 나는
> 이가 나면서부터 자일리톨이 잔뜩 들어간 껌을 씹었다 단물 빠진 껌을 앞니 뒤에 숨기면서부터 비밀을 간직하는 법을 배웠다 해맑게 웃으며 거짓말하는 법을 배웠다 양들처럼 두 가지 일을 능숙하게 처리했다 침묵하기, 동시에 무럭무럭 자라나기
> 폴란드에서 나는
> 글을 깨치면서부터 시를 읽었다 시엔키에비치는 대체 어디로 갔는지 알 수 없었다 심보르스카는 언제나 너무 멀리 있었다 호기심은 낯설고 결핍은 낯익었다 낮 뜨거운 일들은 밤에 벌어진다는 것 알았다 낮은 이미 충분히 뜨거웠으므로
> 네덜란드에서 나는

대마초를 피울 수 있었다 할 수 있는 것은 별로 하고 싶지 않았다 노천까페에서는 렘브란트와 반 고흐의 엽서를 싸게 팔았다 대통령같이 아무 데도 없는 것들과 축구공같이 어디에나 있는 것들에 시종 둘러싸여 있었다 무지개 깃발을 흔들며 지나가는 사람들을 구경하다 보면 겨울이 꼭 친구 같았다 반쪽 같았다

그린란드에서 나는

순간을 얼리는 법을 터득했다 별을 헤고 있으면 살이 에이는 것 같았다 새우잡이를 해야 겨우 세우細雨 같은 기회를 잡을 수 있었다 지구가 온난해지자 젖은 옷은 마르고 지하에 있던 자원들이 하나둘 얼굴을 내밀기 시작했다 그 발견의 순간에는 주인공이 "이누크!"라고 외쳤다 성엣장이 떠내려가듯 유유히 발음하는 게 중요했다 란드에 남은 마지막 에스키모와 키스를 한 순간, 나는 주인공이 되었다 어른 이누크가 되었다

아이슬란드에서 나는

외로움을 다스리는 훈련을 했다 당시에 나를 포함해서 한국인은 총 아홉 명이었다 까만 눈과 까만 머리카락은 가장 독특한 액세서리였다 얼음장같이 차가운 눈초리가 어음장처럼 날아왔다 나는 빚을 갚는 심정으로 차근차근 숫자를 셌다 숫자는 두자리가 넘어가는 법이 없었다 홀수여서 나는 덜 외로웠다 더 이로웠다

나는 란드에서 태어나 란드에서 자라났다

남아프리카공화국에서는 물건을 사고팔 수 있는 란드, 돈이 되는 란드

여기는 땅이다, 네가 와서 살 수도 죽을 수도 있는, 해맑게 웃으며 거짓말을 해도 아무도 뭐라 하지 않는, 아무리 참말을 해도 믿어주지 않는, 온화하고 냉혹한 땅,

란드

— 오은, 「란드」 전문

우리가 살아가는 땅의 의미는 무엇인가에 대해 오은 시인이 내리고 있는 규정은 삶에 대한 근본적인 회의를 보여주는 자료가 된다. 위 시의 화자는 그의 어머니와 아버지의 거래로 태어났다고 여긴다. 그는 "재화에서 어머니와 아버지의 중개로, 써비스로" 태어났다. 그가 세상에서 배운 것

들이란 비밀을 간직하는 법, 숨기는 법, 웃으며 거짓말하는 법, 두 가지 일을 동시에 능숙하게 처리하는 법이다. 화자가 세상에서 경험한 것은 결핍과 낯뜨거움과 새우잡이처럼 힘든 노동 끝에 세우細雨 같은 기회를 잡을 수 있다는 것이다.

세상은 재화를 구심력으로 하여 돌아간다. 세상은 재화에 관한 것 외에는 아무것에도 관심을 갖지 않는다. 화자가 거짓말을 할 때, 그의 부끄러움을 세상은 아는 체하지 않으며, 그가 아무리 진심을 말해도 세상은 그의 참말을 믿어주지 않는다. 온화하고 냉혹한 두 개의 얼굴을 가진 세상은 화자의 감정과 진술에 관심이 없다. 화자의 감정과 생각은 그라는 한 개체 안에서 일어났다가 소진되는 것에 지나지 않는다. 다시 말하면 그는 세상에 어떠한 영향도 끼치지 않는 투명한 사물에 불과하다. 투명한 사물인 화자에게 란드가 보여주는 온화한 얼굴은 데드마스크 같은 땅이며, 핀란드, 폴란드. 네덜란드, 그린란드, 아이슬란드처럼 '언어 유희적 대상으로서의 땅이며, 물화된 땅이다.

2. 아름다움으로 위장한 폭력성

손택수 시인의 「디자인 서울」과 심지아 시인의 「이웃들」은 이웃의 의미에 대해 의문을 던지는 작품들이다. 이웃은 내게 어떠한 의미로 존재하며, 나는 이웃에게 어떠한 존재인가? 손택수 시인은 그의 시에서 이웃과의 관계를 장악하는 것은 배제의 논리임을 보여준다. 심지아 시인의 시는 아름다움과 부드러움으로 위장된 폭력성이 이웃을 대하는 감각 속에 내재해 있음을 드러낸다.

> 어머니가 학교에 다녀가신 뒤 열등생이었던 나는 미화부장이라는 미관말직을 제수받게 되었습니다 생애 첫 벼슬인지라 황송하기도 하고, 담임선생님의 은혜가 딴은 하해와 같아서 어린 나는 유리창이며 교실 바닥을 닦는 데 젖 먹던 힘까지 다 쏟아부으며 부산을 떨곤 하였지요 먼지를 폴폴 날리며 뛰

어다니는 아이들 앞에서 버럭버럭 목청을 세우고 일장 훈시를 할 때면 은근히 청소를 면해 달라 사탕을 가져오거나 하굣길에 책가방을 대신 들어주겠다 굽실거리는 아이들이 생겨날 정도였습니다 그 달콤한 맛에 빠져 지내던 내겐 구제불능 짝이 하나 있었습니다 연탄배달부 아버지의 수레를 밀고 다녀서 용의검사 때면 손톱에 낀 연탄재 때문에 늘 구박을 받던 아이였습니다 미화부장 옆에 그런 짝이 있다는 건 참으로 위신이 서지 않는 일이었지요 쿤타킨테야 쿤타킨테야 어서 너희 나라 아프리카로 돌아가렴 그런 어느 날 아마도 장학사님이 오시기로 한 전날 나는 짝을 불러 진지하게 설득을 하였습니다 내일은 반을 위해서 결석을 해줄 수 없겠느냐고, 너 하나 때문에 반의 미화 점수가 깎일 수는 없는 노릇 아니냐고……

디자인 서울 노점상들을 쫓아낸 자리에 커다란 화분이 들어서 있습니다
자꾸만 아름다워지려 하는 내 시가 저 꿈쩍 않는 화분 같은 것은 아닌지,
만개한 화분 앞에서 서른 해도 더 전 울상을 하고 고개를 떨구던 연탄배달부 짝이 생각납니다

— 손택수, 「디자인 서울」 전문

세상에 추악함과 아름다움이 구분되어 존재하는 개념이라는 것을 인정한다면, 서울의 노점상들과 그들의 자리를 대신 차지한 커다란 화분 중에 어떤 것이 아름다운 것이고, 어떤 것이 추한 것에 속할까? 타자의 아픔을 모르는 시의 화자와 연탄배달부 아버지를 돕느라고 손톱이 더러워진 화자의 친구는 각각 아름다움과 추함 중에 어디에 속하는 것인가? 그러나 대조적인 모습을 가진 것들이 속하게 될 범주를 가리기 전에 생각해볼 문제는 미와 추의 개념은 절대적 기준에 의해 나뉘지 않는다는 점이다. 미와 추의 경계는 없다고 말할 수 있을 만큼 상대적이고 가변적인 관념에 불과하다. 위의 시에서 '디자인 서울' 프로젝트의 논리대로라면, 도시에서 생계를 이어가는 노점상을 내쫓고 화분을 놓아야 아름다운 서울이 된다. 그러나 미관에 어울리는 것은 무엇이고 어울리지 않는 것은 무엇이라는 구별 자체에 인식적 결함이 있다. 아름답고 매끈한 외양을 갖추려면 지저분해 보이는 모든 것을 제거해야 한다는 배제의 논리는 폭력적이다. 배제의 논리는 타자의 고통에 대한 무감각에서 형성되기 때문이다.

토마토를 손에 쥐었다

몸 밖으로
두 개의 심장을
꺼내놓은 것처럼

손은 뜨겁고
빛난다

손이 이루는
부드러움의 세계

으깨짐은 고요한 포옹의 방식일까
열렬한 비명의 방식일까
정물처럼, 갸웃할 머리가 사라졌다는 듯이

나는 나의 알몸처럼
나는 나의 온도처럼
멀어지는 낱말처럼

여름은 너의 불안에서 딴 토마토
한 알처럼 아름답고

물밑에 가라앉은 발목처럼
미끄럽다

나는 1초 전의 생각을
1초 후에 지속할 수 없다

그 밖의 모든 시간에서
파랗게 토마토가 자라는 것처럼

— 신지아, 「이웃들」 전문

나를 중심으로 돌아가는 세계에서 이웃은 나의 행동과 사유의 대상이다. 나의 존재 역시 이웃에게는 대상이다. 위 시에서 '이웃들'이라는 시의 제목은 시의 의미를 형성하는데 상당한 영향력을 갖는다. 이는 그만큼 시의 본문에서 의미 형성이 유보되어 있음을 지시한다.

위 시에서 화자가 이웃과 악수하는 짧은 시간 동안에 이웃 혹은 타자는 어떤 존재인가에 대한 의문과 대답이 이루어진다. 화자와 이웃이 악수하는 행위는 "몸 밖으로/두 개의 심장을/꺼내놓은 것처럼" 뜨거운 조우처럼 보인다. 그러나 동시에 두 사람은 지극히 연약한 자신들의 심장을 밖으로 꺼내놓은 것 같은 불안감에 사로잡힌다. 그들의 불안은 '으깨짐', "열렬한 비명"으로 표현되어 있듯이 부드러움으로 감춘 자신과 상대방의 폭력성을 서로 감각하는 데서 비롯된다. 그들이 나누는 악수의 시간은 잘 익은 토마토처럼 자신이 으깨지거나 상대방을 으깨는 현재와 미래가 담긴 시간이다. 너와 나의 악수는 뜨겁고 빛나는 행위이며, 상대를 배려하는 듯한 부드러운 행위이지만, 동시에 그 행위의 이면에는 타자에게 갖는 본능적이고 폭력적인 감각을 서로 확인하는 행위이기도 한 것이다.

3. 개체들을 통과하는 것, 불안과 비밀

최규승 시인의 「6인용 병실-사이보그 리포트 2」과 이민하 시인의 「세상의 모든 비밀」은 인간의 모습을 통해 인간의 속성을 구상화시키고 있다. 최규승 시인이 들여다본 인간의 속성이란 그들이 완벽한 개체들로 존재한다는 것과 그 개체들이 유일하게 공유하는 것은 불안의 감정이라는 점이다. 이민하 시인은 비밀의 간직과 누설을 통해 소통의 일방성, 즉 소통의 차단에 대해 노래한다.

유종호 평론가는 윤동주의 시 「병원」을 해석하면서 세상이 병원이라는 시적 인식의 예로 보들레르의 산문시 「이 세상 밖이라면 어느 곳에나」와 릴케의 「말테의 수기」를 제시한 바 있다.(유종호, 『시란 무엇인가』, 민음사, 1995,

138-139면) 세상이 병원이라는 의식에는 인생이 결핍을 전제로 시작된 것이며, 그로부터 누구도 벗어나지 못한다는 한계적 삶에 대한 인식이 함축되어 있다. 최규승 시인은 「6인용 병실-사이보그 리포트 2」에서 세상이 병실이고 모든 사람들은 그 병실에 갇힌 환자라는 시적 인식을 보여준다. 병실에서 저녁 식사 중인 여섯 명의 사내들이 보이는 식사의 양태는 우스꽝스럽지만 그들은 각자 고립된 채 자기의 불안만을 혀로 감각한다.

> 위를 자른 5명과 위를 자를 1명의 사내가 저녁을 먹고 있다 위를 잘랐으나 아직 가스가 나오지 않은 사내는 쩝쩝 입맛을 다시고 가스는 나왔으나 아직 물만 먹는 사내는 숟가락으로 물 한 컵을 조금씩 떠먹는다 미음을 먹는 사내는 이 사이로 빠져나가는 미음을 혀로 가둬가며 악관절에 힘을 줘 천천히 씹는다 처음 죽을 먹는 사내는 숟가락 끝에 묻힌 죽을 입에 넣고 스물다섯 번째 씹고 있다 식도를 통과하면 돌이킬 수 없으므로 쉽게 넘기지 못한다 어제부터 죽을 먹고 있는 사내는 다른 사내들을 지켜보며 여유롭게 턱을 움직인다 사내의 혀와 어금니가 교차하며 죽을 미음으로 만든다 9시 이후 금식 팻말이 걸린 사내는 재빨리 된밥을 다 먹고 트림을 한다 그의 입은 어느새 위를 자른 사내의 입모양을 따라한다 그의 입속에 든 불안은 씹을수록 단단해진다.
>
> — 최규승, 「6인용 병실-사이보그 리포트 2」 전문

6인용 병실에서 위병을 앓는 여섯 명의 사내들은 식사의 여섯 단계를 보여준다. 그들이 밥을 먹는 모습은 각각 다르지만, 그들의 의식을 관통하고 있는 것은 불안감이다. 여섯 사내들이 저녁을 먹는 행동에는 생존 욕구의 표출 외에 어떠한 의미도 발생하지 않는다.

> 나는 옆집 아이의 태생의 비밀을 알고 있다
> 그애 아빠의 정치적인 비밀을 알고 있다
> 왜 그들은 내게 입막음을 안 하나
>
> 하루아침에 미용실 여자가 미인이 된 까닭을,
> 편의점 남자가 시인이 된 까닭을, 그들이 손잡고 구청에 간 까닭을,
> 석 달 후 남자 혼자 구청에 간 까닭을 나는 알고 있는데

여자의 머리색이 남자의 정치색과 어울려
신발 속에 감춰진 짝짝이 양말처럼 아무도 모르게
호들갑을 피우는 오후

선박처럼 무거운 귀를 잠시 멈추고 잠이 오는 의자에 앉아
문맹인 나는 머리색을 바꾸고
색맹인 애인은 이별의 편지를 바꾸고

내 귀를 타고 밀입국한 사람들은
어떻게 빠져나온 것일까 반대편 귀를 향하여
얼굴을 뒤집고

지하철 남자의 의족이 지상의 물결 위로 떠오를 때
인어공주가 되는 이야기
아름다운 두 다리의 침묵에 대하여

진위 논란으로 시끄러운 세상에 대하여
칼의 입맞춤 대신 물거품이 되어 바다에 녹아 버린
성전환자의 슬픈 동화 속에서
목소리를 가로챈 마녀의 기술처럼

목사의 안수기도에 섞이는 어떤 성분들
이를테면, 앞 못 보는 어둠의 눈을 번쩍 후려치는
어떤 선언들

늙은 소녀들은 아직 사랑이 넘치고
구걸하는 남자들은 눈물이 넘쳐서
기울지도 침몰하지도 않는
어떤 세계에서

흩어진 나의 비밀들은 어느 귀를 타고 흘러가는가
내가 같은 남자와 백 번째 헤어진 날에 대해

당신은 지금 내 비밀 하나를 보관 중이다
혀처럼 얇게 저며진 물결 하나가 귓속으로 들어갔다
의도하지 않아도

언젠가 귀를 기울이는 쪽에서
당신도 모르게 식은땀이 흐를 것이다

— 이민하, 「세상의 모든 비밀」 전문

위의 시는 비밀이 난무하지만, 비밀을 지키는 것, 즉 말하지 않는 것과 비밀을 누설하는 것의 차이가 전혀 발생하지 않는 역설적 상황을 보여준다. 침묵과 진위眞僞와 가로챔과 사라짐에 관한 세상과 인간의 속성들은 비밀에 부쳐진다. 사람들은 소통하지 않는다. 그들은 서로에 대해 자신의 입과 귀를 닫는다. 시의 화자가 알고 있는 다른 사람들의 비밀은 그들이 화자와 공유하는 것에 동의하지 않기 때문에 비밀이 아닌 것이 된다. 일방적인 비밀은 더이상 비밀이 아니다.

위에서 살펴본 시편들을 정리해보자면, 최금진 시인의 시와 오은 시인의 시에서 공동체적 삶이 쇠락하고 개체적 삶으로 우리의 생의 공간이 변모하는 과정을 살펴볼 수 있다. 손택수 시인의 시와 심지아 시인의 시에는 타자와의 관계에서 작동되는 감각의 폭력성이 나타난다. 최규승 시인의 시는 불안감만이 고립된 개체들 사이에서 유일하게 유사성을 갖는 것임을 보여준다. 이민하 시인의 시 역시 듣고 말하는 자연스러운 소통이 차단된 인간관계를 다루고 있다.

고요한 일상의 소중함

1. 제의祭儀와 초월과 일상의 시

2014년 여름호 계간지와 월간지 6월호에는 세월호 희생자들을 위한 제의적 성격을 띤 시작품들이 게재되었다. 세월호 참사를 다룬 시편들을 보면, 어떠한 언어로도 현실의 감정을 충분히 담아낼 수 없음을 보여준다. 박일환 시인의 「열입곱 나의 친구에게」와 김행숙 시인의 「빛」과 신철규 시인의 「검은 방」은 세월호 참사에 대한 절망감과 분노를 담아낸다. 김준태 시인은 「무가巫歌」에서 망자亡者풀이로 세월호 희생자들의 넋을 위로하면서 그들의 넋이 세상을 변혁시킬 '칼'과 '불'로 되돌아오리라는 희원을 노래한다.

다음으로 자연의 초월성과 삶의 본질로서의 일상을 다룬 작품들이 있다. 함성호 시인의 「하얀 혼」은 러시아 아무르 강가에서 '아무르'와 '아무하고도'가 가진 언어의 경계를 넘어서는 절대 고독의 경지가 무엇인지를 잘 보여준다. 안주철 시인은 「별들의 서열」에서 시인은 다른 생명체에게 가하는 인간의 이기적 행동에 대한 미안함을 서정적으로 표현한다. 오은 시인의 「未視感」은 소외와 단절감을, 김산 시인의 「팥색입니까? 팥빛입니까?」는 일상의 지루함을 다룬다.

세월호 사고는 우리가 평온함 속에서 누리는 일상이 얼마나 소중한 것인가, 그리고 회복이 불가능한 파괴가 무엇인지를 우리에게 적나라하게 보여준다. 그래서 시인들이 일상에서 벌어지는 갈등과 충돌과 자각을 내밀한 언어로 표현하는 일이 비상식적인 시공간에서는 도저히 생산될 수 없는 것임을 새삼스럽게 확인할 수 있다.

2. '칼'과 '불'로 돌아오라

세월호 참사를 겪으면서 우리는 언어로 표현하는 것까지도 절망스럽게 여겨지는 경험을 하게 되었다. 세월호 희생자들이 생애의 마지막 순간에 들었던 말은 대피하라가 아니라, '기다리라'는 말이었다. 기다리라는 말이 생명을 구하겠다는 의미가 아니라, 구조를 유보한다는 뜻이었음은 304명의 희생자와 실종자라는 참사로 드러났다. 기다리라는 말은 세월호 탑승객에게 신자유주의의 괴물이 내린 명령이다. 무한경쟁 속에서 가장 저렴하게 비용을 지출하고 이윤을 극대화하여 끌어내려는 신자유주의의 괴물은 이미 희생된 세월호 희생자뿐만 아니라, 전 국민에게 기다리라는 명령을 내리게 될 것이다.

박일환 시인의「열입곱 나의 친구에게」에서 열일곱 살의 친구에게 건네는 화자의 깊은 애도는 신자유주의에 대한 통렬하고 날카로운 비판이 담겨 있다.

> 세월호가 가라앉던 날
> 정규수업과 야자까지 정해진 일과는 빈틈이 없었다
> 어른들이 제일 먼저 달아난 선장을 욕하고
> 어른들이 대통령을 잘못 뽑았다며 탄식하고
> 어른들이 대한민국이 함께 침몰했다며 분노하는 동안
> 우리는 교실 안에 잘 갇혀 있었다
> 수학여행도 체육대회도 취소하고
> 교실 안에서만 지내라고 했다
> 며칠 후에 치러진 중간고사 때는
> 정답은 시험지 안에만 있다고 했다
> 안에 있는 게 안전한 거라고 했다

안에서 가만히 기다리면 된다고 했다

그렇게 기다리다 보면 어른이 되겠지
어른이 되어서도 기다리겠지
무얼 기다리는지도 모르고
가만히 앉아서 눈 감고 기다리다 보면
아, 저기 누가 오고 있구나
반갑게 손을 흔들고 싶은데
돌연 컴컴하고 아득하고 검질기게 들러붙어
숨구멍을 틀어막는 이 괴물은 뭐지?
소리도 지르지 못하고 순식간에
4월 16일의 진도 앞바다로 끌려 들어가는 악몽을
일상처럼 거느리고 살게 되겠지

이제 그만 밖으로 나오너라
어서 빨리 나오너라
부름의 시간은 언제나 너무 늦었고
별빛을 머리에 이고 집으로 돌아가는 길에
어, 내 친구는 어디로 갔지?
나도 모르게 중얼거릴지도 몰라
정답과 오답이 뒤바뀐 답안지를 들고
차가운 물속으로 하염없이 잠겨 들어간
친구야
친구야
친구야
부르다 왈칵 눈물이 쏟아질지도 몰라

너와 나는 똑같은 열일곱
먼 훗날 나의 열일곱을 생각하다
영원히 열일곱으로 남은 너를 떠올릴 테지
기다리라는 말, 세상에서 가장 잔인한
그 말도 함께 떠올릴 테지
그때까지도 기다리고 있을지 모를

친구야
친구야
친구야

— 박일환, 「열입곱 나의 친구에게」 전문(『유심』 2014 6월호)

무한경쟁의 궤도로 진입한 자본과 부패하고 무능력한 국가에 의해 국민들은 주체성을 빼앗긴 채, 다만 대상화된 존재에 지나지 않는다. 학생들은 제도권의 교육 공간으로 편입되어 그곳을 벗어나기 전까지 오로지 타율성에 지배를 받는 존재로 성장한다. 경쟁의 논리 위에서 구축된 제도권 교육은 스스로 생각하고 능동적으로 행동할 수 있는 성장 과정을 생략한다. "그렇게 기다리다 보면 어른이 되겠지/어른이 되어서도 기다리겠지/무얼 기다리는지도 모르고/가만히 앉아서 눈 감고 기다리다 보면"에서처럼 타율적 명령에 순응하도록 훈육된 아이들은 어른이 되어서도 타율적인 존재가 될 수밖에 없다. 아이들뿐만 아니라 국민을 훈육하고 대상화하는 힘이 신자유주의의 자본과 부패한 국가라면 어떤 결과를 낳을 것인가? 이에 대한 대답이 세월호 참사인 것이다.

던져라 꽃
던져라 술
던져라 밥

서녘바다
저 바다에

퍼렇다
떼죽음 당한
시간

(중략)

떼죽음 당한

싯다르타

떼죽음 당한
사람의 아들

던져라 꽃
던져라 술
던져라 밥

서녘바다
저 바다에

누가
이제
누가
우흐흐-

칼을 들어
불을 들어

온다! 온다! 온다!

— 김준태, 「무가巫歌」 부분(『창작과비평』 2014 여름호)

이성과 감정을 모두 동원해도 이해할 수 없는 재앙에 부딪힐 때, 살아 있는 것조차 견디기 힘들 때, 우리는 종교적 시간으로 들어간다. 김준태 시인의 「무가巫歌」에서 시의 화자는 불교와 기독교와 무교로 참혹한 현실을 견디고자 한다. 그는 진도 바다에서 희생된 이들을 "떼죽음당한/싯다르타", "떼죽음당한/사람의 아들"이라 외치며, 망자풀이의 노래로 세월호 참사의 희생자들의 넋을 달랜다. 그의 노래는 "온다! 온다! 온다!"에서처럼 망자들의 넋이 지옥도 같은 이승을 변혁시킬 힘을 몰고 오리라는 희원을 담고 비극적인 현실을 넘고자 한다. 그의 노래에는 자기를 희생하여 중생을 구원한 부처와 예수처럼 세월호 희생자들의 어린 넋들이 단죄와 변혁의 칼과 불을 들고 이승으로 다시 돌아올 것이라는 강력한 믿음이 담겨 있다. 그의 반복되는 짧은 외침은 우리들을 제의祭儀의 시간으로 이끈다.

3. 자연의 초월성과 삶의 본질로서의 일상

자연은 선험적 존재이며, 거대한 변화를 갖는 유기체적 전체이며, 인간 발전을 위한 규범이나 모범을 제시해 주는 존재이다.(정병석, 「천생인성天生人成의 구조로 본 순자의 자연관」, 계명대학교 철학연구소 편, 『인간과 자연』, 서광사, 1995, 17면) 여기에서 자연을 선험적 존재라고 한 것은 자연은 사람이 경험하기 이전에 존재하는 것임을 뜻한다. 자연은 인간 개인과 지역과 문화에 의해 만들어지는 경험들을 초월해 있는 것이다. 자연은 사람의 삶 속에서 벌어지는 갈등과 이념과 권력과는 무관한 것이므로, 사람들은 이념과 성공과 실패와 낙담과 소외의 무거운 짐을 벗어두고 선험적 존재인 자연으로 들어가고 싶어 한다. 그곳에서 사람들은 자기 자신의 고요한 내면으로 들어갈 수 있다. 함성호 시인의 「하얀 혼」에는 선험적 존재인 자연으로 들어가 자기 자신까지도 벗어나 죽음 같은, 혼 같은 고독을 체험하는 인간이 있다.

시베리아의 자작나무는
내리는 비처럼 서 있다
모여 있으면서도 고고함을 잃지 않고
먼 산의 침엽수림 지대에 줄지어 서도
하얀 혼-,
그 산의 영혼처럼 신비롭다
해뜨는 쪽으로 타이가를 적시며 흐르는
은청색으로 빛나던 저물녘의 강들이
지금, 일제히 황금색으로 사위어간다
(중략)
나와 자작나무와 여우와 곰과 사냥꾼은

얼음 호수에 앉아
아무하고도 없는 나무가 되어
아무하고도 없는 여우가 되어
아무하고도 없는 곰이 되어
그 옛날 물고기의 숨이
방울방울 얼음으로 결정된, 가장 차가운 모국어를 찾아
이 신성한 호수의 전설을 알게 되었다
그건 죽음의 이야기
하얀 혼, 나는 그런 사람
아무하고도
그 무엇과도 연결되지 않는
나는 나하고는 없는 사람이다
하얀 혼-자작나무여,

— 함성호, 「하얀 혼」 부분(『창작과비평』 2014 여름호)

위 시의 화자는 아무르 지역을 기행하면서 죽음처럼 고요한 내면의 시간으로 들어간다. 그곳의 자작나무는 산의 영혼처럼, '하얀 혼'처럼 신비롭다. 그곳에서 그는 자신이 속한 역사와 일상과 인연, 그리고 자신으로부터도 벗어나 있음을 느낀다. 이러한 인식의 자유를 잘 드러내는 표현은 "나는 나하고는 없는 사람"이다. 이 같은 비문법적인 표현은 화자가 아무르 강가에서 느끼는 그의 고독감이 어떠한 것인지를 잘 드러낸다. 그는 그 자신에게서조차 벗어나 있다. 자기라는 최소한의 존재감까지도 지워진 그의 내면은 죽음처럼 고요하다.

러시아 말로 아무르가 사랑의 뜻이지만, 화자는 아무르에서 "그건 죽음의 이야기/하얀 혼, 나는 그런 사람/아무하고도/그 무엇과도 연결되지 않는/나는 나하고는 없는 사람"이라는 것을 연상한다. 시의 화자에게 '아무르'는 "아무하고도 없는"이라는 죽음 같은 고독의 의미를 갖는 "가장 차가운 모국어"가 된다. 그는 아무르 강가에서 이러한 깨달음을 얻는다. 죽음이란 무엇인가? 삶이 다른 사람들의 삶과 연결되는 것이라면, 화자가 생각하는 죽음이란 아무하고도 연결되지 않는 상태이며, "나는 나하고는 없는 사람"인 절대 고독의 시간과 공간으로 들어가는 것이다.

위의 시에서 시인은 선험적인 자연의 위대함을 노래했지만, 우리가 경험하는 일상이 우리 삶에서 성스러운 빛을 발하는 삶의 본체라는 것은 부정할 수 없을 것이다. 다음의 작품들은 일상에서 겪는 죄책감과 소외와 지루함을 통해 삶의 본질에 접근한다.

좀 더 어두워져야 한다.
병아리 주둥이 자르는 일에도
적정의 어둠은 필요하다.
어둠의 농도를 하늘의 별빛으로 가늠해 보는 아버지
마음의 준비가
늘 저 어둠에 달려 있다니.

형이 일어섰다.
침묵이 침묵을 이끈다.
아버지도 일어섰다.
누이와 나도 먼 별처럼 희미하게 일어섰다.

별들의 서열을 지키며 이 깊은 밤
가족들은 병아리 축사로 걸어간다.

엄마도 따라온다. 다리를 절면서
얼마 남지 않은 세상을
마당에 꾹 꾹 눌러 새기며

— 안주철, 「별들의 서열」 전문(『현대시학』 2014 6월호)

「별들의 서열」은 병아리 부리를 자르는 일에 대한 죄책감을 담은 작품이다. 비좁은 철장에서 집단 사육하기 위해 병아리 부리를 자르는 일은 오로지 인간의 이기심에서 비롯된 동물 학대 행위일 것이다. 위의 시는 병아리들에게 가지는 화자 가족의 미안함과 부리 자르기의 어려움을 잘 보여준다. 화자의 가족은 생계를 위해서 어찌할 수 없이 병아리의 주둥이를 잘라야 한다. 그러나 살아 있는 생명의 몸을 훼손하는 일은 "마음의 준비"가 필요한 일이다. 그렇다면 화자는 그의 형과 아버지와 누이와 나, 그리고 엄마의 순서대로 자리에서 일어나 병아리 축사로 걸어가는 풍경을 왜 "별들의 서열"이라고 했을까? 별이 빛나기 위해서는 적당한 어둠이 필요한 것처럼, "적정의 어둠"은 화자 가족이 병아리 부리를 자르는 데 가지는 미안한 마음을 가려주기 때문이다. 병아리 부리를 자르는 미안한 마음을 가라앉히고 병아리 축사로 걸어가는 화자 가족은 하늘이 어두워지기를 기다렸다가 하나둘, 빛을 발하는 별들과 다르지 않을 것이기 때문이다.

그런 법이 어디 있어요?
사람이 울며불며 매달린다

여기 있습니다
사람이 무덤덤하게 대답한다

없던 법이 생기던 순간,

몸이 무너졌다
마음이 무너졌다
폭삭
억장이 무너졌다

여기를 벗어난 적이 없는데
단 한 번도 여기에 속한 적이 없는 것 같았다

(중략)

푹푹 꺼지는 땅 위에 사람이 서 있다
여기에 속하지 못한 사람이
여기에 있다

이런 사람이 어디 있습니까

여기 있습니다

여기 있을 겁니다

— 오은, 「未視感」 부분(『문학사상』 2014 6월호)

한 사람이 울며불며 매달릴 때, 다른 사람은 무덤덤하게 대답한다. 한 사람이 억장이 무너질 때, 다른 사람들은 그 사람을 에워싼다. 억장이 무너지는 사람은 그를 에워싸는 사람들에게는 소통의 대상이 아니다. 그래서 그들은 "아무 말도 하지 않는다". 억울한 사람은 이 같은 경험을 지금까지 한 번도 겪어보지 못한 것 같은 느낌인 미시감未視感에 빠진다. 그가 '모두 처음 보는 것으로 느'끼는 상태에 빠지게 되는 것, 지금 상황을 낯설어하는 것은 세상과 사람들에 대한 그의 단절감 때문일 것이다. 그 자신이 세상과 사람으로부터 완전히 배척된 존재라고 느낄 때, 그는 "단 한 번도 여기에 속한 적이 없는 것 같"은 자신을 새삼스럽게 발견하는 것이다.

눈이 옵니다. 오는 눈을 맞는 것은 눈에 대한 사소한 예의. 아침의 팥. 점심의 팥. 저녁의 팥. 종일 공복을 팥에게 전당포 했습니다. 설탕의 활자들이 분분합니다. 종각 반디앤루니스 시집 코너에서 오지 않는 당신을 기다립니다. 조동범의 둘둘치킨처럼 말이지요. 오지 않아서 맘껏 기다릴 수 있었고요. 팥처럼 쪼그려 앉아. 무릎을 가슴팍에 잔뜩 오므리고. (중략) 그런데 피맛골 전봇대집 시무룩한 노파의 임연수어는 왜 굽지 않고 튀기는 걸까요. 그렇다고요. 낭만은 썩어 문드러지지요. 그런가요 우리는. 거리가 팥색으로 물들어요. 아니 팥빛이라고 할까 봐요. 상황은 전조를 앞지르지 못했지요. 늙은 어린이들이 꾸벅꾸벅 서사를 꾸려갈 뿐이죠. 모두. 하나같이. 졸았다지요. 팥코끼리. 팥구관조. 팥돌고래. 바야흐로 팥의 시대였다지요.

— 김산, 「팥색입니까? 팥빛입니까?」 부분(『현대시』 2014 6월호)

위 시에서 화자의 감각과 의식은 종일 팥이라는 말에 사로잡혀 있다. 그는 팥처럼 쪼그려 앉아 누군가를 기다리고, 부는 바람에서도 달콤한 팥바람을 느끼며, 팥색 혹은 팥빛으로 물드는 거리를 본다. 그가 접하는 모든 사물들은 팥의 형상과 색채에 갇혀 있다. 그러나 그의 감각과 의식이 팥에 사로잡힌 것에는 어떤 필연성도 없다. 팥은 지루함과 획일성에 갇힌 그의 의식과 감각에 우연히 뛰어 들어온 하나의 사물에 불과한 것이다.

"그런데 피맛골 전봇대집 시무룩한 노파의 임연수어는 왜 굽지 않고 튀기는 걸까요. 그렇다고요." 같은 그의 시시한 자문자답은 화자가 인식하는 일상이 얼마나 사소하고 지겨운 것인가를 드러낸다. "상황은 전조를 앞지르지 못했지요. 늙은 어린이들이 꾸벅꾸벅 서사를 꾸려갈 뿐이죠. 모두. 하나같이. 졸았다지요."에서도 그가 경험하는 일상에서는 선후 관계가 바뀌는 일은 절대로 일어날 것 같지 않은 지루함이 드러난다. 그러나 이처럼 시인들이 노래하는 초월하고 싶은 일상, 죄책감이 드는 일상, 배척과 소외를 경험하는 일상, 지루한 일상들은 얼마나 위대한 삶의 본체인가.

성찰의 방식과 소진되는 존재들

1. 시적 인식의 깊이와 다면성

고찬규 시인은 「오월의 신부」에서 꽃비와 신부의 눈물과 하객의 웃음이 함께 빛나는 봄날의 자족감을 노래한다. 김윤정 시인은 「골든 리트리버」에서 주인에게 복종하는 애완견의 독백을 통해 수직 관계의 폭력성과 그것의 전복을 보여준다. 이근화 시인은 「이해라는 먼 강물」에서 '이해하는 일'의 요원함에 도도히 흐르는 강물로 물리적 거리감을 부여한다.

김영승 시인은 「단맛」에서 명료한 대비를 통해 시적 자아의 현존재적 자의식을 명쾌하게 드러낸다. 서안나 시인의 「애월」은 존재론적 자각에 도달하는 과정을 술회의 방식으로 통렬하게 파헤치고 있으며, 노향림 시인의 「수레 위의 잠 난쏘공4」은 경계와 차별을 넘어서는 인간의 아름다움을 노래한다.

이현승 시인의 「고도를 기다리며」는 감정까지도 물질화시키는 시스템 속의 우리 일상을 날카롭게 드러낸다. 유형진 시인은 「픽셀의 심연」에서 생존을 위해 스스로를 순치시키지만 그 순응의 틀 안에서 소진되어가는 인간을 픽셀 속 존재로 비유한다.

2. 성찰의 명쾌함과 통렬함

김영승 시인은 그의 시에서 수식을 최소화하고 인식의 표출을 극대화시킨다. 거울이 거울 바깥의 사물과 거울에 비친 사물의 대립을 우리 눈앞에 보여주는 것처럼, 그는 대립하는 두 사물을 한 편의 시에 등장시켜서 의식을 명쾌하게 표현한다. 이 같은 그의 시적 특징이 「단맛」에서도 잘 나타난다.

이렇게 많은 당분을 축적했다니
이 겨울
고구마는 달고
추위는 숙연하다

밤은 깊으며
별빛은 밝다

고구마는 얼마나 아팠을까

내 몸에 무슨 단맛이 있겠는가
어두운가?

흙 묻은 고구마를 씻어
뚝 분지르니

나를 본다

— 김영승, 「단맛」 전문

위의 시에서 고구마는 화자와 대비된다. 화자는 고구마는 달지만, 자기는 그렇지 못하다고 말한다. 그는 고구마의 단맛은 고구마의 아픔이 저장된 것이라고 말하며 자기에게 단맛이 있는가라고 자문하는데, 이 같은 물음에는 사신이 과연 치열하게 아파했던가 라는 그의 자각이 담겨 있다.

여기에서 고구마는 화자가 자신의 내면을 선명하게 비춰보는 인식의 거울이라고 말할 수 있다.

서안나 시인은 「애월」에서 "혼자여도 좋다"는 통렬한 깨달음을 보여준다. 그는 이 같은 깨달음에 도달하는 내적 여정을 술회의 방법으로 섬세하게 그려낸다. 시의 화자는 자기의 아픈 이력을 하나씩 회상함으로써 그 아픔의 흔적들을 하나씩 지워나간다. 그가 애월에서 펼치는 회상은 "혼자여도 좋다"는 본질적인 자기를 발견하기 위한 의식儀式처럼 보인다.

> 흙에 물을 개면 불타는 진흙 얼굴이 떠올랐다 얼굴은 여러 번 읽어도 낡지 않는다 황금빛 밤의 끝에서 멈춘다 뒤돌아보면 나를 따라온 병든 사내가 이끼처럼 물가에 앉아 있다
>
> 모래를 파면 누군가 버리고 간 녹슨 얼굴
> 모래 눈동자와 심장들
> 당신이 가짜라면 당신을 베어버리겠다
>
> 애월을 떠도는 얼굴 흰 관음의 꿈을 꾸었다 관음은 먼 길을 다친 개처럼 걸었을 것이다 얼굴을 만나면 얼굴을 지웠다 얼굴에 새겨진 흙의 슬픔을 지웠다 이번 생은 쓸모없어 아름답고 현묘하다
>
> 애월 하고 부르면 칼날 같은 짐승 몇 마리 걸어 나온다 너무 아픈 것은 기도가 되지 못한다 피는 틀린 적이 없다
>
> 새와 첫눈으로 부딪치는 애월 일기는 늘 수치심으로 가득하다 혼자여도 좋다 나는
>
> — 서안나, 「애월」 전문

위 시에는 "불타는 진흙 얼굴"을 비롯하여 여러 개의 얼굴과 슬픔을 지우는 현재의 화자가 있다. 진흙 얼굴, 병든 사내, 녹슨 얼굴 등은 화자의 여정이 녹록하지 않았음을 잘 보여준다. 그가 걸어 온 길은 "먼 길을 다친 개처럼 걸었을" 흰 관음의 길을 닮았다. 애월에 이르러 화자는 "이번 생은 쓸모없어 아름답고 현묘하다"는 것을 알게 되며, "혼자여도 좋다"는 깨달

음을 얻는다. 그런 점에서 애월은 그에게 자기성찰의 상징적 장소라고 볼 수 있다. 그는 혼돈과 미혹의 시간을 돌아보며, 마침내 혼자로 남은 자기를 기꺼이 받아들이고, 쓸모없어 보이는 자신의 생에서 아름다움과 현묘함을 발견한다. 이 같은 그의 깨달음에서 역설적이면서 진정한 자기성찰의 단면을 확인할 수 있다.

산동네 한적한 뒷골목 짐수레 위에서
주름투성이의 한 남자가 곤한 낮잠에 빠져 있다.
닳은 구두 굽에 구멍이 나 있다.
점퍼 사이로 늘어뜨린 얇은 전대로 보아
꽃나무들이 팔리지 않았나 보다.
팔다 만 관음죽, 스킨답스, 수레국화
싱싱한 화분들이 초록 담장을 치고 있다.
베개 삼은 짧은 조막손이 움켜쥔 마이크
살짝만 건드려도 말이 흘러나올 것 같다.
나는 바닥에서만 살았으니 바닥에 익숙해요.
고되고 허기진 잠은 깊고 깊어
내 작은 몸뚱이가 허공처럼 커지는 꿈을 꾸어요.
침 흘리며 하늘 향해 벌린 입
숨겨놓은 고백이 무방비로 풀려나올 것 같다.
게으른 시간만 느릿느릿 주위를 맴돌다가
햇볕에 그을린 그의 얼굴 위로 툭 떨어진다.
버즘나무 한 잎 단꿈 속에 힘겨운 하루를 벗고
살랑거리는 초록 담장 너머
보랏빛 영롱한 선인장 꽃 찾아서
해와 낙타가 있는 머나먼 서역
모래바람 속을 건너지만
지나가는 누구도 그의 사막을 들여다보지 못한다.

— 노향림, 「수레 위의 잠 난쏘공4」 전문

위 시에는 조세희의 소설 「난장이가 쏘아올린 작은 공」이 부제로 붙어 있는데, 시상을 이끌어가는 두 개의 축이 들어 있다. 그것은 "나는 바닥에서만 살았으니 바닥에 익숙해요."에 나타나 있듯이 화초 노점상이 속한 계층에 대한 것, 그리고 "모래바람 속을 건너지만/지나가는 누구도 그의 사막을 들여다보지 못한다."에서 볼 수 있듯이, 누구도 노점상인 그가 짊어진 삶에 관심을 기울이지 않는다는 점이다. 그런데 이 두 개의 축은 노점상의 삶이 한 개인에게 한정된 것이 아니라, 우리 모두와 연관되어 있음을 드러낸다. 노점상 남자가 속한 바닥의 삶은 그가 피하거나 벗어날 수 없는 삶의 조건이다. 다시 말하여 그의 가난은 계층 간의 불통과 사회구조의 질곡에 깊이 관련되어 있다. 노향림은 위의 시에서 힘겨운 삶을 살 수밖에 없는 노점상의 단잠을 묘사하면서 경제적 경계와 차별을 넘어서서 존재하는 한 인간을 노래한다. 노고의 수레 위에서 잠시나마 단꿈을 꾸는 이여, 아름답구나!

3. 물질의 세상에서 녹는 존재들

인간의 역사는 자신들의 시대를 감옥으로 여기고 자신들을 구원해 줄 누군가의 도래를 기다리는 갈망의 역사라고 볼 수 있다. 우리는 언제나 누군가에 의한 현재적 조건에서의 탈출을 희망하지만, 정작 우리가 해야 할 일은 누군가를 기다리는 데 있지 않다는 점을 망각한다. 이현승 시인의 「고도를 기다리며」와 유형진 시인의 「픽셀의 심연」에는 우리가 절망적인 현실에 갇히게 된 이유에 대한 날카로운 인식이 나타난다.

> 도망갈 곳이 없다
> 우리는 변화를 갈망했지만
> 결국 우리는 갈망 자체에 안주해버린 것이다.
> 같은 실수를 반복하지 않는 것도 진화라고 생각했다.
> 그러나 천 년 전 사람에게서 같은 절망의 내용을 보았을 때의
> 비참. 천 년째의 갈증을 입에 녹인다.
> 전생이 있다면 왜 나는 기도의 순간에만 태어나는 걸까.
> 맞아. 그때도 우리는 이민이나 망명이라는 말을 들었던 것 같다.

하지만 고통을 말할 때 빠뜨리지 말아야 할 것은
그것을 즐기는 마음이다.
그렇지 않은가 포조? 블라디미르?
우리에겐 낙관 자체가 곧 절망이다.
여기를 벗어날 수 없다고 느껴왔지만
새삼스럽게도 언제나 출발점에 있는 것이다.

무소속
더 나은 시급과 연봉으로 건너가고자 했지만
결국 떠돌이였을 뿐.
우리는 소속이 없다는 뜻에서만
여전히 자유인이며
불안은 우리의 항상심이 되었다.
유연하게 갈아타기하고 싶었지만
우리는 믿음이 없는 신앙인처럼
우리는 여기에도 없고 그 어디에도 없으며
구원도 없고 심지어 절망도 없다.

러시 앤 캐시
우리는 대부시스템으로 살았다.
끌어 쓸 돈이 얼마간 있다는 건
아직 끝난 것이 아니며
미래란 거기 잠시 있었다. UFO처럼
대부분 믿지 않지만 마치 잠깐 놀라기 위해서만 있다 사라지는 것이었다.
그건 또 팔아치울 무언가가 남아 있다는 뜻이지만
순결을 경매하는 여대생처럼
낙관이란 대개 미학적 미숙함과 추상성에서 기인한다.
두려움도 그렇다. 신체포기각서라는 말처럼
그것은 물질적이다. 새삼스럽지도 않게.
극빈의 번데기를 열고 나온 것은 극악이었다.

— 이현승, 「고도를 기다리며」 전문

위 시는 사뮈엘 베케트의 부조리극 「고도를 기다리며」를 패러디하고 있는데, 고도를 기다리는 블라디미르와 에스트라공은 맹목적인 기다림의 대가들이다. 위의 시에서도 '우리'는 변화를 기다리지만, 우리는 다만 그것을 갈망하고 기다릴 뿐이다. 우리는 기다림의 대상이 무엇인지, 언제 그것이 도래할 것인지도 모른 채, 기다림의 행위에 '안주'한다. 순결까지도 경매에 내놓을 수 있고, 사채추심업자가 내민 "신체포기각서"처럼 두려움의 감정까지도 물질화된 시스템 속에서 생존하면서도 우리는 '갈망' 자체에 안주한다. 시인은 "도망갈 곳이 없다"고 생각하는 우리의 무력한 의식과 "무소속" 같은 떠돌이의 자의식과 극악한 자본주의의 시스템에 굴러떨어진 신용의 종합체가 현재를 살아가는 우리의 자화상이라고 말한다.

갤러그 막판까지 가보고 싶은 마음
투비트의 전자음을 들으며
검은 바탕의 우주 전쟁을 치르고
밖으로 나오면 비가 온다

비가 오면 발이 빠진다
발이 빠지면 우리는 녹는다
녹은 후에는 아무것도 아닌데

녹지 않으려고 우리는
우리의 마음을 모서리부터 회색으로 칠한다
회색에서 짙은 먹색, 먹색에서 검정으로

각운을 맞추어 라임이 되도록
모서리부터 칠한다 구석구석
가운데가 동그랗게 될 때까지
정육면체가 구가 될 때까지
"둥글게 마음먹어야지, 튀어나온 녀석은 깎이게 되어 있어!"

G. 다이스가 보여준 숫자는
여섯뿐이지만
우리는 여섯의 세제곱까지 계산할 줄 안다

6 · 6 · 6=번개의 나이

먹구름이 아무리 비를 퍼부어도
태평양에 나가면 얼마든지 비의 재료를 만날 수 있으니까
우리는 홍수를 견디지 않으면 안 된다

썩은 흙의 강바닥, 흐르지 못하는 역겨움,
픽셀의 심연을 견디지 않으면 안 된다

— 유형진, 「픽셀의 심연」 전문

위의 시에서 갤러그 게임 속의 세상과 게임 바깥의 세상은 다르지 않은 것으로 나타난다. 시의 화자에게 게임 밖의 세상도 살아남기 위해 전투를 치르는 곳이다. 화자뿐만 아니라, '우리'는 소진되지 않으려고 안간힘을 써야 하는 곳이다. '우리'가 세상에서 녹지 않고 살아남을 수 있는 방법은 자기를 모나지 않게 둥글게 색칠하는 것이다. 우리는 생존하기 위해서 자신에게 "둥글게 마음먹어야지, 튀어나온 녀석은 깎이게 되어 있어!"라고 끊임없이 명령을 내린다. 이러한 자기 명령은 순응을 강요하는 세상의 논리를 스스로 내면화시킨 것이다. 결국 우리는 자신도 모르는 사이에 화면의 픽셀처럼 생존만을 위한 작은 점 안에 갇히고 만 것이다. 그리고 우리는 "픽셀의 심연"에서 썩어간다. 우리가 세상에서 생존하기 위해서 찾아낸 순응과 순치의 내면화는 역설적이게도 순응의 네모난 감옥에 갇힌 존재로 전락하게 만든 것이다.

기계성의 세계를 견디는 시적 인식

송승언 시는 디스토피아인 세상을 관찰하는 시이다. 시집 『사랑과 교육』에서 시인이 혼신의 힘을 기울여 알아낸 삶과 죽음의 작동 원리는 기계성과 반복에 의해 운용된다는 것이다. 기계의 성질은 세상의 모든 것에 햇빛처럼 비추고 스며들어 그것들을 작동시키는 원동력으로 나타난다. 기계성의 원리는 죽음과 삶을 관통하며, 일상에서도 촘촘히 스며들어 있다. 인간은 생명체라기보다는 시체에 가깝고, 여타의 유기체들 역시 무기물과 다르지 않다. 이처럼 시인이 경험하는 세상이 디스토피아인 이유는 모든 세상의 작동 원리로서 기계성이 지배하기 때문이다.

사물과 관념의 경계를 지우고, 모호함으로 드러내는 창작 방식은 송승언 시의 특징이다. 시인의 시적 자아는 미시적 감각이 극대화되는 시의 형식을 통해 의미 생성을 거부한다. 이는 세상에서 어떠한 관계도 형성되지 않는다는 첨예한 그의 의식을 보여준다. 그가 대면하는 모든 것들에서 절연과 차단을 볼 뿐이다.

송승언 시인이 노래하는 인간은 개인 혹은 '무리'로서 존재한다. 이 같은 인식은 주체로서의 인간 존재를 부정할 뿐만 아니라, '군중'이나 '집단' 속의 익명성의 인간이라는 개념까지도 거부한다. 인간은 짐승처럼 '한 떼'이거나 기계 부품에 불과한 대상들인 것이다. 사람 또는 개인은 큰 기계의 부품이며, 소모품이다.

그는 라인을 떠나고 너는 라인에 합류한다 컨베이어 벨트를 따라서 가시. 이파리. 꽃가지. 붉은 꽃잎들.

그는 이제 없다, 말하며 너는 라인에 합류한다 마스크를 쓰고 손을 움직인다 농담 없이 표정 없이
공장에 울리는 무조음처럼

재료가 도착하면 너는 꽃잎을 조립한다 재료가 도착하면
손끝에 가시가 박힌다
네가 피를 흘린다 쓰러진다

—「디오라마」 부분(『철과 오크』)

송승언의 시적 자아는 커다란 기계의 부속품으로써 소모되어 가는 인간과 "수십 명의 아이들이 지거나 이기지 않고 같은 색의 옷을 입고 숲을 통과하고 있고/끝도 모른 채 발자국을 남기고 있다"(「철과 오크」, 『철과 오크』)에서처럼 정체불명의 막대한 힘에 의해 억압되고 침묵을 강요받는 대상으로의 인간을 기록한다.

인간을 만들었다 여겨지는
인간에 의해 만들어졌으나
인간의 운명으로는 감당치 못한
기계장치의 세계
죽은 꽃나무 기계는 인간에 의해
생각된다
신이 스스로가 신임을 견딜 수 없을 때 신이 의심되었듯이
기계 스스로가 기계임을 견딜 수 없을 때 죽은
꽃나무 기계는 황무지를 걸어 다니고

—「내가 없는 세계」 부분

위의 시에서 초기계는 마치 인간세계에서의 신과 동일한 위상을 갖는 듯하다. 초기계는 규칙과 반복과 재생이라는 속성으로 기계를 작동시킨

다. 그런데 인간세계 역시 규칙과 반복과 재생이라는 기계성을 갖는다고 볼 때, 인간세계는 기계와 다를 바 없다. "나는 대답도 않고/걸어 다녔다/낮고 기나긴 소음처럼/복도 끝에서/복도 끝까지/내 발소리를 따라/해야 할 일은/그것뿐인 양"(「회랑」)에서 화자가 보여주는 무의미한 운동성이 회랑을 압도한다. 「기계적 평화」에서도 무의미한 반복이 나타난다. 여기에서 어떠한 의미도 관계도 생성되지 못한다. 그는 시에서 의미의 생성이 아니라 의미를 삭제해 가는 과정을 보여준다. 시어나 구의 형식적 반복은 의미 생성을 억제하고 삭제해 가는 과정을 돕는다.

"엔진이 연기를 피워 올리고/기름을 흘리고/볼트의 나선을 따라/맞잡은 손이 흘러내리고//자신이 기계인 줄 모르고 돌아가는/대관람차는 불타는/대관람차/오망성 같은 불길로/타들어 가는"(「대관람차」) 인간이 없는 공원에서 불타는 대관람차가 녹아서 일그러지는 형상은 마치 인간에게 일어난 참혹한 재앙의 현장처럼 보인다. 잿더미가 되는 공원과 그 안에서 불에 녹아내리는 기계의 모습은 그것이 독자로 하여금 재앙에 빠진 인간세계의 비유라는 것을 알아차리도록 이끈다.

시집 『사랑과 교육』에서 죽음은 일상에 난만하게 피어나 있다. 시인은 산 자들의 이야기가 아니라 죽은 자들의 영혼을 노래한다. 시인의 시적 자아는 죽음에 대해 양가적인 태도를 유지하고 있음을 확인할 수 있다. "사랑과 교육"(「사랑과 교육」)이 '하나님'이 인간을 대하는 두 가지 방식인 것처럼, 인간이 숙명적으로 받아들여야 하는 죽음에 대해 시인의 시적 자아는 공포와 불안의 감정을 가지면서 동시에 죽음이 허용하는 '자유로움'을 만끽하려는 이중적 태도를 동시에 드러낸다.

그때 매스꺼웠다 그 꽃이
금방 시들어 버릴 거라는 걸 알았다
일곱 살 내가 흔들리는 버스 안에서
처음 기도했다

하나님, 그래도 나는 안 죽으면 안 될까?
나는 안 될까?

짝꿍 옆에서 제발 토하지 않게 해 달라 덧붙이면서

—「비실감」 부분

죽음이라는 것을 처음 인식한 때는 화자가 일곱 살 봄 소풍 때 꽃을 통해서이다. 꽃이 시들어버릴 것이라는 첨예한 예감은 그를 죽음에 대한 불안에 사로잡히게 만든다. 반면에 송승언 시인의 시적 자아는 죽음에 친밀감 느끼며, 오히려 살아 있을 때보다 주검에서 오히려 "활력 징후"를 감지하고 있다. "더는 생각할 수 없을 때가 오는 것/받아들이기/그런데 생각할 수 없는 몸으로 흘러드는 소리를 몸이 감각하고 있고/그 몸을 누가 도둑질하고 있고//도둑질당한 몸들이 잔디밭에 펼쳐져 보기 좋다/소리 주입된 몸들이 꿈틀거리는 게 보기 좋다"(「활력 징후」)에서처럼 죽음은 살아 있을 때보다 활기차다.

저 덤불은 나였던 것
내가 저 덤불이었던 것이 아니라

덤불이 나였던 것
어수선하게 엉클어진 수풀
도로변에 조용히 뿌리내리고 무성하다가
내게서 떨어져 나와 나를 초과해
제 어수선을 부풀리는

저 모닥불은 나였던 것
내가 저 불이었을 까닭 없기에

모닥불이 나였던 것
내가 저 불이었을 까닭 없기에

모닥불이 나였던 것
잎나무나 검불 따위를 모아 놓고 피우는 불
스멀거리며 피어오르는 생각의 끝에

숨 잦아들고, 불의 자리를 박명이 채울 무렵
남은 사념을 비벼 끄는

나는 저 여자였던 것
생활에 쫓기다 지치면 차가운 손으로 배를 짚고
자신이었던 모든 것들을 문지방 너머로 털어 내고
기억 못 하는 꿈이었던 자신이 될 때까지
죽음 같은 잠 속에서 당신을 헤집던

랜턴

나는 오지 않은 것들을 모두 보고
잠시만 나를 견딘다
덤불 앞에 멈춰 서서

나였던 덤불을 들고
나였던 불 앞에 서서
잠시 무엇이었던 내가
나 아닌 무엇이 될 때까지

나였던 것들에 가까워졌다가
나 아닌 모든 것이 될

—「나 아닌 모든」 전문

위 시에서 시인의 시적 자아는 인식의 주체와 대상 간의 경계를 지우고 있음을 볼 수 있다. 중심과 주변, 주체와 대상의 경계를 지움으로써 각각의 형상들을 가로막은 벽을 허물고 서로를 넘나드는 전혀 새로운 것들로 존재하게 된다. 화자인 내가 만나고 보는 바깥의 모든 것들은 나였거나 아직 나로 "오지 않은 것들"이다. 나는 나의 바깥에 있는 모든 것들과 하나의 뿌리로 연결된 거대한 나무의 형제들인 것이다. 각기 다른 형상으로 피어났다가 지고, 또 다른 형상으로 피어난다.

내가 다른 사물에 가까이 다가가는 행위는 나의 의지를 분명히 드러내는 나의 몸짓이다. 바깥의 사물들을 인식의 대상으로 삼는 것은 전통적인 사유 방식이지만, 대상의 위치에 있는 것들을 대하는 기존의 나의 태도는 대상에게 있어 일방적이고 폭력적이기까지 하다. 이를 자각하는 시의 화자는 '나 중심의 사유'를 벗어나고자 한다. 인식의 주체와 인식 대상 간의 구별을 지우고 오히려 대상에게 있어 주체인 내가 주체가 아니라 대상이 되는 사유 방식의 획기적인 전환은 시의 화자가 "잠시만 나를 견"디는 방법이다. 송승언 시인의 시적 자아가 디스토피아로 인식하는 '이곳'을 견디는 유일한 출구인 것이다.

3부 서정성과 성찰의 높이

마리아 막달라 서사의 서정적 확장

1. 스스로 꽃피는 존재의 보편성

마리아 막달라는 비천한 여성이었으나 예수의 제자가 되어 새로운 삶을 살게 된 여인으로 성서에 기록되어 있다. 그녀가 이전과는 전혀 다른 삶을 살 수 있었던 것은 그녀의 주체적이고 능동적인 의지에 의한 것으로 볼 수 있다. 자신의 죄가 여성이었기 때문에 씌워진 인습의 형틀이었을지라도 예수에게 나아가 눈물을 흘리며 머리칼로 예수의 발을 닦는 마리아의 모습은 죄를 뉘우치는 자의 전형을 보여준다.

허영자 시인의 새 시집 『마리아 막달라』는 성서에 기록된 마리아 막달라의 서사를 바탕으로 하고 있다. 그러나 죄의 회개와 용서라는 마리아 막달라의 성서적 의미는 허영자 시인의 시에서는 종교적 의미를 넘어서서 상처 입은 자신을 스스로 세상의 중심에 세우는 인간의 서사로 확장된다. 허영자 시인은 마리아 막달라를 통해 소외된 자의 진정한 가치를 드러낸다. 마리아는 스스로 자신을 변화시키는 존재이며 운명을 딛고 일어서는 존재의 엄숙함을 보여준다.

"제홀로 피어난 꽃의 신명/제홀로 몸 태우는 황홀한 촛불//막달라의 마리아 그 여인 앞에/사랑하올 임은 발현하셨다//두 발로 땅을 차며/바지런히 바지런히 걸어라 여인아."(「막달라 마리아」, 『친전親展』)에서 허영자 시인은 마리아 막달라의 능동성과 의지를 노래한 바 있다. 시인의 새 시집에서도 스스로 꽃피는 마리아 막달라를 시화시키는 데 초점이 맞춰져 있다. 자신에게 부여된 운명과 사회의 단죄를 벗어나려는 그녀의 용기는 마리아의 삶을 스스로 꽃피게 한다. 허영자 시인은 집단에서 배제되고 소외된 존재들에게서 세상을 바꿀 수 있는 진정한 힘을 발견한다. "건강해 보이는 지배 질서가 사실은 병든 것임이 판명되는 순간 이제까지 병적인 것으로 치부되던 것이 오히려 진정으로 건강한 어떤 것을 위한 회복 세포임이 드러난다는 것입니다."(허영자·강진호 대담, 「허영자의 삶과 문학」, 『허영자의 삶과 문학』, 국학자료원, 2003.)라는 시인의 진술은 소외된 존재, 마음의 상처로 슬퍼하는 존재, 죄인으로 단죄받는 이들이 병든 세상을 회복시키는 힘이라는 시인의 인식을 잘 보여준다.

"다치면서, 아프면서, 넘어지면서, 그러나 다시 일어나 고마워하면서, 용서하면서, 사랑하면서 생명은 빛납니다.//"마리아 막달라"라는 성경 속 한 여인의 상징적 이름을 빌려 여러 여성들과 그들의 삶의 모습을 담아 보고자 하였습니다. 그러므로 이 글들은 종교시는 아닙니다."(「시인의 말」, 『마리아 막달라』)에서 시인이 진술하였듯이 마리아 막달라는 운명적으로 부여된 자신의 아픔을 오히려 통찰의 계기로 삼으면서 자신을 일으켜 세우는 이들의 상징적인 이름인 것이다.

허영자 시인이 "마리아여! 마리아"(「마리아 막달라 21-불타는 여인」)라는 이름으로 우리의 서정적 공감의 영역으로 불러내는 이는 상처받은 모든 존재들이다. 세상에서 받은 상처를 내적 성찰의 계기로 삼는 마리아의 노래가 허영자 시인의 『마리아 막달라』에 나지막하게 울려 퍼진다. 혹독한 삶의 길 위에서 스스로를 일으켜 세우는 마리아 막달라의 새로운 서사는 서정적인 확장이 일어난다.

2. 능동적이고 주체적인 동사들

허영자 시인의 새 시집에 담긴 마리아 막달라의 의미는 시인이 이전에 지은 마리아 막달라를 제재로 한 「수기手記-막달라 마리아」(『어여쁨이야 어찌 꽃뿐이랴』, 범우사, 1977)와 비교해 보면 그녀의 능동적이고 주체적인 힘을 드러내는 동사들이 부각되고 있음을 알 수 있다. 마리아 막달라의 삶의 방식은 '간다', '온몸을 던진다', '뛰어든다' 등의 능동적이고 주체적인 동사들에 잘 나타나 있다. "인습의 마을/아픈 매질을 참으며//발에 밟힌/지렁이처럼//꿈틀거리며/그 여자가 가네."(「마리아 막달라 2-아픈 매질」) 여기에서 일곱 아이를 안고 업고 길을 가는 마리아의 모습은 고결하게 보인다. 그녀가 받아야 했던 단죄와 온갖 모욕은 자신의 삶을 묵묵히 이행하는 그녀의 의지 앞에서는 하찮은 것이 되기 때문이다. 「마리아 막달라 34-가시 옷」에서처럼 가시에 찔리는 것이 자신의 운명이라면 찔린 상처들을 오히려 자신의 연약한 몸과 마음을 보호해 줄 가시 옷으로 입는 여인이 마리아 막달라이다.

허영자 시인은 자기를 견인하는 여성의 상징인 마리아 막달라의 서사를 통해 그의 시 의식은 보여준다. 마리아가 어딘가를 향해 '가는' 과정은 사막을 맨발로 걸어가도록 만드는 인습이며, '죄인'의 화인火印이 새겨진 몸으로만 살도록 허용하는 '인습'인 것이다. 예수를 만나기 전 마리아 막달라의 삶은 죄인으로 낙인이 찍힌 형극의 시간이었다면, 그녀의 새로운 삶은 회개를 통해 그녀가 새롭게 창조해 낸 시간인 것이다. 회개를 위해서는 '죄'가 전제되어야 하는데, 어떤 행동이 죄인가 아닌가의 기준은 고정되어 있지 않다. 죄는 시대와 문화와 지역에서 각기 다르게 설정된 윤리의식 또는 도덕의식에 의해서 유동한다. 따라서 죄의 성립은 어떠한 여건들에 의해서 만들어지는 것이다.

화인火印은 보이지 않는 감옥이다. 편견의 시선이 마리아 막달라를 투명한 유리감옥에 가둔다. 그녀의 그림자조차도 그 시선의 감옥에 갇혀 자유롭지 못하다. 마리아 막달라가 그녀가 속한 집단에 의해 기존 질서에 적합하지 않다고 평가되는 순간 그녀는 화인이 찍힌 자로 전락하게 된다. 그렇다면 마리아 막달라를 자신들의 무리를 유지하는 데 부적합한 인물로 평가하는 주체들은 누구인가? 허영자 시인은 마리아 막달라를 단죄하는 이들이 누구인지 드러내지 않는다. 다만 시인은 뜨거운 사막의 길 위에 맨발로 걸어가는 혹형을 받는 마리아만을 보여준다. 시인의 시적 자아는 마리아와 동일시하여 마리아의 내면을 들여다보고 그의 상처의 서사를 진솔하게 노래한다.

분칠한 여자의 얼굴 위로
눈물이 흐르고 있었다

몇 장의 지전紙錢을
옆에 놓고

거울 앞에서
여자가 울고 있었다

여자 뒤에
그림자처럼 섰던 남자가
그림자처럼 사라졌다

이제 저 지전을
늙은 에미와 어린 자식을 위한
밥과 바꾸리라

간밤

어둠의 물결 속으로
눈감고 뛰어든 마리아.

—「마리아 막달라 3-눈감고 뛰어든」 전문

위 시의 부제인 "눈감고 뛰어든"은 자기에게는 눈감고 늙은 어미와 어린 자식을 위해 몸을 파는 여인을 그리고 있다. 자신이 겪을 모욕과 환멸을 돌아보지 않고, 가족을 위해 몸 파는 일에 뛰어든 여인은 온몸을 던져 사는 여인이다. 마리아 막달라는 가족을 위해 모욕과 환멸에 자기를 과감히 던진 모든 여성들을 상징한다. 자기 몸과 마음을 돌볼 사이도 없이 가족을 살리는 일이 우선이었던 마리아의 모습은 "죄 많은 그녀가 죄 없는 목숨들/흰 피 먹여 기릅니다//(중략)//그녀, 마리아 막달라라는 이름의/

안쓰럽고 신성한 대지."(「마리아 막달라 30-신성한 대지」)에서처럼 대지모신大地母神을 연상케 한다. 마리아 역시 그녀가 키우는 "죄 없는 목숨들"과 마찬가지로 죄 없이 태어났을 것이나 그녀는 죄 없는 목숨들을 키워내기 위하여 죄인이 된 것이다. "마리아 막달라/가여운 어머니."(「마리아 막달라 15-가여운 어머니」)에서도 가족을 위해 마리아 막달라는 자신을 희생을 어머니의 모습으로 나타난다. 마리아 막달라의 희생은 그녀의 의지에 속한 것이다. 희생은 그녀의 강한 의지가 구현되는 순간이다.

온몸을 던져
삽니다

온 마음을 던져
삽니다

오체투지五體投地는
온몸 온 마음의 삶

꿈틀 꿈틀
지렁이처럼 삽니다.

—「마리아 막달라 12-오체투지」 전문

땅을 꿈틀거리며 기어가는 지렁이 같은 삶이 마리아에게 주어진 운명이다. 운명은 마리아가 선택할 수 있는 것이 아니며, 거기서 벗어나기도 힘들다. 그러나 주어진 삶을 어떻게 이끌어가는 가는 마리아의 의지이다. 땅 위를 기어다니는 운명을 그녀는 "온몸을 던져" 살아낸다. 온몸을 던져 사는 것이 마리아 막달라가 자신의 삶에서 드러내는 존재의 본질이다. 허영자 시인의 시 정신은 "온몸 온 마음으로 사는 것"에 오롯이 담겨 있다고 말할 수 있다. 마리아 막달라의 강인함은 역설적으로 그녀의 상처받은 삶에서 비롯된 것이다.

3. 자기 응시의 시간

마리아 막달라의 능동적이고 주체적인 삶을 보여주는 시편들과 신산한 생을 견인하는 마리아 막달라의 내면을 담은 시편들은 허영자 시인의 시 의식을 잘 보여준다. 그런 만큼 이들 작품들은 시인의 새 시집에서 중심을 이룬다. 그런데 허영자 시인의 시 의식을 드러내는 작품만큼이나 우리의 감성을 끌어당기는 작품들이 은은한 빛을 발하고 있음을 볼 수 있다. 시인의 시적 자아가 마리아 막달라에게 가지는 연민 혹은 자기 연민이 새 시집에서 낮게 울려 퍼진다. 이들 시편은 "맨발인 채로/사막을 걸어갑니다"(「마리아 막달라 6-죄 없는 죄」), "눈멀었던 사랑도/샛붉은 죄도/여기/그대로 있습니다"(「마리아 막달라 8-돌팔매질」), "그림자조차도 불타는/맨발의 여인이여."(「마리아 막달라 21-불타는 여인」)에 잘 나타나 있듯이 뜨거운 상처와 고단한 삶을 살면서도 자신을 들여다보는 마리아 막달라를 그려낸다. 자신을 향한 세상의 단죄와 자신의 죄의식을 벗어나 마리아 막달라는 그녀가 진정으로 자신에게 말하고 싶은 내면의 목소리를 듣는다.

캄캄하게
캄캄하게
마리아가 웁니다

밤 강물
흘러 흘러
몇 천 몇 만 리

그믐밤의 마리아가
캄캄하게
웁니다.

—「마리아 막달라 17-그믐밤」 전문

지상의 모든 마리아들, 시간과 공간을 초월하여 존재하는 모든 여성들의 삶은 "캄캄하게/캄캄하게/마리아가 웁니다"에 함축되어 있다. 그 울음의 폭과 그녀들이 겪었을 슬픔의 깊이는 "몇 천 몇 만 리"를 흘러 어둠 속에서 울고 있는 마리아의 울음으로 이어진다. 마리아는 그믐밤의 칠흑 같은 어둠을 빌려 마음껏 운다. 마리아의 울음은 존재론적이다. 그녀는 자기 내면을 향해 있는 심연으로 천천히 내려가서 바닥에 닿았을 때, 자기 연민의 울음을 터뜨린다.

> 옛날 옛날에
> 그 골목길
> 밤새 지키고 섰던 외등 같은……
>
> 그 골목길 모퉁이
> 목관악기 음악이 흐르는
> 오래된 다실茶室 같은……
>
> 하늘빛
> 파란 대문이 달린
> 그 골목길 막다른 집 같은……
>
> 그런 흐느낌.
>
> ―「마리아 막달라 23-흐느낌」 전문

오래 슬픔의 시간을 살아온 마리아 막달라, 오래오래 흐느낌을 멈출 수 없을 만큼 마음이 아픈 마리아 막달라의 모습은 "밤새 지키고 섰던 외등" 처럼 믿음직하면서도 처연하고, 오래된 다실처럼 포근하고 녹녹하고, 골목길 막다른 집처럼 그리움의 장소 같다. 허영자 시인은 오랜 시간이 흐르면서 낡아가는 장소와 사물들을 시의 소재로 삼아 영원한 그리움을 노래한다.

한적하고 작은 간이역은 외로움의 정서를 표현하기에 적합하다. "너는 간이역/잊혀진 여자//따라가고 싶어도/궁글고 싶어노/한 자리를 지키고 있는 여자"(「마리아 막달라 19-간이역」)에서 간이역과 "잊혀진 여자"는 서로 환치되면서 각각의 외로움을 드러낸다. 누군가를 보내고 기다리는 자신을 잊을까 두려워 그 자리를 떠날 수도 없는 여자를 놔둔 채 시간은 흘러간다. 여자는 떠나간 이를 기다리다가 그 자리에서 소실점처럼 사람들의 기억에서조차 사라질 것이다. 여기에서 중요한 것은 여자가 소실점이 될지언정 떠나지 않고 "한 자리를 지키고 있"다는 것이다. 「마리아 막달라 23-흐느낌」에서도 '외등'과 '다실'과 '막다른 집'은 잠깐 들렀다가 모두들 떠나더라도, 그리고 시간마저도 떠나 낡아갈지라도 그들은 여전히 "한 자리를 지키고 있"을 것이다. 시인이 노래하는 마리아 막달라는 바로 이처럼 영원히 변하지 않는 그리움의 본질을 보여주는 존재이다.

> 지금은
> 가만한 응시의 시간입니다
> 별도 하늘도 땅도 사람도
> 새로 태어나는 시간입니다
>
> 사랑, 행복, 슬픔, 인연
> 모두 새로 출발하는 시간입니다
>
> 생명 있는 것
> 생명 없는 것
> 모두 가엾어 눈물 나는 시간입니다
>
> 무한 영원의 한 끝에서
> 제가 저를 돌아보는 시간입니다.
>
> —「마리아 막달라 27-가만한 시간」 전문

허영자 시인의 새 시집에서 구현되는 시 의식은 희생자이며, 회개하는 자이며, 자신의 삶을 견인하는 자의 고결함을 드러낸다. 그의 의지와 이념을 드러내는 작품들은 대부분 마리아 막달라의 서사를 서정적으로 노래한 작품들이다. 반면에 허영자 시인의 시적 자아의 깊은 연민과 감성을 표현한 작품들은 유한한 시간을 넘어서는 그리움과 따뜻한 슬픔을 보여준다. 그녀는 뜨거운 사막을 맨발로 걸어야 했던 길을 벗어나 걸어온 길을 돌아볼 수 있는 길에 서 있다. 그녀는 이제 설움을 토해내는 슬픔이 아니라 온기가 깃든 슬픔을 가질 수 있게 된 것이다. 마리아 막달라는 「마리아 막달라 27-가만한 시간」에서 자신의 삶을 초월하여 모든 것들에 연민을 가질 수 있는 시간을 받아들이고 있다.

이행과 순응과 제의의 현재성

1. 몽매함을 아는 것

신달자 시인의 시 가운데 삶에 대해서 몽매한 자신의 무지를 알고 있는 시적 자아의 의식이 나타나는 작품들이 있다. 또 상처 입고 소외된 존재들의 아픔을 꿰뚫어 보는 시적 자아가 어둠에 감춰진 존재들을 밝은 빛 속으로 끌고 나오는 시가 있다. 전자에 해당하는 작품은 「저기!」와 「끈」이다. 후자에 속하는 작품은 「호오」와 「더 희극적으로」와 「작은어머니」이다.

길을 찾는 것으로 비유되는 삶의 행로를 미리 알고 있는 사람은 아무도 없다. 「저기!」에서는 오랜 세월의 체험을 통해 길을 모르는 자신에 대해 '알게 된' 시적 화자가 있다. "지금도 나는 가고 있어"에서 볼 수 있듯이 모르는 길 위에서 길을 찾기 위해 '이행'하는 화자의 행동은 그의 삶을 이끌어가는 추동력임을 잘 보여준다.

젊은 날 길을 물었다
"저기!"
노인은 얼굴을 살짝 돌리며 가볍게 말했다 그래서 갔지
신발이 닳는 만큼 저기는 조금씩 멀어지기만 했다
가는 길에는 어디든 바람이 있다는 것을 알았지
바람과 잘 사겨야 저기를 갈 수 있다는 것도 알았어
바람을 만났고 내가 먼저 공손하게 어깨동무를 했지
하늘에 그려 놓은 기러기들의 부호와

바람의 긴 손가락으로 가르키는 방향을 따라갔지
손가락 끝을 조각처럼 파고들면 거기가 어딘지 허공이 푹 패였다
뭉텅 허공의 살점이 흘러내리는 길 저기는 쉽게 나오지 않았다
다시 물었지 한 노인이 말했다
아 저기! 바로 코앞이야
그래서 다시 갔지 근데 코앞은 잘 나오지 않았다
그렇지, 그래서 지금도 나는 가고 있어

내 앞에 한 젊은이가 물었다
oo를 가려면 어느 길로 가면 좋아요
"저기! 바로 코앞이야"

—「저기!」 전문

위 시에는 젊은이와 노인의 문답이 등장한다. 그들은 각각 길을 묻는 자와 길의 방향을 가르쳐주는 자로서 마주 서 있다. 시의 전반부에서 화자인 젊은이는 자신이 가고자 하는 방향을 노인에게 묻는다. 노인은 그 길을 잘 알고 있는 것처럼 "가볍게 말"한다. "저기!"라고. 그러나 "저기!"만큼 막연한 방향 제시가 또 있을까? 화자는 자신이 걸어가는 방향조차도 알지 못한다. 자신이 직접 방향을 알아낼 수밖에 없는 '저기', 하늘을 나는 기러기들의 부호와 바람의 긴 손가락이 가리키는 '저기'로 화자는 아직도 가는 중이다.

화자가 젊은 날에 어떤 노인에게 길을 물었을 때, 노인은 알고 있기라도 한 것처럼, "얼굴을 살짝 돌리며 가볍게" '저기'라고 대답하였다. 그러나 화자는 노인도 저기로 가는 방향을 모르는 채, 가는 중이었음을 그 노인만큼 삶을 거치고 나서야 비로소 깨닫는다. 길을 내려고 해도 "뭉텅 허공의 살점이 흘러내리는", 보이지 않는 벽으로 차단된 길을 화자는 가야만 한다. 길 위에서 그가 깨달은 유일한 앎이란 가는 방향을 알 수 없다는 것이다.

길의 방향을 누구도 가르쳐줄 수 없다. 직접 한 걸음씩 앞으로 나아가면서 길의 방향은 만들어진다. 그런데 노인이나 화자가 막연한 길을 포기하지 않고 가도록 이끄는 것은 무엇인가? 그것은 "아 저기! 바로 코앞이야"

에서처럼, 목적지에 도달하고자 하는 의지이며, 저기에 가까이 가고 있다고 스스로 확신하는 믿음이다. 이는 젊은 날의 화자처럼, 화자에게 길을 묻는 또 다른 젊은이가 길을 가도록 만드는 힘이기도 하다. 젊은이란 가는 길을 알지 못함을 인지하지 못 하는 자이며, 노인은 길의 방향을 모르는 자신의 몽매함을 아는 사람이다.

> 그 강의 이름을 그냥 끈이라 하자
> 날 놓지 못하고 기어이 내 손등까지 따라 와
> 소리없이 내가 건넌 세월의 줄을 홀쳐 매고 있으니
> 자잘한 잔물결이 손등 전체에 퍼져
> 내가 아무리 떨쳐 버리려 해도 세월의 주름은 더 깊게
> 내 손을 부여잡고 있다
> 그 세월 손아귀 힘이 장난 아니어서 아예
> 잠 못 드는 밤 팔베개를 하고 그 강줄기들과 함께 흐르려 한다.
>
> —「끈」 부분

위의 시에서 화자는 자신이 지나온 생의 강, "그 강의 이름을 그냥 끈이라 하자"고 말한다. 끈은 화자인 나와 타자를 잇고, 내가 지나온 시간 조각들을 잇는다. 내가 건너온 강줄기들이 다 모여서 "내 손을 부여잡고 있"는 끈, 내 손을 억세게 잡고 있는 "그 세월 손아귀 힘"에 대해 내가 아는 바는 없다. 나는 나의 고단한 생의 시간을 함께 해온 손등의 끈만을 보고 있다. 이처럼 나의 생의 시간에 밀착되어 나를 끌고 온 것들에 대해서 나는 무지하다. 나를 손아귀에 잡아서 이끄는 세월에 대해 나는 모른 채 이끌려 왔다. 나는 내가 세월에 대해 모름을 인식할 뿐이다.

나는 그 정체를 잘 알 수도 없는 끈이 나 자신을 깊숙이 휘감고 있음을 본다. 그런데 이러한 나의 무지를 자각하는 나의 앎은 나를 생의 시간 앞에서 겸허하게 만드는 힘이다. 그것은 "잠 못 드는 밤 팔베개를 하고 그 강줄기들과 함께 흐르려"는 순응의 힘이기 때문이다. 나의 오랜 세월을 이끌어온 끈은 이른바 실존의 끈이라고 말할 수 있다. 「저기!」와 「끈」에서 신달자 시인은 생의 방향성에 대한 근원적 물음을 던진다. 그러나 이에 대한 시인의 답변은 따르지 않는다. 다만 여기에는 방향을 전혀 알 수 없

는 생을 이행하고 순응하는 존재의 현재적 인식이 돋보인다.

2. 서러움이 멈추는 제의祭儀의 시간

「호오」와 「더 희극적으로」와 「작은어머니」에는 소외된 존재들을 달래고 그들의 상처를 치유하는 신달자 시인의 시적 자아가 있다. 시인의 시적 자아는 연약한 인간들의 아픔을 꿰뚫어 본다. 그의 통찰의 시선을 통해 그들의 아픔은 어둠을 벗어나서 따뜻한 빛 속으로 이끌려 나온다. 시적 자아가 소외된 존재들과 동일시하는 과정은 아픔이 치유되는 시간이기도 하다. 특히 「작은어머니」에는 가족구성원에서 가장 소외된 작은어머니가 화자를 통해 임종 직전에 세상 속으로 들어오는 과정이 전개된다. 이 같은 치유의 과정은 제의가 펼쳐지는 시간이라고도 부를 수 있을 것이다.

> 외할머니 침을 발라
> 옛다 다 나았다 다시 호오오오해 주면
> 아픔은 온 적 없이 사라지고
> 나는 폴폴 날아다녔지
> 나비같이 훨훨 날아다녔지
> 꽃잎 상한 채송화와 눈 마주치면
> 물방울 같은 입술로
> 호오오오 내가 불어 주면
> 호오오오 일제히 채송화며 봉선화꽃들이 웃음 터트리는
> 한순간 어머니 서름이 뚝 멈추는 여름 한낮
>
> ―「호오」 부분

위의 시에서 어린 화자가 넘어져서 다친 정강이는 외할머니의 따뜻한 입김을 쐬고 낫는다. 어머니의 설움은 나비 같은 딸의 재롱을 보면서 낫는다. 화단의 꽃송이에 따뜻한 입김을 불며 날아다니는 딸의 모습을 보는 "한순간 어머니 서름이 뚝 멈"춘다. 어린 딸의 천진난만한 모습은 어머니의 서러움을 낫게 해 주는 따뜻한 입김이다. 상처를 달래는 "호오오오 호

오오오……”의 따뜻한 입김처럼 부드러운 존재들만이 여름 한낮의 시간을 온전하게 채우고 있다. 외할머니와 어머니, 나비, 채송화, 봉선화꽃 등 연약한 이미지를 갖는 존재들과 사물들이 서로 상처를 달래면서 다 함께 웃음을 터트리는 순간에 「호오」의 시간은 멈춘 듯하다.

「더 희극적으로」에는 경북궁에 가족과 함께 나들이 나온 남자의 엉덩이로 글쓰기를 시의 소재로 다루고 있다. 가족 앞에서 엉덩이로 글자를 쓰는 가장인 남자의 모습은 우스꽝스러워 보인다. 남자의 “더 희극적인 엉덩이”가 감추고 있는 것은 그의 속울음이다. 허공에 흩어지는 우스운 몸짓은 아이들을 웃게 하지만, “저 엉덩이의 말과 관계없는 사람 어디 있는가”에서처럼, 남자의 희극적 상황의 역설을 화자는 꿰뚫어 보고 있다.

> 아버지보다 스무 살이 아래인 그 여자
> 하얀 노인이 되어 임종을 맞아 누워있네
> 아버지의 물이 저 여자의 어디까지 스미게 했을까
> 앙상한 뼈가 한 개 성냥개비 같다
> 돌아누운 그 여자 꽁지뼈가 솟은 못 같다
> 살가웠던 아버지의 더운 손을 저 뼈는 기억하고 있을까
> (중략)
> 작은어머니!
> 누구나 그년이라고만 부르던 차가운 귀에
> 마지막 선물로 정확한 호칭을 불러주었다
> 반시신이 부드럽게 펴지듯 눕는다
> 붉은 황톳물이 여자의 생을 다 훑고 내 어깨에 와서 파도친다
> 형님요
> 그곳에 가서도 머리를 땅에 대고 어머니를 부를까
> 아버지의 입이 저승사자의 주머니에 들어 있겠다
>
> —「작은어머니」 부분

임종을 맞고 있는 화자의 작은 어머니는 세상에서 가장 작은 존재이다. 죽어가는 자 역시 키에르케고르의 말처럼 “세상에서 가장 소외된 존재”이다. 또한 가부장 사회에서 ‘첩’의 위치란 무엇이란 말인가? 그것은 다만 오

명에 지나지 않으며, 실체가 없는 흔적에 불과하다. 첩이면서 죽어가는 자인 화자의 작은어머니는 세상에서 가장 작고 희미한 존재인 것이다. 작은어머니를 보면서 화자는 세상에서 가장 소외된 인간이란 어떤 의미를 갖는지를 묻고 있다.

작은어머니를 바라보는 화자의 심정은 어떠한가? 작은어머니를 대하는 그의 시선은 어떠한가? 그의 심정과 시선은 첩을 대하는 세상의 가치 기준에서 벗어나 있는가? 시의 전반부에서는 작은어머니는 화자에 의해 "그 여자", "저 여자"로 불린다. 이러한 화자의 부름에는 작은어머니를 대상화시켜 바라보는 그의 심정적 거리감이 내재되어 있다. 그러나 시의 후반부에 이르게 되면, 화자는 "작은어머니!" 하고 "마지막 선물로 정확한 호칭을 불러"준다. 여기에서 화자와 작은어머니 사이에는 대상화의 거리가 소멸된다. 관찰의 입장에 서 있던 화자와 "그 여자"는 딸과 어머니의 관계로 전환된다. 화자가 "작은어머니!"를 부르는 순간은, 세상 속으로 한 번도 들어오지 못한 채, 임종을 맞던 여자가 제자리를 잡는 제의祭儀의 시간이다. 화자의 부름에 평생 웅크린 채 살다가 반 시신이 된 작은어머니의 몸은 그제서야 "부드럽게 펴지듯 눕는다."

화자는 자신의 어머니가 작은어머니에게 가졌을 원한과 동일시하기도 하고, 세상에서 가장 작은 존재인 작은어머니와 자신을 동일시하기도 한다. 그러나 이승을 압도하는 저승의 시간에 이르자 저승과 이승의 경계에 등을 걸치고 누워있는 작은어머니는 삶의 시간에 얽혀 있던 끈을 푼다. 이승에서 저승으로 건너가는 시간 앞에서 모순의 인습과 인간의 애욕과 애증은 깊이 가라앉아 버리는 것이다.

자신에게 건네는 내밀한 목소리

1. 생이 명료해지는 시간

서정시가 시인의 주관적 정서나 내적 세계를 드러내며, 객관 세계의 일이나 사건을 모두 자아 속에 흡수하여 내면화 혹은 주관과 객관의 융합을 추구한다고 볼 때, 나태주 시인은 서정시의 이 같은 특징을 잘 보여준다. 그는 자신에게 건네는 자신의 내밀한 목소리를 듣는 시인이다. "모음으로 짜개지는 옥빛 하늘의 틈서리로/우우우우, 사랑의 내력來歷 보 터져오는 솔바람 소리./제가 지껄인 소리 제가 들으려고/오오오오, 입을 벌리는 실개천 개울물 소리."(「막동리 소묘」) 시인의 시적 자아는 내밀한 자기 내면의 목소리를 듣는다. 그 목소리는 죽음과 생이 구별되는 것이 아님을 속삭이기도 하고, 도시 속에서 살아가는 우리 자신의 초상에 대해 말하기도 한다.

살아서 숨 쉬는 사람인
것만으로도 좋아요
아믄, 아믄요
그냥 거기 계신 것만으로도 참말 좋아요
그러엄, 그러믄요
오늘은 전화를 다 주셨군요
배꽃 필 때 배꽃 보러
멀리 한 번 길 뜨겠습니다.

—「꽃 피는 전화」 전문

현대의 주요 통신 수단인 전화는 살아 있음을 확인하는 매개이며, 그리움을 나누는 도구이다. 그러나 우리는 전화로 다른 사람의 죽음을 전해 듣기도 한다. 특히 주변에 죽음에 가까이 다가가 있는 누군가가 있다면, 전화기의 벨소리는 두려움을 주기까지 한다.

위 시에서 일상적인 대화를 나누고 있는 두 사람의 전화 내용은 평온함을 준다. 단순한 안부를 묻는 내용이므로 전화를 하는 사람이나 받는 사람 모두의 마음을 구속하지 않는다. 그러나 시의 마지막 두 행에 이르면 일상 속에서 전개되는 대화는 갑작스러운 의미의 확장이 일어난다. 그것은 "멀리 한 번 길 뜨겠습니다."에 내포된 의미심장함에서 기인한다. "배꽃 필 때 배꽃 보러/멀리 한 번 길 뜨겠습니다."에서 배꽃이 피는 장소는 이승이기도 하고 저승이기도 하다. 길을 떠나는 것은 이승에서의 나들이를 의미하기도 하고 이승에서 저승으로 영원히 떠나가는 것을 뜻하기도 한다.

우리가 경험하는 기쁨과 즐거움은 '살아 있음'을 확인하는 데서 오며, 동시에 죽음을 능동적으로 받아들일 수 있는 마음의 여유에서도 온다. 나태주 시인은 「꽃 피는 전화」에서 즐거움의 원천이 되는 양극단을 보여준다. "살아서 숨 쉬는 사람인/것만으로도 좋"다고 말하고, 동시에 "배꽃 필 때 배꽃 보러/멀리 한 번 길 뜨겠습니다."라고 흔쾌히 말하는 이의 마음에는 이미 생과 죽음의 경계가 지워져 있다.

> 서울지하철 한 구석 의자에
> 비둘기들이 조로록 앉아 있다
> 아주 많은 하늘과 아주 많은
> 땅을 가졌던 비둘기들이다
>
> 가끔은 조속조속 졸기도 한다
>
> 나도 그 비둘기들 틈에
> 끼어서 앉아보기도 한다

나는 어떤 하늘을 가졌고
어떤 땅을 가졌던 비둘기였나?

아무 것도 떠오르는 것이 없다.

—「지하철 비둘기」 전문

위 시의 화자가 바라보는 비둘기들은 실제의 비둘기를 가리키기도 하고 비둘기로 비유된 사람들을 가리키기도 한다. 화자는 의자에 나란히 앉아 있는 비둘기들을 보면서 그들은 "아주 많은 하늘과 아주 많은/땅을 가졌던 비둘기들"이었다고 말한다. 넓은 대지와 공중을 가졌던 비둘기들은 서울지하철 구석에 놓인 의자에 비좁게 앉아서 졸기도 한다. 시의 전반부에서 화자는 비둘기들의 과거와 현재의 변한 모습을 관찰하는 입장에 있었다. 그러나 시의 후반부에 이르면 화자도 비둘기들과 다름없는 존재로 형상화되어 있음을 볼 수 있다. 화자는 의자에 나란히 앉은 비둘기들 틈에 끼어 앉는다. 화자는 "어떤 하늘을 가졌고/어떤 땅을 가졌던 비둘기였나?" 라고 자신의 존재에 대해 묻는다. 그러나 그는 아무것도 떠오르는 것이 없다고 고백한다. 화자는 자신도 비둘기처럼 과거의 시간이 소멸된 현재를 사는 존재임을 깨닫게 되는 것이다.

대도시의 도로변에서 날지 않고 걸어 다니면서 먹이를 쪼는 비둘기들, 먹이 때문에 서로를 쪼아대는 비둘기들은 야생의 기억이라고는 전혀 남아 있지 않은 가금처럼 보인다. 야생의 흔적이 조금도 남지 않은 비둘기들은 자유로운 과거의 기억을 망각한 채, 도시에서 살아가는 우리 자신의 초상을 확인하게 만든다.

누군가가 어깨를 쳤다
툭, 소리가 났었던 것 같고
어깻죽지에 서늘하고도 선명한
느낌이 왔던 것 같다
고개를 돌려 올려다보았을 때
펄럭, 누군가의 옷자락이 사라졌다

아마亞麻 빛이었을까
옷자락이 사라진 허공은 옥빛
동그란 우물처럼 올려다보였다.

—「누군가가 어깨를 쳤다」 전문

어깨는 우리의 시선이 미치지 않는 곳이다. 어깨나 등을 누가 건드리거나 칠 때, 그 일은 우리 자신이 미처 인식하지 못 하는 순간에 일어나기 때문에 당혹감을 준다. 위의 시에서 화자는 자신의 어깨를 누군가가 치는 느낌에 고개를 돌려 살펴보지만, 그 느낌은 곧 사라져버린다. 그러나 그의 어깨에 전달된 느낌은 "서늘하고도 선명"하다. 그의 어깨를 치고 사라져 버린 존재는 비가시적인 존재이지만, 그는 그것을 분명하게 감촉한다.

위의 시에서 자신의 어깨를 친 비가시적인 존재에 대해 화자가 어렴풋하게나마 알아본 것은 "옥빛/동그란 우물" 같은 흔적이다. 옥빛은 자신의 다른 물체나 색깔을 그대로 투과시키는 허공의 색이면서 물의 색깔이다. 옥빛은 세상에 부재하는 존재들의 색채, 다만 흔적으로 자신을 드러내는 비가시적인 존재들의 색채일 것이다. '동그란 우물'은 죽음 이미지와 신비로움이 결합된 사물이다. 물이 차 있는 깊은 우물은 죽음과 직결되는 것이면서, 신화적 상상력을 불러일으킨다. 화자가 비가시적인 존재가 사라진 자리에서 동그란 우물의 흔적을 보는 것은 그가 죽음과 생명을 양손에 가지고 있는, 보이지 않는 존재를 뚜렷하게 인식하고 있기 때문일 것이다.

풍경, 저 너머 무엇이 있을까?
오늘도 하루는 고요하고 평화롭고
아까도 새 두 마리 날아갔는데
또 새 두 마리 바쁘게 날아간다.

—「저녁」 전문

「저녁」에서 화자가 있는 이곳에서의 오늘은 고요하고 평화롭게 지나가고, 이곳의 하루는 저녁 무렵에 '저 너머'로 날아간다. 이곳의 시간을 보내고 나서 저 너머로 바쁘게 날아가는 새들은 이곳 이후의 시간이 '저 너머'에서 흐르고 있음을 보여준다. 위의 시에서 하루의 시간이 흐르고 또 그 시간 이후의 시간이 흘러가는 모습은 이곳의 생활을 마치고 저 너머로 이동하는 새의 모습으로 형상화된다.

"저 너머 무엇이 있을까?" 하고 화자는 새들이 날아간 저 너머에 대해 강한 호기심을 내비친다. 하루는 아침에서 시작되어 저녁으로 종결된다. 하루의 시작과 끝은 삶의 시작과 끝의 은유로 쓰인다. 따라서 화자가 종결된 하루의 저 너머의 시간과 공간에 대해 강한 호기심을 갖는 것은 삶의 종결 이후에 대해 화자가 가지는 근본적인 의문이라고 말할 수 있을 것이다. 모든 시간은 새들이 이곳에서 저 너머로 날아가듯이 흐른다. 저녁은 우리가 경험하게 될 미래의 시간까지도 명료하게 볼 수 있게 하는 때이다.

2. 소박함의 형상

소박하다는 것은 무엇인가? 나태주 시인은 그의 시적 언어로 '소박함'의 테두리를 만들어낸다. 소박한 모습이나 마음이 어떠한 수식이나 장식으로 치장한 것보다 더 아름답게 느껴지는 이유는 아마도 그 소박함이 무욕에서 기인하기 때문일 것이다. 나태주 시인이 그의 시에서 보여주는 소박함도 그의 시적 자아를 통해 보여주는 그 자신의 끝없는 무욕에서 나온다.

"모두가 내 것만은 아닌 가을,/해 지는 서녘구름만이 내 차지다./동구 밖에 떠드는 애들의 소리만이 내 차지다./또한 동구 밖에서부터 피어오르는/밤안개만이 내 차지다."(「대숲 아래서」) 나태주 시인의 시적 자아는 누구의 것도 아닌 구름과 아이들이 떠드는 소리와 밤안개만이 "내 차지다"라고 노래한다. 그가 갖고자 하는 대상들은 세속적 가치를 지니는 것들과는 무관하다. 그가 차지하려는 대상들은 세속에 속하는 것들이 아니라, 자연에 속하는 것들이므로 누구든지 마음껏 가질 수 있으나 개인이 소유할 수 없는 대상들이다.

나태주 시인은 추상어인 소박함을 시로 재현하고 있다. 그것은 자족의 내면으로 나타난다. 그러나 시인의 자족하는 시적 자아는 외부로부터 고립되어 있지 않다.

나는 밥도 잘 짓지 못하고
반찬도 잘 만들지 못하고
바느질은 더더욱 서툽니다
당신의 바느질 솜씨 눈부실 때
나는 글을 조금 씁니다
그 힘으로 오늘 삽니다.

—「힘」 전문

나태주 시인이 위의 시에서 보여주고 있는 자족의 삶은 '오늘을 사는 힘'에 대한 화자의 인식에서 나온다. 오늘을 사는 힘은 화자인 나의 몸의 길에서 시작하고 내 몸의 길에서 끝난다. 그러나 나태주 시인이 지향하고 있는 것은 나의 몸과 정신에 한정된 고립의 세계가 아니다. 나태주 시인의 장점은 내가 살아가는 힘을 지니고 있음을 아는 것처럼 타자가 지닌 자생의 힘을 발견하고 인정하는 데 있다고 말할 수 있다.

"나는 글을 조금 씁니다/그 힘으로 오늘 삽니다."에 나타나 있는 것처럼, 화자인 나는 내가 살아가는 힘이 어디에서 나오는 것인지를 잘 알고 있다. 내가 살아가는 힘을 글 쓰는 데서 얻듯이, 당신이 오늘을 사는 힘은 "당신의 바느질 솜씨"에서 나오는 것임을 나는 알고 있다. 위의 시에서 화자인 내가 오늘을 사는 힘은 내가 글을 쓰는 데서 얻어지는 것이면서 동시에 그 힘은 내가 할 수 있는 것과 당신이 나보다 더 잘할 수 있는 것을 분별하고 인정하는 나의 마음에서 나오는 것이다.

아내도 나에겐 하나의 몽당연필이다
많이 닳아지고 망가졌지만
아직은 쓸모가 남아 있는 몽당연필이다

아내 눈에 나도 하나의
몽당연필쯤으로 보여졌으면
싶은 날이 있다.

—「몽당연필」 부분

위의 시에서 화자는 몽당연필의 쓸모를 알아보는 사람이다. 실제로 몽당연필이 쓰레기가 아니라 쓸모 있는 연필이 될 수 있는 것은 어떤 사물이나 사람에게서 쓸모 있음, 즉 유의미성을 찾는 사람의 눈과 마음이 있으므로 가능한 것이다. 대상이 지닌 가치와 의미는 그 대상을 보는 자의 마음의 눈에 의해 드러나기 때문이다.

나태주 시인의 시적 자아가 가지는 즐거움은 타자가 지닌 생의 소중함을 아는 데서 비롯된다. 그러나 그는 그조차도 욕구하지 않는다. 그는 자신의 욕심 때문에 "저 혼자 웃고 있는/꽃 한 송이"(「혜화동 네거리」)의 온전함이 깨지는 것을 바라지 않는다. 그가 가지는 자족의 즐거움은 타자가 지닌 생의 유의미함을 분별하는 마음에서 비롯된다.

사물의 꽃과 회귀의 시간

1. 응시의 끝에서 피어난 사물의 꽃

최동호 시인은 시집 『불꽃 비단벌레』에서 정신주의의 극점을 "불꽃 비단벌레"로 형상화시켰다. 『불꽃 비단벌레』가 정신적 높이를 지향하고 있다면, 시인의 새 시집 『얼음 얼굴』은 낮은 위치의 사람들과 어린아이 같은 연약한 존재들을 감각적으로 구현하고자 한다. 새 시집에서 시인은 "정신주의 한 끝에 극서정시의 길이 있다. //현실이 휘발된 상황에서/소통을 지향하는 디지털적 집약의 시가 극서정시다./여백과 서정이 극소의 언어 끝에 있다."(「시인의 말」, 『얼음 얼굴』)고 진술한다. 여기에서 '현실이 휘발된 상황'이 현실이 배제되었다는 뜻이 아님은 시집에 실린 작품들을 통해서 확인할 수 있다. 시인의 시적 자아는 높낮이가 다양한 현실들 위에 서 있음을 보여주기 때문이다. 그가 추구하는 '극서정시'는 현실을 지반으로 삼고 사물의 본질을 심도 있게 파헤쳐 들어가려는 시 정신이라고 말할 수 있다.

새 시집에서 인상적인 작품들은 산동네 사람들(「빗방울·2」), 시장 골목 사람들(「손톱」, 「파 할머니와 성경」, 「볼우물」), 어린 시절(「시골버스」, 「가을빛 목소리」) 등에 관한 시편들이다.

신새벽 연탄길
가파른 골목

천둥치던 낭떠러지
벼랑길 빗방울

한송이
빨간 꽃 피워 낸

납작 지붕
산동네 사람들

—「빗방울·2」전문

산동네의 가파른 골목, 낭떠러지 벼랑길은 그곳에 사는 사람들에 의해서 "한 송이/빨간 꽃"이 될 수 있다. 시인은 산동네 사람들이 어떠한 삶을 살아가는가를 대조적인 두 모습으로 형용한다. 낭떠러지 벼랑길, 가파른 골목 등 산동네 사람들이 사는 장소에 대한 수식은 그곳에서 사는 사람들의 생활이 얼마나 고단한지를 잘 보여준다. "신새벽의 시간"은 대도시의 기층을 이루며 사는 그들이 다른 사람들보다 하루를 이르게 시작하여야만 생계를 이을 수 있음을 암시한다. 그러나 비록 산동네 사람들의 삶이 아무리 신산하다 해도 그들의 삶은 가파른 낭떠러지 위에서 한 송이 빨간 꽃처럼 피어난다.

젓가락 다발처럼
붉은 플라스틱 통에 마구 쓸어 담는
생선가게 아주머니

갑각류 다리보다
더 굳세고
강한 갈쿠리 손가락

—「손톱」부분

『불꽃 비단벌레』의「돈암동 파 할머니」에서 시장은 어머니의 강인한 면

모를 파 다듬는 할머니에게서 발견하는 곳으로 그려진다. 새 시집에서도 시장 골목 사람들에 대한 시인의 깊은 관심이 나타난다. 위의 시 「손톱」에서도 시장 사람의 강인한 삶을 잘 보여준다. 시의 화자가 시장 골목에서 본 생선가게 아주머니의 손가락은 식구의 생계를 걸머쥐고 있기에 갑각류인 게다리보다 더 강해 보인다. 「파 할머니와 성경」에서도 시장에서 잠든 할머니의 모습은 그녀의 고단한 생을 짐작하게 한다. 그러나 성경을 펼쳐놓은 할머니의 평온한 잠은 강인함과 고단함을 넘어서 있다.

방과 후 책가방

도시락 통 속에서 달그락거리던 숟가락 소리,

강아지 꼬랑지 달린

논둑길, 봄물 끌어들이던, 밭고랑 흙냄새

—「남창 초등학교」 전문

기억과 회상의 매개는 소리와 냄새, 즉 청각과 후각이다. 소리, 장면, 냄새 등이 어린아이가 외부 세계에 있는 것들을 온몸으로 흡수한다. 어린아이는 마음껏 감각을 열어 외부 세계를 자기에게 끌어당기는 존재이다. 위 시에서 어린 화자는 바깥에 있는 모든 것들을 메마른 밭고랑이 물을 끌어들이듯 마음껏 끌어들인다. 그가 온몸으로 흡수한 소리와 강아지와 논둑길과 밭고랑 흙냄새는 그의 몸에 새겨져서 언제든 선명하게 재현된다. 자신과 외부 세계를 차별과 경계로 나누어 의식하지 않으므로 어린아이는 설화적 존재인 것이다. 상상과 현실의 경계가 뚜렷하게 나뉘지 않은 시간 속에서 그는 자연과 정령들과 죽은 자와 교감한다.

어린 시절 우주에 거인이 살고 있다고 상상했다.

지구를 공깃돌처럼 가지고 놀거나
태양을 한 점 불쏘시개로 여기는 거인이

지구의 뒤껼 우리집
장독 감나무 옆 어딘가 내가 모르는 곳에 살고 있다고 생각했다

한줌 흙이나
바람에 날려 보이지 않는 먼지 속에는 지금도

우주를 움직이는 힘을 가진 거인이
세상을 떠난 외할머니와 함께 장독대 옆 감나무 잎을 반짝이게 하고

메주 덩어리 곰팡이를 발효시키는 바람의 씨앗을 키우며 살고 있을 것이다
—「지구 뒤껼의 거인」 전문

위 시의 화자는 어린 시절을 회상한다. 어린 화자는 지구를 손바닥 안의 공깃돌처럼 다루는 거인이 장독대 감나무 옆 어딘가에 살고 있다고 상상한다. 거인은 어린 화자에게 크거나 작은 몸집으로 상상되는 존재가 아니라, 큰 대상이나 아주 작은 대상들을 자유자재로 넘나들면서 운용하는 힘을 지닌 존재이다. 어린 화자에게 우주와 지구와 장독대는 물리적인 크기를 벗어나 존재하는 것들이다. 우주와 지구처럼 장독대나 감나무도 거인이 살고 있는 설화적 장소가 된다. 어린 화자는 상상 속의 공간들을 마음대로 돌아다니기도 있다. 그곳들은 화자가 자신의 마음속에서 창조해 낸 장소들이기 때문이다.

어린 화자의 상상은 바람의 씨앗이나 먼지 같은 극미한 존재들부터 지구로 확장되고, 지구 바깥의 태양과 우주까지 무한히 펼쳐진다. 자유로운 의식세계 속에서는 어떠한 힘도 화자를 억압하지 못한다. 상상의 공간을 자유롭게 헤엄쳐 다니는 어린 화자의 호방함은 시인의 『불꽃 비단벌레』의 「바다의 경전」에서도 잘 구현된 바 있다. 화자는 "거대한 물줄기 일제히 하늘을 향해 쏘아 올리고/삼각 꼬리로 빙하의 계곡을 내리쳐/만년설이 무너진 바다를 들끓어 오르게 하는"(「바다의 경전」) 고래 떼를 발견한다. 초월적인 힘을 가진 고래는 시인의 시적 자아가 꿈꾸는 상상력의 크기이다.

저무는 가을빛 속에는 낮잠에 빠져 먼 길 가다가
불현듯 멈춘 내 발걸음이 있다
해질녘 등 돌리고 기다리던,
어린 시절 물에 빠져 죽은 동무가

장독대 뒤에서 연기처럼 살아나와
하염없이 스러지는 빛 속에서 가냘픈 목소리로
잠깬 나를 부르고 있다
불러도 대답하지 않던 동무가

돌연히 고개 돌려
등뒤 제 목소리를 들여다보는 가을빛 속에는
물에 젖은 노란 낙엽처럼,
숨어서 듣지 않으려 해도 등에서 떼어낼 수 없는 애잔한 목소리가 있다

—「가을빛 목소리」 부분

꿈속에서는 불러도 돌아보지 않던 죽은 동무가 잠이 깬 화자를 애잔한 목소리로 부르고 있다. 어린 동무의 죽음은 화자의 잠 속까지 따라다닌다. 그의 무의식 깊숙이 가라앉아 있는 죽은 동무, 무의식의 검푸른 저수지에서 건져낼 수 없는 동무의 죽음은 화자의 의식과 감정의 등 뒤에 바짝 붙어 다닌다. 그것은 애잔하고 가냘픈 느낌으로 가을빛 속에서 선연하게 드러난다. 어린 시절에 경험한 동무의 죽음은 화자로 하여금 삶과 죽음이라는 근원에 대해 최초의 자각을 불러일으킨다.

"연필통만 딸그락거리던 초등학생 눈동자에/다 담을 수 없었던 이승살이 눈물/콧물에 담아 다음 생으로 돌아가고 있는 길이다"(「시골 버스」) 여기에서 시의 화자는 흙먼지를 일으키며 사라져가는 버스를 보면서 전생과 이승과 다음 생에 대해 사유한다. 그는 시골 버스를 통해 등 뒤에 평생 따라다니는 전생을 데리고, 이승의 그림자를 끌고, 다음 생으로 돌아가고 있는 자신을 들여다본다. 흙길을 달리는 버스는 전생과 이승과 다음 생을 화자에게 비유적으로 보여준다. 전생과 다음 생이 어떠한 모습을 갖는지

는 시에 드러나 있지 않다. 다만 버스에는 이승에서의 모습만이 노정되어 있다. 그것은 작별이 있고, 눈에 다 담지 못하는 이승에서의 눈물과 점점 소실점을 향해 사라져가는 시간의 길 위에 있는 화자 자신의 모습이다.

최동호 시인은 그의 새 시집에서 현실 속의 다채로운 형상들로 나타나는 사물들의 경계를 넘어서고자 한다. 사물의 외양을 대하는 분별과 차이에 대한 시선을 걷고, 그 안에 자리 잡은 본성을 응시한다. 정신의 눈으로 사물을 들여다볼 때, 그곳에서 감지되는 것은 낮은 존재들과 연약한 존재들의 따뜻한 생명이다. 삭막한 현실도, 만물을 노쇠하게 만드는 시간도 간섭할 수 없는 존재들을 언어로 탐색하고 구현해 내려는 시 정신이 시인이 추구하는 '극서정시'의 발현이라 부를 수 있을 것이다.

2. 내가 부재하던 시절로의 회귀

최승호 시인은 존재를 속박하는 대상들에 대한 철저한 비판과 그것들로부터 벗어나려는 시 의식을 지속적으로 표출해 왔다. 시인의 새 시집 『아메바』에 실린 작품들은 시인이 그간 발간하였던 시집들과 긴밀하게 연결되어 있다. 그는 1983년에 발간된 『대설주의보』부터 2007년에 발간한 『고비』에 이르기까지 발표된 자신의 작품들에서 시상을 출발시킨다. 기간의 시집들이 새 시집에 실린 작품들의 텍스트가 되는 셈이다. 그러나 한편으로 시인이 이전에 발표했던 작품들과 긴밀하게 연관을 맺고 있기도 하지만 그로부터 그의 시적 상상은 독자적으로 자라난 것임을 확인할 수 있다.

시집 『아메바』에서 최승호 시인은 "모습 없는 나"(「10 배꼽」)를 꿈꾼다. 시인은 자신의 존재조차 없던 먼 과거의 시간으로 회귀하고자 한다. 그의 시적 자아는 자신이 부재하던 시절에 대한 무한한 갈망을 표현한다. 그의 현재는 그가 없던 시간, 즉 업業이 시작되기 전의 자신에 대한 회상의 시간만이 환기되는 시간이다.(「11 전생」, 「34 내가 빚어지기 전」) 또한 시인은 장식들로 꾸며지지 않은 존재가 되기를 꿈꾸며, 인간이란 자연의 물리적 시간 앞에서 다만 수동적이고 나약한 존재임을 확인하고 있으며, 파괴의 왕인 인간의 모습(「25 나는 간빙기의 인간」, 「27 싸락눈」, 「41 나비」, 「52 소금」)을 비판한다.

> 진흙을 게우는 뚱뚱한 진흙소를 생각해본다. 진흙을 게우면서 점점 앙상해지는 진흙소, 진흙을 다 게우고 나면 아무것도 없는, 진흙소라는 이름조차 붙일 수 없는 진흙소를. 그리고 나는 또 생각해본다. 축축한 생각들을 게우면서 점점 앙상해지는 나, 생각을 다 게우고 나면 뭉개진 진흙소처럼 모습 없는 나를 보게 될까.
>
> —「배꼽」 부분

하나의 세포로 이루어진 아메바, 그 무정형의 존재마저도 거부하고 아무것도 없는 空의 시절이 시의 화자가 꿈꾸는 상상의 시간이다. 그는 업 이전의 나로 회귀하고자 하며, 동시에 '지금의 나-此岸의 나'를 벗어나 '彼岸의 나'를 상상한다. 시의 화자는 진흙소가 진흙을 게우고 소의 형상을 벗어나는 것을 상상하면서 "모습 없는 나"를 갈망한다. 형상마저 없어져 버리는 자기의 모습을 상상하는 화자는 형상이 지닌 경계와 차별의 의식에 갇혀 있는 자기를 자각하는 존재이다.

> 전생에는 영장류
> 그 전생의 전생에는 양서류
> 그 전생의 전생의 전생에는 어류
> 그리고 그 전생의 전생의 전생의 전생에는 아메바
> 그 전에는 먼지
> 그 전에는 공왕空王
> 그렇다 나는 전생에 공왕이었다
>
> —「11 전생」 부분

위의 시에서 화자는 "나는 전생에 공왕이었다"고 확신에 찬 어조로 말한다. 그가 실현 불가능한 것을 상상하면서도 그 상상 속의 자신에 대해 단언하는 것에서 空의 극, 즉 '空王'에 도달하고 싶은 그 자신의 갈망이 역설적으로 드러난다. 회상의 시간만이 환기되는 현재, 그 현재는 생생하게 경험되는 시간이 아니라 쇠락한 시간에 지나지 않는다.

“태어나기 전에 나는 숫자라는 걸 몰랐을 것이다”(「34 내가 빛어지기 전」), “잠옷이든 속옷이든 외투든 수의든/옷들은 본래 우스꽝스러운 것이다”(「어느 여행객」), “이름 붙일 수 없는 것에/잔뜩 붙여놓은 이름들이/허공에 미끄러지듯 떨어진다”(「39 문법」) 등에서도 볼 수 있듯이, 시인의 시적 자아는 소멸하는 것에서 무상함을 느끼지 않는다. 그와는 정반대로 그는 ‘있는 것들’, 자신이 ‘경험하는 것들’이 얼마나 무상하고 정체불명의 것인지를 노래한다.

> 아침의 트럼펫처럼
> 나팔꽃이 피어 있는 여름
> 코흘리개 아이들이 가방을 메고 학교로 간다
> 그리고 나팔꽃 피고 지는 여름이 지나
> 아이들은 금세 노인이 된다
>
> —「14 붕괴」 부분

> 오래가는 푸줏간도 없고 영원한 정육점도 없다
> 손톱에 봉숭아 꽃물을 들이던 소녀들은
> 인자한 할머니가 되었다가
> 다시 수줍은 무로 돌아갈 것이다
>
> —「22 팔려가는 쇠고기」 부분

아이들이 금세 노인이 된다고 느끼는 것은 무상함일까, 아니면 즐거움일까? 화자의 어조는 경쾌하다. 시간이 빠르게 흘러 아이들이 노인이 된다는 것에 전혀 미련이 없다는 듯 쾌활하다. 「22 팔려가는 쇠고기」의 화자는 소녀들이 할머니가 되었다가 언젠가는 無의 세계로 돌아갈 것이라 믿는다. 시인의 시적 자아는 지금을 벗어나서 무한의 과거로 거슬러 올라가든지 먼 미래로 달려가려 한다.

> 모래고양이의 뼈는 결국 모래가 될 것이다. 마른 모래, 폭풍에 회오리치는 모래, 쪼개지고 잘게 쪼개지는 모래고양이의 뼈는 사막의 하늘을 떠다니다가 다시 사하라 사막에 떨어질 것이다. 고운 모래, 보드라운 모래, 거기 찍히

는 전갈의 발자국, 모래고양이의 발자국, 혹은 사막여우의 발자국.

—「36 연중강우량 1mm」 부분

최승호 시인은 자신의 형상, '나라는 존재', '지금 있는 나'로부터 벗어나려는 열망을 과거로의 회귀와 미래를 향한 질주의 상상력을 통해 표출하고 있다. 그는 자신뿐만 아니라 인류 전체가 지워지는, 완전한 부재의 시간을 꿈꾼다. 자신의 부재와 소멸의 시간을 거치고 난 뒤에 「36 연중강우량 1mm」에서처럼 사막의 고운 모래 위에 사뿐히 찍히는 얇은 발자국 같은 존재이면 충분한 것이다.

자신이 조롱에 갇혀 있음을 끝없이 확인해야 하는 존재는 끝없는 악몽에 시달린다. "앵무새의 악몽이란/새장을 뜯어먹고 또 뜯어먹어도/새장 속에 갇혀 있는 자신을 발견하는 것이다"(「18 과일바구니」) 도저히 벗어날 수 없는 울타리 안에 든 앵무를 통하여 시인의 시적 자아는 무엇을 부정하고 있는가? 그것은 구속과 쇠락만의 시간에 불과한 현재시간이다. 그는 현재의 자신에게서 벗어나 아득한 과거에서 자신의 존재를 설정하거나 먼 미래시간에 자신을 위치시키고자 한다. 최승호 시인의 이전 시집들에서 위장과 하위와 억압과 파괴의 시간인 현재를 벗어나 그 어떠한 것도 간섭하지 않는 시간으로 미래시간을 상정하였다. 그런데 그의 새 시집에서 인상적인 부분은 자유로운 미래로의 지향과 마찬가지로 먼 과거 시간, 즉 존재 이전의 시간으로 회귀하려는 시의식이다. 시인의 현재를 벗어나고자 하는 시 의식은 미래뿐만 아니라, 존재가 시작되기 이전의 아득한 과거로까지 향해 있다.

3. 프리즘의 상상력과 맨눈으로 보는 현실

유형진 시인의 첫 시집 『피터래빗 저격사건』에 실린 「내가 가장 예뻤을 때 나는 바나나파이를 먹었다」를 보면, 시의 화자는 자신이 "가장 예뻤을 때"의 이야기를 마음껏 늘어놓는다. '내가 가장 예뻤을 때 나는 바나나파이를 먹었고, 짝짝이 단화를 신고 다녔고, 우물이 제일 무서웠고, 토끼에게 망초꽃을 먹였으며, 천식을 앓는 할아버지와 졸린 봄을 맞았으며, 황사와 어두운 방과 안개꽃에 얽힌 이야기들을 끝도 없이 풀어놓는다. 그러나 화자에게 가장 예뻤던 시간이란 이미 오래전에 사라져버린 추억일 뿐이다. "이제 바나나파이 같은 건 어디서도 팔지 않고 검게 변한 바나나는 할인매장에 쌓여만 간다"(「내가 가장 예뻤을 때 나는 바나나파이를 먹었다」). 현재의 그는 생의 빛에 스스로 눈이 부시던 어린 시절로 다시 돌아갈 수 없음을 너무도 잘 알고 있다.

유형진 시인의 시적 자아가 경험하는 시간에서 심리적 결함이 없이 완벽한 시간이 있다면, 아마도 시인이 그리고 있는 어린 시절일 것이다. 시인의 새 시집인 『가벼운 마음의 소유자들』에서도 그는 이야기들이 함께 살아서 호흡하고 함께 꿈꾸던 어린 시절에 대해 집중하여 다루고 있다. 시인의 어린 시적 자아가 지녔던 심리적 평온함과 설렘은 그가 "무지개가 든 프리즘"(「가벼운 마음의 소유자들-존 레논의 나날」)으로 세상을 비춰볼 수 있었던 존재였음을 말해준다. 사물을 둘러싸는 아름다운 빛은 사물로부터 나오는 것이 아니라, 그것을 바라보는 자의 상상과 의식으로부터 생성되는 것이다. 그러나 어른이 된 시인의 시적 자아는 상상의 빛이 내재하는 프리즘 대신에 지루한 현실을 맨눈으로 바라본다.

『가벼운 마음의 소유자들』에서 유형진 시인은 상상력이 세상을 아름답게 만들었던 어린 시절과 상상의 힘이 사라진 시간을 대조시켜서 돌아갈 수 없는 시간을 명징하게 보여준다.

> 색종이를 말아 색동 고리를 만들어 벽에 걸어 놓고 문방구에서 산 반짝이로 크리스마스카드를 만들던 만들기만 하고 아무에게도 주지 않던 색칠 공부 노트와 지구 색연필을 좋아하던 오래된 은행나무와 향나무엔 정령이 살고 있다고 철석같이 믿던 눈이 펑펑 오던 날 향나무 옆을 마구 뛰어 가던 시절에
>
> 무지개가 든 프리즘 따윈 들여다보면 안 된다는 걸 그때는 알지 못했다.
>
> —「가벼운 마음의 소유자들-존 레논의 나날」 부분

화자는 크리스마스 카드를 만들고, 좋아하는 물건들을 간직하고, 정령들 때문에 두려워했던 어린 시절을 회상한다. 어린 시절의 그는 "무지개가 든 프리즘"을 통해 사물들을 바라볼 수 있었다. 그러나 현재의 화자는 상상력의 프리즘 대신에 맨눈으로 현실을 보아야 한다. 그는 프리즘이 현실을 굴절시키는 빛에 불과하다는 사실을 직시해야만 한다. 화자에게서 프리즘의 빛을 거두어간 것은 화자 자신이다. 상상력이 사라진 그는 더이상 크리스마스와 좋아하는 것들과 정령을 믿지 않기 때문이다.

> 나 어릴 때 창문 아래 살던 작은 나무야
> 나는 오늘 너를 생각해
> 너는 서쪽 창가에 언제나 있었지
> 하늘이 조금씩 붉어질 때 너는
> 내가 어린 나무란 게 참 좋아, 하고 말했지
> 난 그 말을 금방 알아들을 수 있었어
>
> 오늘은 너를 생각해
> 작은 잎새랑 그 잎새를 흔들던 바람이랑은 이제 어디로 떠났을까?
> 네 잎을 먹으며 점점 뚱뚱해지던 애벌레도
> 나비가 되어 돌아오지 않겠지
>
> 서쪽 창가의 어린 나무야
> 나는 오늘 너를 생각해
> 하늘은 그때처럼 붉어지지만 아이들은 돌아오지 않아
> 오지 않는다는 건 기다리지 말라는 얘기
> 기다리면서 어린 나무는 늙어가니까
>
> —「어린 나무」 부분

유형진 시인의 시적 자아는 어린 시절의 꿈을 무한히 증식해 나간다. 화자는 "어릴 때 창문 아래 살던" 어린 나무를 생각한다. 어린 '나'는 나무의 말도 금방 알아들을 수 있었고, 나무는 '나'와 마을에서 일어난 일들을 하늘에 전할 수 있었다. 나와 어린 나무가 말을 하고 땅과 하늘이 소통하던 시절, 나무가 "내가 어린 나무란 게 참 좋아" 하고 말하던 시절로 화자는 다시 돌아갈 수 없다. 떠났던 것들은 돌아오지 않는다고 지금의 '나'는 회상 속의 나무에게 말하지만, 그 말은 내가 나 자신에게 하는 말이다. 어린 나무의 말을 어린 내가 알아들을 수 있었던 것은 내가 만들어 낸 상상의 프리즘에 지나지 않았다는 것을 이미 알아버린 것이다. 나에게 어린 시절의 꿈이란 오래전에 찢겨진 화폭 위에 형상을 그리고 채색하는 것에 불과하다.

> 그에게선 항상 참나무 숲의 냄새가 났다. 그는 허리를 숙여야 들어갈 수 있는 작은 집에 살았다. 버섯 기둥이 지붕에는 이끼가 얹힌, 포트메리온 찻잔에나 그려진 야생화로 창문과 현관이 장식된 그런 작은 집이었다. 그의 집 이층 창가에서 내려다본 정원의 십자로에선 공기의 움직임이 훤히 보였다. 오로라 빛깔이 입사된 그 공기들은 안개는 아니었는데 프리즘 효과를 내었다.
>
> —「낭만 사회와 그 적들-낮달들은 잊혀진 별자리를 그리워하고 무당벌레들이 윙윙거리는 오후, 분꽃 정원 십자로에서의 회고담」 부분

시인의 시적 상상은 언제든 피터 팬의 네버랜드를 닮은 "낭만 사회"로 날아간다. 그러나 그의 이 같은 비상은 이미 세상에 존재하지 않는 상상의 공간에서나 가능한 것이다. 다시는 돌아갈 수 없는 어린 시절에 대한 기억을 잃어버리지 않기 위해 시인은 상상의 장소와 그곳에 대한 꿈을 끊임없이 만들어낸다. 그러나 꿈의 아이스크림은 현재의 시간 속에서 너무나 빨리 녹아버린다.

살청殺靑과 쇠락과 유배의 시

1. 고요함의 내적 공간

조정권 시인은 시집『고요로의 초대』에서 색깔과 소리와 형상으로부터 나와 고요 속으로 들어가고자 한다. "시는 무신론자가 만든 종교./신 없는 성당./외로움의 성전."(「은둔지」)라고 시인이 자신의 시론을 표명할 때나 부단한 성찰의식을 지속시키기 위해 불면의 시간에 있을 때, 그의 의식은 언제나 살청殺靑과 거부의 정신으로 이어진다. 그에게 살청이란 빼기 혹은 없애기의 의식이 만들어가는 삶을 의미한다. 그는 스스로를 살청함으로써 지극한 고요함을 자신의 내면에 마련한다.

푸르스름하게
송두리째 다 푸르스름한 게 아니라
푸른색이 간간 찐하게 뻗어 간 그 푸른 길로
뻗어 가다가 막힌,
저 푸른빛이 왜 멈춘 걸까.
왜 막힌 것일까. 막히기 시작한 그 자리에서
자해하듯 내밀기 시작한 가시들. 가시들.

가시야
나는 내가 무겁다.
너는 너조차도 무겁구나.

나도 내가 무겁다.
너는 네 안에서 무겁다.
너는 네 안에서 꽃을 친다.
너는 네 안에서 죽을 쑨다.
나는 네 안에서 구겨진다.
이제까지 공쳐 온 말과
죽 쑤어 온 말을
無로 번역해
無의 꽃을 피워 낸다.
자면서 울고 있는
네 잠의 눈물을 보며
나는 눈물방울을 닦아 줄 말을 생각해 낸다.

—「살청殺青」 전문

푸른 것을 죽인다는 뜻의 살청殺青은 찻잎의 푸른 기운을 없애는 일을 가리키기도 하고, 대나무에 불을 쬐어 푸른빛을 빼내는 일을 뜻하기도 한다. 「살청殺青」에서의 살청은 다른 힘에 의해 푸른빛이 빠지는 것이 아니라, 화자가 자신에게서 푸른빛을 죽이는 행위이다. 시의 소재가 되었을 모종의 식물은 시의 화자와 동일시되고, 의인화되어 '너'로 호명된다. 너는 푸른 길을 멈추고, 내부에 있던 감정과 인식들을 '꽃'으로 만들고, 죽으로 만들어 형상을 지우려 한다. '너'의 없앰의 의지가 "無의 꽃"인 가시로 형상화된다. 따라서 위 시에서 살청은 더하기 혹은 덧붙이기의 삶을 거부하고, 빼기와 없애기의 의지를 표명하는 삶의 방향이라고 볼 수 있다. '살청' 이후에 내민 가시는 '너'의 의지적 결과이며 결정체라 말할 수 있다.

조정권 시인의 새 시집에 게재된 시편들은 덧붙이는 것이 아닌, 빼기의 지향성을 지닌 시인의 삶의 방향을 세밀하게 보여주고 있다. 시인이 구현하려는 빼기의 시학이 그의 시에 응축되어 있으며, 그것의 극점이 고요함으로 발현된다. 「은둔지」는 새 시집 『고요로의 초대』에서 보이는 시와 언어를 대하는 시인 자신의 다짐이며, 시인의 시론이라고 볼 수 있다. "외로움은 시인들의 은둔지./외로움은 신성한 성당./시인은 자기가 심은 나무/그늘 밑에서 휴식을 취하지 않는다."(「은둔지」) 세상은 외로움을 못 견디는 사람들이 집단을 이루어 사는 곳이며, 자신의 본래 모습을 위장함으로써 타자에 대해 우위를 선점하려는 욕망이 들끓는 곳이며, 끊임없이 권력을 덧붙여나가려는 힘들이 겨루는 곳이다. 이 같은 욕망 때문에 세상에는 소음과 충돌과 현란을 극한 색깔들이 난만한 곳이 될 수밖에 없다. 조정권 시인은 이러한 세속으로부터 물러 나와 외로움의 은둔지를 시에 마련하고자 하는 것이다.

조정권 시인이 추구하는 빼기와 은둔과 고요와 같은 맥락에 속해 있는 것이 '불면'의 시간이다.

> 밤이 주는 휘황찬란한 축복은
> 불면.
> 불면이야말로 내 안에서 살아왔던 산타클로스.
> 김 추기경도 말년을 불면 속에서 살았듯이
> (신은 인간에게 불면을 주셨다)
> 마음이 혼자 기댈 곳 없는 자신에게마저도 기댈 수 없는 시간을 계속 더 주신다면.
> 가는 날이
> 하루하루 기다려지는
> 크리스마스이브 날만 같다면.
> 구멍 난 양말 신은 채 잠든 마음들 찾아가
> 내가 덮고 살던 담요짝 덮어 주고
> 조용히 옆에 같이 있다가
> 있었던 모습으로라도 갈 수 있다면.
>
> ―「신성스러운 불면」 부분

위의 시에서 시인은 불면이란 자신에게도 기댈 수 없는 시간이라고 말한다. 여기에서 불면은 잠의 휴식을 갖지 못하는 시간이 아니다. 여기에서 불면은 특별한 의미를 지니고 있다. 지극한 고독 속에서 완벽하게 홀로 존재하는 자의 성찰과 홀로 깨어 있는 자의 의식이 바로 불면의 시간 속에서 전개된다. 불면은 그가 세속에서 발견해 낸 고요한 은둔지이다. 홀로 깨어 유일한 자기만의 시간을 누릴 수 있는 축복인 것이다. 고독과 빈한함을 선택한 시인은 고독의 조건을 벗어나지 않는다. 그는 오히려 자신을 불면이라는 고독의 상태로 적극적으로 밀어 넣는다. 이러한 "세속 속에서의 은둔"(「은둔지」)을 즐기는 시간은 시인이 꿈꾸는 고요함으로 그 자신을 초대한다. "이 봄날/아무것도 아니고 아무것도 아닌/편안한 말 한 송이 들고./아무런 생각도 없고 아무런 뜻도 없는/말 한 송이는/성당이 없어도 되는 종교 같고/신앙이 없어도 꽃 피는 마음 같고"(「문안」) 그는 자신에게 외로움과 고요함을 지속하고 있는지 문안하기를 쉬지 않는다.

조정권 시인이 이번 시집에서 지속적으로 표출하는 빼기의 시정신은 "어느 누구로부터도 위안받지 않으려는"(「모래의 귀」) 거부의 정신과 맥락이 닿아 있다. 위안과 안식을 거절하고 어떠한 무리에도 속하지 않으려는 고독의 정신을 문자로 뚜렷하게 기입할 수 있다면, 그것은 "단 두 줄"이 될 것이다. "Heinrich Heine/1797—1856/간명하게 단 두 줄."(「단 두 줄」)에서처럼 시인의 삶을 기록하는 데 필요한 언어는 세상에서 불린 이름과 생몰연대 단 두 줄이면 충분하다. 수식으로 거추장스러운 세상에서 걸어나와 외로움의 거처로 들어간 시인의 삶이 간명하다.

2. 쇠락의 수줍음과 설렘

송재학 시인의 시집『내간체를 얻다』는 쇠락의 시간을 다루고 있다. 자연의 쇠락을 보여주는「모래장葬」과「소금장葬」, 육체의 쇠락을 담은「소리족族」,「생가生家」,「쓸쓸한 우물이다」, 건물의 쇠락을 표현한「지붕」등 시인은 낡아가는 시간에 집중한다. 송재학 시인은 쇠락의 의미를 독창적으로 만들어내는데, 그것은 다시 무언가로 새로워질 쇠락이다. 텅 빈 쇠락의 시간을 경험하는 존재는 다시 채워질 것을 기대하는 수줍음과 설렘으로 가득차 있다.

> 너가 인편으로 붓틴 보자褓子에는 늪의 새녘만 챙긴 것이 아니다 새털 미듭을 플자 믈 우에 누웠던 항라亢羅 하놀도 한 움큼, 되새 떼들이 방금 븮고

간 발자곡도 구석에 꼭두서니로 염색되어 잇다 수면의 믈거울을 걷어낸 보자 숍은 흰 낟달이 아니라도 문자향이더라 (중략) 빈 보자는 다시 보넌다 아아 겨을 늪을 보자로 싸서 인편으로 받기엔 어름이 너무 차겠지 향념向念

—「늪의 내간체內簡體를 얻다」 부분

「늪의 내간체內簡體를 얻다」는 풍요로운 자연물의 형상을 잘 보여준다. 하늘과 새떼의 발자국과 낮달이 비추는 늪에 대한 화자의 감탄이 넘친다. 늪이 간직한 풍요와 신비로움을 대하는 찬미는 섬세한 감정이 살아 있는 내간체와 잘 결합되어 있다. 위의 시는 송재학 시인이 내간체로서 재현한 이상적인 자연의 풍경이다. 그러나 이처럼 가득차 있는 늪도 텅 비게 될 시간을 맞을 것이다. 미래시간은 소멸 뒤에 다시 소생하는 자연의 이법처럼 다시 무언가로 채워질 것을 예비하는 때이다.

"뼈들이 닿으려는 곳은 모래나 사람이 무릎으로 닿으려는 곳이다 고요조차 움직이지 못하면 뼈와 노는 증발한다 물기 없는 뼈들은 기화되면 이미 내 것이 아니다 너무 가벼워 사라지는 뼈들은,"(「모래장葬」) 뼈마저도 기화시켜 버리는 모래 속에서 어떠한 것도 자신의 소유를 주장할 수는 없다. 사물들의 흔적도 남기지 않고 소멸시키는 모래는 자연이 지닌 균열이라고 말할 수 있다. 그 틈 속으로 세상의 사물들은 흔적없이 빨려들어가는 것이다. "살은 발라지고 뼈는 희게 드러나라,/송홧가루 날아와 늙은 염전을 달래는 중이다/ (중략) /땡볕의 지층이 밀물로 다가오듯/결정지 소금꽃에도 밀교 같은/외눈이 은밀하게 새겨졌다"(「소금장葬」) 염전은 바닷물의 장례와 같다. 물의 살이 발라지고 나면 물의 흰 뼈가 드러난다. 그러나 물의 뼈인 소금꽃에도 이전에는 없던 "밀교 같은 외눈"이 새겨진다. 소멸은 또다시 새로운 것의 생성으로 이어진다.

버려둔 시골집의 안채가 결국 무너졌다 개망초가 기어이 웃자랐다 하지만 시멘트 기와는 한 장도 부서지지 않고 고스란히 폴삭 주저앉았다 고스란히라는 말을 펼치니 조용하고 커다랗다 새가 날개를 접은 품새이다 알을 품고 있다 서까래며 구들이며 삭신이 다치지 않게 새는 날개를 천천히 닫았겠다 상하진 않았겠다 먼지조차 조금 들썽거렸다 일몰이 깨금발로 지나갔다 새집에 올라갈 아이처럼 다시 수줍어하는 기왓장들이다 저를 떠받쳤던 것들을 품고 있는 그 지붕 아래 곧 깨어날 새끼들의 수다 때문이 아니라도 눈이 시리다 금방 날개깃 터는 소리가 들리고 새집은 두런거리겠다

—「지붕」 전문

송재학 시인이 새 시집에서 텅 비어가는 시간 혹은 쇠락의 시간은 자연물에서 시작하여 건물과 인간의 육체로 이어진다. 이 같은 쇠락을 자연의 틈, 육신의 틈이라 부를 수 있을 것이다. 쇠락하는 사물들은 새로운 것들로 채워지기 위해 들썩인다. 지붕은 한 마리 새처럼, 새 깃 아래 곧 깨어날 새끼들을 품은 것처럼 내려앉았다. 지붕 아래 삭아서 무너진 집은 새로운 집을 예비한다. 무너진 집은 새집을 수줍음과 설렘으로 기다리고 있다.

송재학 시인은 육체를 공간화시켜서 인식한다. 육체는 낡은 집과 거푸집과 새로 지어지는 집에 비유되기도 하고, 사원에 비유되기도 한다.

내 귓속의 소리족族들은 오래 살림하며 번식해왔다 그들은 내 입이고 나는 그들의 비명이다 육신의 빈틈이 또다른 생의 거푸집이라는 예감은 있다 그 생이 또다시 무언가의 거푸집인 것도 분명하다

줄의 한쪽은 내 귀에 닿아 있고 다른 한쪽은 소리를 힘껏 물고 있다 (중략) 거푸집이 낡았다고 불평하는 건 어린 소리족들이다 꽃잎의 낙하를 읽어, 라고 내 귀와 꽃의 귀에 동시에 속삭이는 늙은 소리들 덕분에 생의 느린 장면, 생의 정지 화면과 함께 할 수 있다 씻어내려고 게워내려고 하지만 소리는 이미 내 귀를 나팔꽃 닮은 공명통으로 바꾸는 중이다

—「소리족族」 부분

위 시에서 귓속의 소리족은 이명耳鳴을 암시한다. 이명은 낡아가는 화자의 육신의 빈틈에서 생겨난다. 화자는 이명을 또 다른 생의 거푸집이라고 여긴다. 거푸집은 건물을 지을 때 임시로 설치하는 구조물인데, 화자는 낡아가는 자신의 몸을 새로 지어질 집의 임시적인 틀, 즉 거푸집으로 여긴다. 그는 임시 거처인 육신의 소멸 이후의 생에서 생의 지속성을 기대하지 않는다. 다만 그는 자신의 육신이 또 다른 시간으로 들어가는 중이라는 것을 이명을 통해 경험하는 중이다. 그는 틈과 균열이 만들어내는

"늙은 소리들 덕분에" 꽃잎이 낙하하는 소리를 들을 수 있고, "생의 느린 장면, 생의 정지 화면"을 볼 수 있다.

"내 몸속의 사원,/깜깜하지만/오십 년 너머 울금鬱金빛 건물이다/단출한 방이다/(중략)/이참에 그곳에 의자를 준비하려 한다/거기 앉아 나무의 생각을 흉내 낼 참이다/참하게 된다면/집을 허물고/아름다운 상수리 일가를 이사시키려 한다."(「생가生家」) 시의 화자는 아물지 못하는 상처와 오래전의 생채기가 가득한 자신의 몸을 허물고, 그곳에 상수리 일가가 들어서기를 바란다. 그는 자기 존재의 지속이 아니라, 자신의 육신과 의식까지도 지워버리고 아름다운 상수리 일가가 들어서게 되기를 희망한다.

3. 디아스포라의 회귀의식

김태형 시인의 시집 『코끼리 주파수』에서 시인의 시적 자아는 스스로를 디아스포라로 인식한다. 디아스포라의 감정과 의식에는 그가 떠나온 고국과 이주해 살고 있는 현재의 공간이 중첩되어 그의 인식의 바탕을 이룬다고 볼 수 있다. 그에게 자신의 본래 고향으로 인식되는 곳은 코끼리 주파수를 들을 수 있는 곳이다. 그러나 현재의 그는 고향으로부터 너무나 멀리 떨어진 곳에 유배되어 있다. 그가 경험하는 세상은 가난과 고단한 생계에 압도된 곳이며, 자연과 소통이 차단된 문명 속이다. "어둡고 갈 곳 모를 이 세상의 외딴 손님으로 돌아와 있었다 바로 이곳이었다"(「雲住奇行」)에서처럼, 상상과 꿈의 힘을 빌려서라도 시인의 시적 자아는 세상 바깥으로 탈출하고자 하지만, 언제나 그는 떠돌이로서 사는 세상으로 돌아온다.

> 비밀처럼 이 세상엔 도저히 내게 닿지 않는
> 들을 수 없는 그런 말들이 있다
> 얼마나 멀리 떨어져 있었으면 오래고 오래되었으면
> 그 부르는 소리마저 이젠 들리지 않게 된 걸까
> 나무껍질과 마른 덤불로 몇해를 살아온 나는
> 그래도 여전히 귀가 작고 딱딱하지만

들을 수 없는 말들은 먼저 몸으로 받아야 한다는 걸
몸으로 울리는 누군가의 떨림을
내 몸으로서만 받아야 한다는 걸 알게 되었다
저물녘이면 마른 바닥에 먼 발걸음 소리 울려온다

—「코끼리 주파수」 부분

멀리 있는 곳, 자신이 떠나온 곳의 소리를 귀로 들을 수 없는 문명인인 화자는 몸으로 그 소리를 듣고자 한다. 그는 기억도 할 수 없이 오랜 시간을 거슬러 고향에 회귀할 수는 없다. 고향의 소리를 들을 수 있는 그의 귀도 이미 작고 딱딱하게 퇴화되어 버렸다. 그러나 그는 귀로 들을 수 없는 시원의 소리를 몸으로 받아들여야 함을 잊지 않고 있다. 「코끼리 주파수」는 망각의 시간 속으로 잊혀져 가는 고향과 그곳으로 회귀하려는 화자의 의지를 잘 보여준다.

기름때 얼룩진 누런 씽크대뿐인 부엌과 방 하나
몇해째 풀지도 못한 채
구석에 덧두겨 쌓아놓은 낡은 상자들
죽은 짐승의 늙은 허파 속 같은
쭈글쭈글한 어둠뿐이다
방문을 꾹 눌러 닫고 한구석에 두 아이를 눕힌다
아이들 이마 위에
가만히 얹어보던 굳은 손으로
새파랗게 죄 지은 손으로 바닥을 쓸어본다
몇시간째 밤의 해협을 건너느라
어깨는 자꾸만 들먹거리는데
갈치떼가 입술을 감물고
굽은 등을 지나간다

—「흰 고래를 찾아서」 부분

단칸방과 좁은 부엌의 집에서 두 아이를 재우는 위 시의 화자는 아이들에게 자신이 죄를 지은 것 같은 심정에 사로잡힌다. 그가 아이들을 데리고 삶을 꾸려나가는 것은 해협을 건너는 것처럼 힘들다. 그러나 그는 "흰 고래를 찾아서" 헤엄쳐 나간다. 가난한 생활은 그 자신을 세상에 유배된 자로 인식하게 만든다. 여기에서 흰고래는 그와 아이들을 떠나온 고향, 시원의 장소로 데려다 줄 안내자이다.

세 살 갓 지난 딸아이가
화장실에서 빼온 두루마리 화장지
죄다 풀어내어 바다를 만들었다
바다를 처음 보고 와서는 늘 바다 바다를 외치더니
아빠 바다 아빠 바다 하고
제가 만든 두루마리 바다를 보여준다
(중략)
조개를 깨먹는 수달 아저씨
작은 돌로 제 가슴을 치며 멍든 자리에
파도 한자락이 올라타고
대항해시대를 맞이한 어린 해적 둘이 또 올라타고
내 마지막 상상은 누렇게 부르튼 통나무배 한 척
바득바득 기어서라도 나아가야 할 무거운 몸뚱이 하나

—「마지막 상상」 부분

시의 화자는 생계의 바다를 아이들과 헤쳐나가야만 한다. 그는 아이들이 단칸방에 휴지를 풀어 만들어 낸 상상의 바다에서 화자는 아이들과 함께 수달도 되고, 해적 놀이도 한다. 화자는 이러한 놀이를 "마지막 상상"이라고 자조한다. 진짜 바다에 가고 싶어 하는 아이들과 하는 바다 놀이는 힘겨운 일상에서 꿈꿔보는 마지막 상상인 것이다. 이 세상으로 쫓겨온 온 존재로 자신을 인식하는 시인의 시적 자아는 다시 "흰 고래를 찾아서"(「흰 고래를 찾아서」), "흰 구름 같은 개"(「雲住奇行」)가 있는 고향으로 돌아갈 수 있기를 꿈꾼다.

생성되는 시간과 작은 결의의 이행

이은봉 시인은 『마침내 시인이여』(1984)에 「좋은 세상」 외 여섯 편의 시를 발표하며 시단에 나왔다. 그는 『좋은 세상』(1988), 『봄 여름 가을 겨울』(1989), 『절망은 어깨동무를 하고』(1994), 『무엇이 너를 키우니』(1996), 『내 몸에는 달이 살고 있다』(2002), 『길은 당나귀를 타고』(2005), 『책바위』(2008), 『첫눈 아침』(2010) 등의 시집을 발간하였다. 그동안 시인은 "시대 중심의 시학"(졸고, 「느리고 조용한 마을로 건너가는 시인」, 『생과 죽음의 시적 기록』, 2006)을 펼쳐왔다고 말할 수 있다. 그의 "시대 중심의 시학"은 혼돈의 시대에도 흔들림 없이 화해로운 세상을 꿈꾸는 시 정신을 의미한다. 이 같은 시 정신은 생명성 회복으로 발현되기도 하고, "부정의 정신"이 내재하는 유토피아를 꿈꾸는 것으로 나타나기도 한다.

이은봉 시인은 그의 시론 「풍경과 존재의 변증법」(『첫눈 아침』)에서 "모든 좋은 시는 당대의 사회가 만드는 유토피아와 파라다이스의 꿈을 숨기고 있다. (중략) 기본적으로 유토피아와 파라다이스의 꿈은 부정의 정신, 곧 거부의 정신과 함께 한다. 경직되고 고착되는 것을 견디지 못하는 자유의지의 산물이 유토피아와 파라다이스의 꿈이다. 이들 꿈은 본래 기존이 지배문화에 대한 저항의지에서 비롯된다."고 진술한다. 이처럼 그의 시 의식은 화해로운 세계와 부정의 정신이 마련하는 유토피아에 놓여 있다고 말할 수 있다. 시인은 「금강가에서-막은골 이야기」, 「삼천포의 봄」, 「병풍」, 「역사에 대하여」, 「水月軒에서」에서도 시인의 자족의 세계와 그를 위한 시적 실천의식이 잘 나타나 있다.

시인의 이전 작품들과 신작 시편을 비교해보자면, 이전의 작품들이 보여주었던 조화로운 시간, 즉 자족의 세계로부터 더 나아가서 「금강가에서-막은골 이야기」에서처럼 아버지와 유년의 시적 자아와 자연이 하나가 되었던 '살아 있는 이야기'의 회복으로 좀 더 구체화된다는 점이다.

올이 굵은 투망을 어깨에 걸머멘 채 아버지는 종종걸음으로 강물 속 붕어 떼를 쫓아다녔다 강물에서 건어 올린 투망 안에는 붕어만이 아니라 중태기도 피라미도 모래무지도 들어 있었다

온몸을 까맣게 태운 빤쓰 차림의 나는 아버지를 따라 덤벙덤벙 모래톱 위를 뛰어다녔다

그러다가 지치면 아무데나 주저앉아 두 손을 모아 모래톱 위에 물사래를 퍼부어대고는 했다

몇 번의 물사래만으로도 모래톱 위에는 샛노란 재첩들이 즐비하게 낯을 내밀었다

햇살이 너무 뜨거워지면 아버지와 나는 미루나무 그늘에 누워 온몸이 늘어지도록 낮잠을 잤다

이런 날 밤에는 들판 멀리 강언덕 위를 내달리는 도깨비불빛도 별로 무섭지 않았다 굵은 물줄기를 꿈틀거리며 흐르는 금강이 문득 내 가슴을 꽉 채우고는 했다.

—「금강가에서-막은골 이야기」 전문

위의 시는 유년의 화자와 아버지가 금강에서 천렵하는 이야기를 담고 있다. 금강은 맑아서 중태기와 모래무지 등이 보존되어 있고, 모래톱에는 샛노란 재첩들이 숨을 쉬고 있다. 모래톱을 덤벙덤벙 뛰어다니는 어린 화자의 모습은 마치 자연에 어리광을 부리는 것처럼 보인다. 거리낌없이 마음껏 뛰어노는 화자의 모습은 자신의 곁을 지켜주는 아버지에 대한 그의

절대적인 믿음을 보여준다. 어린 화자가 아버지와 함께 천렵을 즐기며 보낸 하루 동안의 시간은 이야기가 생성되는 시간이라고 말할 수 있다. 화자가 그의 아버지와 금강과 하나가 되었던 경험은 고스란히 그의 기억 속에 새겨진다. "굵은 물줄기를 꿈틀거리며 흐르는 금강이 문득 내 가슴을 꽉 채우고는 했다"에서처럼 결핍된 것이 없는 자족의 세계를 보여주는 "막은골 이야기"는 그의 기억에 저장된다. 이러한 그의 기억은 그가 자신의 경험을 바탕으로 관념화시킬 수 있는 유토피아의 내용이다. 「금강가에서-막은골 이야기」의 화자가 경험한 완전한 세계에 대한 기억은 화자에게 한정된 것이지만, '아버지'와 '자연'이 지닌 보편성으로 인하여 개인의 경험을 넘어서는 공감을 획득한다. 그러나 화자가 경험하고 기억하는 유토피아는 불가항력적인 소멸의 시간에 의해 사라져버린다. 자족의 세계가 지닌 완벽함은 사람과 자연의 가변성과 함께 깨지기 쉬운 온전함이기 때문이다. "아버지는 이승에 안 계시지 그렇지 더는 내 이름 소리쳐 부를 사람 없지 길 가다 뒤돌아볼 일 없지//그렇지 저승에도 사랑은 무게가 없지// 친구와 함께 길을 걷고 있는 중이었다 누군가 함부로 내 이름을 불렀다 음뱅아아……아, 아버지! 환청이라도 좋았다."(「아버지」, 『첫눈 아침』)에서 시의 화자는 환청으로라도 돌아가신 아버지의 목소리를 듣고 싶어 한다. 화자의 아버지에 대한 그리움의 표출은 아버지의 절대적 부재를 경험한 이들의 가슴을 아프게 울린다.

이은봉 시인은 그의 시에서 자연을 주로 활유법과 의인법으로 형용해 내는데, 이 같은 수사법은 그의 시 「금강가에서-막은골 이야기」와 「삼천포의 봄」에서도 잘 나타나 있다. "삼천포 바닷가에서는 물푸레나무만이 아니라 햇살도 제 얼굴 물거울에 비추어보는 것을 좋아했다/제 얼굴에 취해 있는 햇살이라니! 봄이 무르익어 갈수록 햇살은 제 얼굴이 예쁘다고 생각했다 햇살이 가끔씩 두 손으로 얼굴을 감싸 쥐는 것은 그래서였다/ (중략) /바람의 손은 바닷물을 간질이는 것도 좋아했다 바닷물의 목덜미에 그녀가 제 손을 넣을 때마다 바닷물은 까르르 몸을 비틀며 웃었다"(「삼천포의 봄」) 여기에서 삼천포의 햇살과 바람과 바닷물은 한 덩어리가 되어 웃고 있는 듯하다. 햇살과 바람과 나무와 바닷물이 함께 어울려서 삼천포는 따뜻한 체온을 지닌 하나의 생명체로 다시 태어난다. 삼천포의 봄에서 시인의 시적 자아가 인간의 사랑 같은 활기를 감각하는 것은 「금강가에서-막은골 이야기」에서처럼 인간과 자연이 온전하게 합일하는 시간을 경험한 자의 정서 속에서 가능한 것이라고 말할 수 있다.

이은봉 시인은 그의 시 「병풍」과 「역사에 대하여」에서 부정정신이 도래시킬 유토피아를 위해서 가장 중요한 것은 시적 자아의 의지가 가장 중요한 것임을 노래한다. 작은 몫이지만 실체적인 힘이 될 시적 자아의 결의와 실천은 「역사에 대하여」에서 "수나사의 사랑"과 "도래송곳의 사랑"에 함축되어 있다.

> 벽인 줄 알았다 도저히 어쩌지 못할
> 절벽인 줄 알았다 용기를 내어 살펴보니
> 벽이 아니었다 접었다가 펼 수 있는
> 병풍이었다 그래도 병풍은
> 나와 세상을 완벽하게 끊어놓았다
> 병풍 속의 꽃과 나비에 취해
> 떨어지는 계곡의 폭포에 취해
> 한 세상 살다 가라는 것인가
> 꽃과 나비에게도 가슴이 있기는 했다
> 계곡의 폭포에게도 사랑이 있기는 했다
> 사랑에 취해 한 세상 살지 못할 것도 없었다
> 그래도 그렇지 병풍 따위에 의해
> 나와 세상이 아득하게 끊어지다니!
> 병풍이 무슨 휴전선인가 국경선인가
> 어쩌면 병풍은 돈인지도 몰랐다
> 딱한 일이었다 슬픈 일이었다
> 제 뜻과는 달리 이미 병풍이
> 벽으로, 절벽으로 살아왔기 때문일까
> 기껏 병풍 따위를 접어치우는 데도
> 용기가 필요하다니! 절망이 필요하다니!
> 마음 모아 정성을 다하다 보면
> 무엇인들 접어치우지 못하랴

벽인들, 절벽인들 허물어버리지 못하랴.

—「병풍」 전문

벽이나 절벽이 병풍이 되거나, 병풍이 벽과 절벽이 되는 것은 '나'의 마음에 따라 결정된다. 이는 내 마음이 가장 단단한 벽이며, 가파른 절벽이라는 뜻이다. 병풍을 접어 치우는데 '나'의 작은 힘이 필요할 뿐이지만, 나는 병풍을 거대한 벽과 절벽으로 받아들이고 살아왔다. 병풍을 벽으로 인식하는 주체도 나이며, 벽이 병풍처럼 간단히 접어서 치울 수 있는 것임을 깨닫는 것도 나의 의지에 속하는 것이다. 이은봉 시인은 「水月軒에서」에서도 기후나 장소 같은 외부적 문제가 시인의 시적 자아가 느끼는 공포와 불안의 원인이 아님을 노래한다. "제주도에 와서, 제주도 한경면 고산리 수월헌에 와서 태풍 무이파에 놀라 마음 둘 곳 다 잃는다/무얼 해야 하나 어떻게 해야 하나 전화를 걸어 목소리를 높이는 집주인은 진득이 시나 쓰라고 한다"(「水月軒에서」) 여기에서 시의 화자는 태풍 무이파 때문에 놀라고 제주도의 비극적인 상처 때문에 경황이 없는 듯 보인다. 그러나 그를 불안하게 하고 초조하게 만드는 것은 무이파 태풍이나 제주도의 역사적 상처가 아니라, "무얼 해야 하나 어떻게 해야 하나" 하는 자신의 동요하는 마음 때문임을 스스로 잘 알고 있다.

나는 누구처럼 뱅글뱅글 줄넘기 장난을 하며 역사를 절망하지 않았다

나는 누구처럼 까마득한 달의 행로를 밟으며 역사를 괴로워하지 않았다

나도 역사가 아프기는 했다 그래도 누구처럼 요란스럽게 엄살을 떨지는
않았다

어떤 가수인들 온몸으로 노래하지 않으랴 모든 노래는 다 안이비설신의,
색성향미촉법, 시청후미촉지로 오거늘!

차라리 나는 수나사의 사랑으로 내일을 믿고 싶었다 수나사의 사랑이 아
니라 도래송곳의 사랑이라고 해도 좋았다

돌이켜보면 왼손으로는 하늘을 가리키고 오른 손으로는 땅을 가리키는 것이 나온지도 몰랐다

세상의 모든 사물과 존재가 아직은 다 높고 귀하지 않을지라도!

동서남북으로 일곱 발자국씩 걷고 제자리로 돌아오지 않더라도 크게 부족할 것은 없었다.

—「역사에 대하여」 전문

위의 시에는 김수영의 「공자의 생활난」과 그의 '온몸의 시론'을 전제로 하여 역사내적 인간이 펼치는 사유가 있다. 김수영의 「공자의 생활난」은 김수영의 초기시에 보여주었던 모더니즘 경향에 속하는 작품이다. "꽃이 열매의 상부에 피었을 때/너는 줄넘기 작란을 한다//(중략)//동무여 이제 나는 바로 보마/사물과 사물의 생리와/사물의 수량과 한도와/사물의 우매와 사물의 명석성을//그리고 나는 죽을 것이다"(「공자의 생활난」) 김수영은 시대와 개인이 충돌하고 조우하는 지점, 즉 역사적 개인으로서의 자세에 대한 모색을 지속시켰던 시인이다. 그러나 그의 초기작인 「공자의 생활난」에는 시대를 대하는 시인의 시적 발언이 다소 관념적이고 직접적으로 표현되어 있다고 볼 수 있다.

이은봉 시인은 그의 시 「역사에 대하여」에서 김수영 시인의 초기시에 보이는 관념적으로 비칠 수도 있는 시대에 대한 태도에 대해 거리를 두고자 한다. 사랑과 평등의 시적 실현에 대한 확신을 노래해 온 이은봉 시인은 무엇보다도 자기로부터 시작되는 실천을 이야기하고자 한다. 그는 미미한 힘을 가지는 것으로 시작되지만, 작은 결의들에 내재하는 무한한 확장의 힘을 믿고 있다. 그는 「역사에 대하여」에서 역사적 인간으로서 이행해야 할 '나' 자신의 몫이 어떠한 것보다도 중요하며, 나에게서 시작되는 결의가 사회와 민족과 세계로 확장되는 힘이 된다는 것을 노래한다. 그의 시적 자아는 자신의 작은 결의를 가리켜 "수나사의 사랑", "도래송곳의 사랑"이라고 말한다. 이처럼 도래송곳처럼 작은 사랑으로 역사를 내하고자

하는 그의 태도는 어디에서 비롯되는가? 그것은 역사와 시대에 대한 관념적인 성찰에서 나오지 않고, 세상을 대하는 그의 겸허함에서 시작된다. 시인은 “아무데나 불쑥 제 푹신한 엉덩이 내밀어/사람들의 엉덩이 편안하게 들어앉히는 접는 의자!//(중략)//아무데나 함부로 엉덩이를 내밀 수 없어/세상 어디에도 그에게는 자리가 없다//제자리가 없어 더욱 마음 편한 접는 의자/엉덩이를 폈다 접으며 그는 하늘에 닿는다.”(「접는 의자」, 「책바위」)에서 시를 통한 작은 결의의 확장성을 노래한 바 있다. 접는 의자는 의자로서의 소용이 다 하면, 그것이 펼쳐질 때 차지하게 될 최소한의 공간도 요구하지 않는다. 이은봉 시인이 시인으로서 세상을 대하는 태도도 “접는 의자”처럼 시인 자신에게 주어진 몫의 책임을 겸허하게 이행하는 일일 것이다.

자기 분절分節의 시학

1. 명징한 인식의 극점에 서 있는 존재

이관묵의 시는 색채와 의미의 결합을 바탕으로 새로운 상징을 창조해 낸다. 어둠은 그의 시에서 주요한 이미지를 형성한다. 그의 시에서 어둠은 들끓던 감정이 가라앉고 투명한 의식만이 살아 있는 시간과 공간이다. 그 어둠은 빛 혹은 밝음과 대립하지 않는다. 어둠은 빛에 의해 가려져 있던 것들이 드러나도록 하는 힘을 갖고 있으며, 시인의 시적 자아는 어둠이 생성해 낸 침묵과 적막 속에서 자기 자신과 바깥세상을 명료하게 바라본다. 이관묵 시인의 어둠은 그의 시적 자아가 세상과 자신에 대해 성찰하는 지점, 명징한 의식의 극점에서 창조된다.

이관묵의 시에 나타나는 또 다른 중요한 색채 이미지는 푸른빛이다. 그의 시에서 푸른빛은 그의 어둠에 관한 이미지와 이어진다. 문학에서 푸른색은 맑음과 젊음과 이상 등의 의미로 쓰이지만, 이관묵은 여기에서 나아가 그가 지향하는 절대적 순수를 함축하는 색채로 새롭게 창조한다. 푸른색은 그의 시적 자아가 자신을 부단히 정련하여 얻은 것으로, 그가 동경하는 적요와 순수의 이미지를 형성한다.

이관묵의 시에서 눈에 띄는 특징은 하강과 자기 분절의 시의식이다. 이는 '침향沈香 정신'이라고 부를 수 있는데, 세속적 욕구의 상승 이미지와 정반대의 의식이다. 이러한 시인의 의지는 그가 외부 세계를 대할 때뿐만 아니라, 스스로에게도 작동되는 것이다. 세속적 가치들과 반대의 위치에 있겠다는 것은, 홀로 외로움과 적막을 견뎌내야 하는 것을 뜻한다. 그는 이러한 적막을 감내하면서 자신의 시와 삶을 응시하고 있다.

2. 순수함의 발현, 어둠과 푸른빛

이관묵의 시에서 중요한 주제어로 쓰이고 있는 색채는 푸른색이다. 푸른빛은 새로운 시작의 빛이며, 염결성을 상징한다. 푸른빛은 어둠의 이미지와 이어지는 색채감이다. 경직에 기존의 관념들이 머물러 있다면, 푸른빛은 이와는 대립되는 것으로 형상과 색채와 의미가 완결되지 않은 상태를 가리킨다. 푸른색은 무정형의 것이며, 끝에 도달하지 않은 시간을 뜻한다.

푸른색에 대한 문학적 형상화는 독일의 낭만주의 시인인 노발리스에 의해 이루어진 적이 있다. 노발리스의 『푸른 꽃』에서 주인공인 하인리히는 꿈속에서 본 '푸른 꽃'의 이미지를 찾아서 떠돌아다닌다. "파란 하늘에는 구름 한 점 없었다. 그러나 걷잡을 수 없이 그의 마음을 앗아간 것은 우물가에 서서 반짝이는 넓은 잎사귀로 그를 툭툭 건드리고 있는 푸른빛의 키 큰 꽃이었다. 푸른 꽃 주위에는 온갖 색깔의 꽃들이 헤아릴 수 없이 많이 피어 있었다. 달콤한 향기가 주위에 진동했다. 그의 눈엔 푸른 꽃밖에 들어오지 않았다. 그는 한참 동안 이루 말할 수 없이 사랑스러운 눈길로 푸른 꽃을 응시했다."(노발리스, 『푸른 꽃』, 김재혁 역, 민음사, 2003, 15면) 푸른 꽃의 상징성은 여인으로 구현되기도 하지만, 하인리히에게 푸른 꽃은 세상에서는 찾을 수 없고, 실제로 볼 수 없는 신비한 존재로서 존재하는 대상이다.

죽어가는 새의 반쯤 감긴 눈망울 속
아직 살아서 할딱거리는

깊은 하늘

—「노래 2」 전문

이관묵의 시에서 '푸른색'의 이미지는 살아서 경험하지 못하는, 그러나 영원히 동경의 대상으로만 있는 존재, 끝내 잡을 수 없는 존재라는 점에서 노발리스가 포착하려고 했던 푸른 꽃의 이미지와 유사하다. 「노래 2」에서 새에게 있어 "깊은 하늘"은 살아서 담을 수 없었던 것이며, 담아지지 않는 대상이다. 시인은 죽어가는 새의 눈망울에 일렁이는 하늘을 그림으로써 하늘은 새가 죽어가면서까지 담고 싶어 하는 대상임을 드러낸다. 여기에서 하늘은 이관묵의 시에서 핵심어로 분류할 수 있는 푸른빛과 동일한 의미를 지닌다. 푸른빛은 시인이 의지적으로 밀고 나간 '끝간 데'에서 획득한 견고한 인식의 색채이다. 그는 푸른빛의 이상이 세상 속에서 도저히 발견할 수 없지만, 사물들과 현상 속에서 끊임없이 찾아내는 일을 멈추지 않는다.

이상 세계를 발견하기 위하여 이관묵 시인은 거추장스러운 것들을 다 떼어내 버린다. 그는 간결함과 원소적 정신으로만 자신의 존재를 응결시키고 있다. "간결하게 생략된 마음을 이끌고/누군가 앞서 갔다/나도 영혼을 바꾸지 않았다/(중략)/육신이 무거운 영혼들끼리 생각을 적시며/뼈의 길을 간다/뼈가 젖는다"(「푸른 밤」), "돌은 침묵의 덩어리/발효된 고요/돌 속으로 영성의 길 비친다//돌의 몸으로 지상에 와서/푸른 밤 창호지 같은 생각 파가다가/어디서 사라졌을까/그 푸른 눈/어디서 얼음장 깨지는 소리로 들여다 보는가//아무 말도 하고 싶지 않은 밤/새파랗게 깨어 있는 돌"(「푸른 눈」). 이들 시편에 잘 나타나 있는 것처럼, 이관묵 시인이 추구하는 견고한 인식은 뼈와 돌 같은 응결된 인식의 사물이다.

무서워라
장마가 지나고
묵은 가지에 버섯이 돋을 무렵
밑둥에선
새로운 의식처럼
정신처럼 싹이 돋다니
어디에 그런 힘을 숨겨 왔을까

묵은 둥치 점점 흙이 될 때
몸과 정신을 새파랗게 바꾸는

—「푸른 힘」 부분

위의 시에서 푸른색은 묵은 것이 자신의 몸과 정신을 "새파랗게 바꾸는", 탈신脫身의 의미로 쓰인다. 화자는 새로 돋은 푸른 싹을 보면서 "무서워라" 하고 발화한다. 푸른 싹에서 그가 무서움을 느끼는 이유는 무엇일까? 화자는 묵은 둥치가 흙에 봉헌될 때, 얻을 수 있는 것이 푸른 싹이라는 것을 잘 알고 있다. 새싹은 "묵은 둥치 점점 흙이 될 때" 비로소 가능한 새로운 몸의 형태인 것이다. 흙이 된다는 것은 곧 죽음에 자신을 봉헌할 때, "새로운 의식처럼/정신처럼" 묵은 둥치는 자신에게서 탈신할 수 있게 된다. 화자는 흙, 즉 죽음에 자신을 봉헌하는 행위가 지닌 어려움과 간난艱難을 잘 알고 있다. 봉헌의식을 통해 새롭게 돋아난 푸른 싹은 화자의 경외감을 받을 수 있는 것이다. "푸른 힘"은 희생을 견디면서 새로운 몸과 정신으로 이끄는 자연의 힘인 것이다.

이관묵 시인이 동경하는 인식이 발현된 색채를 푸른빛이라고 볼 때, 그 빛은 시인의 유년으로 드리워져 있음을 볼 수 있다. 시인의 어린 시절이 비록 가난과 허기의 시절이었다 할지라도, 그의 유년은 그가 회귀하고 싶은 따뜻한 시간이 흐르고, 다시 불러내고 싶은 아늑한 장소로 나타난다. 이상적인 꿈의 세계가 온전하게 보존되어 있던 유년은 성인이 된 시적 자아가 도저히 찾을 수 없는 시간과 공간이다. 그런 점에서 유년은 시인이 사물들에서 지속적으로 찾아내려는 푸른빛, 의지적으로 찾아내려는 순수의 시원이 된다.

어릴 적
늦은 하교 길
허기진 배를 움켜쥐고
타달타달 신작로 길을 걸어오다
황새말 산모롱이 묘마당에 벌렁 드러누워
퍼먹어도

퍼먹어도
마르지 않던
하늘이여

—「渴筆」 전문

위의 시에서 화자가 어릴 적에 가졌던 배고픔의 기억은 "퍼먹어도/마르지 않던/하늘"과 선명하게 대조된다. 화자의 유년을 한 폭 그림으로 잡아낸다고 한다면, 그것은 갈필로 그릴 수 있는 기억인 것이다. 그러나 화자가 체험한 어린 시절의 가난과 허기에 관한 기억이 고통스럽지 않은 것은 성인이 된 화자에게 어린 시절은 그리움으로 재생되기 때문이다. 시인의 유년을 향한 그리움이 잘 형상화된 작품이 「분꽃이 피었다」인데, 여기에서도 과거에 닿아 있는 화자의 그리움은 향기롭게 피어나는 분꽃에 비유된다. 과거의 가난과 어둠을 환하게 밝히면서 피어나는 그리움을 매개로 하여 화자는 생생한 과거를 불러온다.

깊은 산협
외딴집은 보이지 않고
길가 작은 논물 속

송사리 몇 마리 심심하다고
하늘은 구름장 내려놓고 가고
아이는 제 얼굴 벗어 놓고 가고

그것들 휘젓고 놀다 귀찮은 날은
마음에 되도록 삿된 생각 들이지 않으려고
두껍게 얼음장 닫아걸고
웅덩이만한 저녁과
웅덩이만한 쓸쓸함이 함께
먹먹하게 고여 사는

메마른 내 생의 어디쯤
누군가 삽질해 놓은

마음 시리도록
푸르고 깊은 바닥

—「푸른 바닥」 전문

위의 시는 푸른색의 상징성과 그것의 연원淵源으로서의 유년이 잘 결합된 작품이다. 하늘의 구름이 내려와 송사리와 함께 놀고, 어린아이가 있는 "작은 논물 속"은 시인이 꿈꾸는 이상적인 세계이다. 그 이상적인 세계는 화자로 하여금 세속에서 자신의 순수성을 상실하지 않도록 이끄는 에너지이다. 세속에서 화자가 자신을 지키는 것은 "작은 논물 속"과 "웅덩이만한 저녁과/웅덩이만한 쓸쓸함이 함께/먹먹하게 고여 사는" "푸르고 깊은 바닥"이 지닌 소박함과 무욕의 힘인 것이다. 시인은 여기에서 추상적인 개념에 그칠 수도 있는 푸른색의 상징성을 잘 구현시키고 있다. 시인이 잃지 않으려는 순수함이 푸른색에 함축되어 있으며, 그 이상이 그의 유년에서 출발하고 있음을 「푸른 바닥」은 잘 보여주고 있다.

이관묵 시인의 작품 「골방」에는 그가 의미하는 어둠이 무엇인지 간명하게 드러나 있다. "어둠은 사물을 비추는 빛이 없어서 분별력이 흐려지는 상태를 가리키지 않는다. 사물과 현상을 비추던 빛이 사라진 자리를 차지하는 어둠은 가시적인 것들의 형상 대신에 그것이 감싸고 있던 내부를 비추는 환한 빛이다. 그러므로 어둠이 깊이 가라앉은 골방은 폐쇄적 공간이 아니다. 어두운 골방은 사물과 현상의 내부, 시적 자아의 내면으로 들어가는 문"(졸고, 「어둠이 밝히는 생의 극점」, 『현대시학』, 2005. 11)이며, 동시에 바깥세상을 바로 볼 수 있는 성찰의 장소이다.

3. 하강과 분절分節의 의식

이관묵 시인의 시 세계는 '분절의 시학'으로 간결하게 표현할 수 있을 것이다. 분절은 시인의 시 「겨울밤」에 나오는 시어이다. "눈의 무게를 견디지 못한 나뭇가지가 그만 탁하고 부러졌다. 정신의 한 모서리를 때리는 저 分節”(「겨울밤」)에서 나뭇가지가 부러지는 소리를 듣고 화자는 정신의 모서리를 때리는 느낌을 갖는다. 나뭇가지가 부러지는 소리가 천둥소리만큼이나 크게 화자의 정신을 치는 이유는 아마도 스스로 꺾을 줄 아는 존재를 인식하는 데서 오는 그의 심리적 충격 때문일 것이다. 외부와 팽팽하게 대결하다가 꺾일지라도 자신의 의지를 굽히지 않는 정신이 바로 '분절의 정신'이며, 이는 시인이 지속시키고자 하는 시 의식이다.

살다가 죽는 일 뭐 그리 대수로운가
마른땅을 비집고 풀싹 나오듯
여린 풀잎에 잠시 맺혔다 사라지는 이슬이듯
살다가 죽는 일 뭐 그리 대수로운가

새파란 하늘
마음을 꺾는 소리 '탁'하고 때리는
청명한 나의 冬日

—「冬日」 전문

위 시의 화자는 어떤 마음을 꺾고자 하는가? 그 해답은 1연에 숨겨져 있다. 화자는 자신의 마음이 “살다가 죽는 일”에 얽매여 있었음을 암시적으로 드러낸다. “새파란 하늘”과 화자가 맞고 있는 청명한 겨울날은 화자의 '마음'과 대립한다. 마음속에 무한히 자라나는 욕구의 마디를 꺾어버리고자 하는 화자의 정신은 그것이 그의 자발적인 선택에 의한 것이라는 점에서 그 의미가 더 커진다.

이관묵 시인이 지향하는 의식이 명료하게 드러나 있는 작품이 바로 「沈香」이다. 여기에서 시인은 침향이 만들어지는 과정을 세밀하게 제시하는데, 그 과정은 시인이 갈망하는 자기 정련의 의식儀式이다.

내가 아열대 교목 沈香木을 알게 된 것은 그리 오래 되지 않는다. ……최근에 이르러 놈이 맑고 그윽한 香을 품기까지 뼈를 깎는 강인한 정신의 발효 과정이 있었다는 것을 알게 되었다. 우선 밑동과 가지를 도려내고 온몸을 몇 개의 토막으로 자른 후, 놈은 오랜 시간 진흙밭이나 뻘 속에 깊이 묻혀 몸통을 모두 썩혀야 한다는 것이다. 다른 나무들이 모두 天空을 우러르며 가지를 뻗고 잎을 터뜨리고 바람을 불러들여 태양을 찬미할 때 놈은 캄캄한 땅속에서 端坐한 禪師들의 모습으로 無慾의 강한 터치를 이루고 있다는 것이다. 그것은 곧 完全燃燒를 꿈꾸는 본성으로의 회귀. 거대한 허욕의 육신을 발효하고 욕망을 흙으로 봉헌하고 나서 비로소 남은 구리 도끼 같은 뼈 몇 개 건질 수 있다고 한다. 그러지 않고서는 그 청아한 香내를 품을 수 없다니 놈은 허물받이 육신을 쾌척하고서야 强骨의 정신을 세울 수 있다는 진리를 일찍이 터득한 셈이다.

—「沈香」 부분

나무는 물에 뜨지만, 침향수沈香樹는 비중이 무거워서 물에 가라앉는 성질을 갖는다. 이러한 이유로 침향沈香이라는 이름이 붙었다. 「沈香」의 '침향'은 가라앉는 것이며, 하강하는 것이며, 아래를 지향하는 것으로서의 의미가 함축되어 있는 사물이라고 볼 수 있다. 여기에서 눈에 띄는 부분은 무엇보다도 침향과 동일시하려는 화자 자신의 하강의지이다. 그의 하강의지는 대부분의 사람들이 추구하는 삶의 양태인, "天空을 우러르며 가지를 뻗고 잎을 터뜨리고 바람을 불러들여 태양을 찬미"하는 것을 거부하는 정신에서 나온다. 화자의 하강의지는 밝은 지상의 공간 대신에 "캄캄한 땅속"에서 욕망의 "完全燃燒를 꿈꾸는" 의지적 표출이라고 볼 수 있다.

이관묵 시인이 지속적으로 전개시키는 분절과 하강의지는 세상의 속악함에 대한 그의 대결의식에서 비롯된다. 시인이 경험하는 현실은 그가 지향하는 순수와 무욕의 세계와 대립한다. 「過速」에서 누구한테도 지려 하지 않는 '그'의 모습은 무한 경쟁 속에서 정체성을 상실해버린 우리들의 자화상이다. 또한 「거품의 도시」에서 묘사되어 있는 것처럼 우리는 거품, 즉 허상의 이미지들로 건축된 도시에서 살아간다.

애초에 이 도시는 나의 것이 아니었다
골목은 늘 진눈개비로 붐볐고 노을 우는 소리가 붉게 떴다
나는 세상을 默言으로 읽었으나 독해되지 않는 문장에 이끌려
얼마나 많은 생각들이 살해당했던가
나를 이리저리 끌고 다닌 골목과

나를 여기까지 몰고 온 쇠못 같은 생각들

온 종일 산을 헤맸다
한 나뭇가지가 우두둑 부러진다
한 때 天空을 우러르던 생의 한부분이
삭정이로 내려앉는 소리를 햇빛이 반짝 비춰준다
나무도 생각을 꺾을 때가 있었다
나는 천천히 걸었다
산길은 늘 푸르게 비틀거리며 추위를 콧김으로 내뿜는 雪木들의 몸 속으로 파고 들었다
일찍이 몸을 뼈로 바꾼 늙은 소나무 곁에 마음을 개고 앉자
알겠다
입을 뭉개버린 禪師들의 쩌렁쩌렁 천둥치는 소리
그 굳어버린 혀

―「나무의 시간 2」 전문

위 시의 1연은 화자가 바라보는 세상과 그에 대응하는 자기 자신의 위치를 상징적으로 보여준다. 화자는 '도시'와 불화의 관계에 있다. 도시는 화자를 타율적이고 강압적인 틀에 감금시켜 자유로움을 사상시키는 곳이다. 화자는 이러한 도시에 전혀 소속되지 못하고, 그와 대립할 수밖에 없다. 세속적인 세상과 그곳에서 살아가는 사람들에 대해 자신과 세상에 대해 염결함을 잃지 않으려는 시인은 팽팽하게 대결한다.

그러나 시인은 세상에 대해 대결의식을 펼치는 자신의 태도를 경계한다. 그는 어둠이라는 인식의 극점에서 세상과 자신을 보는 밝은 눈을 얻고 난 후에는 다시 그것까지도 버리고자 한다. 삶과 시에 대한 한 가지 자세를 고집하는 것 역시 벗어나야 하는 의식의 감옥이라는 사실을 그는 잘 알고 있기 때문이다.

아무도 용서할 수 없다고
도저히 묵과할 수 없다고
月竹圖 아래 무릎 세우고 앉아 옹색한 생을 뒤적거리며
나는 왜 자꾸 뜨거워지는 것이냐

뜨거워지는 것이냐

—「오래된 장독」 부분

위의 시에서 화자는 외부와의 화해를 시도한다. 이는 자기 자신과의 화해이기도 하다. 외부 세계와 자신에게도 엄격한 시선을 거두지 않던 화자는 그러한 자신의 모습을 다시 들여다본다. "아무도 용서할 수 없다고/도저히 묵과할 수 없다고" 고집부리며 자기의 생을 뒤적거리는 사이에 화자는 자신의 자세에 대해 거리를 두고 바라보게 된다. 삶을 대하는 자신의 태도를 다시 보려는 마음의 틈이 생길 때, 비로소 화자는 옹색한 생에서 벗어나 다시 생의 열기를 가질 수 있는 것이다. 이 순간에 화자가 느끼는 뜨거움은 욕구의 발현에서 만들어지는 뜨거움과는 다르다. 그것은 욕망에 속한 것들의 시간이 거치면서 발효될 때 생성되는 열정이다. 바깥세상을 대하던 화자의 차갑고 냉정한 시선 위로 발효의 시간이 흐르면서, 그 발효의 힘으로 그의 생은 새로운 열기를 발하게 된다.

내가 끌고 다닌 길이여
어느 깊은 그늘에 이르러 미치게 뒤척이며
내 傷한 노래와
노래 곁에서 갑자기 몸이 뜨거워지는
우울한 저녁 하늘을
너는 또 어느 기억 속으로 이끄는 것이냐

—「저녁 강」 부분

위의 시에서 화자는 자신이 지금까지 "끌고 다닌 길"을 뒤돌아본다. 그 순간 "갑자기 몸이 뜨거워지는" 저녁 하늘처럼 그가 느끼는 것은 자신이 불러왔던 노래에 대한 부끄러움이다. 「저녁 강」에는 "내 傷한 노래"를 아는 순간 느끼는 화자의 부끄러움과 다시 새로운 노래를 부르고 싶은 욕구의 뜨거움이 결합되어 있다

이관묵 시인의 자기 분절의 시학은 시인의 운명을 드러내 주는 본질적인 모습일 것이다. 속악한 세상과의 대결의식은 시인 자신에 대한 엄정함

에서 비롯되지만, 궁극적으로 시인은 대립이 아니라 화해로운 시를 꿈꾼다. 「노래 1」에는 가장 적절하고 아름답게 결합된 사물들이 열거된다. 시인은 그가 꿈꾸는, 자연스러움이 구현된 세계가 무엇인지를 온유한 어조로 노래한다. 이 순간에는 작품에 대한 이성적 해석보다는 다만 소박한 감상이 필요할 뿐이다.

저물녘 흙집 물들이는 어스름 빛으로
청보리밭 구비쳐 오는 어린애 숨결 같은 바람으로
순하디 순한 어미소의 눈에 홍건히 고였다 스러지는 노을빛으로
물때 절은 툇마루에 얼비쳐 오는 개구리 울음 소리로
작은 발소리에도 출렁이는 논두렁을 비틀걸음으로 걸어오시는
저녁 빗소리로
바람 한 벌 걸치고 혼자 우기면서 넘어간 하얀 고갯길로
설레임을 아껴가며 컴컴한 집의 저녁을 터는 할머니의 장죽으로
군데군데 틀어진 물소리로
늙어서 더는 소리 나지 않는 노래로

몸을 뜨겁게 달구어 건너고 싶은 생이여

—「노래 1」 전문

경계를 초월하는 사유의 방식

1. 큰 존재를 대하는 나의 능동성

고진하 시인은 1987년에 『세계의 문학』에 「빈들」과 「농부의 하느님」 등을 발표하면서 등단하였다. 그동안 시인은 『지금 남은 자들의 골짜기엔』(1990), 『프란체스코의 새들』(1993), 『우주배꼽』(1997), 『얼음수도원』(2001), 『수탉』(2005), 『거룩한 낭비』(2011), 『꽃 먹는 소』(2013), 『명랑의 둘레』(2015) 등의 시집을 발간하였다.

고진하 시인은 대상과 자아에 대한 존재론적 인식의 깊이와 성찰을 시화시켜 온 시인이다. 그의 시 「미친 춤꾼처럼」, 「달밤의 왈츠」, 「봄의 마법」 등을 보면, 우주를 설계한 큰 존재와 자기 자신의 존재에 대해 무지無知의 상태에 서 있는 시적 자아가 있다. 그는 무지 속에서도 큰 존재를 향한 발걸음을 멈추지 않는다. 그의 이 같은 행위는 실천적인 의미를 지닌 '이행履行'으로 부를 수 있을 것이다. 그러나 그는 큰 존재에 대한 무지를 지知의 상태로 바꾸는 것을 목표로 하지 않는다. 큰 존재의 설계도 속에서 자신이 어떤 의미를 갖는가는 그의 궁극적인 목표가 아닌 것이다. 고진하 시인의 시적 지향은 큰 존재를 향하여 난 길 위에서 발걸음을 떼는 순간들의 연속, 즉 시적 자아의 이행에 있다. 이처럼 이행하는 존재로서의 삶의 의미를 시인은 "미친 춤꾼"(「미친 춤꾼처럼」)에 비유한다. 그는 초월적 종교관을 보여주기도 하는데, 「여낙낙한 오해」는 종교 간의 경계를 넘어서서 본질을 들여다보는 자의 인식을 드러낸다.

2. 생을 이끄는 힘과 나의 이행履行

고진하 시인의 시는 "큰 고요"(「큰 고요에 대고 빌다」, 『명랑의 둘레』) 같은 신성한 존재를 대하는 시적 자아의 경외감이 바탕을 이루고 있다. 이러한 시적 특징은 그의 등단작인 「빈들」에서부터 신작 시편들에도 잘 나타난다. "희망이 없는 빈들입니다//사람이 없는 빈들입니다//아니, 그런데//당신은 누구입니까//아무도 들려 하지 않는 빈들//빈들을 가득 채우고 있는 당신은"(「빈들」, 『지금 남은 자들의 골짜기엔』) 아무도 들려고 하지 않는 빈 들은 황폐하고 희망이 없는 땅이다. 그러나 '당신'은 그곳을 버려두지 않고 오히려 그곳을 가득 채우고 있는 존재이다. 세상의 계산법에 익숙한 화자로서는 그런 '당신'을 이해하기 어렵다. '당신'과 시적 자아의 이해 불가능한 현격한 간격은 시적 자아가 '당신'에게 가지는 신비감의 배경이다.

고진하 시인의 시에서 이해의 영역을 넘어서 있는 '당신'은 화자가 티베트의 젊은 여승이 분신한 기사를 보고 "제발, 청춘의 불발탄들 폭발하는 일이 없기를!"(「큰 고요에 대고 빌다」, 『명랑의 둘레』) 하고 기원하는 "큰 고요" 같은 존재이다. 또한 '당신'은 "어머니 같은 말씀, 저 높고 깊은 근원"(「그림자의 속삭임」, 「명랑의 둘레」)으로 나타나기도 한다. '큰 고요 같은 존재'는 "거대한 신"과 "나라는 티끌"(「미친 춤꾼처럼」)에서 잘 나타나 있듯이 시적 자아가 '큰 존재'를 향한 이행, 즉 그의 능동적인 태도와 대비되어 있다. 큰 존재는 시적 자아인 나로 하여금 "저 모름의 신비 속으로"(「미친 춤꾼처럼」) 발걸음을 멈출 수 없게 하는 존재이다.

고진하 시인의 시적 자아는 우주를 설계한 '큰 존재'에 대해 '모름'의 상태에 놓여 있다. 화자는 모르기 때문에 신비함을 체험하며 '큰 존재'가 설계한 길을 따라 걸음을 멈추지 않는다. 나는 큰 존재에 대해 알고 있지 못하지만 그를 향해 걸어가는 행위를 실천해 나간다. 이처럼 신작 시편들에서는 큰 존재를 대하는 나의 능동적인 태도와 의식이 잘 나타나 있다.

아침에 눈 뜨면
의문이 먼저 고개를 쳐든다

거대한 신의 설계도 속에
본래 나라는 티끌이 있었던 것일까
오늘 내 이마를 찬란히 물들이는
저 태양빛이
그 증좌라도 되는 것일까

모른다, 그래
모른다는 사실이 눈부실 뿐!
하여간
저 모름의 신비 속으로
의문의 족쇄를 끌고
오늘도 천천히 걸음을 옮긴다

새들이 머리 위를 날고
산수유나무 가로수가 옆으로 지나가고
알 수 없는 꽃향기가 코끝을 스치고
그리고,
육안에 보이지 않는
이름 붙일 수 없는 것들의 친절한 간섭에
기꺼이 나를 던진다

두꺼비 싸움 같은 세상사
외면할 순 없다 해도
모름의 신비 속으로 매일 걸음을 떼는
내 삶의 스텝이
꼬이고 엉킨다 해도
미친 춤꾼처럼 멈추지 않고 계속 스텝을 밟으리라

—「미친 춤꾼처럼」 전문

위의 시에서 화자인 나는 의문의 족쇄를 끌고 모름의 신비 속으로 걸어간다. 의문과 의심이 나의 걸음을 방해한다. 모름에도 불구하고 발걸음을 떼는 행위는 이행履行과 같다. 이행은 모르는 자인 내가 할 수 있는 의식적 행위의 전부라고 말할 수 있다. 시인의「움직이는 사원」(『명랑의 둘레』)은 시「미친 춤꾼처럼」을 이해할 수 있는 '열쇠'이다.

매일 걷는 농로에서
길을 더듬어 가시는
민달팽이를 보았네.
우주와 교신할 안테나를 쑥 뽑아올리고
조심조심 길을 더듬으며
어디로 가시는지.
그렇게 가시다 해님도 한번 슬쩍 쳐다보고
대낮에 불 밝힌
달맞이꽃 성좌도 힐끗 쳐다보고
제 곁에 쪼그려 앉아 저를 들여다보는
인간도 무심코 쳐다보며
어디로 가시는지.
지상에 무슨 신성한 사원이 있다면
저 느리디느린 보행 사이.
두 더듬이 사이에나 있을 것이네.
쉴 새 없이 움직이는
저 고요 속에……

―「움직이는 사원」 전문

이곳에서 저곳으로 느리디느리게 기어가는 민달팽이는 몸 전체가 길을 걷는 발바닥처럼 보인다. 달팽이에게는 저곳을 향해 나아가는 몸짓만이 그의 전 존재를 감싸고 있다. 위의 시는 시인의 '이행'에 대한 인식을 잘 보여준다. 그는 민달팽이를 "움직이는 사원"이라고 표현하는데, 민달팽이의 움직임은 신성하기까지 하다. 민달팽이와 우주의 관계는「미친 춤꾼처럼」에서 화자와 신의 관계처럼 보인다. "저 느리디느린 보행 사이./두 더듬이 사이에나 있을 것이네./쉴 새 없이 움직이는/저 고요 속에……"에서 모름의 세계인 이곳에서 앎의 세계인 저곳을 향해 느리지만, 부단히 움직이는 민달팽이의 모습은 자신의 몸이 어떤 '큰 존재'를 기리는 장소, 즉 사원이 된다. 민달팽이가 기어가는 모습은 '저곳' 혹은 '큰 존재'를 향해 쉬지 않고 나아가는 존재를 상징한다. 「미친 춤꾼처럼」에서도 시인의 시적 자아는 마치 한 마리 민달팽이처럼 모름의 신비 속에 감춰져 있는 저곳을 향해서 걸어간다. 스스로 '모름'의 상태와 '의문의 족쇄'가 어쩌면 화자가 걸음을 옮기게 만드는 동력일 수 있다. 그러나 화자가 저곳을 향해 걷게 만드는 힘은 무엇보다도 화자 자신의 의지이며 다짐이다. 그의 삶은 무지와 의문의 조건에 놓여 있지만, 그것이 그의 삶을 이끌어가는 에너지이다. 알 수 없는 "거대한 신의 설계도"에 대한 화자의 끊임없는 물음과 의문은 "미친 춤꾼처럼 멈추지 않고 계속 스텝을 밟으리라"라는 그의 의지를 굴복시키지 못한다. 이 같은 의지가 마치 "움직이는 사원"(「움직이는 사원」, 「명랑의 둘레」)처럼 그를 이끄는 내적 동력인 것이다. 우주를 운행하는 큰 존재에 대해 무지한 인간이 그 무지 속에서도 큰 존재를 향해 부단히 나아가는 행위는 그를 신성함이 깃든 존재로 만든다.

수피처럼 돌고 돌고 돌아도
이 행성을 떠날 순 없겠지만
저 달이 뜨든 안 뜨든
춤을 멈추지 않을 거야
왜 흔드냐고 물어봐야 소용없는 일
그렇다고
춤을 생의 열쇠라고
촌스럽게 떠벌리진 않을 거야

—「달밤의 왈츠」 부분

위 시의 화자는 달이 뜬 이유, 즉 자연현상의 의미를 알 수 없다고 말한다. 그는 다만 "저 달이 뜨든 안 뜨든/춤을 멈추지 않을 거야"라는 그의 의지 혹은 춤추는 행위가 중요하다. 화자는 "춤은 생의 열쇠"라고 말하는데, 그가 춤을 추는 것은 내적 충일감, 즉 존재의 외적 발현이며 실천적 의지의 표현이다.

한땐 나도 바람결에
팔랑팔랑
춤추던 잎이었고 꽃이었고 나뭇가지였다
정처 없이 유랑하던
구름과 새들이 머물다가는 안식처였다

비록 이제는
옷이 날개라고 믿는 종자들이
널어놓은 젖은 옷 말리느라
우두커니 먼 산 바라기로 서 있지만

한땐 나도
날개 있는 것들과 어울려
산맥과 하늘을 떠받치는 튼튼한 기둥이었다

하지만
이젠 이름도 무지근한, 바지랑대!
흠뻑 비에 젖어도
연둣빛 눈엽 돋아나는 일 없고
다만 잔뜩 널어놓은 빨래 붙잡고 앙버티며
이따금 날아와 앉아 까딱대는
새들의 유희를 팽팽하게 받쳐주는 일뿐

—「바지랑대」 부분

위 시에서 바지랑대의 과거와 현재가 대비되어 있다. 살아 있는 생명체로서의 나무는 빨랫줄을 받치는 바지랑대가 된다. 꽃을 피우고 새들의 안식처가 되었던 나무, "산맥과 하늘을 떠받치는 튼튼한 기둥"으로서의 기개를 자랑하던 나무는 한날 "빨래 붙잡고 앙버티"는 처지가 된 것이다. 이미 생명성을 잃고 서 있는 바지랑대는 화자가 자신의 심정을 투사시키기 좋은 사물이다.

「봄의 마법」에서 마법을 부리는 봄과 화자가 대비되어 있다. 화자인 내가 봄에 일어나는 자연의 변화를 마법이라고 부르는 이유는 그 변화가 나의 인식 범주를 넘어서 있기 때문이다. 다만 내가 인지할 수 있는 것은 매화나무에 반복되는 재생과 불멸의 시간이다.

단 한 번도 본 적이 없는 것 같은
저 신비로운 불멸의 마술 앞에
나는 놀라지 않은 척 잠시 걸음을 멈추고
마술사의 거친 몸을 쓱쓱 쓰다듬어 보네

아무도 초대하지 않은 봄이
내가 사는 골짜기를 물들이기 시작했으나
개여울엔 긴 겨울 단단히 뭉친 경직된 근육처럼
허연 얼음조각들이 봄을 비웃고 있네

비웃건 말건 텅 빈 산밭 위를 날던 까마귀 떼,
연둣빛 후광이 드리운
나뭇가지 위에 일제히 내려앉네
갑자기 뛲뛲는 내 심장도 그 위에 포개지네

—「봄의 마법」 부분

위의 시에서 화자인 나는 매화나무가 연둣빛 몽우리를 부풀게 만드는 봄의 마법을 본다. 나는 그 광경에서 "단 한 번도 본 적이 없는 것 같은" 신비감을 느낀다. 봄의 마법은 매화나무의 연둣빛 몽우리뿐만 아니라 그것을 바라보는 나에게서 일어난다. 매화나무의 마법을 보는 순간 나는 "갑자기 뛲뛲는 내 심장"을 강렬하게 경험한다. 매화나무의 연둣빛 몽우리와 나의 뛰는 심장과 까마귀 떼는 함께 "출렁, 출렁, 흔들리는 우주"가 된다. 이것이 봄이 부리는 진짜 마법인 것이다.

3. 본질을 들여다보는 자의 인식

고진하 시인의 신작 시편은 시적 자아의 인식과 삶을 대하는 태도를 잘 보여준다. 그의 인식은 종교의 경계를 초월해 있다. 종교를 대하는 그의 열린 시각은 그의 시 곳곳에서 나타난다. 그가 바라보는 신적 존재는 부처도 될 수 있고 그리스도도 될 수 있다. 이 같은 그의 종교관은 특정 종교를 초월하여 본질을 들여다보는 이의 확장된 인식에서 나온다. "자기보다 크고 둥근 원圓에/눈동자를 밀어 넣고 보면/연꽃은 눈흘김을 모른다는 것,/십자가는 헐뜯음을 모른다는 것,/연꽃보다 십자가보다 크신 분 앞에서는/연꽃과 십자가는 둘이 아니라는 것,/하나도 아니지만 둘도 아니라는 것."(「연꽃과 십자가」, 『얼음수도원』) 시의 화자는 법정 스님과 김수환 추기경의 만남을 보고 자기를 벗어나 "아름다운 어울림"을 생성해내는 종교인의 궁극적인 모습을 발견한다. 이러한 초월적 종교관은 고진하 시인의 시를 관통하여 나타나는데, 「여낙낙한 오해」에서도 종교적 오해 너머에 있는 본질적 인식을 보여준다.

개량한복만 입고 산 지 어언 30년이 되었는데, 그동안 내가 얼마나 개량되었는지는 모르겠네

숙대입구역, 헐렁헐렁한 개량한복을 펄럭이며 에스컬레이터를 타고 오르는데, 앳된 여승 한 분이 에스컬레이터를 타고 내려오며 위로 올라가는 나에게 머리를 조아리며 합장을 했지. 그리고 놀라운 덕담까지…성불하세요!

허허, 참! 성불이라? 난 스님도 불자도 아닌데…아마도 그 여승은 내가 입은 옷만 보고, 불자거나 아니면 속세의 거사쯤으로 여긴 것일까.

사실 그날 나는 숙대 부근에 있는 어느 카페에서 막 출간된 에세이집 『시 읽어주는 예수』 북 콘서트가 있어 가는 길이었지. 시간이 촉박하지 않았다면 여승을 좇아가 북 콘서트에 초대하고 싶었어.

하여간, 내가 입은 옷 때문에 오해가 있었음이 분명하지만, 얼마나 여낙낙한 오해인가. 여승의 덕담처럼 헐렁헐렁한 개량한복도, 그걸 걸친 사람도, 시 읽어주는 예수도 성불의 은총을 누릴 수도 있다면!

—「여낙낙한 오해」 전문

위의 시는 개량한복을 입은 화자가 여승으로부터 '성불하세요' 라는 덕담까지 받았던 에피소드를 보여준다. 화자는 자신이 쓴 "시 읽어주는 예수"의 출판기념회에 가는 길이다. 화자가 여승으로부터 받은 오해는 어쩌면 큰 오해일 수 있을 것이다. 그러나 화자는 여승의 오해를 "얼마나 여낙낙한 오해인가" 하고 감탄한다. "헐렁헐렁한 개량한복"의 여낙낙한 품은 화자가 종교를 대하는 여유로운 인식을 잘 보여준다. 화자는 우연히 마주친 사람에게 덕담을 건네는 여승의 마음을 본다. 여승과 화자 사이에서 발생한 오해는 개량한복에 대한 고정관념에서 비롯된 것이지만, 그것은 여승과 화자 사이에 충돌과 편견과 균열을 만들지 않는다. 그 오해의 순간은 화자에게 여승의 마음을 볼 수 있는 시간이며 생각의 틈 사이에서 생성되는 여낙낙함을 발견할 수 있는 시간이 되기 때문이다. 성불成佛이 궁극적인 깨달음의 경지라 한다면, 화자가 종교를 넘어서는 깨달음을 얻는 순간이 성불의 순간일 것이다.

설렘, 새로워지는 시간의 감정

1. 사랑, 허공, 유년에 함축된 시적 지향

'사랑'은 지금까지 김완하 시인의 시에 지속적으로 나타나는 시적 지향이다. 김완하 시인의 시가 가지는 또 다른 특징은 '허공'이라는 시어에 함축되어 있는데, 그가 추구하는 시 의식의 깊이와 폭이 허공으로 공간화되어 나타난다. "허공의 벼랑을 타고/새들이 날아간 후,//또 하나의 허공이 열리고/그곳을 따라서/나뭇잎은 날아간다"(「허공이 키우는 나무」, 『허공이 키우는 나무』)에서처럼 허공은 소멸하고 다시 창조되는 자연을 보여주는 거대한 스크린이다. 또한 허공은 「허공 속의 집」과 「허공에 매달려 보다」(『허공이 키우는 나무』)에서처럼 따뜻하고 화해로운 시간이 머무는 공간이기도 하다.

김완하 시인의 첫 시집 『길은 마을에 닿는다』에서부터 최근 작품들에 이르기까지 유년의 서사를 다룬 작품들은 그의 시에서 중요한 위상을 갖는다. 다음에 살펴볼 「연못치기」에는 상상력으로 가득찬 유년 시절이 펼쳐져 있으며, 「새벽신문을 펼치며」에는 유년을 벗어나 독자적인 삶을 준비하는 아이의 설렘이 '시'를 매개로 표현되어 있다. 「사이꽃」은 '나와 그대' 사이에 점점 생성되는 사랑의 감정을 꽃으로 형상화시킨 작품이다. 「기적奇績」은 홍매화의 움을 보는 화자의 감정을 잘 표현하고 있다. 「낯선 초록 속에서」는 김완하 시인의 화해로움과 자족의 시편들과는 확연히 다른 측면이 나타난다.

2. 상상의 시간과 세상의 시간

"나의 저 어린 시절 어머니의 흰 고무신이 빛나던 저녁, 우리 집 우물에서 솟아나던 별들은 다 어디로 간 것일까요"(「별들의 고향」)와 "가슴을 열어/쌓였던 아픔 모두 꺼내 울었다/화안히 속이 비치도록,/눈물이 그칠까/조심조심/곁눈질로 울었다"(「유년의 언덕·1」)처럼 김완하 시인의 첫 시집인 『길은 마을에 닿는다』에 실린 유년의 시편들에는 결핍감과 상실감이 나타난다. 반면에 최근에 발표된 유년의 시편들은 전혀 새로운 인상을 준다. 이들 유년의 시들에 담긴 유년의 기억은 풍요롭고 따뜻한 상상으로 가득하다.

농사일이 끝나면 마을 어른들은 연못에 물 퍼내는 축제를 펼쳤다 둠벙 안의 물이 줄어들면 우리들 가슴은 벅찬 설렘으로 차오르기 시작했다 물이 줄어 바닥이 느껴지면 가슴은 더 두근대곤 했다 구름은 흐름을 멈추었다 너른 들녘도 침묵을 풀지 않았다

바닥까지 물이 줄자 파다닥 땅을 치며 들녘이 요동치고 뒤척였다 나는 연못 깊이 살고 있는 신비한 물고기를 기다렸다 가물치 미꾸라지 뱀장어 붕어 새우 구구락지, 내게는 시시한 것들을 잡으려 동네 사람들 모두 손뼉 치며 이리 뛰고 저리 뛰기 바빴다 둠벙 하나에 마을이 통째로 빠져 있었다

연못이 다 잦아들고 온종일 진흙 속을 뒤져도 내가 찾는 물고기는 없었다 텅 빈 바닥에 바람이 와 누웠을 뿐이다 한 아름 자배기의 고기를 안은 아버지 뒤를 따라 집으로 돌아왔다

그때는 사람들이 작은 연못에 그토록 주력하는 것을 통 이해할 수 없었다 늦게야 그것이 마을 사람과 논을 키우는 첫 농사라는 것을 알았다 물이 차츰 줄어들어 거기 비친 하늘이 사라진 뒤에야 마을 사람들은 연못에서 풀려나 집으로 돌아가곤 했다

봄이면 아버지는 다시 연못의 물을 끌어 논에 대기 시작했다 그러면 연못 속에서 커갈 신비한 물고기 따라 내 꿈도 점점 더 깊어져 가는 것이었다

—「연못치기」 전문

위 시에서 화자는 자연과 인간의 경계가 만들어지지 않았던 자신의 어린 시절을 환기한다. 그는 처음으로 사물의 신비를 느꼈던 때의 인상을 다시 현재로 불러내는 것이다. 마을 사람들이 연못을 깨끗하게 치우면서 한해 농사가 시작되지만, 어린 화자에게 '연못치기'는 그가 상상의 시간을 만끽할 수 있는 기회가 된다. 화자가 찾는 연못 속의 물고기는 그가 상상으로 키워낸 것이다. 연못 바닥에서 신비한 물고기를 찾을 수 없었지만, 다시 연못물이 채워지면 화자의 상상 속에서 신비한 물고기는 다시 살 수 있었다.

동네 사람들은 연못물을 퍼낸 후에 좋은 음식 재료가 될 물고기를 잡으려고 법석을 떨지만, 신비한 물고기를 기대하는 화자는 동네사람들과 다른 세계에 속해 있다. 그가 상상하는 세상은 그에게 특별함을 부여한다. 화자가 어렸을 적에 그 자신을 내적 성장으로 이끌어주었던 상상력과 설렘의 감정은 어찌 보면 자신과 세상을 특별하게 바라볼 수 있었던 힘이었을 것이다.

「새벽신문을 펼치며」는 상상의 시간에 머물렀던 유년을 벗어나 아이가 세상의 시간으로 진입하는 과정을 잘 보여준다.

새벽어둠을 가르는
자전거 급브레이크
안마당으로 툭 하고 떨어지던 한국일보
아버지 주섬주섬 일어나서
어둠 속에서 신문을 건져 올리셨다
호롱불 앞에 바다처럼 펼치셨다

확 풍기는 기름 냄새가
코에 와 닿으면

어시장 생선처럼 튀어 오르던 활자
아버지 펼치신 신문 속 세상은 내게 멀고
아릿한 달빛 별빛 꿈결 속으로
나의 유년도 함께 달려갔다

중학생이 된 어느 날,
신문이 눈에 들어오고
시가 다가왔다
내가 먹고 자랄 꿈이 거기 돋아나 있었다
신문 한편에 실려 오는 시를 읽으며
가슴이 마구 뛰었다

이제 아버지 떠나신 빈자리
시가 내게 남았다

—「새벽신문을 펼치며」 전문

화자에게 아버지에 관한 옛 기억은 신문과 함께 환기되는데, 글자를 모르는 어린 화자에게 아버지가 펼치는 신문은 아버지만 아는 먼 세상이다. 화자는 신문 속 세상이 멀리 느껴져도 좋았다. 그는 아버지의 울타리 안에서 "아릿한 달빛 별빛 꿈결 속으로" 달려가기만 하면 되었다. 이제 중학생이 된 화자는 "신문이 눈에 들어오고" 세상에 나갈 준비를 한다. 신문 속 세상은 화자에게 먼 세상이 아니라, 그가 직접 대면하여 이해해야 할 곳이 되었음을 자연스럽게 깨닫는 것이다. 그에게 신문에 실린 시가 눈에 들어왔다는 것은 그도 이제 "신문 속 세상"에 들어가고 있음을 의미한다. 화자의 아버지가 그랬던 것처럼 그는 세상에 직접 대면하게 된 것이다. 아버지가 세상의 세찬 바람을 막아 주고 어린 화자가 그 안에서 마음껏 꿈결 속으로 달려갔지만, 이제 화자는 아버지라는 울타리를 나와 직접 세상 속으로 발을 들여놓는 꿈을 꾼다. 그런 그에게 '시'는 화자가 세상을 이해하고 응대할 수 있는 통로가 된다.

3. 상응의 시와 새로움

김완하 시인의 시에서 자연물은 시의 소재로 많이 쓰이는데, 그의 시에서 특징적인 것은 인간과 자연물이 경계 없이 상응한다는 점이다. "꽃과 꽃 사이사이에 피어난/꽃 사이사이사이에서 피어나는 꽃//그대와 나 사이 꽃"(「사이꽃」, 『리토피아』)에서 '사이꽃'은 서로를 꽃으로 여기는 두 사람의 감정을 비유적으로 보여준다. "꽃 사이사이사이에서 피어나는 꽃"에서 '사이사이사이'의 반복은 그대와 나 사이에 꽃이 더 촘촘히, 더 많이 피어나는 것을 나타낸다. 시인은 '사이'의 반복을 통해 두 사람이 느끼는 사랑의 감정이 상승해 가는 것을 눈에 보이는 것처럼 표현한다. 시의 화자는 자신을 꽃으로 여기며 그대도 꽃으로 여기기 때문에 꽃은 "새로이 몸을 내"며, 사랑의 감정이 커질수록 '사이꽃'은 더 많이 피어난다.

싸락눈 뚫고 紅梅가 움틀 때

매화 움을 들여다본다

머리 위 구름도 천천히 흘러간다

꽃눈 하나

잎눈 하나로

내 안에 일렁이는 설렘이 싸락눈처럼 내려앉는다

바람이 잠시 매화 가지를 흔들고 간 뒤에

마른하늘에 벼락이 치고,

십년 전의 그가 내게 왔다

—「기적奇績」 전문

위의 시에서 '설렘'과 '기적'은 화자의 감정이며 인상이다. 그는 홍매 싹이 움트는 것이 신기해서 들여다보고, 매화 움 위에 내리는 싸락눈을 마치 자신 안의 설렘이 내려앉는 것처럼 여긴다. "마른하늘에 벼락이 치"는 자연현상은 "십년 전의 그가 내게" 온 기적을 미리 전하는 듯하다. 홍매와 싸락눈과 구름과 바람은 화자의 설렘과 조응하며, '그'와 나의 극적인 재회의 전조 현상처럼 보인다. 십 년의 시간을 한걸음에 건너서 '그'가 화자 앞에 나타난 일은 화자에게는 매화 움만큼이나 기적 같은 일이다.

김완하 시인의 시는 자연물과 화자 사이에 경계가 없이 서로 넘나드는 표현이 특징적인데, 「낯선 초록 속에서」에서도 인격화된 자연이 화자의 감정을 더욱 생생하게 부각시키고 있다.

> 유등천은 팔을 휘저으며 불룩한 배를 내밀고 흐른다. 물가 버드나무와 출렁대는 냇물은 내게 옆자리를 내주지 않는다. 성큼 내려딛는 여름 햇살 구름에 손 흔들어도 아는 체 하지 않는다. 질경이, 쑥, 강아지풀, 씀바귀 옆에 뽕나무 사이 새들 찌릿찌릿 찌릭찌릭 피피피피 저희끼리만 화답한다.
>
> (중략)
>
> 천변을 뒤덮은 풀들의 섬뜩한 눈빛. 갈대는 푸른 창을 벼려 내 동공을 찌른다. 풀밭을 걸어 닿은 길은 찔레 덤불 속으로 묻히고, 나는 찌그러진 플라스틱 깨진 병 조각에 쫓겨 허둥댄다.
>
> —「낯선 초록 속에서」 부분

위의 시에서 화자가 초록의 자연을 대하는 그의 감정이 중요하다. 일상에서 익숙하게 만나는 자연물들에서 화자는 낯섦을 느끼고, 두려움까지 가지게 된다. 화자는 현실에서 만나는 사물들에서 소외되는 느낌을 갖는다. 화자를 둘러싼 초록빛과 자연물들이 풍성하게 보일수록 화자의 소외감은 증폭된다.

김완하 시인의 「연못치기」와 「새벽신문을 펼치며」에서 우리는 시인의 새로운 면을 발견할 수 있다. 이들 작품에서 시인은 미지의 세상에 대한 설렘을 화자의 현재시간과 자연스럽게 대비시킨다. 시인은 유년과 청소년기의 서사를 통해서 예전의 그들이 되어 다시 한번 세상을 새롭게 대면하고 경험하고자 하는 것이다. 그는 유년의 기억을 통해 '새로워지는 시간'에 들어가고자 한다. 또한「낯선 초록 속에서」에서는 익숙한 초록의 세상을 낯설게 여김으로써 일상적인 자신과 차별화된 새로운 자신을 노래한다.

은폐된 일상의 직시와 연민의 힘

1. 내면의 소음과 침묵의 시간

신덕룡 시인은 시집 『소리의 감옥』(2006)과 『아름다운 도둑』(2013)과 『하멜서신』(2016)을 출간하였다. 시인의 첫 시집 『소리의 감옥』에서부터 세상과 시인의 시적 자아의 충돌이 만들어 내는 소음으로부터 벗어나려는 의식이 나타난다. 시인의 시적 자아는 자신이 소음의 세계에서 한 치도 벗어날 수 없음을 인식하며, 그것이 삶의 전제 조건임을 자각한다. 소리로 들끓는 세상은 우리가 살아가는 일상의 공간이다. 시인은 소리의 세상에서 벗어나 소음이 잦아든 평온함을 꿈꾼다. 그 꿈은 "가슴 한쪽에 돋는 가시를 품고 뒹구는 일/아득한 생生의 허기를 쥐고 흔드는 일"(「고요」, 『소리의 감옥』)처럼 아득한 생을 체험한 뒤에야 찾아올 고요한 세상이다. "내 안의 소리는 바쁘다./굽은 삶에 불복하듯/불면의 정수리를 사정없이 찔러대고"(「가시-소리의 감옥3」, 『소리의 감옥』) 여기에서 화자의 내부에서 발생하는 소음은 그가 "굽은 삶"을 거부하는 데서 비롯된다. 세상과 화자의 불화는 다시 말하면, 세상에 타협하지 않으려는 그의 내면이 충돌하면서 생겨나는 소음인 것이다.

「소리가 없다」를 포함한 신덕룡 시인의 신작 시편들은 그의 인식이 현실문제로 확장되었음을 보여준다. 「소리가 없다」에서 소리의 의미는 두 개로 나뉜다. 하나는 경쾌하고 명랑한 것으로 위장된 거짓된 소리이고, 다른 하나는 의사소통의 매개로서의 소리이다. 파도처럼 일상의 시간은 경쾌하게 흐른다. 그러나 변함없는 듯 보이는 경쾌한 일상은 그 밑에 침묵하는 세상을 은폐하는 장막일 뿐이다.

> 파도는 쉴 새 없이 재잘거렸다
>
> 아무런 일도 없었던 것처럼 우르르 몰려다녔다 이것저것 참견하고 손가락질하며 깔깔거렸다 흰 벚꽃들이 축복처럼 흩날리는 봄날의 하굣길과 가벼운 발걸음들
>
> 어제처럼 분식집에 들러 수다를 떨고 수다를 떨다보면 어느새 학원에 갈 시간, 아쉬운 마음으로 헤어져 적당히 졸다 깨다 집으로 돌아가는 길, 잠들기 직전까지 카톡을 하고
>
> 내일도 오늘처럼 변할 것은 없다
>
> 내일 또 만나, 만나고 헤어지고, 만나고 또 만나도 할 이야기들이 많아, 아무리 웃고 떠들고 깔깔대도 밀려오는 파도처럼 쌓이고 쌓여 다 퍼낼 수 없다는 데
>
> 소리가 없다 무덤보다 춥고 깜깜한 바다 속 심해어처럼, 마주보고 이야기해도 시끌벅적 떠들어도 눈앞에서 입만 벙긋벙긋, 들리지 않는다 기포처럼 떠오르는 저 숱한 소리들 사이
>
> 아직도 할 말이 많이 남아 있으니
> 거기, 그래 거기서 만나
>
> —「소리가 없다」 전문

위의 시에서 소리가 있는 세계이거나 소리가 없는 세계이거나 모두 소통이 차단되었다는 점에서 다르지 않다. 학생들의 수다와 깔깔거리는 웃음, 분식집, 학원, 집, 카톡 등이 펼쳐지는 소란한 일상은 소리가 전혀 없는 세계를 감추고 있어서 기이하게 느껴진다. 재잘거리는 파도 밑 깊은 곳은 마치 진공 상태 같다. 소리의 세상에서 사람들은 각자 자기만의 진

공에 갇힌 것처럼 보인다. 그들은 소리를 들을 수 있고 소리 내어 말할 수 있지만, 소리가 전달되지 못 하는 침묵 속에 있는 것과 다르지 않다. 일상의 수다스러움과 명랑함이 감춘 무거운 문제들은 수면 깊숙이 가라앉아 있다. 무거운 문제들을 수면 위로 끌고 올라와서 원인을 해결해야 할 것이지만, 그들은 그것을 방치한다. 시인은 해결해야만 하는 문제들을 외면하는 그들의 태도가 소리의 세계를 소통할 수 없는 침묵의 세계로 만든 원인임을 암시한다.

2. 삶에 억류된 자의 자기 성찰

신덕룡 시인은 그의 세 번째 시집 『하멜서신』에서 낯선 나라에서 억류 생활을 해야 했던 하멜의 독백을 통해 세상에 유배된 자의 자의식을 펼쳐 보인다. 시인의 분신처럼 보이는 하멜은 시인이 그동안 눌러 왔던 "마음으로 앓는 소리"(「침과 늪」, 『소리의 감옥』)를 들려준다. 하멜이 자기 내면을 낱낱이 들여다보는 과정은 시인의 시적 자아가 '소리의 감옥'에서 벗어나는 시간이기도 하다.

삶의 의미는 어제와 다른 오늘, 오늘과 다른 내일의 새로운 의미들이 축적되어 갈 때 생긴다. 그러나 "볕이 잘 드는 토담에 등 대고 앉아/먼 하늘을 보고 있자니/오늘이 어제 같고 내일 또한/어제와 같을 것이란 생각에 쓸쓸해졌다."(「녹비鹿皮-하멜서신」, 『하멜서신』)에서처럼 하멜의 시간은 흐르지 않고 '어제'에 멈춰 있다. 돌아갈 길을 잃은 하멜의 삶은 자신의 삶 자체에 억류된 것이나 다름없다. "나는 그저 옮겨다 심은 나무에 불과했다."(「담을 치다-하멜서신」, 『하멜서신』)는 하멜의 독백은 낯선 세상에 유배된 자의 자의식을 보여준다. 신덕룡 시인의 신작 시편들에는 자신을 삶에 억류된 존재로 인식하는 시적 자아가 있다.

> 새로운 것은 없다
> 서로 다른 곳에서 몰려와

우두커니 앉아 있다가 제 갈 길로 간다
빈자리는 아침이 오기 전에 같은 것들로 채워진다
빨간 플라스틱 의자에 걸터앉아
어제의 새우깡을 뜯으며
사내 둘이 캔맥주를 마시고 있다
소음 몇 조각 남겨 놓고 왔던 길로 돌아 갈 것이다
저녁이 빠르게 지나가는 것처럼 보이지만
잠시 출렁였을 뿐이다
내 기억 속으로 걸어오는 네가 보인다
오래 머물지 못할 것이다

—「미니스톱」 전문

편의점 체인점인 미니스톱에서 팔리는 상품들과 그곳을 찾는 사람들의 공통점은 임시성이다. 미니스톱은 임시의 장소이다. 초단위로 나눠지는 시간과 극소화된 공간의 결합, 그리고 편의성은 현대인의 위상을 보여준다. '미니'라는 최소화된 시·공간과 '스톱'의 머묾을 가지는 존재들이다. 편의점에 채워졌다가 팔리면 다시 그 자리에 채울 똑 같은 상품들이 대기하고 있는 것처럼 편의점 상품의 임시성과 대체 가능성은 사람에게도 적용될 수 있다. 편의점이 갖고 있는 시스템은 현대인이 추구하는 삶의 방식일 것이다. 편의 지향의 삶은 일상생활뿐만 아니라 그곳이 일상화된 이들의 의식까지도 바꾸어 놓는다. "내 기억 속으로 걸어오는 네가 보인다/오래 머물지 못할 것이다."에서처럼 화자에게 소중했을 '너'에 관한 기억까지도 곧 사라질 것이다. 위 시는 편의점의 속성에 대해 이야기하지만, 실제로는 파편의 시간에 갇힌 존재들에 관한 이야기이다.

「미니스톱」 역시 소통이 차단된 사람들의 일상 공간을 보여주는데, 타자와 차단된 일상은 속도와 편의를 추구하는 우리 자신의 욕망에서 기인한다. 자기 안의 욕망과 외부의 불화가 만든 소음의 세계, 그리고 그것을 은폐하고 위장하는 자가 자신을 우울과 불안에 가둔다. 「마스크」와 「공유지의 하늘」의 화자들 역시 안식을 얻을 수 없는 시간과 공간에서 벗어나지 못한다.

먼지는, 작고 가볍고 부드러워 스며들지 못할 데 없다 꽉 닫힌 이중창 삼중창이라도 틈만 나면, 틈이 없으면 벌려서라도

파고든다

(중략)

마스크라도 쓰고 다녀야 불평불만은 물론 숨 쉬는 것조차 가릴 수 있다는 듯
불안한 눈빛들이 한가득, 절뚝이며 걸어 다닌다

—「마스크」 부분

사람들의 내면의 불안이 먼지가 가져올 외부의 불안을 맞을 준비를 한다. 불안은 미세먼지처럼 우리를 감시하다가 우리 내부에 여지없이 파고들어온다. 사람들은 마스크가 미세먼지를 걸러주지 못하리라는 것을 알면서도 마스크를 쓰고 외출한다. 그러나 대응책이 될 수 없는 마스크를 쓴 사람들의 외양은 우스꽝스럽다. 그들은 마스크로 자신들의 불안을 감출 수 없으며, 형체도 없는 먼지의 공격을 막을 수도 없다. 신덕룡 시인이 위의 작품에서 비판하고자 하는 것은 먼지가 지배하는 세상에서 생존하기 위해 취하는 자기 위안의 태도이다. 그런 점에서 마스크는 거짓된 얼굴이라고 볼 수 있다. 그것으로 문제의 근원을 회피하고자 하지만 그들은 자신들의 내적 불안도 감출 수 없다. “누우면 지는 거다/땡볕에 목이 타고 살갗이 벗겨져도//누워 있는 놈을 지그시 밟고 있는, 밟고 있는 발에 힘을 주는, 담배꽁초처럼 아예 비벼버리는 한낮이다”(「공유지의 하늘」)에서도 시의 화자는 허기와 불안과 경쟁의 시간만이 흐르는 세상에서 벗어나지 못한다. 순간의 안주도 허용되지 않는 세상에서 화자가 바라보는 “푸른 하늘”은 팽팽한 긴장의 시간 속에서 그가 얻을 수 있는 유일한 위안이다.

3. 연민의 변혁성

신덕룡 시인의 분신인 하멜이 낯선 세상에 억류된 존재로서의 자신에 대해 낱낱이 살펴보는 시간은 신덕룡 시인이 그동안 세상과 불화의 관계를 갖는 존재로서 인식했던 시적 사유로부터 벗어나는 시간이다. 시인은 자신의 내면에 대해 깊이 사색함으로써 그가 그동안 스스로 풀 수 없었던 세상과의 불화와 자신 내부에서 타오르던 불길로부터 비로소 거리를 둘 수 있게 된다. 「콜록콜록」을 포함한 신작 시편들에서 발견할 수 있는 것처럼, 시인의 시적 자아는 자신에 대한 연민을 객관화시킨다. 그가 타자에게 갖는 연민은 자연스럽게 사회문제들로 이어진다.

> 사람이 만든 제도는 언제든 바꿀 수 있다
>
> 한때 낭만주의자였던 청년 심훈은
> 조선의 자매들
> 헐벗고 가여운 이 땅의 누이들에게 말했다
> 꽃 피우기 전에 시들지 말라고
> 한강에 몸 던지지 말라고
> 낫과 망치를 들고 행진하는 북극의 여성들처럼
> 오직 삶을 위해서만 나아가야 한다며
>
> (중략)
>
> 양심은 목에 걸린 밧줄이니 아름다운 이별은 없다
>
> 지상의 끝, 좁은 방에서 병든 세 모녀가 뒤엉켜 운다
> 마지막 한 방울까지 쥐어짠
> 눈물이 차올라 강이 되고, 후미진 물가의 물안개처럼 번개탄을 피워 놓고 쓴 항의가
> 정말 죄송합니다, 콜록콜록
> 밀린 집세와 공과금이 붉은 꽃잎처럼 들러붙었다
>
> —「콜록콜록」 부분

위 시는 2014년에 일어난 '송파구 세 모녀 자살 사건'을 배경으로 하고 있다. 추정 소득이 산정되기 때문에 '송파구 세 모녀'는 복지 지원을 받을 수 없었다. 환자와 신용불량자와 부상으로 인한 실직이 세 모녀가 처한 실제 상황이지만, 이러한 상황들은 복지 지원 선정 여부에 반영되지 않았다. 유서를 쓰고 번개탄을 피워 놓고 죽음을 기다리던 세 모녀의 심정이 어떠했을지 가늠하기 어렵다. 다만 "정말 죄송합니다"라는 유서를 쓸 만큼 그들이 다른 사람을 배려하는 마음을 가진 사람들이었음을 짐작할 뿐이다. 위 시에서 "조선의 자매들"에게 신산한 삶에 굴복하지 말라고 한 1930년대의 심훈의 말은 2014년의 "조선의 자매들"인 '송파구 세 모녀'에게 시인이 하고 싶은 말이기도 하다. 계층을 이동할 사다리가 없어진 사회 구조 속에서 가난에서 벗어나려는 '가난뱅이'의 꿈은 실현시키기 어렵다. 복지 제도는 "조선의 자매들"을 지켜 줄 최소한의 안전망이 될 수 없었다. 최소한의 안전망도 부재하는 현실에 대고 "사람이 만든 제도는 언제든 바꿀 수 있다"고 단언하는 화자의 목소리는 준엄하다. 그의 준엄한 목소리는 사회구성원 가운데 가장 약한 고리인 가난한 여인들에 대한 그의 연민에서 나온다.

신덕룡 시인의 시는 세상에 타협하지 않으려는 시적 자아의 내면을 드러내는 것에서 출발한다. 그는 세상과 시적 자아의 불화에서 생겨난 내면의 소음들을 시로 형상화시켰으며, 세상에 유배된 자의 자의식을 보여주었다. 이 같은 내면의식은 「소리가 없다」를 포함한 신덕룡 시인의 신작 시편들에서 현실문제로 확장되었음을 보여준다. 그것은 소통할 수 없는 침묵의 세계와 현실 문제를 수용하지 못하는 제도에 대한 시인의 비판의식으로 나타난다.

초월과 회상과 위악을 통해 도달한 길

1. 바깥의 존재로 사유하기

최승자 시인은 그의 시집『물 위에 씌어진』에서 지상의 삶에 대한 한없는 무상감을 표현한다. 그의 무상감은 인간 존재에 대한 근원적 의문에서 시작된다. "인간은 왜 행복하면 안 되는지/그 신비를 묻고 물으면서/누군가 또 죽어가고 있는 것일까"(「아침 햇빛, 코스모스, 다람쥐」) 시인은 지상에서 살아가는 다른 생명체들은 자족의 생을 살지만, 인간은 행복과는 거리가 먼 삶을 산다고 여긴다.

현대문명은 "모조 인형"의 세계이며, "무수한 화폐들과 깃발들"(「한없이 여린」)이 난무하는 세계이다. 자연의 생명력을 상실한 인간들은 "슬픔도 없어 슬퍼진 이 세계/건너갈 다리도 없고 건너올 다리도 없는"(「흘러가지 않는」) 문명 속에서 살아갈 뿐이다. 시인은 신의 목소리를 빌어서 세상은 인간이 만든 환영에 불과하다고 말한다. "그 안에서 울고 웃는/네가 우습구나/그 풍경도 幻이지만/네 자신이 더한 幻 덩어리가 아니겠느냐/幻으로 뭉쳐져 있는 게 너희니라"(「Godji가 말하길」) 인간은 자신의 머리와 손으로 만들어낸 허상의 세상에 갇힌 한계적 존재들이다. 그런 이유로 시인은 "먼지 자욱한 그 속에서/어디에다 내 집을 지을까//이 꿈도 아닌 저 꿈도 아닌 그 사이에서/이 꿈도 이데올로기요, 저 꿈도 이데올로기인 그 사이에서/어디에다 내 집을 지을까"(「슬펐으나 기뻤으나」) 라고, 세상의 무상함을 노래하는 것이다.

현존재, 하루 낮 하루 밤 같은 것
현존재, 흐르는 바람 같은 것
그 위로 질펀한 울음 같은 것
(파열하는 푸른 바다)

현존재, 안으로만 흐르는 물결
현존재, 물 위에 씌어진 꿈
현존재, 물 위에 다시 씌어지는 꿈

(하나씩 둘씩 사람들이
숲속으로 걸어 들어간다
그리고는 다시 돌아오지 않는다
그때 비로소 피어오르는
하이데거적 존재의 향기)

—「물 위에 씌어진 1」 전문

꿈인지 생시인지
사람들이 정치를 하며 살고 있다
경제를 하며 살고 있다
사회를 하며 살고 있다

꿈인지 생시인지
나도 베란다에서
화분에 물을 주고 있다

(내 이름은 짧은 흐느낌에 지나지 않았다
오 명목이여 명목이여
물 위에 씌어진 흐린 꿈이여)

(죽음은 작은 터널 같은 것
가는 길은 나중에야 환해진다)

—「물 위에 씌어진 3」 전문

「물 위에 씌어진 3」의 화자는 자신의 이름을 "짧은 흐느낌에 지나지 않았다"고 말한다. 이름이 사물의 본질을 함축하는 것은 아니지만, 그것은 사물의 기표로 쓰인다. 화자는 본질적인 것들을 담지 못하는 명목名目뿐인 자신의 이름은 허상에 불과한 것으로 인식한다. 그는 자신의 본질적인 면모를 찾아낼 수 없었으며, 명목에 불과했던 자신의 전생全生을 "물 위에 씌어진 흐린 꿈"이라고 말한다.

최승자 시인은 인간의 삶을 비극적으로 만드는 요인은 시간적 유한함을 지닌 존재가 죽음이라는 숙명을 자각하는 데 있다고 본다. 그는 시간적 존재를 벗어나고자 한다. 그의 이 같은 지향의식은 그로 하여금 시간과 꿈과 불안과 욕망이 모두 無化된 '저 너머의 세상'을 노래하게 한다. 시인은 자신을 흐르는 물 위에 써진 존재로 인식한다. 누군가의 커다란 손에 이끌려져 온 소멸의 시간 속에서 그는 다시 써지는 허망한 꿈을 꾼다. 자기에 대해 맹목적인 존재들은 짧은 소멸의 순간들이 연속되는 궤도를 끊임없이 돈다. 시인은 소멸의 시간 고리를 벗어나 있는 적요의 세계, 즉 죽음의 숲으로 들어가고자 한다.

시간적 존재인 인간은 시간의 한계적 조건 속에서 생을 영위한다. 인간의 유한성은 그가 가진 시간 내적 존재를 벗어나지 못하는 존재임을 의미한다. 인간은 죽음의 세계에 들어가서야 진정한 자유를 갖게 될 존재들이다. 최승자 시인은 시간 내적 존재라는 한계를 벗어나 "폭염과 혹한 그 너머에 있는/'한없이 여린'을 찾고"자 한다. '한없이 여린'은 아득한 "始源으로부터 나오는"(「한없이 여린」), 시원으로 되돌아갈 수 있는 한 가지 단서가 될 수 있지만, 그러나 보이지 않는 길이다.

2. 회상의 설화적 재현

김영남 시인의 시집 『가을 파로호』의 자연물, 특히 식물에 얽힌 설화와 상징적 의미들은 시인이 기억하고 싶은 지나간 시간의 이야기와 결합한다. 그는 아무도 기록하지 않은 “잎 뒤 숨어 있는 사연들”(「앵두가 뒹굴면」)을 회상의 방식으로 담아낸다. 그는 완결된 상징이 된 식물의 언어에서 시 의식을 출발시키고 있지만, 기존의 상징들은 그의 회상의 시간 속에서 독자적인 새로운 상징으로 탄생한다. 앵두, 수련, 동자꽃, 튤립, 수국, 목련, 문주란 등의 꽃말이 기존의 언어라면, 그가 시집에서 다루어 낸 새로운 꽃말들은 새로운 언어가 될 것이다.

잎 뒤 숨어 있는 사연들

일러바칠 곳 없는 동네

우물가 집 뒤란의 누나 방에

굴러다니는 피임약이여, 그걸

영양제로 주워 먹고 건강한 오늘날이여

—「앵두가 뒹굴면」 전문

앵두에 얽힌 설화는 어머니에 대한 농부의 간절한 효심과 그것이 되찾은 어머니의 건강에 대한 것이다. 위의 시에서 ‘건강’과 ‘약 같은 앵두’라는 설화 속의 이야기 씨앗들은 미처 알아차리지 못했던 어른의 성적인 비밀을 뒤늦게 누설하고 싶은 화자의 욕구로 바뀐다. 어떤 의미도 끼어들지 않은 순수한 앵두 열매는 누나의 성적인 비밀을 화자가 고스란히 기억해 내는 상징물로 다시 창조된다.

자전거 세우고 소녀 한 명이 내린다
여기저기 기웃기웃하더니
튤립 한 송이 꺾는다
아이들 울음이 뚝 그친다

그러고 보면 이 세상 애증은

저 꽃밭에서부터 출발한 것이고
내 사춘긴 그 소녀 자전거에서 내린 것

소녀가 다시 자전거에 오른다
아이들도 다시 울기 시작한다

—「튤립」 부분

시의 화자는 소녀가 자전거에서 내리는 모습을 본 순간에 자신의 사춘기가 시작되었다고 말한다. 튤립의 꽃말은 사랑과 깊은 연관이 있는데, 위의 시에서 화자는 소녀가 자전거를 타고 가다가 화단의 튤립을 꺾어 다시 자전거에 오르는 것을 보고 있다. 이 같은 정황은 소녀와 화자의 비껴간 사랑을 암시한다. 화자가 "그러고 보면 이 세상 애증은/저 꽃밭에서부터 출발한 것이고"라고 말한 것에는 그의 소년기를 압도했던 그의 감정의 파열이 함축되어 있다.

김영남 시인이 새롭게 기록하는 꽃말에는 잃어버린 과거를 복원하고 싶어 하는 그의 열망이 담겨 있다. 「수국」에서 수국의 창백한 푸른빛은 시의 화자가 "어릴 적 누나 그 누나 동생의//창백한 얼굴 마주하고 싶"은 안타까운 심정을 불러일으킨다. 수국을 매개로 하여 병아리와 어미 닭이 한적하게 놀던 숲에 관한 기억과 어릴 적 잊지 못하는 사람들의 얼굴과 새벽길에 소를 몰고 가던 화자 자신의 기억까지도 현재시간 속으로 쏟아져 들어온다.

언어들이 언어들에게
고개 숙이는
정중함이다

그 정중함 무엇이 훔쳐 간다

제발 좀 조용히
하는 간청의
옛날과

오랜
조응이다
이내
히죽히죽 웃어본다

무엇이 웃음을 여러 겹 포개놓는다

—「수련」 전문

김영남 시인은 정중한 양태에 파격을 준다. 수련의 정중함은 연못을 가득 채운 생명체들의 소란스러움과 웃음을 잠시 누르고 있을 뿐이다. 연못의 수련으로 대표되는 정중함을 깨뜨리며 터지는 웃음은 진지한 연극 사이에 올리는 막간극인 소극笑劇을 연상시킨다. 연못이라는 하나의 공간 속에 전혀 다른 두 가지 정황은 연못의 겉과 속을 이루고 있다가 갑작스러운 '무엇'의 출현으로 인해 연못의 표층과 이면이 전복되는 파격의 순간을 맞기도 하는 것이다. 소극이 연극에 활기를 불어넣는 것처럼, 수련이 만들어 놓은 정중함을 뚫고 올라온 '무엇'의 웃음이 연못의 생명체들을 활기차게 만든다.

3. 외로움의 위악僞惡

김이듬 시인은 그의 시집 『말할 수 없는 애인』에서 이중적인 시선과 위악적인 어조로 자신의 외로움을 은폐시키려는 시적 자아의 내면을 잘 보여준다. 시인의 시적 자아는 고통스러울 만큼 외로운 자신에게서 멀리 떨어져 있다. 그는 자기를 마치 타인처럼 참혹한 고독 속에 방치한다. 그는 친밀한 소통이 기대되는 타자인 애인과 절연되어 있으며, 부모와의 사이는 적대적(「부부자해공갈단」)이기까지 하다. 그는 자기 자신뿐만 아니라 타자들과 소통하지 못하고 이해받지 못하는 존재이다.

올해 막바지 팔에 금이 갔다

빙판에 미끄러졌나 보지
결국 그 선배 멱살을 잡았구나
친구들은 제각기 한마디씩 던지고
가만히 등 뒤로 와서 너는
자해한 거 아니냐며 킬킬거린다

얼마나 멋진 밤인가
어둡고 캄캄하고

우리는 더이상 알고 싶지 않은 욕망으로 가득차서
구체관절인형을 가지고 놀듯 서로를 만지작거린다

—「나 말고는 아무도」 전문

시의 화자는 자신의 상처에 대해 킬킬거리는 친구들과 다를 바 없이 자신의 아픔에 거리를 갖는다. 자기의 몸을 객관적 대상으로 바라보는 화자의 시선은 이중적이다. 그는 친구들의 무관심과 냉정함에 동의하는 시선으로 자신을 본다. 그는 자신의 고통에 무심한 친구들과 같이 "더이상 알고 싶지 않은 욕망으로 가득차" 자기 몸을 대하는 것이다. 그는 자기의 다친 몸을 "구체관절인형을 가지고 놀듯 서로를 만지작거"리는 타자들과 같은 사람이 된다. 화자의 또 다른 시선은 "나 말고는 아무도" 화자인 나의 아픔을 들여다보지 않으려는 타자들에게서 소외된 자기를 들여다본다. 화자가 타자들의 냉정한 시선에 동의하는 까닭은 무엇인가? 이것은 바로 타자들로부터 상처받고 싶지 않기 때문에 화자 자신의 내면을 은폐시키려는 위장의 시선이라고 볼 수 있다.

우린 잠시 젖은 후 흘러갈 거야
너무 싱거운 거 같아 망설인다면
삽으로 떠서 길가로 던지겠지

—「함박눈」 부분

물이 없어도 표류하고 싶어서
외롭거나 괴롭지 않아도 살고 있기 때문에
우리는 다른 곳으로 떠났다 돌아오거나 영 돌아오지 않겠지

—「말할 수 없는 애인」 부분

김이듬 시인의 시적 자아가 타자들과의 관계에서 보여주는 가벼움과 냉정함에는 타자들로부터 절연된 자신의 외로움을 직시하지 않으려는 내면이 감춰져 있다. 그러나 그는 "어두운 날들 밤의 물결이여/모두 나를 지나쳐 어디로 흘러갔나"(「거기 누구 없어요」) 라고 혼잣말로 노래한다. "한밤의 카페에서 나는 이상한 불안감에 휩싸인 채 저들의 들리지 않는 대화를 엿듣는다 저들의 말이 미친 말처럼 문을 부수고 비 내리는 밤거리로 달아갈까 봐 저들의 노래로 귀가 먹을까 봐"(「마임 모놀로그」) 카페에 혼자 앉아 있는 화자는 잘 들리지도 않는 다른 사람들의 대화를 엿듣는다. '저들은' 화자에게 어떠한 관심도 기울이지 않지만, 화자는 "마임 모놀로그", 즉 침묵하는 자의 혼잣말로 그들의 대화를 놓치지 않고 들으려 한다. 이러한 그의 행위는 타자와 소통하고자 하는 열망을 잘 보여준다. 시인의 시적 자아가 타자와의 관계에서 보여주는 가벼움과 냉정함은 그가 자신의 외로움을 왜곡시키거나 변형시켜 놓은 것에 지나지 않는다.

늙은 해녀와 술을 마시며
누가 만지면 제 몸을 잘라버리는 해삼 이야기를
해삼에 물회를 씹으며 듣는다
멀리 사지 비틀며 키스를 나누는 연인이 보인다

숙소로 기어올라와 나는 수족관에서 뻐끔거리던 생선처럼
머리를 비스듬히 눕힌다 숨이 가빠진다
인공호흡기가 절실한 중환자 하나 내 안에서 헐떡거린다
생채기 도려내고 촉수와 말단을 끊었으니 영혼은 어디로 들어오나

미역 줄기처럼 넘실거리는 머리칼을 물속에서 끌어당겨
누가 내 입술에 숨을 불어넣어주면 좋을 텐데

누가 만져주면 잘라낸 것들이 생겨날 것 같은데
난 속옷도 입을 새 없이 빠져나와
철 지난 해변의 저녁을 서성거린다

—「인공호흡」 전문

김이듬 시인의 시적 자아는 스스로 상처받지 않기 위해 외부와의 촉수를 잘라버리고 자기 속으로 물러난다. 바깥 세계로부터 차단되는 면적이 커질수록 그의 삶의 공간은 점점 협소해질 것이다. 외부와 맞닿아서 생겨난 "생채기 도려내고 촉수와 말단을 끊"은 화자에게는 영혼의 숨을 자신의 안으로 불러들일 수 없다. 숨을 쉴 수 없을 만큼 치명적인 고독 속에서 화자는 누군가 자기에게 숨을 불어넣어 주기를 간절히 원한다.

「파도」는 김이듬 시인의 가려지지 않은 내면을 잘 보여주는 작품이다. 여기에서 그는 이중적 시선과 위악적인 어조 대신에 자신의 심정을 진솔하게 드러낸다. 소외와 차단의 관계를 벗어나고자 하는 시인의 의식은 '연리지'에 함축되어 있다. "황급히 내가 문을 닫기 전/아주 잠깐 동안/쇠문 모서리들이 닿을 듯 만든 연리지 통로로/알 수 없이 시원한 바닷바람이 흘러 다니는 걸 느꼈다".(「파도」) 각자 독자적인 뿌리를 내리고 있는 나뭇가지들이 얽혀서 하나의 나무처럼 자라는 것처럼, 김이듬 시인은 개별적 존재들이 자연스럽게 서로의 삶과 숨결 속으로 섞여 들어가는 꿈을 꾼다.

울음이 몸에 쓴 시

1. 생래적 결핍을 건너는 방법

이진명 시인의 시에서 슬픔의 감정은 외로움에서 비롯된 것으로 보인다. 개체적 인간에게 생래적으로 결여된 그것은 외로움의 감정이다. 시인은 생래적인 결핍의 감정을 다루면서도 그의 시는 전혀 어둡지 않다. 그는 존재적 슬픔으로부터 벗어날 수 있는 출구를 마련해 놓고 있다. 그 출구라는 것은 인식의 전환이다. 「캄온」, 「바위와 구름의 '듯'」, 「대학병원의 시」, 「백색냉장고-事故」에는 개별체이면서 유한한 존재들의 슬픔이 나타난다. 그러나 「마을버스 정류장의 우주율」에서 확인할 수 있듯이, 이진명 시인은 일상에서 확인하는 슬픔과 외로움을 따뜻한 생명에 대한 감각으로 전환시킨다. 그는 정류장 팻말 기둥 주변에 떨어진 껍데기들을 보고 "한 바퀴 돌아온 껍데기들에서 계속 빛이 나온다/조용히 우주세상이 부풀고 있다"(「마을버스 정류장의 우주율」)고 노래한다. 시인의 시선 속에서 지저분한 바닥은 지상의 천궁天穹으로 바뀌며, 쓰레기들은 빛을 발하는 별들이 된다.

두려워하지 마라
새가슴처럼 뛰는구나
팔딱임을 멈추지 못하는구나
여기는 자리가 아니다 일어나라

날지 못해도
너는 날았다
아비를 날았고 어미를 날았고
형제자매를 날았다
일가친척을 날았다
집도 절도 일찍이 무너뜨려 날았다
너는 처음부터 날았던 사람
떨어지지 않았던 사람이다
두려워하지 마라
시방대천이 다 터졌다
만 개의 발우가 만발한다
문고리를 잡고 토하지 마라
심장을 다치지 마라
돌아보라
어머니가 서 있다
보관寶冠을 쓴 어머니가
약함藥函을 들고 서 있다

—「고아」 전문

'고아'는 처음부터 가질 수 없었던 어머니와 아버지, 그리고 가족과 친척이라는 결핍을 어떻게 벗어날 수 있단 말인가? 이진명 시인은 그 결핍의 봉우리를 '날아서' 뛰어넘으라고 말한다. 고아가 자신의 생래적 조건을 뛰어넘는 방법은 비상과 같은 심리적 전환이다. 여기에서 '날다'는 자기의 조건을 벗어던지라는 말과 같다. 그렇게만 한다면, 외로움 때문에 떨고 있는 '너'를 달래줄 어머니, 약사여래 형상을 한 어머니가 네 뒤에 서 있음을 '너'는 보게 될 것이다. 네가 마음을 바꿔 몸을 뒤로 돌리기만 한다면, 언제나 너를 보살펴 온 어머니를 네 등 뒤에서 발견하게 될 것이다. 그러나 자기 연민의 장벽이 태산같이 크고 높아서 어머니가 보이지 않는 앞섶만을 바라본다면, 너는 영원히 고아의 감정에서 빠져나오기 어려울 것이다.

캄온은 생후 이십일도 안된 갓난쟁이 고양이
이웃의 혼자된 지 오랜 쌤이 난생처음 집안에 들인 팻

이 애기 때문에 외로움을 모른다고
이 애기 때문에 외로움을 잊었다고
외로움이 없어졌다고 없어졌다고
전화 목소리가 쟁쟁 징소리였다

캄온을 선보러 가지 않을 수 없었다
캄온이 기름 빼고 덜어준 캔 참치를 어떻게 먹나 보는데
뭘 먹을 땐 입으로가 아니고 얼굴로 먹어야 한다고 아는지
온통 얼굴을 종지에 파묻고 굴리고 비빈다
얼굴 하도 작아 동그랗게 분 입이라 해도 맞겠고
캄온, 부르지도 않았는데 참치기름 묻은 반짝이 얼굴로
내 쫄바지 가랑이를 비집고 쫄쫄한 골짜기로 자꾸 파고든다
손바닥 반만한 캄캄 이 새까만 것
이거 쥐새끼야 고양이새끼야 싶기만 한 것
아무래도 내 사타구니 쫄쫄한 골짝으로
쏙 들어가 버리고 말 것만 같아서
그런 일이 생긴다면 참 서로 얼굴 붉어질 것만 같아서
엉덩이뒷걸음질로 자꾸 물러날 수밖에 없잖아, 캄온아
빽 소리치고 싶었지만 히, 웃었다

나처럼 동물비호감으로 동물애호가 쪽은 아니었던 쌤이
이리 와
이리 와
애기고양이 목소리 똑같이 만들어 애절히 부르는 것은
팻 캄온인가, 완벽한 작은 세계 거짓만 같은
아직 단호박빛 유리눈도 맞출 줄 모르는 캄, 캄온인가

이리 와야 하는 것의 이리 와야 함이여
이리 와야 함의 이리 와야 하는 것이여
이리 옴이여 이리 옴이여 이리 와야 함이여

―「캄온」 부분

1930년대 정지용 시인은 그의 시 「백록담」에서 "물도 마르기 전에 어미를 여힌 송아지는 움메—움메— 울었다. 말을 보고도 등산객을 보고도 마고 매여달렸다. 우리 새끼들도 모색毛色이 다른 어미한틔 맡길 것을 나는 울었다"라고 노래한 바 있다. 시의 화자는 백록담을 오르다가 만난 어미 잃은 송아지가 말이나 등산객을 어미로 여기는 듯 매달리는 모습을 본다. 그는 그런 송아지에게서 어미 없는 자식을 떠올리면서 주체할 수 없는 슬픔에 빠진다. 정지용 시인은 여기에서 모든 어미 없는 것들의 존재론적 외로움을 확인하고 있는 것이다.

이진명 시인의 「캄온」도 어미 없는 것들의 생래적 결핍을 노래한 시다. '캄온'은 어미가 없는 아기고양이다. "혼자된 지 오랜 쌤"도 아기고양이와 혼자라는 점에서 다르지 않다. 어미 품에서 떨어져 나와 사람의 팻이 된 아기고양이 캄온과 "혼자된 지 오랜" 사람은 서로 외로움이라는 결핍의 강을 건너간다. 외로움을 건너가는 데 종의 다름이 무슨 상관이란 말인가. 외로운 생명이 다른 외로운 생명을 이리오라고 부르면, 그것은 자기를 부르는 이에게 가야만 한다. '혼자'라는 강을 한 생명이 다른 생명을 만나기 위해 건너가야 하는 것이다.

2. 몸에 쓰여진 시

시란 무엇인가에 대한 답변들을 시인들은 각각 다르게 작품 속에서 실현시켜 나간다. 독자들도 모두 다르게 실현되는 시작품들을 통해서만 시의 의미를 감지할 수 있을 뿐이다. 이처럼 다르게 실현되고 해석되지만, 시의 의미를 설명하는 데 빼놓을 수 없는 부분은 상실감과 신산함 등으로 표현되는 삶의 형상이다. 이진명 시인은 존재의 아픔을 육체를 통해 형상화시키고 있다는 점은 특별하고 놀랍다. 그것은 구체적으로 '몸에 쓴 시'로 이름 붙일 수 있다.

아닌가, 아니라면

암 같은 게 우는 거랑 상관있다는 건가
금시초문인데
운 적 있어 암이 되는 거라면
암, 그거 웃기네 다시 봐야겠네
암, 그거 나쁜 거 아니잖아
시 비슷한 거 같은 게
우는 걸, 시 비슷한 걸 무조건 나쁜 거라 하기는 좀 안 맞지
울면 눈도 맑아지고 속도 비워지고
수분 세례로 노안 안구건조증에 평안도 선사하고

(중략)

미로에 미로로 꺾어져 들어간 대학병원 이비인후과의 한 방
벌린 입속 성대 찍은 사진의
성대 가생이로 쪽 내려붙은 두 낱 새빨간 잎
갸름하고 색깔 너무 선명해 뜻밖의 매혹, 빨간 버들잎
언제 운 적 있어요, 다음 행에다
떼어내 갖다 붙이면 열렬한 연구聯句가 될 것 같은
난생처음 보는 극채의 실핏줄 버들잎 시

하얀 방 뒤로 하고
미로 빠져나오면서도 원시 문답의 일성一聲 가시지 않아
두 볼의 홍조를 다음 시구 밀 듯 손바닥 낭송으로 밀며
맴맴 대학병원의 리듬에 맞춰 꽃양산 펼쳐 돌렸다
—「대학병원의 시」 부분

위 시의 화자는 자신도 모르는 사이에 언젠가의 울음이 자신의 육체에 낱낱이 기록되어 있음을 알게 된다. 아픈 일상이 시작품으로 실현되는 것처럼, 화자가 울었던 이력은 그의 성대에 빨간 생채기로 기록되어 있다. 암이었을 수도 있는 성대의 상흔을 보면서 화자는 자신의 육체가 울음의 기입장이라는 신기한 사실을 발견하는 것이다. 그는 만약에 성대의 생채기가 암이었다고 할지라도, 그것이 자신의 몸에 쓰여진 슬픔의 흔적이

라는 발견에 놀라워한다. 울음이 몸에 쓴 시가 암이라는 그의 발견은 병에 대한 그의 인식을 바꿔놓는다. 시가 한 사람의 슬픔과 결여를 기록한 것이라는 말은 시를 설명하는 일단이 될 텐데, 이진명 시인은 이러한 시의 정의를 몸을 통해 구체적이고 뜨겁게 담아낸다. 그는 "언제 운 적 있어요?"라고 물으며 생의 본질에 대한 질문을 "꽃양산 펼쳐 돌"리듯 우리에게 던지는 것이다.

그는 힘들게 토해낸 울음들로 써나가는 삶의 본질을 자신의 육체를 통해 들여다본다. 그는 세상을 운행해 가는 운행 판 위의 자신이 서 있음을 인식한다. 그것을 깨닫게 되는 계기가 심각한 육체의 병인 암이라 할지라도 시인은 또 하나 터득하게 된 생의 이치를 노래한다. 삶을 새롭게 터득하는 순간 뛰는 심장의 리듬이 시가 아니던가?

3. 운행 판 위에서 점멸하는 '듯'의 세상

이진명 시인은 "잠잠한 파토의 세계"가 마련한 삶의 무대 위에서 끊임없이 유동하는 인간 존재를 「바위와 구름의 '듯'」에서 보여준다. 그는 무효가 된 화투판을 뜻하는 '파토'에 비유하여 세상의 운행 법칙을 노래한다. 세상을 담는 커다란 운행판 위에서 수없이 지어졌다가 허물어지는 만물의 움직임들을 이진명 시인은 '듯'의 세상이라 부른다. '듯'은 행위의 지향이 분명하지 않고, 상황에 따라 변할 수 있는 어떤 상태를 가리킨다. 이 같은 그의 사유의 시작과 끝은 사람이 도저히 이해할 수 없는 삶의 정체에 대한 그의 탐색이기도 하다. 인간은 의지와 목적을 가지고 자신의 생을 이끌어나가고자 한다. 그러나 실제로 그가 경험하는 것은 핵심을 잡아낼 수 없는 세상에 대한 절망과 회의일 뿐이다. 그는 자신이 거대한 세상의 운행 판의 움직임에 따라 부단히 요동칠 수밖에 없는 무력한 존재라는 사실을 거듭 확인하기 때문이다.

수년 전 암벽등반에 빠져

바위에 올라 구름 안았던 얘기를 천하를 얻은 양 떠들었는데
경청해주던 열다섯이나 아래인 젊고 예쁜 후배 시인이
잠잠히 전화기 무선에다 부어주는 선지덩이

-저 떠가는 구름이
바위가 아니라고 누가 말할 수 있겠습니까

물컹 넘어온 선지덩이
바위와 바위에 올라 안았던 흰 구름이
지랄같이 지랄 같은 붉덩이로 엉겨
무선의 고무다라 속에서 한바탕 요동을 친다
그 요동 속 동시에 냉각의 빙화가 피고

후배 시인은 최근 사랑하는 사람을 잃었고
사실 나도 얼마 전 바위를 잃었다
후배 시인은 죽음이라는 파토였고
나는 팀이 깨지는 인간관계 파토였다

천하를 얻었던 사랑도
천하를 얻었던 바위타기도
다 '듯' '듯'이 되고 말았다
물거품 같고 그림자 같고 아침이슬 같다는
흉내인 '듯' '듯'
옷을 다시 입어도 옷이 벗겨졌다

전화기에 붙은 귀를
바위가 아니라고 누가 말할 수 있겠습니까
귀가 붙잡고 있는 전화기를
구름이 아니라고 누가 말할 수 있겠습니까

사실 더러운 인간관계 슬픈 죽음이란 없다
바위라는 이름이 바위 그 자체가 아니듯
구름이라는 이름이 구름 그 자체가 아니듯

잠잠한 파토의 세계
천하 일체를 태초부터 접수한
잠잠한 파토의 세계는 언제나 선지덩이를 흘리고 있었던 것

—「바위와 구름의 '듯'」 부분

위의 시에서 화자의 후배 시인은 '듯'의 세상에 우리가 살고 있다는 것을 먼저 알아챈 사람이다. 그 후배 시인은 사랑하는 사람과 사별하였고, 나는 바위를 타는 모임을 잃었다. 바위 타기는 내게 천하를 얻은 것 같은 기쁨을 주었지만, 그 모임이 깨지고 나니 실체로 믿었던 천하의 기쁨도 한낱 흉내에 지나지 않은 것이 되고 만다. 일희일비하는 주체는 내가 분명하지만, 나를 운행해 가는 진짜 주인은 "잠잠한 파토의 세계"이다. 정성껏 만들어가던 화투놀이 판이 순식간에 무효판이 되는 것처럼, 나에게 참으로 중요하게 여겨지던 바위 타기의 기쁨은 처음부터 없었던 일이나 다름없다.

위 시의 화자인 나는 어떤 일을 나름대로 의미화하면서 자기 존재의 건축물을 견고하게 쌓아 올린다. 그러나 그 건축물은 강력한 힘을 가진 "파토의 세계"가 정체를 드러내는 순간 붕괴되어 버린다. 나는 "사실 더러운 찢어짐 슬픈 죽음이란 없다"고 파토의 세계에 대해서 말한다. 여기에서 찢어짐과 죽음은 파토의 세계에 해당하는데, 그것들을 꾸며주는 '더러운'이나 '슬픈'의 수식어들은 파토의 세계를 아직 알지 못하거나 모든 것을 무화無化시키는 힘을 짐짓 모른 척하는 나 혹은 모든 사람들의 '마음의 요동'에 지나지 않는 것이다. 견고하고 확실한 어떤 것들로 삶이 이루어질 것이라는 믿음은 사람들이 짓는 자신의 욕망에 스스로 속아 넘어가는 것이나 다름없다.

이진명 시인은 「바위와 구름의 '듯'」에서 실제 삶이란 인간의 욕망과 얼마나 현격한 거리가 있는지를 극명하게 표현하였다. 그의 시 「백색 냉장고-사고事故」에서 시적 화자를 기억의 '퇴영'과 자기보존 욕구의 반복적 '부활'로 굴려가는 "모르쇠의 시간"도 역시 "파토의 세계"와 다르지 않다. "면목도 모르는 모르쇠의 시간이 백색 냉장고로 작지 않은 소리의 모터를 돌

리며 계절을 간다 부활과 퇴영이 같이 흘러가는 한 점 정지와 같은 계절 멍텅한 장애와 첨예한 건강이 쉬지 않고 빻아지고 있다"(「백색 냉장고-사고事故」) 화자는 어려운 어른과 한 약속도 기억하지 못한 자신 때문에 당황스러워한다. 동시에 그는 기억의 퇴색과는 무관하게 변함없이 밥 먹고 배설하는 자기 몸의 부활 능력도 당황스럽다. 이처럼 기억과 몸의 충돌과 모순을 경험하면서 화자는 자기 몸을 굴려가는 것은 자신이 아니라, "모르쇠의 시간"임을 인식한다. "파토의 세계" 그 끝에는 죽음이라는 유한한 존재의 종말이 기다리고 있다. 모르쇠의 시간은 "작지 않은 소리의 모터를 돌리며" 그의 한정된 생의 시간을 쉬지 않고 빻아서 없앤다.

촉감과 기억의 새로운 발견

1. 촉감이 명료해지는 시간

흘러가는 물리적 시간은 우리에게 어떠한 흔적도 남기지 않기 때문에 소멸된다. 다만 분절된 현재들만이 우리 앞에 나타났다가 점멸하기를 반복한다. 그러나 물리적 시간은 우리의 의식의 표층을 흘러가는 것이지 의식의 수면 아래 침전되는 기억들까지 소멸시키지는 않는다. 기억은 현재적 시간, 즉 순간들의 연속으로 이루어지는데, 그러한 순간들을 경험하는 주체가 바로 우리의 감각이다. 감각은 기억의 시작이며 바탕이다. 우리의 다섯 가지 감각 가운데 특히 촉감은 직접적으로 감각된다. 촉감은 명료하게 우리 육체에 흔적을 새기는 것이라고 말할 수 있다. 피부밑에까지 새겨지는 촉감은 과거를 현재시간 속으로 불러낸다. 또 그것은 현재시간을 생생하게 경험하게 하고, 미래의 기억이 될 현재를 뚜렷하게 만든다.

슬픔이나 기쁨, 즐거움 등 감정 상태를 지시하는 관념어들은 그것의 테두리를 정해서 보여주지 않는 한 추상적인 낱말에 그치게 된다. 추상어의 의미를 한정시켜 드러내는 것은 쉬운 일이 아니다. 하나의 감정을 표현하는 슬픔이라는 말도 그 감정이 형성되는 문맥 없이 따로 떨어져 있는 한 그것은 무미건조한 관념어에 불과하다. 복효근 시인은 다만 추상어이며 관념어에 불과한 슬픔이라는 말에 새로운 구체성을 부여하고 있다.

　　해가 산에서 마악 솟을 무렵

구름 한 자락 살짝 가리는 것 보았니?
깜깜한 방에 갑자기 불을 켤 때
엄마가 잠시 아이의 눈을 가렸다가 천천히 떼어주듯
잠에서 덜 깬 것들, 눈이 여린 것들
눈이 상할까봐
조금씩조금씩 눈을 열어주는 구름 어머니의 따뜻한 손
그렇게는 또
내 눈을 살짝 가리는 구름처럼
이 슬픔은
어느 따스운 어머니의 손인가

— 복효근, 「슬픔에 대하여」 전문

시인은 「슬픔에 대하여」에서 슬픔을 새롭게 정의한다. 그는 슬픔이 아픔과 고통에 적응하게 만드는 완충의 감정이라고 말한다. 시의 화자는 어린 시절에 눈이 여린 자식들이 빛에 적응할 수 있도록 아이의 눈을 가리고 있다가 천천히 열어주던 어머니의 손길을 기억한다. 화자는 슬픔도 마음이 여린 것들이 상처를 입을까 싶어 천천히 손을 떼어 열어주는 어머니 손길 같은 감정이라고 여긴다. 슬픔은 아픔의 눈부심으로부터 자식의 눈을 가려주는 따스한 어머니의 손길 같은 것이다.

위의 시에서 화자가 느끼는 슬픔이 원천은 '어머니의 부재'에서 오는 것이다. 시의 화자가 어린 시절에 경험한 어머니의 사랑은 눈부신 불빛에 자식의 눈이 시릴까 염려하면서 불빛을 가려주었던 어머니의 손으로 그에게 각인된다. 어머니의 따스했던 손길을 연상하는 동시에 화자가 슬픔에 빠지는 것은 어머니의 손길 같은 사랑의 부재에서 기인한다. 슬픔은 사랑에서 비롯되며 사랑하는 이의 부재 때문에 생겨나는 감정이라는 것을 복효근 시인은 「슬픔에 대하여」에서 감각적으로 표현하고 있다.

기억은 기억하는 자의 감촉과 사물의 결합으로 이루어지고 저장된다. 사물들은 각각 고유한 질감을 갖고 있다. 우리가 만지고 느끼는 사물들의 고유한 촉감은 우리 생의 시간 속에 온전히 새겨진다. 이전에 경험했던 사물들의 촉감들은 과거 시간의 두루마리이며 그것의 감각을 잃지 않고 기억하는 한 과거 시간은 생생한 존재감을 감각하게 만드는 기제가 될 것이다.

짚을 만졌던 느낌은
뱀을 만졌던 느낌과는 달라서
차갑지가 않지 매끄럽지가 않지 꺼끌꺼끌하고 까칠까칠하지

나를 낳고 동생을 낳고
아버지 대문간에 금줄을 칠 때, 그 새끼를 꼬던 느낌은 어떠했을까?
낫으로 발바닥을 깎아도 꿈쩍도 않던 소는
달구지를 끌던 옛날 옛적 소는
짚으로 만든 그 신발을 신었을 때 감촉이 또 어떠했을까?

짚을 만졌던 느낌은
옷이나 책이나 그릇을 만졌던 느낌과는 달라서 한참을 달라서
옜다, 너도 한 번 꼬아보아라
아직 어린 나에게도 짚 한 단이 던져졌을 때
특별히 잘못한 것이 없는데도 나의 손바닥은 그것을 싹싹 비벼 꼬았네
요만큼 새끼줄을 꼬면
꼬리처럼 또 엉덩이 뒤로 밀어내며
동그랗게 사리던 새끼줄의 즐거움을 알았다네

짚을 만졌던 느낌은
여자의 몸을 만졌던 느낌과는 달라서
꺼끌꺼끌하고 까칠까칠하고 아직도 나는 그 느낌을 좋아한다네

자주 밤길을 오갔던 나는
짚단에 불을 붙이면 어느만큼 갈 수 있는지 그것까지를 다 알고 있다네

겉은 꺼끌꺼끌하고 까칠까칠한 짚의 느낌을
속불은 발갛고 재는 유난히 더 검은 짚의 육체를

— 유홍준, 「짚을 만졌던 느낌」 전문

짚에 대한 화자의 느낌은 그의 과거-기억-를 생생하게 재현한다. 짚의 촉감은 사라지는 물리적 시간의 흐름을 초월하여 화자의 육체에 영속된다. 겉은 꺼끌꺼끌하고 까칠까칠한 짚의 느낌은 화자인 내가 만졌던 다른 사물들에 관련된 기억을 명료하게 한다. 사물들의 각각 다른 감촉과 그것을 기억하고 분별할 때, 나는 다른 생명들을 실제로 만지는 것이고, 나만이 지닌 나의 생명을 감촉하는 것이다.

짚의 촉감에는 짚과 연관된 나의 과거 시간과 이야기들이 온전히 담겨 있다가 조금도 훼손되지 않은 채, 나는 언제나 그 기억을 불러낼 수 있다. 아버지가 금줄을 치려고 새끼를 꼬던 재료로서의 짚, 소가 신었던 신발의 짚, 어른이 던져준 짚으로 새끼줄을 꼴 때, 나 자신의 생의 몫, 즉 노동을 처음으로 경험했던 시간이 화자의 기억 속에 온전히 저장되어 있다.

화자의 기억 속에 짚의 꺼끌꺼끌하고 까칠까칠한 느낌은 촉감이 각각 다른 사물들의 독특한 느낌을 분별하게 해 주는 감촉이다. 그러한 짚의 촉감은 화자인 내가 과거 시간으로 들어갈 수 있는 문의 열쇠 같은 역할을 한다. 내가 짚을 만졌던 느낌을 나의 기억 속에서 끌어내는 순간, 짚의 느낌을 분별하게 해주었던 다른 사물들과 그것들과 관련된 기억들이 고구마 덩이뿌리처럼 현재의 시간 속으로 딸려 나온다. 내가 짚을 만졌을 때의 촉감이 나의 의식 밑에 가라앉아 있던 기억들을 의식의 수면 밖으로 떠오르게 하는 것이다.

조정권 시인의 「누님같이 잠깐 다녀간 저녁비의 이미지」는 감각의 첨예함을 보여주는 작품이다. 밤은 시의 화자의 감각이 극대화되는 시간으로 나타난다. 화자가 가지는 감정의 유연함은 사물들에게서 감각하는 금속의 성질과 결합한다. 바늘 떨어지는 소리 같은 빗소리, 밤이 날리는 면도날의 이미지는 모차르트의 음악을 연주하는 피아노 소리와 화자의 슬픔과 대립하는 동시에 서로 조응한다.

밤이 파란 면도날 하나를 내게로 날린다.
누가 모차르트를 치고 있다.

비 내리는 뜨락으로 파묻히는 피아노.
저물녘 돌바닥으로 떨어뜨리는 바늘소리
접시 위에 떨구는 바늘소리
검은 튤립처럼 펼쳐진 악보,
등 뒤에서 누가 모차르트를 동생 안아주듯 치고 있다.
하늘을 향해 검은 꽃송이를 봉인하듯
미모사나무 죽은 아랫도리를 포근하게 안아주는 비.
눈물이 아직도 따뜻하다.
音들이 철조망의 거위들처럼 모가지를 늘어뜨린 채 거꾸로 매달려 있다.
거위들은 죽어서도 모가지를 껴안고 있다. 눈물이 체온처럼 남아 있다.
누가 오선지에 탐스런 포도송이들을 걸어놓고 있다.
미모사 꽃향기 환한 창가에서
밤이 면도날 하나를 내 귓가로 또 날린다.
내겐 구석의 슬픔이 더 따뜻하다.

— 조정권, 「누님같이 잠깐 다녀간 저녁비의 이미지」 전문

조정권 시인은 일상적인 것이 전도된 이미지들을 열거하면서 금속의 차가움과 날카로움이 부드러움과 융합한 비의 이미지를 만들어낸다. 금속성을 띤 빗소리는 화자의 의식과 감각이 지닌 예민함의 정도를 나타낼 만큼 날카롭다. 동시에 동생을 안아주는 누님 같은 포근함을 지닌 비는 모차르트 음악 같고, 따뜻한 눈물 같고, 탐스런 포도송이 같고, 꽃향기 같다. 이처럼 대립하고 충돌하는 비의 이미지들은 시 속에서 분리되어 있지 않다. 상반되는 느낌의 사물들의 결합이 저녁 비의 이미지를 기이하게 만들고 풍요롭게 만든다.

위 시의 1행에서 화자에게 갑자기 날아드는 파란 면도날은 날카로움과 그로부터 발생하는 불안감을 발생시킨다. 그러나 불안감은 2행에 이르면 모차르트를 연주하는 피아노 소리에 의해 편안함으로 전환된다. 4행과 5행에 이르면 편안하게 들리는 피아노 소리는 바늘 소리 같은 금속성의 빗소리에 의해 다시 전복된다. 7행에 이르면 바늘 소리 같은 빗소리는 모차르트를 포근하게 안아주듯 연주하는 피아노 소리로 덮인다. 앞 행과 뒤 행의 차단되고 단절되었던 이미지들은 시의 8-10행에 오면 결합된 모습

을 보여준다. '검은 꽃송이, 미모사나무 죽은 아랫도리, 죽어서 거꾸로 매달린 거위들' 등의 사물들이 주는 죽음과 이물감은, 빗소리를 바늘소리만큼이나 예민하게 감각하던 화자의 심리적 전환에 의해 누님의 품처럼 포근하고 부드러운 빗소리로 바뀌게 되는 것이다. 위 시의 후반부에 나오는 '면도날'은 첫 행의 날카로운 면도날과는 달리, 화자가 느끼는 슬픔, 따뜻함, 부드러움 속에서 용해된다. 이처럼 「누님같이 잠깐 다녀간 저녁비의 이미지」에서 금속성을 지닌 사물과 날카로운 사물들은 따뜻함과 포근함, 애련함이 깃든 슬픔으로 녹아서 흐른다.

2. 기억, 빈곤의 기록

기억은 풍요로운 감각들로 채워지기도 하지만, 빈곤한 자아의 결핍감으로 채워지기도 한다. 기억은 불연속적인 존재들인 우리 자신을 일깨워서 우리를 끝없는 자의식에 함몰시키기도 한다. 기억은 내가 잃고 싶지 않은 것들을 의식의 심층에 감추고 있다. 나에게 결핍된 것들, 그러나 여전히 충족시키고 싶은 나의 갈망들은 이루어지지 않았기 때문에 나는 내가 의식하지 못하지만, 결여된 것들을 보존시킨다. 나의 갈망이 투사되는 대상은 나의 '그림자'가 되기도 하고, 나의 '상처'가 되기도 한다. 고통스럽지만 상처로 기억되는 기억은 결여된 것에 대한 충족의 욕구에서 비롯된다. 상처 속에 잘 보존된 아픈 기억은 소멸하지 않고 우리 생을 이끄는 또 하나의 에너지로 우리의 의식의 표층에 불현듯, 그러나 언제나 떠오르는 것이다.

건조한 기억은 열매와 같았다.

나는 나에게서
그것이 뚝 뚝
떨어지는 소리를 들었다.

수소를 채운 것처럼

머리가 가벼워지고 있었다.

*

목을 꼭 움켜잡았다.

내 발은 지구에서
떨어질 수 없었다. 손바닥에
땀이 나는 것 같았지만

나는 상상력이 너무 빈곤해서
손가락을 잘라도 가루가 날릴 것이다.

색깔이 없을 것이다.

*

나는 그림자만 키가 큰다.

그림자에게는
비가 오고
어제도 있다.

내가 목을 움켜잡고 있는 동안
따로 또 같이.

— 신해욱, 「성장소설 」 전문

위 시에는 실재하는 나와 나의 그림자가 있다. 실재하는 나의 내부는 건조한 사막 같고 나의 기억들-과거의 시간-은 낙과처럼 내 몸에서 뚝뚝 떨어져 버린다. 실재의 나는 성장하지 않는다. 반면에 나의 그림자는 성장한다. 나의 그림자는 건조한 나와는 다르게 "비가 오고/어제도 있"고 키가 큰다. 나의 그림자는 실재하는 내가 갖지 못하는 삶의 조건들이 충족

된 나이며, 나의 기대와 바람이 발현된 나처럼 보인다. 그러나 나의 그림자는 실재하는 내가 투사시킨 환영이자 변형된 나에 지나지 않는다. 나의 그림자에서 일어나는 일들은 실재의 내가 바라는 것들이 투사된 나에 불과하다. 그것은 '나 같은 나이며, 환상의 나'이지 실재하는 내가 아닌 것이다. 그렇기 때문에 그림자는 실재의 내가 목을 움켜잡고 있는 동안만 내가 경험하는 나의 환상인 것이다. 나는 나의 그림자에 나의 바람을 투사시키고, 그림자를 심리적 도피처로 삼고 있지만, 그림자도 메마른 존재감에 함몰된 나처럼 건조해져 가고, 텅 비어갈 것이다.

시에서 '성장소설'이라는 제목과 시의 본문과의 관계는 나와 그림자의 관계처럼, 또 떨어지려는 목과 몸체의 관계처럼 "따로 또 같이" 전개된다. 이들의 모습은 각각 다르고 서로에게 이질적이지만, 본래 하나인 것의 다른 모습일 뿐이다. 나는 나를 부정하고 그림자-또 다른 나-를 이상화시키지만, 그림자 역시 내가 부정하는 내가 변형된 나이다. 키가 자라지 않는 나, 머리가 가벼워지는 나, 무색의 나, 상상력이 빈곤한 나를 발견해 가는 시간이 역설적으로 나의 성장의 시간을 채워나간다. 성장소설은 주인공이 유년에서 청년으로 자라는 사이에 정신적으로 성장해가는 과정을 다룬다. 신해욱 시인의 「성장소설」은 '성장소설'이 지닌 본래 의미와는 정반대의 의미를 만들어내고 있다.

> 길에 대한 기억밖엔 없네
>
> 엄마,
> 당신이 끌고 가신 유년
>
> 네 번의 전학과
> 일곱 번의 이별 사이에서
>
> 선풍기가 태어나고
> 사별식 타자기
> 그리고, 냉장고

티브이는
실내 안테나에서 위성으로

아, 엄마

원색의 그리움을 가르쳐주려 그러셨나요

젖가슴에서
엄마에서
추억의 어머니로

유모차는 영원히 당신 것

세발자전거는 아직도 내 것

아, 어머니 안 계신
추억이 무거워

땀 젖은 신발 벗듯, 아무데서나 내려놓네

— 최준, 「가여운 추억」 전문

화자가 기억하는 '엄마'는 화자의 유년에서부터 사라져버렸다. 화자의 기억은 엄마의 부재로 이루어져 있으며, 일상의 사물들과 물리적인 시간만이 흐르고 있다. 화자가 엄마와의 추억을 공유한 시절이 없다는 사실은 다음의 구절에서 잘 드러난다. "유모차는 영원히 당신 것//세발자전거는 아직도 내 것"을 보면, 화자가 어머니와 함께 했던 시간은 그가 유모차를 탔던 시기까지이다. 화자인 나와 관련된 엄마의 추억은 "유모차"에서 끝났고, 나의 기억은 엄마가 부재하는 시간인 "세발자전거"에서 시작된다. 어머니가 나의 유년에 함께 하는 시간과 내가 인지하는 유년의 시간은 일치하지 않는다. 이처럼 어머니가 빠진 유년의 추억은 성인인 화자를 영원히 '가여운 아이'의 시간에 머물게 만든다. 화자의 유년은 화자의 생애에서 완전히 부재하는 것과 같다.

위 시의 화자는 엄마에게 "원색의 그리움을 가르쳐주려 그러셨나요" 라고 묻고 있는데, 이러한 물음은 화자가 자신에게 묻는 상처의 확인이기도 하다. 원색의 그리움은 회복되지 않는 근원적 상처이다. 화자의 유년시절에 갑작스럽게 사라진 엄마는 그의 모든 것이 사라진 것이나 다름없다. 화자의 기억은 화자를 햇빛과 바람과 먼지로부터 보호해줄 수 있는 공간을 배경으로 형성되지 않는다. 그의 기억은 다만 길 혹은 노천에서 만들어진 것들뿐이다. 길 위에서의 유모차와 세발자전거 등의 사물들과 선풍기, 타자기, 냉장고 같은 사물들만 나타났다가 사라진다. 어머니의 부재에서 비롯된 결핍감이 화자의 기억에서 정서적인 측면을 제거하고, 전학과 이별 같은 사소한 '일들'만을 무의미하게 펼쳐놓는 것이다.

섬세한 내면화의 원천

1. 대상과의 유기체적 결합

서정시가 시인의 주관적 정서나 내적 세계를 드러낸다는 점에서 이영광 시인의 시는 서정시의 테두리 안에 있다. 그러나 그의 시적 자아는 자신에게로만 침잠하거나, 외부와 고립된 상태에서 내면에 집중하지 않는다. 그의 내면화는 언제나 시적 대상들과 타자에 대한 깊은 관심에서 시작되고 완결된다. 이영광 시인이 시에서 드러내는 그의 시선은 섬세하고 팽팽하게 시적 대상들을 향해 당겨져 있다. 그의 감각과 관념이 시적 대상들에게 투사될 때, 대상과 시적 자아는 유기체의 신경처럼 긴밀하게 결합한다.

물이 키운 듯 불이 키운 듯한 버드나무 그늘에 기대어
나는 불인 듯 물인 듯도 한 한 사랑을 침울히 생각는데
그 사랑을 다음 생까지 운구運柩할 길 찾고 있는데
빨간 알몸을 내놓고
아이들은 한나절 물속에서 마음껏 불타네
누구도 갑자기 사라지지 않네
물불을 가리지 않고 뛰어드는 것이,
저렇게 미치는 것이 옳겠지
저 물결 다 놓아 보내주고도 여전한 수량水量,
태우고 적시면서도 뜯어말릴 수 없는 한 몸이라면
애써 물불을 가려 무엇 하랴

저 찬란 아득히 흘러가서도 한사코 찬란이라면
빠져 죽는 타서 죽는
물불을 가려 무엇하랴

—「물불」 부분

위 시에서 화자가 버드나무 그늘에 기대어 바라보는 대상들은 물과 불이라는 원소들에 의해 각기 다른 형상들로 나타나기도 하고 다시 물불로 환원되기도 한다. 화자에게 물과 불은 다른 성질의 원소가 아니라, 하나로 인식된다. 하나로 인지되는 물불은 버드나무와 화자 자신의 사랑과 멱을 감는 아이들로 나눠지는 형상들의 시초이면서 끝이 된다. 시적 대상들이 물불의 동질성을 갖는다는 점에서 화자에게 그들은 모두 하나에서 탄생하고 하나로 환원되는 것들이다. 이영광 시인은 그 대상들이 사물이든 타자이든 마치 자신의 육체와 심정인 것처럼, 하나의 몸을 가진 유기체처럼 감각하고 사유한다. 그의 이 같은 시적 특징은 그의 신작 시편의 기저를 이룬다.

2. 나의 몫으로 남겨진 질문들

이영광 시인의 「높새바람같이는」과 「열한 살」과 「흔한 일」에서도 시인의 시적 자아가 대상들과의 동질성을 획득하는 과정이 잘 드러나 있다. 다음의 시에서 태백산맥을 넘어 서쪽으로 부는 높새바람은 화자의 이상적인 시간과 생을 함축하고 있다.

나는 다시 넝마를 두르고 앉아 생각하네

당신과 함께 있으면, 내가 좋아지던 시절이 있었네

내겐 지금 높새바람같이는 잘 걷지 못하는 몸이 하나 있고,

높새바람같이는 살아지지 않는 마음이 하나 있고

문질러도 피 흐르지 않는 생이 하나 있네

(중략)

당신은 끝내 치유되지 않고

내 안에서 꽃꽃이 죽어가지만,

나는 다시 넝마를 두르고 앉아 생각하네

당신과 함께라면 내가, 자꾸 내가 좋아지던 시절이 있었네

—「높새바람같이는」 부분

현재의 시간 속에서 화자는 넝마를 두르고 앉아 사유한다. "넝마를 두른 나"와 "자꾸 내가 좋아지던 시절"은 지금의 나와는 다른 시간 속에 있다. 내가 좋아지던 시절은 과거에 속하고, 넝마를 두른 나는 현재에 있다. 현재의 화자는 높새바람의 이미지와는 상반된 모습으로만 남아 있다.

태백산맥을 넘을 정도로 허공을 잘 걷는 높새바람의 이미지는 어떠한 난관도 훌쩍 건너뛸 수 있는 자유로움을 담고 있다. 그러나 화자는 자신에게 높새바람의 자유로움이 전혀 남아 있지 않음을 본다. 이처럼 화자인 내가 바라지 않는 나의 현재는 어디에서 기인하는가? 그것은 당신과의 문제에서 발생한다. 당신은 나에게 남루함만의 시간을 남겼지만, 당신의 존재는 내가 나를 좋아하게 만들어 준 존재이다. 나의 상처는 당신 때문에 생긴 것이지만, 그 상처를 치유하는 것은 오로지 나의 몫이다. 당신이 내 안에서 꽃꽃이 죽어가는 것도 내 안의 일이다. 내가 당신을 내 안에서 말라 죽어가게 하는 것이다. 나의 상처를 만든 것은 당신이지만, 당신을 내 안에 가두고 있는 것은 나이다. 내 시간의 방향을 파국으로만 향하게 하는 것도 나이며, 그 파국의 시간을 멈추게 할 수 있는 사람도 나이다.

화자는 지금 자신에 대해 다시 생각하는 시간을 갖는다. 숨김과 위장의

옷을 입는 대신에 나 자신의 남루함을 그대로 드러내는 넝마를 두르고 앉아서 나는 다시 당신과의 관계에 대해서, 과거의 나를 모두 꺼내 놓고 앉아서 생각한다. 나는 지금 나에 대해 다시 처음부터 끝까지 낱낱이 따져 묻는 시간 속에 있다. 나의 이 같은 인식행위는 과거와 지금의 나를 벗어 던지고 새로운 나를 낳고 싶은 의지의 강렬함을 보여준다.

"'자기'라는 방문객/고락의 처음./피 흐르는 몸을 지나 여기 왔으나 실은/아득히 먼 곳의 자식./허공과의 평생 내전이,/허공에의 눈먼 사랑이/점화하는 순간."(「열한 살」)에서 시의 화자에게 열한 살은 육체의 물리적인 나이이면서, 그 자신이 세상에서 처음으로 혼자임을 알게 되는 때이다. 출생이 모체로부터 떨어져 나와 육체적으로 개별적 존재가 되는 것을 의미한다면, 시적 화자에게 열한 살은 개별체로서 자기를 인식하는 때로, 자기인식의 탄생기라고 말할 수 있다. 이때는 내 안에서 나에 대한 물음이 처음 점화되는 순간이며, 바깥의 대상들에 대한 물음이 점화되는 순간이다. 그러나 망망대해 같은 허공에 서서 알 수 없는 자신의 근원에 대해 갖는 물음에 대한 대답은 나 자신이 구해야만 하는 것이다.

> 그는 지금 거의 자기밖에 없다
> 필름 끊긴 몸이 몸을 놓지 않고 어딘가로 계속 끌고 가려 할 때
> 놀람도 아픔도 아닌 뜨거운 것이 젖은 구두 속에서 잠깐 꿈틀, 했다
> 죽음 무서운 줄 모르는 인간들이 늘어나서 끔찍하다는 듯
> 죽음들이 저마다 사납게 경적을 울려대는 동안,
> 그는 여기 없는 무언가를 봐버렸는지도 모른다
> 저만 받은 소명에 진저리치며
> 복음이 쏟아지는 빛 가운데에 서 있는 건지도 모른다
>
> —「흔한 일」 부분

위의 시에서 취객만이 자신을 열렬한 사선으로 자기를 밀어가고 있는 것처럼 보이지만, 그가 차도에서 길을 막고 있는 자동차들 역시 어디론가 다급히 가야 하는 죽음들이다. 차도 위의 죽음들과 육교 위의 죽음들, 그 장면을 바라보는 또 하나의 죽음인 화자는 모두 차도라는 평면에 펼쳐진

죽음들이다. 화자를 비롯하여 차도 위의 모든 사람들은 죽음의 평면도에서 사선을 향해 자기 몸을 밀어가는 불연속적인 개체들이다.

시의 화자가 죽음에 직면한 취객을 바라볼 때의 반응은 감정의 표출로 나타나지 않는다. 놀람과 아픔, 슬픔과 안타까움 같은 감정으로 반응하는 대신에 화자는 "뜨거운 것이 젖은 구두 속에서 잠깐 꿈틀"하는 것을 감각한다. 죽음에 직면한 취객을 보면서 그의 몸은 그의 의식이나 생각과는 상관없이 뜨거운 것의 꿈틀거림으로 반응한다. 이는 그의 신경이 일으키는 작은 발작이라고 볼 수 있는데, 그 발작은 그의 의식과는 별개로 발생한다. 그 느낌은 뜨겁다. 죽음이 취객에게 벼락이 치듯 들이닥쳐서 그의 몸에서 폭발하기 직전에 화자의 몸은 그의 구두 속에서 뜨겁게 죽음을 감지한다.

취객이 자기의 몸을 죽음의 경계 바깥으로 내놓은 채 사선을 향해 자기를 점점 밀고 갈 때 그의 심정은 어떤 것인가? 시의 화자가 취객에게서 본 것은 취객이 차도를 걸어 들어갈 때 가졌을 그의 심정이다. 화자의 구두 속의 꿈틀거림은 죽음을 넘어서는 것, 즉 "마음대로 할 수 있는 아무것도 없"는 한 인간의 절박한 심정이며, "지금 거의 자기밖에 없"는 절대 고립에 처한 인간을 발견한 자의 직접적인 반응이다. 이는 화자의 의식이 감지하기 전에 그의 몸이 알아챈 인간이라는 존재의 절박함이다. 화자는 취객을 보면서 자기를 보고 있는 것이다. 차도 위에서 벌어지는 일은 흔치 않은 일이지만, 그 일은 인간의 실존을 들여다보는 화자를 비롯하여 누구에게나 일어날 수 있는 흔한 일이다.

3. 괴력의 나날들

이영광 시인은 그의 시 「괴력의 나날」과 「남일당」에서 시인이 그동안의 작품들에서 보여주었던 시적 대상들과 타자에 대한 내면화된 관심을 시의 표층으로 끌어내고 있다.

아직도 돌 자르는 소리가 뭔가를 허공에 밀어 올리는,
뭔가를 앙칼지게 허물어뜨리고 있는 저물녘에
나는 TV나 禪하지 기적을 說하는 자들은
혼자 떠드는 경향이 있더구만 죽어라 가르치려 들어
언어를 빼앗겼다는 거, 이건 정말 뼈아픈 문제야
양아치들한테 삥 뜯기고 훈계까지 듣고 있는 사태랄까
겁탈당하고 돌까지 맞아야 하는 전근대적 어둠이랄까
하나도 못 알아들어 언어가 달라 그냥 禪, 하는 거야 선하게
배후를 꺼내놓고 작꾸도 안 올리는 질풍노도의 공사다망을
공사 다 망할 때까지 공사다망할 전광석화의 뒷걸음질을
내 고름투성이 走火入魔를
간신히 또 견뎌내는 괴력의 나날을

—「괴력의 나날」 부분

위의 시에서 시인은 욕망이 괴력을 낳고 창조하는 것임을 역설한다. "도심 테러리스트들을 화공으로 제압했다잖아"는 용산재개발의 무리한 추진으로 용산 참사를 빚었던 일을 떠올리게 하는 표현이다. 상가에서 평범하게 장사를 하며 살던 상인들을 시위대로 만들고, 그 시위대를 진압하기 위해 특공대를 투입하여 죽음을 부른 자들의 언어는 화자가 사용하는 언어와 다르다. 언어란 무엇인가? 언어는 의사소통의 매개이지만, 화자와 쓰는 언어가 다른 자는 원천적으로 화자와는 소통하지 못한다. 화자는 그들을 가리켜 괴력을 쓰는 자들이라고 말한다. 그들은 자기 정체를 드러내지 않는다. 그들은 눈에 보이지 않는 욕망의 덩어리이기 때문이다. 그들의 끊임없이 건설하려는 욕망이 괴력을 쓰는 형상 없는 괴물을 창조해 낸다. 전 국토에 건설의 망치 소리가 울려 퍼지게 해야 한다고 말했던 여당 인사의 욕망이 괴물을 만들며, 부자가 빈민을 구한다는 기적의 설교를 하는 자의 욕망이 괴물을 만들어낸다. 권력이 만든 욕망의 조각들이 한 덩어리의 괴물로 뭉쳐져서 끝없이 공중으로 건축물들을 쌓아 올리는 것이다.

사람이 제가 사람임을 입증하는 것은
입증이 제가 입증임을 사람하는 것과

별나를 게 없을 것 같은데

(중략)

여기, 사람이 있다

한사코 사람이란 것에 도달하기 위해
죽은 어미 젖을 빠는 젖먹이처럼
살아남은 사람들이 남일당에 모여 산다

—「남일당」 부분

「남일당」은 용산 철거민 진압과정에서 일어난 용산 참사의 현장을 다루고 있다. 재개발을 무리하게 추진하는 정책에 맞서서 철거민들은 남일당 건물 옥상에서 시위를 하다가 죽음을 당한다. 시인은 "사람이 제가 사람임을 입증하는 것은/입증이 제가 입증임을 사람하는 것과/별다를 게 없을 것 같은데"에서 용산 참사가 언어로 성립되지 않는 것임을 두 번째 행으로 앞 행을 반박하는 표현으로 보여준다. 말은 의사소통의 매개이며, 말은 조직된 사회를 반영한다. 사람은 존재 그 자체로 사람이지 자신이 사람임을 입증해야 한다는 것은 모순이다. 그러나 불에 휩싸여 "여기, 사람이 있다"고 외치는 상황은 사람이 사람임을 말해야 하는 극한의 모순을 드러낸다. 시인은 비문법적인 시구를 통해 말이 되지 않는 상황을 역설적으로 드러내고자 한다.

이영광 시인의 시에서 시적 자아와 대상과의 동질감은 시의 숨결을 섬세하게 만드는 에너지이다. 「괴력의 나날」과 「남일당」에 나타나는 사회적 관심의 표출은 자연스럽다. 이들 작품은 외부로부터 고립된 내면화를 거부하는 시인의 창작 정신을 잘 보여준다.

동일성의 회복과 기이한 설화

1. 사물들의 거처에 대한 상상

조용미 시인은 그동안 아픈 육체를 통해 자신과 사물과 우주를 이해하는 시 의식을 보여주었다. 시집 『기억의 행성』에서도 와병臥病의 시간과 '소리'와 '빛깔'에 대한 사유로 사물과 현상의 본질을 탐색하고 있다.

내가 바라보았던 천장의 무늬와 색깔과 온도를 모두 다 떠올릴 수 있을까
천장을 보며 보냈던 시간들은 우물을 들여다보며 보냈던 시간과 같아
내가 보았던 것은 하늘의 우물이라고 말할 수밖에

열리지 않는다 천장은
門이 아니므로
늘 닫혀 있다

뚫고 나갈 수 없다,
열고 나갈 수 없다
천장은 열리지 않는 뚜껑이므로

천장과 바닥 사이에
門이 있다
門은 언제나 가까운 곳에 있다

내가 알고 있는 천장에 대해서라면 아직 빛깔과 밝기와 표정들에 대해 모

두 말할 수 있겠나
천장을 보며 보냈던 시간들은 우물이 말라가는 시간과 같아
내가 보았던 것은 우물에 핀 이끼가 저희들끼리 한 세계를 이루었다 천천히 거두어들이는 미세한 풍경의 일지였다고 말할 수밖에
—「천장을 보라보는 자는」 전문

위의 시에서 시의 화자는 "우물에 핀 이끼가 저희들끼리 한 세계를 이루었다 천천히 거두어들이는" 오랜 시간을 누워서 천장을 바라보는 자이다. 자리에서 일어날 수 없는 병환 중의 화자는 문이 없는 천장에서 우물을 연상한다. 와병臥病의 화자가 바라볼 수 있는 공간은 천장에 한정되며, 그의 의식은 사각형에 갇힌 존재로 자신을 인식하고 있다. 그러나 그는 천장에서 우물을 상상함으로써 그의 의식은 몽상의 문을 열고 들어간다. 그의 와병의 시간은 그 시간을 견뎌내는 시간이기도 하다. 열리지 않는 문, 아니 문이 본래 있을 수 없는 천장에서 화자는 빈 "우물에 핀 이끼가 저희들끼리 한 세계를 이루었다 천천히 거두어들이는 미세한 풍경의 일지"를 관찰하는 그는 깊고 둥근 우물 안에서 벌어지는 생성의 세계가 끝없이 축조되었다가 허물어지는 것을 본다. 그 세계가 비록 마른 우물 벽에서 이끼가 벌이는 영상에 불과할지라도, 누운 몸에 갇힌 화자는 그의 유일한 몽상의 스크린이 된 천장에서 상상 속의 이끼가 벌이는 세계의 처음과 끝을 경험한다. 따라서 그에게 와병이라는 육체적 구속은 깊은 사유의 전제가 되며, 사각형의 감옥인 천장은 우물 속의 신비한 자족의 세계를 펼쳐놓을 수 있는 몽상의 장소로 바뀐다. 변하지 않는 와병의 현실은 세상의 섭리를 깨달을 수 있는 인식의 시간으로 전환되는 것이다.

조용미 시인은 모든 사물의 거처로서의 물과 빛에 대한 상상을 펼친다. 인간의 목소리처럼 숲은 물소리를 내서 자신의 존재를 알린다. 벚나무의 가지는 숲의 모든 물소리를 빨아들이고, 숲의 모든 빛을 빨아들여 검게 빛난다. "비 오는 숲의 모든 소리는 물소리다//숲의 벚나무 가지들이 검게 변한다 숲속의 모든 빛은 벚나무 껍질 안으로 빨려 들어간다//흑탄처럼 검어진 우람한 벚나무를 바라보고 있으면 숲에서 사라진 모든 소리의 중심에는 그 검은빛이 은밀히 관여하고 있음을 알게 된다"(「소리의 거처」) 벚나

무를 우람해지도록 키우고 살찌게 하는 것은 숲의 물소리와 빛이다. 화자는 벚나무의 검은 가지를 보고 물과 빛이 숲의 사물들을 낳고 자라게 하는 생명의 원천임을 발견한다.

빛깔들은 모두 물에 수렴된다. 물속의 많은 빛깔들은 푸른빛, 초록빛, 싸늘한 흰빛, 노란빛, 어둠의 색깔을 거쳐 따뜻한 분홍빛에 도달한다. "푸른빛 초록빛 싸늘한 흰빛 노란빛/그리고 검은,//검은 건 빛이 아니라서/그냥 어둠, 이라고 해두지/물이 숨을 가득 채울 때 보았던 건/따뜻한 분홍빛// (중략) //모든 것이 연결되어 있는/고요한 곳이 있다면/그건 아마 물속일 거야"(「물속의 빛」) 물은 모든 것을 수렴하면서 동시에 각각의 형상들과 다양한 빛깔과 소리를 탄생시키는 모체이다. 사물들은 물에 응집되고, 거기에서 태어난다.

> 강정 갔다
> 물에 빠져 죽은 사람을 위해 제를 지내는 사람들을 만났다
> 건너편 바위에 앉아 오래 그들을 지켜보았다
> 그가 넘지 못했던 강 건너편 나무 아래까지 향냄새가 날아왔다
> 가까운 산과 먼 산의 계곡을 흘러내려온 물이 합수되는 지점,
> 물은 그의 심장을 단번에 싸늘하게 움켜쥐었을 것이다
> 강가는 넓고 더없이 평화로웠다
> 강 저쪽으로 햇볕이 사정없이 내리쬐고 있었다
> 그들은 햇볕에 우리는 그늘에 속해 있었다
> (중략)
> 강정 차가운 물 위엔 햇살이 들끓고
> 강정 밖에는 여우비가 내렸다
> 내년에도 제를 지내려 한 무리의 사람들이 강을 찾을 것이다
> 버즘나무 껍질과 그늘은 한층 더 두꺼워질 것이다
>
> —「강정 간다」 부분

위의 시에서 "넓고 더없이 평화로"운 강가의 분위기는 강의 이편과 저편을 부드럽게 덮는다. 그늘진 이편과 "햇볕이 사정없이 내리쬐"는 저편, 즉 죽음으로 나뉜 이편과 저편의 경계는 선명하다. 물에 빠져 죽은 사람을

달래는 제사를 지내는 강 건너편과 우리가 있는 이편 사이에 무심한 강물이 흐른다. 이편과 건너편, 죽음과 이승은 마치 물이 둘 사이를 나누는 것처럼 흐른다. 그러나 물은 이편과 저편에 모두 닿아 있다. 순간적 생성과 소멸이 버즘나무의 껍질이 한층 더 두꺼워지는 시간, 버즘나무의 가지와 잎새들이 더 무성하게 자라고 피어나서 한층 더 두꺼운 그늘을 만드는 시간의 흐름이 무심히 전개되는 것은 자연스럽다. 마찬가지로 죽음과 생 사이를 물은 무심하게 흐를 뿐이다. 생과 죽음의 경계는 사람들의 마음속에서 생겼다가 스러지는 것이다. 그 사이에 경계를 만드는 것은 사람들이지만, 물은 그 경계를 지우면서 흐른다.

2. 부재의 확인을 통한 초월

박형준 시인은 그의 시집『생각날 때마다 울었다』에서 죽음의 초월과 신성함을 다루고 있다. 그는 아버지의 부재를 자신의 몸으로 겪으면서 죽음의 경계를 뛰어넘는다. 그의 시적 자아는 식물이 된 아버지와의 친연성을 확인하여 자신과 아버지와의 동질성을 회복시키고(「석산꽃」), 아버지의 부재를 확인함으로써 그러한 부재를 초월하고자 한다.(「홍시」) 시인은「눈의 정글」과「개밥바라기」에서 만물을 관통하는 죽음이 지니는 신성함을 노래하기도 한다.

한 몸 속에서 피어도
잎과 꽃이 만나지 못해
무덤가에 군락을 이룬다

당신이 죽고 난 뒤
핏줄이 푸른 이유를 알 것 같다
초가을
당신의 무덤가에 석산꽃이 가득 피어 있다
-나는 핏줄처럼

당신의 몸에서 나온 잎사귀

죽어서도 당신은
붉디붉은 잇몸으로 나를 먹여 살린다
석산꽃 하염없이 꺾는다
꽃다발을 만들어주려고
꽃이 된 당신을 만나려고

—「석산꽃」 전문

화자는 아버지 무덤가에 핀 석산꽃을 꺾어서 아버지를 만나려고 한다. 붉은 석산꽃은 화자 자신에게 아버지를 다시 한 번 만날 수 있다고 가르쳐주는 듯하다. 그는 꽃이 된 아버지를 만나면 드릴 석산꽃을 하염없이 꺾는다. 「석산꽃」의 화자가 "핏줄이 푸른 이유를 알 것 같다"라고 하거나 "-나는 핏줄처럼/당신의 몸에서 나온 잎사귀"라고 말할 때, 그의 내면은 아버지의 부재로 인한 안타까움이 가득하다. 그는 자신의 손등에 비치는 핏줄에서 자신이 아버지의 몸에서 나온 잎사귀라는 인식을 갖는다. 아버지의 육체는 흙으로 돌아가고 그 흙이 붉게 피어 올린 석산꽃은 아버지의 새로운 거처가 되었다. 여기에서 시의 화자는 죽음에 의해 나뉜 자신과 아버지와의 절대적 거리를 초월하여 그가 여전히 아버지의 자식임을 보여주기 위해 의식의 전환을 꾀하는 것이다. 석산꽃에서 아버지의 현현을 발견하는 화자는 자신의 몸에서 푸른 엽맥葉脈을 찾아내 아버지와의 동질성을 회복하고 있다.

뒤뜰에서 홍시가
철퍼덕철퍼덕 떨어지는 밤
아버지 돌아가신 자리에
아버지처럼 누워서 듣는다

(중략)

임종 가까운데

자식 오지 않고
뻣뻣한 사지
이불 밖으로 나온 손
가슴에 얹어주던 어머니

큰방에 누워
뒤뜰 홍시처럼 가슴에
둥글게 주먹 말아 쥐고
마을 가로질러 가는
기차 소리 듣는다

—「홍시」 부분

「석산꽃」에서 석산꽃이 시인의 시적 자아가 아버지와의 동질성을 회복하는 매개로 삼았던 것처럼, 「홍시」에서 홍시는 화자에게 아버지의 부재와 친연성을 동시에 체험하게 만드는 사물이다. 그는 돌아가신 아버지 자리에 누워 아버지가 생전에 들었을 소리를 듣는다. 홍시가 철퍼덕철퍼덕 떨어지는 소리는 "임종 가까운데" 아버지의 곁에 있지 못했던 화자 자신의 심리적 무게를 대신하는 듯하다. 그는 아버지가 생전에 드시던 홍시가 떨어지는 소리를 들으며, 임종의 아버지처럼 가슴에 홍시처럼 주먹을 말아 쥔다. 그는 임종의 아버지를 고스란히 체험함으로써 아버지의 부재를 회복시키고자 하는 것이다.

박형준 시인은 사람과 동물과 별에서 신성함을 찾아낸다. "자신의 숨소리가/간벌이라도 되는 듯/눈발의 숲을 쳐내며,/눈의 정글 속 초원으로 나아간다/개는 자신의 영혼 속을 달리고/신이 개의 영혼 속을 달린다"(「눈의 정글」). 여기에서 신은 개의 죽음의 순간을 함께 한다. 눈발을 헤치고 떨면서 초원을 향해 달려가는 개를 도와 신은 바쁘게 달린다. "노인은 먹은 것이 없다고 혼잣말을 하다/고개만 돌린 채 창문을 바라본다./개밥바라기, 오래전에 빠져버린 어금니처럼 반짝인다./노인은 시골집에 혼자 버려두고 온 개를 생각한다./ (중략) /초저녁 창문에 먼 데 낑낑대는 소리,/노인은 툇마루 속 구덩이에서 귀를 쫑긋대며/자신의 발소리를 기다리는/배고픈 개의 밥바라기 별을 올려다본다." 병석에서 오랫동안 일어날 수 없는 노인은 자신의 허기를 통해 자신이 없으면 허기를 면할 수 없는 고향 집의 개를 떠올린다. 자신의 배고픔으로 개의 배고픔을 염려하는 노인의 마음에는 신성이 깃들어 있다. 노인과 개의 동질성은 금성이나 샛별로 불리는 개밥바라기별을 매개로 확인된다.

3. 노동기계들의 새로운 설화

조인호 시인은 그의 첫 시집『방독면』에서 신화가 된 노동기계들을 노래한다. 노동자들의 가혹한 현실은 시인의 의식 속에서 설화적 공간으로 바뀌고, 녹슨 기계 같은 노동자들은 설화 속의 인물들로 새롭게 태어난다. 이러한 현실의 설화적 변용은 바뀌지 않는 현실의 가혹함을 더욱 부각시킨다.『방독면』속의 인물들은 노동자와 도시 빈민으로 주어진 자신들의 삶의 울타리를 결코 뛰어넘지 못한다. 그들이 자신들의 신분의 울타리를 뛰어넘는 방법은 현실에서는 찾을 수 없다. 도시 소외계층의 고통과 아픔은 철저히 현실적 한계 속에서 생성되는 것이며, 그런 만큼 자신들의 삶의 조건에 속박된 존재들이지만, 조인호 시인은 그들의 삶에 설화적 요소를 부여한다.

「철가면」에서 용접공이었다가 실명하고 도축장 노동자가 된 사람은 자신의 한계적 삶에서 벗어날 수 없도록 감시하는 송전탑 위로 기어올라감으로써 상징적으로 자신의 처지에서 벗어난다.

> 철과 장미의 문명 속에서 그는 용접공으로 일했다 철가면을 쓰면 산소용접기 밖으로 장미처럼 피어오르는 불꽃이 보였다 그는 철과 장미를 사랑했다 불이 붙는 독한 술을 즐겨 마셨고 쇠못을 씹어 먹는 철인이었다 중금속에 중독된 그의 눈은 세상이 온통 붉은색 셀로판지처럼 보이게 만들었다 용접 불꽃이 그의 눈을 멀게 만들수록 세상에 없는 단 하나의 붉은색을 지닌 철의 장미를 그는 볼 수 있었다 그의 피는 붉은 철로 철철 넘쳐흘렀고 그는 조금씩 녹슬어갔다

(중략)

그는 송전탑 꼭대기 위로 덩굴장미처럼 기어오르기 시작했다 번쩍, 가시 철조망 같은 번개가 송전탑에 내리꽂혔다 고압전류 속에서 그는 자신의 철가면과 함께 흐물거리며 녹아들었다 철가면이 송전탑의 철근 속으로 들러붙고 있었다 송전탑 밑 지상의 사람들이 붉은 뼈를 드러낸 채 해골처럼 웃고 있었다 번개가 번쩍거릴 때마다

—「철가면」 부분

「철가면」의 용접공은 중금속에 중독되었고 실명과 화상 등의 산업재해를 입은 노동자이다. 그는 폐기되는 기계의 부속품이다. 그는 노동자라는 자신의 삶의 울타리에 갇힌 노동기계다. 그러나 그는 송전탑 꼭대기를 덩굴장미처럼 기어오른다. 비록 그의 몸이 송전탑에 들러붙어 녹아버렸을지라도 현실에서는 불가능한 자기의 울타리를 넘는 행위는 그로 하여금 현실의 속박에서 벗어난다.

「뉴 키즈 온 더 블록」에서 재개발로 생존의 거처에서 쫓겨나게 된 원주민 소년은 옥탑 물탱크로 잠입해 들어가고, 「形狀記憶合金」에서 해고된 노동자는 지하동굴로 걸어들어가 스스로를 원인原人으로 퇴화시킨다. 「무지갯빛 광석」의 "낮은 포복으로 좁은 파이프 속을 통과하는 지하인"이었던 노동자는 맨홀의 배관을 흘러다니다가 어딘가로 사라져버린다.

서울 메트로 지하공구 속에서 누군가 모닥불을 피운다 그는 동굴 속 원인原人 같다 터널 시멘트 벽에는 원인의 손모양이 아우성치듯 찍혀 있다 오래전 공장에서 볼트와 너트를 조이던 그가 해고되던 날 그는 손에 쥔 몽키스패너를 뉴턴의 사과처럼 툭, 떨어뜨렸다 그날 그는 태곳적 원인을 발견했다 시간의 컨베이어벨트가 거꾸로 가동되기 시작했고 그는 퇴화해버렸다

캄캄한 터널 속으로 원인은 걸어들어갔다 지하철역에서 그가 찾은 것은 소방방재용 국민방독면이었다 터널 끝 어둠 속에는 조용히 그를 기다리는 것이 있었다 맥박처럼 다가오는 원인의 발소리를 온몸으로 흐느끼고 있는 것, 그것은 그가 싸워야 할 괴물 같은 형상들 기억들 합금들

(중략)

보라, 벼락처럼 떨어지던
몽키스패너의 궤적 속
고통 받으며 절규하던 기계들을,
마지막 기계가 쓰러져 죽던 밤
원인은 마침내 불을 발견했다

—「形狀記憶合金」 부분

해고자들은 동굴 속 원인原人처럼 퇴화해 버렸다. 원인이 된 그는 괴물 기계들과 맞서 싸워 "마침내 불을 발견"한다. 원인이 된 해고노동자가 노동의 도구인 몽키스패너를 무기 삼아 마지막 괴물기계까지 쓰러뜨렸을 때, 역설적이게도 그는 문명의 시작인 불을 발견하게 된다. 그는 기계문명의 파괴자이지만, 문명의 시작을 알리는 불의 발견자가 된 것이다. 자기가 어떻게 탄생하였고, 어떤 과정을 거쳐서 "거대한 기계"가 되었는지를 낱낱이 기억하고 있는 形狀記憶合金 문명은 영원히 사라지지 않는 시간을 반복하는 괴물 기계이기 때문이다.

조인호 시인의 시에서 철가면과 방독면은 중요한 상징이다. 철가면은 용접공이 얼굴을 보호하기 위해 쓴 안전 용구이지만, 그것은 용접공이 용접공으로서의 생과 노동에서 벗어나지 못하는 존재임을 상징하는 또 하나의 얼굴이다. 또 방독면은 세상으로부터 고립된 존재가 자신을 보호하기 위해 쓴 가면이다. 그러나 철가면과 방독면은 소외된 존재들의 얼굴에 폐쇄된 사회가 억지로 덧씌어 놓은 가짜 얼굴들에 지나지 않는다. "훼훼훼 나만 홀로 자물쇠 같은 방독면 안에서 안전했네/방독면에 철컥, 잠긴 얼굴은 그 누구도 알아챌 수 없었네/그 어둠 안에서 벽으로 드나드는 남자 같은/공기를 나만 홀로 들이마셨네"(「傀儡戱」) 자신들의 얼굴을 빼앗긴 자들이 스스로의 힘으로는 도저히 벗을 수 없는 가면을 쓰고 무대 위에서 벌이는 참혹한 괴뢰희傀儡戱가 조인호 시인이 기계문명을 살아가는 사람들을 위해 새롭게 창조해 낸 설화인 것이다.